DAVE RUDDEN

SHADOW KNIGHTS

KÖNIG DER FINSTERNIS

Aus dem Englischen
von Claudia Max

FISCHER Taschenbuch

Alle Bände der Serie »Shadow Knights«:

Dämonen der Nacht (Band 1)
Prinzessin der Dunkelheit (Band 2)
König der Finsternis (Band 3)

Erschienen bei FISCHER Kinder- und Jugendtaschenbuch
Frankfurt am Main, Oktober 2019

Die Originalausgabe erschien 2018 unter dem Titel
›The Endless King‹ bei Penguin Random House, London
Textcopyright: © Dave Rudden, 2018

Für die deutschsprachige Ausgabe:
© 2019 S. Fischer Verlag GmbH, Hedderichstr. 114,
D-60596 Frankfurt am Main

Satz: Pinkuin Satz und Datentechnik, Berlin
Druck und Bindung: CPI books GmbH, Leck
Printed in Germany
ISBN 978-3-7335-0136-5

Für meine Eltern

»*In den letzten Jahren des 19. Jahrhunderts hätte niemand geglaubt, dass Intelligenzen, größer als die menschliche und doch ebenso sterblich, diese Welt neugierig observierten [...] Niemand verschwendete einen Gedanken daran, dass von den älteren Himmelskörpern im Weltraum den Menschen Gefahr drohen könnte [...] Doch betrachteten Geister, uns etwa so überlegen wie unser Verstand demjenigen des Viehs, gewaltige, kalte, gefühllose Verstandeskräfte [...], diese Erde mit neidischem Blick und schmiedeten so langsam wie beharrlich ihre Pläne gegen uns.*«

H. G. Wells, *Der Krieg der Welten*

Wir sind, was wir vortäuschen, und deshalb müssen wir bei dem, was wir vortäuschen, vorsichtig sein.

Kurt Vonnegut, *Mutter Nacht*

Lang lebe der König.

Anonym

PROLOG

Scharnier

»Und sie waren glücklich und zufrieden, und wenn sie nicht gestorben sind, so leben sie noch heute.«

Theo klappte das Buch schwungvoll zu und strahlte sein Publikum an. Sein breites Lächeln wurde nicht erwidert.

Das Schweigen zog sich qualvoll in die Länge. Theos Lächeln begann in den Mundwinkeln zu zittern. Der schreckliche Hunger in den Augen dieser Kinder hatte dafür gesorgt, dass er es die meiste Zeit seines Lebens genossen hatte, wie sie in seiner Gegenwart auf den Boden starrten.

Bis …

Hör auf damit, dachte er und unterdrückte den Gedanken, bevor er Gestalt annehmen konnte. Keines der Kinder war älter als vier, ihre über die Stuhlkante baumelnden Beine gaben dieses nervige Quietschen von Babyspeck auf Plastik von sich.

Die Stühle sahen lächerlich aus. In diesem Raum war alles entweder zu klein oder lächerlich überdimensioniert. Theo für seinen Teil konnte in einem dreißig Zentimeter langen Bleistift jedenfalls keinen erzieherischen oder unterhaltsamen Wert erkennen. Auch für derart viele Wachsmalkreidefarben sah er keinerlei Veranlassung. Warum verlangten die Lehrer von den Kindern nicht einfach, nur blaue Sachen zu malen?

Oder graue Sachen? Dann bräuchte jeder nur einen Bleistift. *Genau.* Er hatte dem Waisenhaus gerade Unsummen erspart.

Die Kinder starrten immer noch vor sich hin.

»Was ist?«, fragte Theo und schwenkte das Buch in der Luft. »So war es.«

Einer meldete sich. »Bis sie dann doch gestorben sind.«

Das Grinsen der Plüschtiere im Regal zog sich unheilvoll bis zu ihren Reißverschlüssen. Theos Mund wurde trocken. »*Wie?*«

»Mr. Colford sagte, früher habe es anders geheißen«, warf ein zweiter ein. »*Sie lebten glücklich und zufrieden, bis sie irgendwann gestorben sind.*«

»Er sacht, Genauichkeit is wichtich«, nuschelte ein weiterer.

Ich bin von Idioten umgeben, dachte Theo, und dabei waren diese halbgaren Grünschnäbel vor seiner Nase noch nicht einmal die Schlimmsten.

»Und recht hat er«, erwiderte Theo, wobei das immer tiefer rutschende Lächeln wie eine Öllache auf einem Ententeich über sein grimmiges Gesicht glitt. Es war nicht wichtig. Entscheidend war, dass er es versuchte. Er hatte es jeden Tag versucht, seit –

»Genauigkeit. Richtig. Sehr gut.«

»Schweine leben nicht besonders lang«, murmelte eine der Kreaturen – nein, eines der *Kinder* –, und plötzlich brach eine angeregte Diskussion los, ob *redende* Tiere dasselbe wie *magische* Tiere waren, und ob die Magie sie länger leben ließ oder nicht.

»Ja«, sagte Theo, sein Gesicht war mittlerweile so erstarrt, dass es schon weh tat. »Faszinierend! Ihr solltet ein Bild zu diesem Thema malen!«

Er zwirbelte sich aus dem lächerlich kleinen Stühlchen und stolzierte an Miss O'Keefe vorbei, die die Diskussion mit einem leisen Lächeln auf dem faltigen Gesicht beobachtet hatte.

»Soll ich dir die Bilder hinterher ins Büro hochschicken lassen, Theo?«, fragte sie im Vorbeigehen.

Direktor Theodore Ackerbys Lächeln zuckte. »Ich bitte darum.«

Er musste sich sehr zusammennehmen, beim Hinausgehen nicht die Tür zuzuknallen.

Es war deine eigene Idee, rief er sich in Erinnerung, als er durch die Korridore des Crosscaper-Waisenhauses lief. Und so war es in der Tat. Seine beruhigend grünen und beigen Flure waren einem wilden Durcheinander aus quietschbunten Wandbildern gewichen, die die Schülerinnen und Schüler gemalt hatten – dessen ungeachtet, ob sie Talent besaßen oder nicht. Jede Tür war in einer anderen Farbe gestrichen, die Fenster mit Aufklebern vollgekleistert – *die sich nie wieder entfernen ließen*. Sein einziger Trost war, dass die Kinder die ganze Arbeit erledigt hatten und er ihnen keinen Cent dafür hatte zahlen müssen.

Die Luft war vom trockenen Surren der Leuchtstoffröhren erfüllt. *Teurer* Leuchtstoffröhren. Keiner der Lehrer hatte nachgefragt, warum jemand, der ansonsten so … sparsam war, mit einem Mal beschlossen hatte, jeden Winkel des ehemals so düsteren Waisenhauses mit Lampen auszustatten, von den überdimensionierten Scheinwerfern im Hof ganz zu schweigen. Wenn alle eingeschaltet waren – und das wurden sie, jeder von ihnen, jede Nacht –, gab es innerhalb der Waisenhausmauern kein Fitzelchen Dunkelheit mehr.

Nur so ließen sich die Kinder zum Schlafen bewegen.

»Theo!«

Er hatte es fast in sein Büro geschafft. Die Stimme gehörte Mr. Gilligan, dem Physiklehrer, dessen breites, dämliches Grinsen seinen messerscharfen Sinn für Humor tarnte. Ackerby seufzte und wappnete sich.

»Theo, ich habe gerade überlegt … Ja, entschuldige bitte, Theo, ich habe gerade überlegt: dieses neue Notensystem, das ich vielleicht einführen möchte, Theo, ich dachte, es wäre gut, wenn …«

Mr. Gilligans Stimme verhallte zu einem Rauschen, allerdings viel zu oft unterbrochen von Ackerbys Vornamen. Er hatte ihn zur gleichen Zeit preisgegeben, in der er seine Anzüge gegen bunte, kratzige Pullover eingetauscht hatte und die beruhigende Strenge seiner Flure gegen tausend Zirkusfarben.

Vertrautheit, Sicherheit. Das war, was sie hier brauchten. Ackerby hatte Bücher zu diesem Thema gewälzt. Der ›Vorfall‹ hatte die Hälfte des Kollegiums in die Flucht geschlagen. Die Kinder waren vollkommen verängstigt gewesen. So viel Zerstörung, so viele Reparaturen, der Hof – er hatte sich umstellen müssen. So wie alle.

Aus diesem Grund war er nun Theo und trug ein Lächeln zu Schau, selbst wenn es Folter für seine Gesichtsmuskeln bedeutete.

»Ja«, sagte er, als das Bombardement nachließ. »Was immer du für am besten hältst. Und jetzt, wenn du nichts dagegen hast –«

Das Licht an der Decke flackerte.

Es gab Momente, kaum sichtbare Momente, in denen das Leben wie an einem Scharnier hin und her schwang. Ein Rad reifen, der auf Eis schlitterte, ein verpasster Flug, ein Fuß, der auf einer Treppenstufe ausrutschte, bevor er wieder Halt fand. Oder nicht. Diese Momente gab es in jedem Leben, sie warteten wie der verborgene Makel in einem Diamanten, etwas bislang Sicheres konnte mit einem Schlag zerbrechen und *herunterfallen.*

Ackerby hatte es schon einmal erlebt, nur war er damals nicht schlau genug gewesen, um es zu erkennen. Nun würde er jedoch alles tun, damit es ihm oder seinen Schutzbefohlenen nie wieder passierte.

Mr. Gilligans Stimme spülte ungehört, unbeachtet über ihn hinweg. Die Leuchtstoffröhre über ihren Köpfen zitterte. Nicht so, als sei der Strom ausgefallen, oder als sei sie kurz vorm Durchbrennen, sondern als wäre sie … überfallen, oder von einem winzigen Stückchen Nacht infiziert worden.

»Da ist es wieder«, flüsterte Ackerby.

»Was?«, fragte Mr. Gilligan. »Wovon redest du –«

Die klappernden Zähne des Physiklehrers schlugen aufeinander, als Ackerby sich zu seiner vollen Größe aufrichtete. Seine Wirbelsäule protestierte. Der ›Vorfall‹ hatte ihn gebeugt, durchgerüttelt und seine Schultern zu diesem schwächlichen Buckel verkrümmt, den nun jeder Idiot hochklettern konnte.

Nun gut. Nicht schon wieder.

»Mr. Gilligan!« Seine Stimme ließ die Farbe aus den Wangen des Lehrers weichen. Ein winziger, zufriedener Teil von Ackerby stellte sich vor, wie jedem Kind in Hörweite das Lächeln vergehen würde. »Trommeln Sie die anderen Lehrer zusammen. Räumen Sie die Klassenzimmer. Bringen Sie die Kinder in den Bunker hinunter –«

Ein pompöser Name für einen Keller, doch er hatte Betonwände und eine dicke Tür, und er befand sich unter der Erde, *das* war schließlich entscheidend.

»– und Sie werden sie unter Einsatz Ihres Lebens verteidigen. Unter Einsatz all Ihrer Leben. Haben Sie mich verstanden?«

Mr. Gilligan war die Kinnlade heruntergeklappt. »Aber Theo –«

Ackerbys Knurren hätte das Meer zum Verstummen gebracht. »*Direktor.*«

Mr. Gilligan flitzte davon.

Kurz darauf setzte sich das Waisenhaus in Bewegung. Der Direktor hatte sie schließlich lange genug gedrillt, und trotz ihrer Mittelmäßigkeit hatten sie ihre Lektion gut gelernt.

Was nicht weiter überraschend war. Bestimmte Albträume vergaß man einfach nicht.

Als die Türen aufflogen, schwollen die Rinnsale von Kindern mit weit aufgerissenen Augen zu einer abwärts drängenden Flut an. Der Direktor marschierte gegen den Strom, unterwegs funkelte er jeden Lehrer und jede Lehrerin an, als wolle er ihnen seine Befehle in die Köpfe tätowieren. So sehr sie ihm auch auf die Nerven gingen, er wusste, dass er sich auf sie verlassen konnte, sie waren schließlich geblieben. Die anderen …

Widerwärtig.

Theo hatte sein ganzes Leben an Orten wie diesem zugebracht. Man ließ Schutzbefohlene nicht einfach im Stich, wenn es schrecklich wurde. Schließlich gab es diese Orte nur, weil es manchmal schrecklich wurde.

Plötzlich wackelten die Leuchtstoffröhren in ihren Fassungen, der Gang pulsierte in einer Palette ungesunder Farbtöne. Die Kinder rannten los, doch der Direktor ging ihnen erst hinterher, als das letzte von ihnen um die Ecke verschwunden war.

Obwohl sich beim Vorbeilaufen keine einzige Tür bewegte,

verfolgte ihn das Knurren von zuknallendem Holz. Die Teppichhaare unter seinen Füßen waren hart wie Nadeln. Hätte der Direktor auch nur eine einzige Uhr in den Mauern von Crosscaper zugelassen, wäre sie jetzt falsch gegangen, da war er sicher.

Die Scheinwerfer. Als das Grauen über diese Gänge gekommen war, hatte sich der Direktor als Hasenfuß erwiesen, und da er davon ausgehen musste, dass dies wohl immer noch so war, hatte er den erforderlichen Mut auf das Umlegen eines einzigen Schalters reduziert.

Diese Dinger bewegten sich in der Dunkelheit. *Sollten sie nun am Licht ersticken.*

Die Türen zu seinem Büro standen offen. Sie standen sonst *nie* offen. Er wollte stehen bleiben, doch die Schwungkraft aus Adrenalin und Angst trieb ihn über die Türschwelle, bevor seine alten Knochen anhalten konnten. Draußen vor den Fenstern weinte der Himmel, die Regentropfen trommelten gegen die Scheibe, als wollten sie unbedingt flüchten.

Hinter seinem Schreibtisch stand eine Gestalt.

»Nein«, flüsterte Ackerby. »Das darf nicht wahr sein. Nicht ... nicht *du.*«

Denizen Hardwick antwortete mit einem schwachen, freudlosen Winken.

»Direktor. Ich brauche Ihre Hilfe.«

15

Vertrautes Terrain

Etwas früher

Sie näherten sich aus der Luft.

Die Wolken vor dem Flugzeug teilten sich wie Wellen vor einem Schiffsbug; Denizen Hardwick presste seine lange Nase gegen das Fenster. Irgendjemand schien während seiner Abwesenheit das Land gestohlen zu haben. An seiner Stelle hob sich ein zweiter Sternenhimmel ihrem Sinkflug entgegen.

Lichter. Tausende und Abertausende winziger Lichter. Sternbilder waren für Denizen immer eine Wunschvorstellung gewesen – die Leute wollten in den Millionen von Kilometern auseinanderliegenden Sternen Bilder erkennen. Das Muster unter ihm hingegen wies tatsächlich eine Ordnung auf, eine ausgedehnte organische Ordnung, das mit Punkten angedeutete Skelett einer unsichtbaren Bestie.

Eine Stadt.

Mauern und Türme und enge Straßen, die in einem Wirrwarr über einen großen Berggipfel drapiert und von glitzernden Korallenkolonien aus Gold eingefasst waren. Das Flugzeug zitterte beim Anflug und Denizen stellte fest, dass er dieses Leuchten kannte. Es gehörte mittlerweile seit fast einem Jahr zu seinem Leben.

Kerzen. Wie viele mussten es sein, dass wir sie vom Himmel aus sehen können?

Diese Stadt sah aus wie aus einem Märchen. Kein modernes Phantasiegebilde, von aller Dunkelheit saubergeschrubbt, mit Tierbegleitern und schauderhaften Musikeinlagen. Dies hier war ein Märchen mit Zinnen, Schießscharten und Mörderlöchern, eine Geschichte, bei der der Boden unter dem Fallgitter blutverschmiert war.

In den alten Geschichten wurde man von Schurken umgebracht. In den alten Geschichten wurden die Kinder von Elfen entführt.

Und auf dem Gipfel des Berges ... ein Umriss. Eine Zitadelle, dunkel inmitten des Lichts.

Denizens Mutter beugte sich über ihn.

»Willkommen im Zuhause der Schattenjäger, Denizen. In unserer ersten Festung. Unserer letzten Festung. In dem Haus, das wir immer verteidigen werden.«

In Vivians Stimme lag eine seltene Ehrfurcht.

»Willkommen auf Tagesanbruch.«

»*Nie* wieder steige ich in ein Flugzeug.«

Simon Hayes taumelte aufs Rollfeld. Er war weiß wie ein Briefumschlag, und seine langen Beine knickten wie bei einem Reiher nach hinten – offenbar fürchtete er, eines könnte von den langsamer werdenden Propellern abgehackt werden.

»Du wirst ja wohl kaum nach Hause laufen wollen«, bemerkte Denizen trocken, obwohl er nicht leugnen konnte, dass auch er eine Woge der Erleichterung verspürt hatte, als seine Füße wieder festen Boden berührten.

»Ich fasse es nicht, dass du besser damit klarkommst als ich«, sagte der größere Junge, doch sein Grinsen nahm seinen Worten jede Bösartigkeit. »Du kommst doch sonst *nie* mit irgendetwas besser klar.«

Denizen warf ihm einen pseudo-finsteren Blick zu. »Stimmt doch gar …« Er überlegte einen Moment. Seit dem Waisenhaus, in dem sie ihre Kindheit verbracht hatten, und der düsteren Villa in der Seraphim Row, in der sie nun lebten, waren die Jungen nie länger als fünf Wochen getrennt gewesen. Simon wusste mehr über Denizen als Denizen selbst. »Na gut. Wurde aber auch mal Zeit.«

Er warf die Tasche über die Schulter und blickte sich auf dem verlassenen Flugplatz um, der aus nicht viel mehr als einer Rollbahn und ein paar Schuppen bestand, die sehr klein aussahen im gewaltigen Schatten des Monte Inclavare, des einzigen Gipfels in Adumbral. Selbst wenn er ihm den Rücken zudrehte, spürte Denizen den Druck des Berges. Er war wie eine Flutwelle, kurz bevor man unterging.

Die Risse in seinem Eisenauge juckten.

Die Allianz hatte dieses Land für sich beansprucht, als es noch kein Land war – sondern nur ein Bergtal in den Apenninen, ein Ort, den die Welt längst vergessen hatte. Oder ermutigt worden war zu vergessen. Die Schattenjäger hatten wenig Zeit für die Kriege der Menschen, und Denizen konnte sich gut vorstellen, dass Könige, die es nach diesem Land gelüstet hatte, an eisernen Lippen und eisernen Worten abgeprallt waren: *Lasst uns in Frieden.*

Abigail schwang sich geschickt aus der Kabinentür und landete leichtfüßig auf der Rollbahn.

»Das hat Spaß gemacht«, sagte sie und lachte über Simon, der alles andere als enthusiastisch aussah.

Der Monte Inclavare wurde von der Stadt Adumbral gekrönt, in deren Mitte eine Festung namens Tagesanbruch emporragte. Diese Tatsache war nur wenigen bekannt. Genau wie die Existenz der Schattenjäger, die diese Festung ihr Zuhause nannten. Denizen und Simon hatten dreizehn Jahre, eine Beinahe-Apokalypse und das gewaltsame Erwachen ihrer eigenen magischen Fähigkeiten gebraucht, um von der Allianz der Schattenjäger zu erfahren. Anders als Abigail Falx, die immer gewusst hatte, dass ihr Schicksal hier lag.

»Und was glaubt ihr, wer es sein wird?«, fragte sie und band sich die dunklen Haare hoch. »Also der Meister der Neulinge. Es ist ja jedes Jahr ein anderer Schattenjäger. Es gab Gerüchte, dass Gedeon in Rente geht, aber er bleibt bestimmt in Russland, um einen Lehrling auszubilden. O nein, aber wenn es wirklich Gedeon ist –«

Sie wippte beim Sprechen leicht auf den Fersen, ihr Pferdeschwanz durchschnitt die Luft, und wie ihre Fäuste ausholten, war in Denizens Augen perfekte Technik. So wie eigentlich immer. Abigail neigte nicht zur Verschwendung, wie man auch an ihrem dreizehnjährigen Vorsprung erkennen konnte.

Simon starrte immer noch missmutig auf das Flugzeug.

»Wenn es wenigstens eine der großen Maschinen gewesen wäre. Also die Art Flugzeug, bei dem man gar nicht mehr weiß, dass man sich in einem Flugzeug befindet. Mehr verlange ich doch gar nicht. In einer Metallröhre zu reisen, die nur oben bleibt, weil sie zu schnell ist, um herunterzufallen, ist eine Sache –«

»Ganz so funktioniert das nicht –«

»Danke, Darcie«, unterbrach er das zweite Mädchen, das gerade aus dem Flugzeug stieg. Sie trug diese höfliche Grimasse vor sich her, die sie immer aufsetzte, wenn jemand ungenau war. »Aber wenn die Röhre erst herumwackelt und dann wieder ruhig wird, weil ihr auf einmal einfällt, dass sie ein Flugzeug ist, ist das echt eine andere Hausnummer.«

Abigail zuckte mit den Schultern. Sie hatte die Turbulenz

mit dem unerschütterlichen Grinsen hingenommen, mit dem sie normalerweise allem begegnete. Als sie gelandet waren, hatte Denizen einen kurzen Moment der Erleichterung auf ihrem Gesicht wahrzunehmen gemeint, aber vermutlich lag es nur daran, dass der Vierstundenflug der längste Zeitraum war, den sie je stillgesessen hatte.

»Für Flüge nach Adumbral besteht keine große Nachfrage. Hier kommen nur Schattenjäger her.«

Denizen konnte die Gelegenheiten, bei denen Darcie Wright ihre Brille in der Öffentlichkeit abgenommen hatte, an fünf Fingern abzählen, doch nun ließ sie sie selbstvergessen in einer Hand baumeln und zeigte ihre hellen, silbrigen Eisenaugen.

Die erste und wichtigste Waffe eines Schattenjägers war die Quelle unersättlichen Feuers, das wie Blut durch seine Adern pulste und von einer unheimlichen Sprache namens Canti geformt wurde. Auch wenn es demjenigen, der es einsetzte, jedes Mal ein Stück von sich stahl – und ihn in schwarzes, hartes und kaltes Metall verwandelte – *wollte* das Feuer genutzt werden.

Der Tribut. Macht hatte immer einen Preis, und wenn Denizen im letzten Jahr eines gelernt hatte, dann, dass mancher Preis sichtbarer war als andere.

»Ich erinnere mich noch an mein erstes Jahr hier«, murmelte Darcie und fuhr sich mit der dunklen Hand durch die ebenholzschwarzen Locken. »Aber dann geht man weg, und die Zeit vergeht, und die Erinnerung redet einem ein, dass es nicht so groß gewesen sein kann. So spektakulär. Man schrumpft es sich klein, damit es in die Welt passt, die man kennt.« Sie lächelte. »Doch sobald man zurückkehrt, ist alles wieder da. Wie ein Sonnenaufgang. Man erinnert sich wieder daran, dass ausgerechnet hier die Regeln der Welt nicht gelten.«

Sie schob die Brille in ihre Jackentasche. »Ich liebe es, hier zu sein.«

Denizen, Abigail und Simon lächelten sich verstohlen an und streiften ebenfalls die schwarzen Handschuhe ab, unter denen matte Eisenhände zum Vorschein kamen.

»Es könnte trotzdem einen Bus geben«, nölte Simon gespielt grummelig. »Und Moment mal … ist Adumbral« – er deutete mit der Hand auf den Berg – »nur das hier?«

Darcie nickte. »Ein Stadtstaat.«

»Und Tagesanbruch ist die Festung auf dem Gipfel?«

Sie nickte noch einmal.

»Und warum sind wir dann nicht gleich mit der Kunst der Apertura auf die Spitze hoch? Hätte doch keinen großen Unterschied gemacht. Kalter Schweiß, zusammengekniffene Augen, drohende Todesgefahr –«

»Der Unterschied, Simon Hayes, besteht darin, dass wir, um ein bisschen *Reisekrankheit* zu vermeiden, nicht einfach grundlos ein Loch ins Universum reißen.«

Malleus Vivian Hardwick stieg aus dem Flugzeug. Ihre Bewegungen waren ebenso abgemessen und tödlich wie die sich immer langsamer drehenden Propeller.

»Es ist ein langer Krieg. Und wir haben nur eine begrenzte Menge Haut.«

Ein Blick auf die ranghöheren Schattenjäger der Allianz genügte, um sich von der Brutalität des Krieges zu überzeugen; bei Vivian war es noch deutlicher als bei den anderen. Ihr Empfehlungsschreiben war in Narbengewebe und dem Tribut geschrieben, den sie bezahlt hatte, ihr Berufsleben ein Sammelsurium aus Schlachten und Opfern, die weltweit berüchtigt waren.

Zumindest in den geheimen Garnisonen der Allianz. Denizen hatte während des Fluges viel darüber nachgedacht, vor allem über die Frage, was das für ihn bedeutete.

Von Vivians Taille baumelte ein langstieliger Hammer – er war das Symbol ihres Ranges und hatte sie durch ebenso viele Höllen begleitet, wie Denizen Stirnrunzelvarianten hatte.

»Sehr wohl, Malleus«, erwiderte Simon wie aus der Pistole geschossen.

Jeder von ihnen hatte auf die eine oder andere Art Haut geopfert. Anfangs war der Tribut, den Denizen gezahlt hatte, nur ein Tintenklecks in seiner Handfläche gewesen. Mittlerweile reichte er jedoch – schwarzen Handschellen ähnlich – über die Handgelenke hinaus, und auch in sein linkes Auge hatten sich Bruchstücke verirrt. Das Eisen war nicht wie bei Darcie ein Zeichen heiliger Pflicht, sondern eine Erinnerung, dass die Macht in seinem Herzen die Freiheit höher schätzte als die Person, die sie beherbergte.

Wenn er sein rechtes Auge zuhielt, verwandelte sich die Welt in ein Bleiglasfenster aus Grau, Indigo und Blau. Schattenjäger besaßen die angeborene Fähigkeit, im Dunkeln zu sehen, doch seit dem Sommer fand Denizen es ein wenig leichter, stattdessen das Dunkle in Dingen zu sehen.

Selbst im Licht.

Kümmert Ihr Euch um Euer Haus, ich werde mich um das meinige kümmern.

Er sperrte den Gedanken weg. An dieser Fähigkeit hatte er hart gearbeitet. Vivian hatte sogar erklärt, dass er gute Fortschritte mache, was bei Denizens Mutter einem Festumzug gleichkam. Als sich ihre Blicke begegneten, milderte sich Vivians Gesichtsausdruck, der normalerweise das grimmige Versprechen eines entgegenkommenden Zuges hatte, und sie lächelte schwach.

»Es fühlt sich gut an, zu Hause zu sein«, erklärte sie.

Denizen hatte dieses Lächeln in letzter Zeit immer häufiger gesehen. Und allmählich gewann er es lieb.

»Da steht unsere Mitfahrgelegenheit«, sagte Simon.

Schattenjäger führten ihren Kampf in der Dunkelheit, und ihre Vorfahren hatten sie mit dem Privileg des *Intueor Lucidum* beschenkt: der Fähigkeit, im Dunkeln zu sehen. Denizen sah alles durch ein silbriges Filigranmuster – im linken Auge heller als im rechten –, und den schwarzen Jeep, der den Hang hinunter auf sie zukam, konnte er ohne Schwierigkeiten erkennen. Sein Anblick überraschte ihn fast. Da der oberste Anführer der Allianz nicht gerade innige Gefühle für die Hardwicks hegte, war Denizen davon ausgegangen, dass man sie den Berg hochlaufen lassen würde.

Als der Jeep näher kam, ließ ein warmer Wind Denizens Wangen schweißfeucht werden. *An die Wärme werde ich mich erst gewöhnen müssen.* Irland ragte wie ein Fuß unter einer Bettdecke in den Atlantik hinaus, aber nun waren sie weiter südlich, und Denizen war ungewohnt aufgeregt, *an einem anderen Ort* zu sein.

Er war noch nicht oft verreist. Im Sommer hatte es zwar diesen unvorhergesehenen, unfreiwilligen und unangenehmen Ausflug gegeben, aber von der Croit-Familie entführt und anschließend ihrer wahnsinnigen trauernden Göttin auf dem Silbertablett serviert zu werden, zählte wohl selbst nach den Maßstäben der Schattenjäger kaum als Urlaub.

Andererseits, dachte Denizen und starrte auf die gewaltige Größe des Monte Inclavare, *zählte das hier?*

»Ich. Kann. Es. Nicht. Erwarten.« Abigail eilte immer wieder voraus, machte dann jedoch mit vor Aufregung leuchtenden Augen wieder kehrt. »Wir sind *endlich* hier, und –« Die

Worte blieben ihr in der Kehle stecken, sie riss die Augen auf. »Nicht, dass wir Euer Training nicht zu schätzen wüssten, Malleus. Wir –«

Vivian winkte ab. »Ich verstehe das.« Ihr Lächeln wurde noch ein wenig breiter. »Jetzt beginnt euer *wirkliches* Training.«

»Das sagt sie ständig«, brummte Simon Denizen zu. »Warum wiederholt sie das immer wieder?«

In Anbetracht der Tatsache, dass Vivian sie schon auf Herz und Nieren geprüft hatte, war es eine wirklich entmutigende Feststellung. Denizen schwante allerdings noch Schlimmeres.

Damals in Crosscaper waren Hausarbeiten oder Sport ihre größten Sorgen gewesen. Doch seit dem Beitritt zur Allianz waren diese dem erbarmungslosen Krieg gegen extradimensionale Gestaltwandler namens Tenebrae gewichen. So wenig Denizen erfreut gewesen war, Uhrwerkfrauen, Mörderkrähen und bei einer Gelegenheit einer lebenden Mülltonne entgegentreten zu müssen, in diesen Situationen war ihre einzige Sorge gewesen, dass sie sterben könnten.

Tagesanbruch hingegen war die sicherste Festung auf dem Planeten. Die Festung war rundum und absolut sicher, was bedeutete, dass er rundum und absolut sicher war, sich über andere Sachen Sorgen machen zu können. Zum Beispiel über:

1. *Den Anführer der Allianz – und dass ich ihm nicht richtig traue.* Hoffentlich würde Palatin Edifice Greaves wegen irgendetwas Wichtigem zur Abreise gezwungen, und sie müssten sich nie wieder in einem Raum aufhalten. Und zwar für den Rest ihres Lebens.

2. *Was haben die anderen Neulinge über mich gehört?* Denizen hatte es bereits schwierig gefunden, Freunde zu finden,

als er noch Denizen Hardwick gewesen war: Bücherwurm, Rotschopf, mit Sommersprossen übersät und aus Prinzip skeptisch, vor allem sich selbst gegenüber. Doch nun war er Denizen *Hardwick*, der Sohn der respektierten Malleus, mit seiner eigenen Liste unschöner Zusammenstöße mit Feinden, aber auch mit Leuten, mit denen er auskommen sollte.

Was ihn geradewegs zum letzten Punkt brachte. Denizen vermied sehr bewusst jeden Gedanken daran. Er liebte Wörter, und von Vivian hatte er für ebendiese Situation einen passenden Militärterminus aufgeschnappt.

3. *Zensur – Überarbeitung oder Zurückhaltung von Informationen aus Sicherheitsgründen.* Generale schienen das ständig zu machen, um ihre Untergebenen zu schützen. Denizen war kein General, aber Vivian und er waren übereinstimmend der Meinung, dass bestimmte … Dinge besser weggesperrt wurden.

Und zwar egal, wie weh es tat.

Der Jeep hielt an und der Fahrer hielt ihnen die Türen auf.

Ganz ruhig, redete sich Denizen zu. *Es ist nur ein Jahr. Du hast deine Freunde. Du bist an dem sichersten Ort, an dem du sein kannst. Das ist ein Neuanfang! Ja. Genau das ist es. Du wirst alle unpassenden Gedanken begraben und die Füße stillhalten. Was du am allerwenigsten brauchst, ist irgendwelcher Kram aus deiner Vergangenheit, der dich in den …*

»O Gott.«

Darcies Ausruf ließ Denizen aufschauen, sein Blick begegnete einem vertrauten schiefen Lächeln.

»So schlimm?«

Es war Grey.

2

EIN ANDERES LAND

Eine ganze Weile fuhren sie schweigend.

Genau wie an dem Tag, als sie sich zum ersten Mal begegnet waren, verkniff es sich Denizen, Grey anzustarren. Nach dreizehn von Misstrauen angefüllten Jahren war er zu diesem Treffen mit einem Gefühl gegangen, das sich irgendwo zwischen Skepsis und verzweifelter Neugier bewegt hatte, der Welt überdrüssig, ohne die Welt wirklich zu kennen. Aber es sagte viel über Graham McCarron, dass Denizen nur eine halbe Stunde gebraucht hatte, um herauszufinden, dass er von seinen Freunden Grey genannt wurde.

Doch keiner von ihnen war noch der, der er einmal gewesen war.

Der Jeep fuhr die gewundene Straße hinauf. Abigails Blick wanderte zwischen Denizen und Grey hin und her. Darcies Hand lag fest auf Denizens Arm, und wenn Vivian – sowieso nie die Entspannteste – sich noch ein wenig aufrechter setzte, würde sie wie ein Gummiband zerreißen.

»Und wie läuft es so bei dir?«, erkundigte sich Simon höflich bei Grey, was ihn für Denizen in diesem Moment zum absoluten Helden machte. »Wir sind uns bisher ja nur mal ... kurz begegnet.«

Selbst Simon zögerte an dieser Stelle. *Nachdem sie deinen*

Verstand gekidnappt hatten, um uns in den Rücken zu fallen, konnte man einfach nicht schönreden.

»Du meinst, nachdem sie meinen Verstand gekidnappt hatten, um euch in den Rücken zu fallen?«

Darcie zuckte zusammen. Simon sah aus, als sei ihm, was er gerade hatte sagen wollen, blitzartig wieder in die Kehle zurückgerutscht. Vivian hingegen wirkte fast entspannt, sie schien den spitzen Unterton in Greys Worten nachvollziehen zu können.

»Die Ärzte finden, ich soll darüber reden.« In Greys Stimme lag eine merkwürdige, angespannte Distanz – als versuche er, in einer Sprache zu sprechen, die er jahrelang nicht benutzt hatte. »Ich habe viele Ärzte konsultiert. Sie sind alle derselben Meinung, das ist vermutlich ein gutes Zeichen.«

Er feixte, als er das sagte, und einen Moment lang erkannte Denizen seinen Mentor wieder, den sarkastischen und lächelnden Schattenjäger, der in den ersten Wochen dieses neuen und schrecklichen Lebens so nett zu ihm gewesen war. Doch dann verschwand das Lächeln, und eine andere Person saß vor ihnen. Sie sah aus wie das deprimierendste Magic-Eye-Bild, das je gezeichnet worden war.

Grey war immer schlank gewesen, doch nun war er besorgniserregend dünn, seine Wangenknochen waren nur notdürftig von Haut bedeckte Messerklingen. Seine ehemals langen Haare waren auf beiden Seiten entsetzlich kurzgeschoren, ein Auge wurde von Ponyfransen verdeckt. Statt der gewohnten maßgeschneiderten Anzüge trug er nun ein ausgewaschenes T-Shirt, auf den nackten Armen wölbten sich Muskeln und der fortschreitende Tribut. Obwohl er sich im einzigen Land auf der Welt befand, wo ein Schattenjäger nichts zu fürchten brauchte, steckten seine Hände in schwarzen Handschuhen.

»Was …« Darcies Stimme klang vorsichtig. »Was haben die Ärzte sonst noch so gesagt?«

Die Straße kletterte die Wirbelsäule des Monte Inclavare hinauf, die kahle Erde zu beiden Seiten war voller Kerzen. Bevor er antwortete, schluckte Grey erst einmal kräftig.

»Die Allianz ist nicht in der Lage, eine Spur des Uhrwerktrios in meinem Kopf zu finden, doch wenn man sich überlegt, dass wir bislang nicht einmal wussten, dass Tenebrae in die Köpfe von Menschen eindringen können, wissen sie allerdings auch nicht so recht, wonach sie suchen sollen.«

Der Mann in der Weste. Die Frau in Weiß. Der arme, unselige Phantomjunge. Drei der schlimmsten Tenebrae, die das Multiversum ausspucken konnte, fochten eine Vendetta gegen Denizens Mutter und waren zu fast allem bereit, um Genugtuung zu finden.

Denizen hasste die Tenebrae nicht, gegen die er kämpfte, doch für das Trio war der Tod durch Vivians Hand entschieden zu gnädig gewesen. Sie hatten Denizens Vater Soren getötet. Sie hatten Corinne D'Aubigny getötet, und ihren Ehemann Amboss-Jack in tiefe Trauer gestürzt.

Aus Grey hatten sie eine Marionette gemacht, ihn gegen seine Gefährten aufgehetzt und ihn dann so leer wie einen abgestreiften Handschuh zurückgelassen.

»Aber nun sind sie sowieso tot«, fuhr Grey mit aufgesetzter Fröhlichkeit fort. »Und diese Tür ist verschlossen. Die Ärzte haben verlangt, dass ich mir Wellnesspodcasts anhöre. Das wird schon wieder, da bin ich sicher.«

Er gluckste. Die anderen nicht.

»Aber genug von mir – wie ist es zu Hause? Wie …«

Er redete nicht weiter. Die Seraphim Row war für Grey viel länger ein Zuhause gewesen als für Denizen, und im Rückblick konnte er erkennen, wie das Echo von Greys Freundschaft mit Amboss-Jack und Corinne D'Aubigny in Simon und Abigail und ihm selbst widerhallte.

Das Fenster. Schau aus dem Fenster. Davor ragten die Stadtmauern auf, steil und brutal mit Zinnen. Um die Stille zu durchbrechen, wollte Denizen gerade etwas Belangloses fragen, wie hoch sie waren oder *irgendetwas*, als Darcie sich kerzengerade und zitternd auf ihrem Platz aufrichtete.

Es war nicht genau dasselbe, wie in die Zukunft zu blicken, das hatte Darcie mehrmals klargestellt. Aber so, wie man in Pfützen den ersten Regentropfen sieht, erkannte Darcie, wenn sie die Haut des Universums mit einem Stift in der Hand beobachtete, wo sich der nächste Riss auftun würde.

In diesem Moment waren es allerdings ihre Augen, die alles aufzeichneten, mit dem eisernen Anschlag einer Schreibmaschine schlugen sie links und rechts gegen die Augenhöhlen. Abigail hielt eine der wild gestikulierenden Fäuste der *Lux* fest. Denizen stieß einen Zischlaut aus, als sich Darcies Nägel in seine Haut bohrten und kratzten, als wolle sie damit zeichnen –

Ihre Stimme war tonlos und schleppend.

»*Hierhierhierhierhier* –«

Und dann spürte es auch Denizen.

Das Gefühl ähnelte dem, wenn man merkt, dass man verdorbenes Essen im Mund hat. Man könnte es vielleicht auch mit dem erschreckten Aufschrei vergleichen, wenn man sich die Haut an einem Nagel aufreißt und dann angewidert und fasziniert zusieht, wie das eigene Blut herausquillt.

Aber es war nichts dergleichen. Nicht exakt. Es war, was es war.

Ein Riss.

Das Kerzenfeld endete ein paar Hundert Meter weiter den Hang hinunter, und als der Jeep brummend anhielt, flackerte ein Streifen von Flammen auf, als habe eine unsichtbare Hand gewedelt. Hinter dem Feldrand stieg Staub auf. Die Luft bog sich nach innen. Darcie sackte in sich zusammen.

Vivian war schon halb aus der Tür, als Grey sie am Arm packte.

»*Warte.*«

Der Tenebra breitete sich wie auf einer Autoscheibe kondensierender Frost aus, vorausgesetzt, Frost wäre schwarz und stumpf und wimmelnd wie Maden, vorausgesetzt, Nervensysteme bestünden aus schmutziger Kohle. Aus dem aufsteigenden Staub wölbten sich winkende Ranken mit verschwommenen Muskeln, Haut und Wirbelsäulen und einem Schädel, der sich vor ihren Augen knurrend öffnete –

Dann der Knall zerrissener Luft, eine Schotterkaskade aus dem Schädel des neugeborenen Monsters, und plötzlich vibrierte hinter ihm ein langer Speer aus schwarzem Stahl in der Erde.

Einer würde vielleicht nicht ausreichen. Menschen waren Systeme – komplex, verzahnt, zerbrechlich – Tenebrae hingegen waren schwarzes Öl und Schrott, zusammengeplündert in den Welten, in die sie eindrangen. Denizen hatte Erfahrung, was genau nötig war, um einen Tenebra zu schlagen.

Das Monster starb beim fünften Speer und zerfiel mit einem immer schwächer werdenden klagenden Schrei. Der ganze Schlagabtausch hatte nur einige Sekunden gedauert, aber nun war Denizen klar, dass der Bergrücken des Monte Inclavare aus gutem Grund kahl war.

Es gab keine Bäume zwischen hier und den Festungsmauern. Keine Pflanzen. *Keine Deckung.*

Ein Schlachtfeld.

»Ihr habt Pech gehabt«, sagte Grey ruhig und ließ den Wagen wieder an. »Manchmal benutzen sie die Raketenwerfer.« Als der Jeep wieder weiterfuhr, hatten die Augen des Schattenjägers etwas Gehetztes. »Es tut mir leid – Darcie, alles gut mit dir?«

Die *Lux* nickte, eine Träne schnitt einen Pfad von dunklerem Schwarz in ihre Wange.

»Alles gut. Der Schleier zwischen den Welten ist dünn hier. Deshalb ist alles –«

Das Adrenalin ließ Denizens Herz pochen und übertönte Darcies Worte. Mit jedem Schlag verteilten sich goldene Rinnsale in den Rissen und Spalten in ihm, suchten nach Freiheit. Canti schwebten durch seinen Kopf, sehnten sich danach, mit Flammen gefüllt zu werden, die Welt zu zerbrechen und zu *brennen* –

und mit der durch Übung entstandenen Leichtigkeit hielt Denizen sie fest und errichtete in seinem Kopf eine Gedankenfestung aus imaginiertem Eisen und dichtem, unschmelzbarem Eis. Das Inferno wimmerte wie eine gefangene Katze, aber Denizen und Vivian hatten monatelang an dieser Technik gefeilt, hatten über Karten von Burgen und Ingenieurhandbüchern gebrütet, über jeden Trick in Belagerungsangelegenheiten.

Lustige Themen, um sich näherzukommen.

»Darcie, du hättest zu Hause bleiben sollen«, bemerkte Vivian. Ihre Stimme klang vor Sorge ganz gepresst. »Dies ist der einzige Ort auf der Welt, der keine *Lux* braucht. »Du hättest –«

31

»Ich verabschiede mich von meinen Freunden«, erwiderte Darcie sanft, und trotz der unvermindert in seinem Kopf bettelnden Canti musste Denizen grinsen, als er sah, dass Vivian sich abrupt aufrechter setzte. »Die Welt wird schon für ein, zwei Tage klarkommen. Und ich auch.«

»Nun gut«, Vivian räusperte sich und wandte sich an Grey. »Man sollte doch annehmen, dass die Tenebrae gelernt hätten, dass sie hier nichts zu suchen haben.«

»Lernen?« In Greys Stimme schwang eine für ihn untypische Grausamkeit mit. »Tenebrae *lernen* nicht. Sie kommen entweder durch einen Riss heraus und müssen die Mauern überwältigen, oder sie zerfließen vor den Kerzenfeldern der Stadt wie Wasser von einer Windschutzscheibe. Und stehen dann vor den Mauern.«

Vor ihnen ruckelte das Tor auf, das ebenso hämatomschwarz war wie Denizens Handflächen. Es stöhnte wie etwas Prähistorisches, das im Teer versank. Hätte Denizen nicht gewusst, dass man Mauern umgehen konnte, sogar beeindruckende Schutzwälle wie diese, hätte ihn die bloße Größe beruhigt.

Tenebrae konnten die Mauern durchbrechen, die unser Universum von ihrem trennten – wie Ratten, die sich durch Rohre zwängen, oder Feuchtigkeit, die sich in einem Holzboden festsetzt. Mauern hatten das Uhrwerktrio nicht davon abgehalten, vor zwölf Jahren Denizens Vater zu töten, oder letztes Jahr zurückzukommen, um einen offenen Krieg zwischen der Menschheit und dem Unendlichen König der Tenebrae heraufzubeschwören.

Mauern hatten auch Grey nicht gerettet.

Als sie unter den Schatten der Zinnen durchfuhren, spürte Denizen Blicke. In den Steinschlitzen glitzerten gespannte

Pfeile. Auf der anderen Seite des Tors waren Barrikaden errichtet. Selbst, wenn es einem Feind gelang durchzubrechen, würde er schlicht in einen Pferch rennen und der Gnade der Bogenschützen über ihm ausgeliefert sein.

»Bisschen übertrieben«, flüsterte Simon, als habe er Angst, jemand könne ihn belauschen.

Falls Grey darauf antwortete, ging es im Klirren des sich schließenden Tors unter.

Innerhalb von Adumbrals Mauern wurde die gepflasterte Straße sogar noch steiler. Die Gebäude klebten wie Vögel auf einer Leitung aneinander, die Straßen bestanden aus scharfen Ecken und engen, schmalen Steigungen. Wenn Dublin eine alte Stadt war, dann war dieser Ort *uralt*. Alles schien sich an merkwürdigen Stellen zu wölben oder durchzuhängen – wie Soldaten nach einem langen, anstrengenden Marsch. Und überall waren Kerzenfelder – sie schimmerten auf Fensterbänken, spannten sich wie prähistorische Weihnachtsbeleuchtung über den Eingang von Gassen und hielten die Fäulnis vom Eindringen ab.

»Nur die Mauern sind bemannt, oder?«, fragte Abigail mit gedämpfter Stimme. »In Adumbral lebt niemand mehr?«

»Nicht mehr«, lautete Vivians knappe Antwort.

»Oh, du hast es noch nicht gehört?«, fragte Grey leichthin. Sie musterte ihn scharf, aber er kümmerte sich nicht darum. »Die Mitglieder der Allianz haben sich nicht immer im Schatten versteckt und die gemieden, für die sie ihr Leben geopfert haben. Nein ... es gab eine Zeit, da haben auch wir versucht, ein Leben zu haben.«

Behandschuhte Finger trommelten einen Eins-Zwei-Rhythmus aufs Lenkrad. Denizen starrte sie an, als wären sie Schlangen.

»Grey«, setzte Vivian an, »wir werden ausreichend Zeit haben, um zu ...«

»Das ist nun ihr Zuhause«, erwiderte Grey etwas kurzangebunden, als der Jeep den extrem steilen Hügel hinaufkeuchte. Am überfüllten Horizont ragte etwas auf, aber um es erkennen zu können, hätte sich Denizen in den Schlagabtausch einmischen müssen, den sich Vivian und Grey lieferten. Außerdem wollte er die Geschichte hören.

»Adumbral, die erste Stadt der Allianz«, fuhr Grey fort. »Ein Ort, an dem wir den Tribut nicht verstecken mussten, ein Ort, an dem wir uns frei äußern konnten, ein Ort, wo wir uns nicht verstellen mussten.«

Darcie drehte unablässig ihre Brille in den Händen. Die Stille der Stadt war greifbar. Sie erinnerte Denizen an Eloquenz – jene entlegene, zerfallende Burg, wo der Croit-Clan seit Jahrhunderten vor sich hin gärte.

Mauerbrüstungen wie geschürzte Lippen, Säulen rund wie blanker Knochen: Es war nicht so offensichtlich wie Architektur, und es war auch nicht so subtil wie Zeit, trotzdem lag eine Verkehrtheit über allem, eine Eiseskälte.

»So viele Familien«, sagte Grey. »So viele Schattenjäger. Und du weißt ja, was passiert, wenn sich zu viele von uns an einem Ort treffen ...«

Es war eine der ersten Lektionen gewesen, die Denizen gelernt hatte. Die Tenebrae durchbrachen die Grenzen zwischen den Welten, doch die Nähe von Schattenjägern und ihre Canti machten sie durchlässig. Aus diesem Grund hatte die Allianz die Kerzenfelder erfunden. Ansonsten würden die Wände zwischen den Welten zu dünn werden ...

Denizen wurde blass. »Die Tenebrae sind eingedrungen.«

Als Grey ihm im Rückspiegel einen scharfen Blick zuwarf,

wurde Denizen bewusst, dass es seine ersten Worte seit ihrem Wiedertreffen waren.

»Wie immer«, stellte der Schattenjäger schonungslos fest. »Je länger wir hier lebten, desto durchlässiger wurde die Schranke. Menschen verschwanden. Anfangs nur einige, später Dutzende. Sie fielen einfach aus der Welt.« Seine Stimme war grimmig. »Oder sie wurden entführt. Und dann, eines Tages … eines Tages kamen sie. Aus jedem Schatten. Aus jeder Ritze. Und verbogen die Stadt, um ihre Knochen daraus zu formen.«

Das war, was mit den Häusern nicht stimmte. Wie hatte Denizen es übersehen können? Die schiefen Winkel, die anzüglich grinsenden Lücken … Die Tenebrae hatten versucht, sie für sich zu beanspruchen, so wie das unselige Geschöpf, das kurz zuvor Staub als Fleisch hatte ausgeben wollen. Trotzdem stand Adumbral noch, erstarrt in seiner Fast-Verwüstung. Eine Totgeburt von Stadt, die sich hartnäckig aufrecht hielt.

»Wie …«

»Wir haben die Kerzenfelder erfunden«, erklärte Vivian in einem Ton, der zwischen ihrem ›So schlimm ist es nicht‹ und ihrem ›Diese Diskussion ist beendet‹ mäanderte. Die eine Variante beherrschte sie entschieden besser als die andere. »Sie haben Adumbral vor dem Zusammenbruch bewahrt und uns gelehrt, dass ein gewisses Maß an … Abstand nötig ist. Damit unsere Lieben sicher sind.«

»Und funktioniert das nicht prima für uns alle?«

Greys Worte waren wie bitteres und brackiges Eiswasser. Abigail zuckte zurück. Denizen hatte noch nie gesehen, dass sie sich so vor einem Schlag wegduckte. Simon machte große Eulenaugen.

Darcies Stimme war sanft. »Grey … Es war nicht deine Schuld.«

»*Das weiß ich*«, erwiderte Grey knapp. »Alle wissen das. Und alle geben sich große Mühe, mir in die Augen zu schauen und so zu tun, als habe es keine Bedeutung. Aber Menschen sind tot.«

Die weitere Fahrt verlief schweigend. Grey hielt vor etwas, das ein Lagerhaus hätte sein können, hätte denn noch jemand in Adumbral gelebt, der Waren hatte. Nun stellte die Allianz ihre Fahrzeuge dort ab, Reihen von Jeeps, die genauso aussahen wie der, aus dem sie gerade ausstiegen.

Denizen zermarterte sich das Hirn, was er sagen könnte, *irgendwas*, doch alles, was ihm einfiel, war irgendwie zweideutig. Und so nahmen sie wortlos ihre Taschen und wollten gerade losgehen, als Grey einen langen, rasselnden Seufzer ausstieß.

»Entschuldigung. Entschuldigung. Das braucht ihr nicht. Wer braucht das schon?«

Vor ihnen ragte eine Festung auf.

»Es wird noch genug Prüfungen geben.«

3

DER SINN VON LEUCHTTÜRMEN

Die Schattenjäger taten nie etwas ohne Grund. Das konnten sie sich nicht leisten. Der Tribut machte sie alle zu Geizhälsen, und das hatte sich auf ihr Training übertragen, ihre Traditionen, selbst auf die Gefühle, die sie sich zustanden. Doch trotz aller eisernen Kontrolle bestand die Allianz nach wie vor aus Menschen, und so hatte auch eine schlichte, düstere Poesie Raum gefunden.

Nach acht Schritten den Hang hinauf begannen Denizens Waden zu brennen. Kein Wunder, dass noch nie eine menschliche Armee versucht hatte, Tagesanbruch einzunehmen. Wozu auch? Allein der Gedanke, sich durch die Schlachtfelder vorwärtszukämpfen, durch die Mauern, steile Straßen hinauf, die fünf Krieger gegen hundert verteidigen konnten ... bloß um *hier*herzugelangen.

Vor dem kahlen Gipfel des Monte Inclavare dünnten sich die Häuser von Adumbral aus wie die zerzauste Tonsur eines Einsiedlers. Drei Seiten nahm die Stadt ein, leblos und golden und so reglos wie eine Totenmaske. Die vierte war eine werweiß-wie-tiefe senkrechte Klippe bis zum Fuß des Berges hinunter.

Und dazwischen ...

Tagesanbruch war ein Leuchtturm. Was sonst. Denizen

war nicht etwa ein Experte – in seinem ganzen Leben hatte er noch nie einen aus der Nähe gesehen. Das war schließlich der Sinn von Leuchttürmen. Sobald man sich in der Nähe eines solchen befand, bewegte man sich in die falsche Richtung. Denizen schloss es auch nicht aus der Umgebung – es gab keine Schiffe, die gewarnt werden mussten, keine Felsen, wo man auf Grund laufen konnte, kein Meer, in dem man ertrinken konnte.

Doch, das gab es, oder?

In der frischen Luft und weit weg von den Kerzenfeldern und ablenkenden traumatischen Wiedertreffen konnte Denizen es spüren: einen Schauder am Rande seiner Wahrnehmung – die ständige Erinnerung daran, dass es sich bei dieser Welt um eine Insel handelte, die in einem tiefen schwarzen Meer trieb, in der die Allianz der einzige Lichtfleck war.

Tagesanbruch ragte vorwurfsvoll in den Himmel, riesig wie ein Hochhaus, mit einer trotzigen Faust aus Stein und Glas auf der Spitze. Denizen erwartete fast, einen weißen Strahl aus diesen Platten peitschen zu sehen, der die Schatten ringsum vertreiben würde, doch die riesige Laterne blieb verschlossen, ein Geheimnis wie die Allianz selbst.

»Das würde Uriel gefallen«, stellte Simon fest, und Denizen neben ihm bejahte.

Hätte der jüngste Croit-Sohn sich nicht gegen die Doktrin aufgelehnt, die ihm seine Familie mehr oder weniger das ganze Leben eingebläut hatte, säße Denizen höchstwahrscheinlich immer noch dort im Verlies. Dass Uriel dafür hatte bezahlen müssen, war eine Schuld, die Denizen weiterhin den Schlaf raubte.

»Ich wünschte, wir hätten ihn überzeugen können, sich uns anzuschließen«, erwiderte Denizen traurig. »Aber –« Er runzelte die Stirn. »Moment – woher willst du eigentlich wissen, dass ihm das hier gefallen würde?«

Simon erstarrte. »Oh, habe ich mir bloß so … ähm …«

Dieses Stottern war ebenso uncharakteristisch wie vertraut. »Wir haben … gemailt.«

»Oh«, sagte Denizen.

Dann: »*Oh*«, antwortete Denizen.

»*Richtig*«, fuhr Denizen fort, so was von froh, dass alle den Leuchtturm anstarrten, denn so knallrot, wie er war, hätte er die Schiffe vermutlich höchstpersönlich warnen können. »Hey«, sagte er. »Das ist ja super! Ich wollte sagen … cool. *Cool*. Muss ich … irgendwas tun?«

»Als Erstes könntest du den Mund schließen«, sagte Simon mit verlegenem Lächeln. »Nein, du brauchst nichts zu tun – wir können später darüber reden. Ist ja keine große Sache, verstehst du?«

»Genau! Nein – natürlich nicht!« Als Denizen bewusst wurde, dass er sein Okaysein so wild fuchtelnd und manisch rüberzubringen versuchte, dass er es damit womöglich weniger okay machte, und darüber hinaus auch noch eine Gefahr für niedrig fliegende Flugzeuge darstellte, redete er nicht weiter.

»Los komm«, sagte Simon. »Schauen wir uns unser neues Zuhause an.«

Die Mädchen drehten sich um, allerdings nicht zu ihnen, sondern zu der Garage, wo Grey geparkt hatte. Abigails Gesichtszüge verzogen sich zu einem Stirnrunzeln. Darcie sah einfach bloß traurig aus.

»Sollen wir … Sollen wir auf ihn warten?«

»Nein.« Vivians Stimme klang weich. »Gebt ihm Zeit.«

Das Tor von Tagesanbruch – dick und hoch und mit dem Hand-und-Hammer-Emblem versehen – lag im Schatten von noch mehr Schießscharten und Pechnasen für siedendes Öl. Es hätte Denizen nicht überrascht, wenn es auch noch unsichtbare verborgene Hightech-Abwehrmaßnahmen gegeben hätte. Wenn es um den Schutz ihres Eigentums ging, hatten die Schattenjäger kein Problem damit, mechanische und mittelalterliche Techniken mit Magie zu mischen. Bei diesem Krieg konnte der Feind aus jeder Richtung kommen.

Simon wandte sich an Abigail, die mittlerweile vor Aufregung vibrierte.

»Du bist hier.«

Abigail packte ihn am Revers. »ICH. WEISS.«

»Autsch.«

»Tut mir leid.«

Vivian zog einen langen eisernen Schlüssel aus der Tasche und schob ihn in das große Schloss des Tores. Mit einem unbehaglichen Blick auf die scharfen Spitzen des Fallgitters schlurfte Denizen ein wenig näher.

»Wir schließen uns einfach selbst auf?«

»Wir schließen uns einfach selbst auf.«

»Das ist aber irgendwie ein bisschen … enttäuschend.«

Als sich das Tor mit einem *Klonk* öffnete, das auf industrielle Fertigung schließen ließ, warf Vivian ihm nur einen Blick zu.

»Hast du einen Butler erwartet?«

Vielleicht.

Die zwei Männer im Vorraum konnten kaum als Butler bezeichnet werden, außer, man gebrauchte das Wort im Sinne von Artemis Fowl. Auf Holzstühle gefläzt, beobachteten sie, wie Vivian und die anderen hereinkamen. Wären nicht ihre

Augen gewesen, hätte man sie fälschlicherweise für desinteressiert halten können.

Das Foyer – *hatten Festungen Foyers?* Denizen entschied, das später nachzuschlagen – war ein langer, kahler Raum. Es gab nicht einmal den herumliegenden Schutt und die Verzierungen, die Seraphim Row von einer Gruselvilla in eine von Menschen bewohnte Gruselvilla verwandelte. An den Wänden hing keine Kunst, vielmehr waren die Wände die Kunst, denn in jeder davon war ein Kriegsmosaik eingelassen.

Es erinnerte Denizen an Abgeschiedenheit, den Zufluchtsort der Allianz. Doch während dort die Schattenjäger beim Marschieren gezeigt wurden, befanden sich die Krieger hier im Schlachtengetümmel. Reale Schlachten – auf den Schildern darunter waren in schwungvoller Schrift Namen und Daten vermerkt.

Es war irgendwie logisch. Man hätte jeden einzelnen Schattenjäger, der je gelebt hatte, in Abgeschiedenheit einmeißeln können, und sie hätten trotzdem nicht einmal eine Wand bedeckt. Vielleicht war es wichtig für die verlorenen Seelen, die dort eingesperrt waren, sich die Allianz eher als Armee denn als wenige entschlossene Seelen vorzustellen.

Hier auf Tagesanbruch stand der Feind fest. Tenebrae waren aufgrund ihrer Natur schwer darzustellen, doch die Künstler hatten ihr Bestes gegeben – helle Steinsplitter in seltsamen Winkeln, um die Reflektion zu verzerren, Wasser, das hinter durchscheinendem Glas floss, so dass die Figuren tanzten und zuckten. Keine glich der anderen, sie wanden sich vor Wut, oder Vergnügen, oder Schmerz.

Sosehr er es auch versuchte, er konnte nicht aufhören, die verkrümmten Silhouetten nach einer aus Mondstein und Saphiren und Silber abzusuchen.

Schluss damit.

Vivian führte sie eine Treppe hinauf. Denizen ertappte sich bei dem Gedanken, dass sich Tagesanbruch – trotz gelegentlicher Begegnungen mit einem Schattenjäger auf den Fluren – eigentlich wie die Seraphim Row anfühlte, jedoch auf eine Art, die nichts mit Tenebris zu tun hatte.

»Wie viele Schattenjäger leben hier?«, erkundigte er sich.

»Es gibt eine feste Garnison von einhundert«, antwortete Darcie, »die im jährlichen Turnus ausgewechselt wird. Außer Training, Archivierung und der Instandhaltung der Abwehr gibt es hier nicht viel zu tun. Die Schattenjäger bleiben eine Zeitlang, dann ziehen sie weiter.«

Das war der Grund. Trotz seines Alters, der finsteren Vornehmheit seiner Form und den sorgfältigen Details in jeder Mosaiktafel fühlte sich Tagesanbruch … provisorisch an. Man spürte Anzeichen, dass Menschen hier gewesen waren, aber weder ihre Persönlichkeit noch ihre Seele hatten Spuren hinterlassen.

Wie bei einem Flughafen oder einem Bahnhof – ein Ort, den man nur aufsucht, um ihn wieder zu verlassen.

»Ich würde verrückt werden«, erklärte Abigail, während sie jede einzelne Tafel las. »Deshalb beschränken sie es auf ein Jahr. Jeder will irgendetwas tun, und hier ist bloß –«

»Es ist eine Möglichkeit, der Allianz zu dienen«, erklärte Darcie, und obwohl ihre Stimme überhaupt nicht streng klang, senkte Abigail leicht den Kopf. Darcies Talente waren zu kostbar für die Front, aber sie hatten gerade gesehen, welchen Preis ihre Pflichten forderten. »Jeder auf seine Art.«

Sie blieben unter einem gewaltigen Torbogen stehen. Denizen fiel auf, dass die Mosaiken hier aufhörten, die schon zuvor ruhigen Gänge waren nun menschenleer. »Und da wir gerade dabei sind«, sagte Darcie ein wenig verlegen, »hier werde ich euch verlassen.«

Sie drehten sich überrascht um.

»Die *Luces* haben andere Unterkünfte«, erklärte Darcie. »Sie sind ...«

»Schicker?«, hakte Simon unschuldig nach.

»In einem anderen Teil der Festung«, beendete Darcie den Satz. »Wir werden vor Ort benötigt, nicht hier. Aber wenn einer von uns nach Hause kommt, machen sie deshalb gern ein bisschen Aufhebens.«

»Die Abläufe hier«, unterbrach Vivian, »werdet ihr vielleicht als ... Umstellung empfinden.« In den Worten knisterte eine Warnung. »Wir sind nicht mehr in der Seraphim Row.«

Wohl wahr. Vivian stand nicht auf Zeremonien. Sie trat sie eher mit den Füßen. Zuhause sah die Rangfolge folgendermaßen aus:

Vivian.

Alle anderen.

Es war einfach. Aber hier galten andere Regeln.

Darcie schien so sehr das Gefühl zu haben, sich entschuldigen zu müssen, dass sie Denizen richtig leidtat.

»Hey, wir verstehen das. Wann fahrt ihr denn nach Hause?«

»Morgen Abend«, antwortete Vivian. »Ich habe noch ein paar Besprechungen, und dann nehmen wir den letzten Flug von hier.«

»Ich versuche, morgen mal bei euch vorbeizuschauen«, sagte Darcie. »Aber falls ich es nicht schaffe ...«

Sie drückte alle fest an sich. Denizen war verblüfft, wie fest. Andererseits hatte er sie noch nie ohne ein Buch gesehen, das nicht mindestens fünfhundert Seiten dick war. Das schien den Oberkörper zu kräftigen.

»Meldet euch«, murmelte sie beim Drücken. »Gebt mir Bescheid, wie ihr klarkommt. Simon, nimm nicht immer die Hände runter, bevor du zu einem hohen Tritt ansetzt. Sonst wissen alle Bescheid, was kommt. Und Abigail … sei nicht so streng mit dir. Versprochen?«

»Wie meinst du das? Ich –«

Darcie trat ein wenig zurück, ohne die Hände von den Schultern der anderen zu nehmen.

»Und Denizen …«

Denizens Wangen färbten sich rot. »Was?«

Selbst wenn sie die Augen eines Menschen gehabt hätte, wäre Darcies Starren durchdringend gewesen.

»Pass auf dich auf.«

Er nickte, und sie sah ihn noch einen Moment an.

»Viel Glück.«

Sie blickten ihr ernst hinterher. Darcie war die Erste gewesen, mit der Denizen in der Seraphim Row geredet hatte. Sie war unerschütterlich lieb und fürsorglich gewesen und hatte sie geführt und unterrichtet, obwohl sie eine Bürde trug, die der Rest von ihnen kaum nachvollziehen konnte.

Es ist bloß ein Jahr.

Es war ein Jahr her, dass sie sich kennengelernt hatten. Und in einem Jahr konnte viel passieren.

Er würde sie wirklich vermissen.

»Das ist die Kemenate der Neulinge«, erklärte Vivian, als sie sie in einen großen siebeneckigen Raum mit Holztüren in den Wänden führte. »Frauenzellen, Männerzellen, Meditationszellen, die Bibliothek der Neulinge … Die Trainingskammern befinden sich zwei Stockwerke tiefer. Hier werdet ihr abends eure zugeteilte Freizeit miteinander verbringen –«

»Zugeteilter Spaß«, flüsterte Simon Denizen zu. »Voll mein Ding.«

Vivian warf einen Blick auf den Zettel in ihrer Hand. »Abigail, du wohnst in Zelle F12.« Sie schniefte. »Hmm. Ich war in Zelle F11. Falls du Gelegenheit dazu hast, neben dem Bett sollte mein Name eingeritzt sein.«

Denizens Hirn mühte sich ab, das Bild einer dreizehnjährigen Vivian zu liefern, war aber schlicht nicht in der Lage dazu. Ihre Narben, ihr Tribut, ihre Aura von kontrollierter Entschlossenheit und Wut – hatte sie sich je Sorgen gemacht, ob sie Freunde finden würde? Oder ob sie der Aufgabe gewachsen war, die sie geerbt hatte?

»Wo sind denn alle?«, erkundigte sich Simon, während er sich in dem menschenleeren Raum umsah.

»Schlafen vermutlich ein bisschen«, antwortete Vivian, und mit einem Mal wurde Denizen bewusst, wie spät es war. »Und das solltet ihr auch tun. Euer erstes Training findet morgen früh um sieben in der Haupttrainingskammer statt. Ruht euch aus. Prägt euch die Regeln ein. Bei der Allianz wird niemandem das Händchen gehalten – ihr seid nun Neulinge der Stufe zwei, und von euch wird ein entsprechendes Benehmen erwartet.«

»Es gibt Regeln?«, fragte Simon panisch.

»Es gibt Stufen?«, fragte Denizen ähnlich verängstigt. »Ich wusste nicht, dass es Stufen gibt. Warum wusste ich nicht, dass es Stufen gibt?«

»Neulinge der ersten Stufe sollen sich keine Gedanken über Hierarchien machen«, erwiderte Abigail leichthin. »Und natürlich gibt es Regeln. Pünktliches Erscheinen, keine Jungs in den Mädchenzellen, solche Dinge.«

Simon runzelte die Stirn. »Moment. Warum nicht?«

Vivian zog mit eisiger Miene eine Augenbraue hoch.

Denizen wurde vor Verlegenheit heiß und kalt gleichzeitig. Die Erkenntnis kam ihm, dass sie immer auf so engem Raum gelebt hatten, dass Denizen irgendwie vergessen hatte, dass Abigail ein ... na ja. *Ein Mädchen war und so.*

»Ach ja, richtig«, sagte Simon kleinlaut.

»Einige der Regeln sind ein wenig altmodisch«, erklärte Denizens Mutter – eine beeindruckende Feststellung von einer Frau, die einen Kriegshammer trug. »Andere gelten jedoch aus sehr gutem Grund.«

Sie nickten. Abigail schien unentschieden, ob sie respektvoll oder extrem amüsiert schauen sollte.

»Gute Nacht, Jungs«, sagte sie. Vivian nickte ihr ernst zu.

»Abigail. Es war ...«

Abigail riss die Augen auf.

»Eine Ehre«, beendete Vivian ihren Satz. »Und ein Vergnügen. Deine Eltern werden sehr stolz sein, wenn sie meine Beurteilung lesen.«

»Es gibt *Beurteilungen*?«, fragten Simon und Denizen wie aus einem Mund, während Abigail wie eine Sonneneruption strahlte.

»Oh. Danke. Wow. Ähm. Gute Nacht!«

Sie schwebte buchstäblich in ihre Zelle.

»Nun denn«, sagte Vivian. Ihre Stimme klang mit einem Mal etwas verunsichert. Im Raum herrschte plötzlich tödliche Stille.

»Ja«, erwiderte Denizen. »Ähm ...«

»Zelle M17«, sagte Simon mit schief gelegtem Kopf, um den Zettel lesen zu können, den Vivian nachlässig in der Hand hielt. »Ich lasse euch ein bisschen –«

Vivian machte einen Satz nach vorn.

Denizen war nicht der geborene Krieger, aber ein ganzes

Jahr machte einen großen Unterschied, vor allem unter der Anleitung von Vivian Hardwick. Er brauchte kaum eine Sekunde, um das plötzliche aber nicht unerwartete Inferno zu unterdrücken und eine Kampfhaltung einzunehmen –

– Gerade noch rechtzeitig, um zu sehen, wie Malleus Vivian Hardwick seinem besten Freund die verlegenste Umarmung angedeihen ließ, die Denizen je gesehen hatte. Sie zog sich ebenso schnell wieder zurück, was Simon leicht auf den Fersen schwankend zurückließ.

Auf Vivians Wangen zeigte sich ein winziges Tröpfchen Rot.

»Du bist ein guter Junge«, nuschelte sie mit gepresster Stimme. »Passt aufeinander auf.«

»Hmm«, brachte Simon heraus. »Ähm. O.k. –«

»*Gute Nacht, Simon*«, sagte Vivian. Er verschwand.

»Ich bringe dich auf dein Zimmer«, erklärte sie, als sie allein waren. Die Vorstellung, dass es – bis auf ungefähr drei Wochen letztes Jahr – das erste Mal sein würde, dass sein bester Freund und er in getrennten Zimmern schliefen, verursachte Denizen ein seltsames Magenflattern.

Als Vivian die Tür aufstieß, zwang er sich zu einem Lächeln. »Darfst du überhaupt in den Jungszellen sein?«

Sie warf ihm einen Blick zu. »Ich bin deine *Mutter*.«

Auch wieder wahr. Auf der anderen Seite des langen Flurs reihte sich Tür an Tür, in jede davon waren drei Spalten eingemeißelt. Denizen betrachtete sie eingehender. *Namen*, die lange zurückreichten. Generationen von Jungen, die genau hier für den Krieg trainiert hatten.

Und hier stand er. Am Ende des Flurs.

Denizen Hardwick

Tja, scheint wohl offiziell zu sein.

Die Tür öffnete sich auf seine Berührung, dahinter waren ein einfaches Bett, ein Kleiderschrank und ein kleiner Schreibtisch, über den ein Blatt getackert war. *Die Regeln*, vermutete Denizen. Manche waren fettgedruckt. Und unterstrichen.

»So«, sagte Vivian.

»Jep«, antwortete Denizen.

Das Schweigen dauerte an. Ob man seinem Gesicht ansah, dass er keine Ahnung hatte, was er sagen sollte? Ob Vivian bewusst war, wie eindeutig man es ihrem Gesicht ansah? Irgendwann räusperte sie sich einfach.

»Greaves wird sich nicht offen gegen dich stellen, nicht nach diesem Sommer.« Ihre Stimme war leise. »Aber vielleicht denkt er immer noch, er könnte dich überreden, bekehren. Aber du durchschaust seinen Charme ja mittlerweile. Gehe ihm aus dem Weg. Verhalte dich unauffällig.«

Vor einem halben Jahr wäre Denizen von ihrem plötzlichen Sinneswandel von Freund zu Feind noch genervt gewesen, doch nun konnte er es nachvollziehen – sie war einfach so. Allerdings war es eine Sache, wenn der Palatin persönliche außergewöhnliche Fähigkeiten mit den Canti auszubeuten versuchte, solange man in Dublin war, und eine ganz andere, wenn man quasi vor seiner Tür stand.

Und es war nicht das Einzige des letzten Jahres, was Greaves ausbeuten wollte.

»Denizen? Alles in Ordnung mit dir?«

Denizen nickte. »Ja. Wirklich alles gut. Die Festungsübungen funktionieren hervorragend. Ich habe alles im Griff. Ja.«

Vivians Lippe verzog sich. »Und … die andere Sache?«

»Zensiert«, erklärte Denizen und nickte entschlossen.

»*Gut*«, lobte Vivian. »Weiter so.« Sie seufzte und glättete ein wenig das Raue in ihrer Stimme. »Tut mir leid. Ich brauche dir nicht zu erklären, wie wichtig es ist, dass wir uns von … Vorfällen in der Vergangenheit distanzieren. Zu unserer eigenen Sicherheit.«

»Ich weiß Bescheid«, erklärte Denizen.

Sie blickte anerkennend auf die dicken Steinmauern. »Und hier wirst du sicher sein. *Sie* hat keine Chance, mit dir Kontakt aufzunehmen.«

»Ich weiß«, sagte Denizen. Und wie er das wusste. *Nicht dass sie es versucht hätte. Seit dem Sommer. Keine einzige Nachricht. Kein Wort.*

Das Feuer ballte die Fäuste in seinem Magen, und Denizen zerrte seine Gedanken weg.

Zensiert. Was für ein nützliches Wort.

»Gut«, sagte Vivian. »Melde dich, falls du noch etwas brauchst, und ich bin sofort da.«

Denizen lächelte sie matt an. »Greaves wird entzückt sein, wenn du einfach so auftauchst.«

Sie erwiderte sein Lächeln. »Er soll mal versuchen, mich aufzuhalten.«

Die Hardwicks lebten seit tausend Jahren nur für die Pflicht. Vivian hatte Blut vergossen – und ihn *vergessen* – sie hätte ihr Leben schon hundertfach geopfert, aber kein Tenebra war in der Lage, es ihr zu nehmen. Lange Zeit hatte sie auch ihre Gefühle vergessen. Pflicht war alles.

Zu hören, wie sie ihn einfach so vor alles andere stellte, öffnete etwas in Denizens Herz.

»Ich werde auf mich aufpassen«, versprach er. »Greaves wird vergessen, dass es mich überhaupt gibt.«

»Hoffentlich«, sagte sie und nahm ihn in den Arm. Ihr fehlte die Übung bei dieser Geste, und im Kopf hatte sie Umar-

49

mungen eindeutig mit Würgegrifftechniken vermengt. Denizen brauchte volle zehn Sekunden, bis er wieder Luft bekam.

Nachdem sie ihn losgelassen hatte, blieb Vivian noch einen Moment in der Tür stehen und zog einen Splitter aus dem Rahmen. Obwohl sie jede einzelne Möglichkeit durchgesprochen hatten, die nach diesem Moment eintreten konnte, traf sie der Moment selbst unvorbereitet.

»Pass auf dich auf.« Und weg war sie.

Das war es dann wohl, dachte Denizen und legte sich in voller Montur aufs Bett. Er war hier, im Machtzentrum der Allianz, dem sichersten Ort auf der Welt. Ein Neuling der Stufe zwei – was immer das heißen mochte – umgeben von Fremden.

Aber war nicht genau das der Sinn von Leuchttürmen? Kam man ihnen zu nah, hatte man schon die falsche Richtung eingeschlagen.

Denizen brauchte lange, bis er einschlafen konnte.

4

DAS SCHRECKLICHE GEHEIMNIS DER ABIGAIL FALX

Die klassische Schulausbildung von Abigail Falx hatte nur drei Wochen gedauert. Es war die Idee ihrer Mutter gewesen – sie war der Meinung, Kontakt zu anderen Kindern sei *pädagogisch wertvoll* für ihre Tochter. Bis zu diesem Zeitpunkt hatte Abigail kaum Umgang mit anderen Kindern gehabt. Sondern eher mit Boxsäcken. Oder gemalten Zielscheiben. Oder Messern.

Es war tatsächlich pädagogisch wertvoll gewesen. Daran bestand kein Zweifel. Sie hatte Dinge herausgefunden, die sie zuvor nicht gewusst hatte.

So hatte sie beispielsweise gelernt, dass manche Lehrer es überhaupt nicht schätzten, wenn Schüler zu vorlaut oder strebsam waren oder so oft wie möglich *recht* hatten, was der zehnjährigen Abigail partout nicht in den Kopf wollte. Des Weiteren hatte sie gelernt, dass andere Zehnjährige unfähig waren, Bedrohungen einzuschätzen. Sie übersahen entscheidende Details und konzentrierten sich stattdessen auf Abigails unsicheren Sprachgebrauch und dass ihre Haut eine halbe Hemisphäre dunkler war als die der anderen Kinder.

Es hatte sich als schwerwiegender taktischer Fehler erwiesen.

Und war gleichzeitig das Ende des Experiments. Nun war

sie an einem Ort, wo ihr Elan geschätzt würde – an einem Ort, der sie ebenso ernst nehmen würde wie sie sich selbst. Als sie sich gewohnt früh nach unten schlich, um die Erste beim Training zu sein, gelobte sich Abigail, sich würdig zu erweisen.

»Oh!«, sagte sie. »Hallo …«

Blicke wanderten zu ihr, dann wieder zurück. Die Wände der Kammer waren verspiegelt, damit die Neulinge ihre Haltung kontrollieren konnten, was Abigail eine Auswahl an Winkeln bot, um die vier Schüler zu begutachten, die ihr zuvorgekommen waren, und zusätzlich sich selbst, wie sie verlegen in der Tür stand.

Eigentlich ist es doch gut, dass sie alle dieselbe Idee hatten, dachte Abigail, als sie ihren Platz in der Reihe einnahm und den Blick auf sich selbst vermied. *Es zeigt Engagement. Zusammenhalt. Außerdem*, konnte sich ein Teil von ihr den Gedanken nicht verkneifen, *ist der Lehrer noch nicht da und kann also nicht wissen, wer von uns zuerst hier war.*

Zeit verging. Abigail würde nicht gaffen. Sie hatten ja auch nicht gegafft. Außerdem war es eine nützliche mentale Übung, stattdessen die anderen Neulinge zu analysieren.

Die Erste links: ein blasses und geschmeidiges Mädchen mit trägen, bösartigen Zügen, das Abigail sofort an ein Wiesel oder einen Nerz denken ließ. *Eine Croit?* Sie hatte gehört, dass einige von ihnen aufgenommen worden waren.

Der Zweite: ein Neuling, der sogar noch kleiner war als Denizen, und der es irgendwie schaffte, die verkniffene, verdrießliche Miene eines Bankdirektors zu perfektionieren. Und zwar eines Bankdirektors, dessen Bank kurz vor dem Bankrott stand.

Der Dritte: ein dunkelhäutiger junger Mann – ›Junge‹ kam

ihr irgendwie unpassend vor, was zum Teil an seinem Bart lag und seinem großen, massigen Körper, zum Teil daran, dass er ebenso viele Narben hatte wie ein Malleus. Er hatte bei ihrem Eintreten keine Miene verzogen.

Weitere Neulinge kamen herein. Groß, klein, dick, dünn – da war Katerina, ein Mädchen, mit dem sie in München auf dem Küchenfußboden gespielt hatte, während Abigails Mutter ein Stockwerk höher wieder zusammengeflickt worden war. Dann gab es ein Mädchen mit dem traditionellen Sonnendisteltattoo der Eguzki-Familie (ziemlich übertrieben, dachte Abigail insgeheim), ein Zwillingspärchen mit Dreads – Mädchen und Jungen aus allen Ecken der Welt.

Sie wollte Simon und Denizen eigentlich begrüßen, doch sie bekam nicht mit, als sie hereinkamen. Die beiden würden es schon verstehen. Das erste Treffen mit dem Meister der Neulinge war entscheidend. Sie musste einen guten Eindruck machen.

Gedeon.

Nathaniel Gayle.

Was, wenn es Vivian *ist?!*

Schluss jetzt.

Sie atmete tief aus. Es war nicht wichtig, wer es war. Nur dass sie hier war, zählte. Sie war bereit zu lernen, sich Herausforderungen zu stellen, zu –

»Ich hoffe sehr, dass keiner von euch die Früh-Aufkreuz-Nummer abgezogen hat«, sagte Grey, als er in die Kammer geschlendert kam, »die imponiert nämlich absolut niemandem.«

Der Schattenjäger stolzierte in die Mitte des Raums, und ließ den Blick von Neuling zu Neuling wandern, als wäre er nur entfernt an dem interessiert, was er sah. Abigail spürte,

53

wie seine Augen für einen Moment auf ihr verweilten und sich dann wieder abwandten.

»Ganz richtig«, sagte er und klatschte in die Hände. »Dieses Jahr werde ich der Meister der Neulinge sein. Ich verzichte auf die aktive Pflicht, um mich in der Kunst zu spezialisieren, *euch* zu trainieren. Ich habe jede der Beurteilungen gelesen, die eure Mallei abgegeben haben. Ich weiß Bescheid über eure Erfahrung, euren Charakter, eure Canti und euren Tribut.«

Er begann, auf und ab zu gehen, und Abigail spürte, wie bei der Erinnerung an jene Vormittage im Garten der Seraphim Row etwas in ihr stockte. Greys quecksilbrige Anmut bei ihren Duellen war frustrierend gewesen.

Echte Schwerter?

Echte Schwerter. Ihr müsst euch an das Gewicht gewöhnen. Und du wirst mich nicht treffen.

Grey grinste die Neulinge hart und wölfisch an. »Die Frage ist … «

Das Feuer ihres Erbes kroch Abigails Wirbelsäule hoch, ehe sie es ersticken konnte. Darin hatte sie eine Menge Übung. Mit der Beherrschung des Feuers weniger – obwohl sie das konnte, natürlich konnte sie das –, sondern im Zurückhalten ihrer Wut.

In jenen ersten Wochen nach dem Angriff des Uhrwerktrios war es nötig gewesen. Abigail war Einsamkeit nicht gewöhnt. Ihre Familie war immer gemeinsam weitergezogen. Ihr Umzug in die Seraphim Row hatte ihr eine Familie genommen, dafür aber eine andere geschenkt – schräg und bunt zusammengewürfelt und mit einer sehr inspirierenden Anführerin – und sie hatte sich damit zufriedengegeben.

Und dann –

Greys Lächeln verschwand. ›*Warum ich?*‹

Wie Quecksilber.

Der Schattenjäger sprang zur Seite, rannte aus dem Stand los und trat dem verdrießlichen Jungen gegen die Brust, so dass er durch die Luft flog. Die Reihe löste sich nicht auf. Ihr blieb gar keine Zeit dazu. Abigails zweiter Herzschlag war kaum über den ersten gestolpert, bis in einem Chor von Aufschreien aus vierundzwanzig einundzwanzig wurde. Grey drehte sich wie ein Tänzer, schwirrte umher wie ein Albtraum, und als der dritte Schlag kam –

Das war die andere Gemeinsamkeit der Neulinge: Kinder wären vielleicht zerbrochen; Kinder wären vielleicht davongerannt. Aber es war sehr lange her, dass einer von ihnen ein Kind gewesen war.

Das Nerzmädchen holte zu einem Roundhouse-Kick aus, doch Grey stand schon längst nicht mehr an derselben Stelle, und zwei stumpfe *Dongs* brachten das Mädchen zu Boden. Grey rollte über den Rücken eines auf ihn zustürzenden Jungen und hämmerte seine Füße in den nächsten, und irgendwie waren es immer nur die Jugendlichen, die zu Boden gingen. Körper rannten an ihr vorbei oder stürzten zu Boden oder wurden getroffen. Abigail hingegen stand einfach da, dachte an die Blumentöpfe in der Seraphim Row, und inmitten der blitzenden Klingen wurden Fragen gerufen –

»Und atmen.«

Acht von vierundzwanzig Neulingen lagen am Boden. Manche waren auf der Stelle erstarrt. Andere hatten es fast zu den Waffenregalen an der Wand geschafft. Grey stand umringt von stöhnenden bäuchlings daliegenden Körpern, seine Haut glänzte vor Schweiß.

Sein Blick fiel auf Abigail. »Ich sagte, *atmen.*«

Nein – nicht auf Abigail. In den Spiegeln war ein aufsteigendes Glimmen zu sehen, es hatte die Farbe von Sonnenaufgängen, reifen Pfirsichen und war sommerwarm und überwältigend hell. Alle drehten sich um.

Der Junge war beinahe so groß wie Grey, das Trainingstrikot spannte an den Schultern, sein goldener Haarschopf war zwei Schattierungen dunkler als der Bernstein, der sich unter seiner Haut blähte. Er streckte die Hände aus, dort war das Licht am hellsten, es zischte wie eine Lunte.

»Lass es los«, befahl Grey, leicht außer Atem. »Lass es los, Matt. Denke an Kälte. Denke an Ruhe. Was immer hilft.«

Es dauerte ewig, bis das Licht erlosch, vielleicht fühlte es sich aber auch nur so an. Sie alle kannten diesen Kampf. Abigail wandte aus Respekt den Kopf ab. Sie hätte auch nicht gewollt, dass man sie anstarrte.

Grey wartete geduldig, bis alle wieder in einer Reihe standen.

»Kommt vor«, sagte er. »Jeder Krieger kann überrumpelt werden Es ist genau der Moment, in dem sich das Feuer nach draußen zu drängen versuchen wird. Wenn ihr abgelenkt seid. Wütend. Unachtsam. Euer Leben ist ein Drahtseilakt, und es wird immer Momente geben, in denen ihr am Abgrund schwankt. Das Entscheidende ist, dass ihr euch zurückholt.«

Abigail presste einen Finger auf die kalte, tröstliche Härte des Tributs in ihrer Handfläche. Jeder von ihnen hatte seine Methode, das Feuer zu besänftigen – Abigails Eltern hatten ihren Glauben, und Abigail hatte sie. Sie glaubten an ihre Tochter, und sie strengte sich an, sich ihres Glaubens würdig zu erweisen.

Das hier war Greys bevorzugte Lehrmethode – er mutete

einem alles Mögliche auf einmal zu, genau wie der Krieg. Und aus diesem Grund hatte sie sich nicht gerührt. Er wollte seinen Standpunkt klarmachen. Sie auch.

»Warum also ich? Warum wurde ich unter allen möglichen Alternativen ausgewählt, euch zu unterrichten?« Als er sich um die eigene Achse drehte, erstarrten vierundzwanzig Neulinge, doch er griff nicht an. »*Irgendwas*, Leute? Seid ihr hergekommen, um etwas zu lernen, oder um recht zu haben?«

»Weil du ein Schattenjäger bist?«, rief das Eguzki-Mädchen hinter Abigail. Es war eine gute Antwort. Alleine zu kämpfen, das Unmögliche möglich zu machen – genau das tat die Allianz. Die Antwort hätte sogar von Abigail stammen können … wäre sie nicht so entschlossen gewesen, den Mund zu halten. Sie hatte viel geübt, seit Grey weggebracht worden war.

»Vielleicht bin ich keiner«, sagte Grey. »Schließlich habe ich meine Macht nicht eingesetzt, oder? Ich könnte vom Geheimdienst sein, von der Speznas, dieser Spezialeinheit des russischen militärischen Nachrichtendienstes, vom Special Air Service …«

»Wir werden nicht gegen den SAS kämpfen«, erwiderte das Eguzki-Mädchen verwirrt. Greys Gesicht wurde hart.

»*Wir wissen nicht, gegen wen wir kämpfen werden.*« Er schlug die Faust in die Handfläche. »Eine Minute vor einem Riss erwischen euch zwei Gendarmen beim Einbruch in einer Wohnung, und ihr tut was – bleibt stehen und erklärt alles? Ein Tenebra ersetzt den Boss eines montenegrinischen Verbrecherkartells, und ihr müsst sechs unschuldige Männer zum Schweigen bringen, ohne –«

Als er mit den behandschuhten Fingern schnipste, kräuselte sich ein Lichtstreifen durch ihn. Er sah aus wie eine flatternde

Fahne, kurz darauf verschwand der Streifen, als habe er nie existiert.

Abigail hörte, wie nach Luft geschnappt wurde. *So viel Selbstbeherrschung.*

»Unschuldige Männer?«, fragte eine Stimme. »Du hast sie als Kriminelle bezeichnet.«

»Aber nicht als Tenebrae«, erwiderte Grey. »Und Unschuld hat verschiedene Stufen.« Erneutes Fingerschnipsen. »Zweiergruppen.«

O.k. O.k. Eine willkommene Abwechslung. Im Raum drängte sich das kontrollierte Chaos von Jugendlichen, die nach Partnern suchten, die sie entweder kannten oder kennenlernen wollten, oder gegen die sie kämpfen wollten. Abigail machte einfach Dehnungsübungen und konzentrierte sich auf ihre Haltung. Denizen und Simon würden garantiert aufeinander zustürzen wie zwei Matrosen aufs Land.

»Hallo.«

Das Eguzki-Mädchen. Sie war größer als sie – *längere Reichweite* – und stand locker in einer schmalen Grätsche –, *beweglich, aber instabil.* Abigail hatte so oft gegen Denizen, Simon und Darcie gekämpft, dass sie ihre Freunde auf einem Level kannte, von dem sie manchmal dachte, dass es über Freundschaft hinausging.

Aber diese Person hier war neu. *Spaß*, dachte sie mit nervöser Anspannung.

Unter Beobachtung hatte sich Abigail schon immer selbst übertroffen, und zwar seit ihrem sechsten Geburtstag, als sie ihre Eltern feierlich gebeten hatte, sich zu setzen, um ihnen dann zu erklären, dass sie durchschaut hatte, dass es bei ihren Eltern nicht um Bärenkämpfe ging. Seitdem hatte jeder Trainingstag sie darin bestärkt, dass Bedrohungen zu erkennen, bevor sie zu Bedrohungen wurden, den Unterschied zwischen verletzt werden und nicht verletzt werden machte. Oder den Unterschied zwischen Eltern, die von ihren Einsätzen berichteten und Eltern, die nicht mehr nach Hause kamen.

Sie wusste, dass manche Leute sie für unkompliziert hielten, weil sie sagte, was sie dachte, und keine Zeit damit vergeudete, Dinge zu überanalysieren, die nicht überanalysiert werden mussten. Sie irrten sich.

Abigail war nicht unkompliziert. Sie war beschäftigt.

»Dann los.«

Tagesanbruch und Grey verschwanden in dem schmerzhaften Lied des Zusammenpralls.

Linker Haken.

Rechter Haken.

Abblocken.

Alles andere verschwand, das Universum reduzierte sich auf Gliedmaßen und Fortbewegung, den ständigen Platzwechsel zwischen dem Mädchen und ihr.

Zustoßen.

Sie ist Rechtshänderin.

Umkreisen.

Zustoßen.

Arme und Hände und Ellbogen zielten hart nach ihr – sie waren sonnenverbrannt und von einem Muskelnetz durchzogen.

In die Falle locken.

Festhalten.

Das Mädchen riss die Augen auf, aber da war Abigail schon in Bewegung und zog ihr den Arm weg. *Mein Arm*, dachte sie triumphierend und riss das Mädchen aus ihrem Universum und zu Boden.

Oder hätte es getan, wenn das Eguzki-Mädchen sich nicht plötzlich hätte fallen lassen. Ihr Gewicht ließ Abigail in die Knie gehen. Sie stürzten beide zu Boden, doch Abigail lag unten und hatte ein Knie in den Rippen. Sie schnappte nach Luft –

»Und atmen.«

Das Gewicht verschwand. Ein Teil von Abigail hätte die Hand, die ihr ihre Gegnerin entgegenstreckte, gern übersehen, doch dann zwang sie sich, diese zu ergreifen.

»Tut mir leid«, sagte das Mädchen. »Gemeiner Trick.«

Es war das erste Mal seit einem Jahr, dass ein Neuling Abigail aufs Kreuz gelegt hatte.

»Der war echt gut«, erwiderte Abigail und war selbst überrascht, dass sie das Lächeln des Mädchens erwiderte. »Werde ich mir merken.«

»Partnerwechsel«, rief Grey, und das Gewusel ging von neuem los. »Und ich warte immer noch auf eine Antwort. Ihr seid hier, um zu lernen. Warum bin *ich* hier?«

»Um uns zu unterrichten?«

Ein Kopfschütteln, dann schlug Abigails Gegner ihr so hart ins Gesicht, dass sie die Prellung spüren konnte, die sie auf seiner Hand hinterließ.

»Um zu lernen?«

Sie brachte ein blondes Mädchen mit einem Scherentritt zu Boden. Ein eisernes Handgelenk presste sich auf ihre Kehle. Denizen war nirgendwo zu sehen. Simon ebenso wenig. Die Erschöpfung ließ alles vor ihren Augen verschwimmen, ihre Haut war schweißüberströmt.

Doch nichts davon konnte sie von diesen vertrauten Augen ablenken, die sie beobachteten; dieser hell lachenden und vor Erschöpfung krächzenden Stimme. Sie hatte nie darüber gesprochen, was der Verlust von Grey für sie bedeutete. Die anderen hatte er so hart getroffen – war es nicht ihre Pflicht, sich um sie zu kümmern?

Vielleicht hatte Abigail aber auch den Mund gehalten, weil sie ihnen sonst hätte erklären müssen, dass sie es nicht als Verlust empfand, sondern sich im Stich gelassen fühlte.

»Ich weiß, warum du hier bist.« Der Junge, der fast die Kontrolle über seine Macht verloren hatte. *Matt.* Die anderen hielten langsam in ihrem Kampf inne, manche standen auf, andere blieben mit ineinander verschlungenen Gliedmaßen liegen.

»Ach ja?«, fragte Grey. Seine Schultern nahmen die vertraute Kampfhaltung an. Der Junge wischte sich den Schweiß vom Gesicht, die Augen über seiner Adlernase waren ebenso blau wie Abigails, sein Kinn war eine Speerspitze.

»Du bist der Verräter.«

Das Wort flüsterte sich durch den Raum, ranzig wie ein bevorstehender Riss. *Verräter.* Es wurde bei der Allianz nicht häufig benutzt. Ihr Krieg war so schwarzweiß, wie ein Krieg nur sein konnte. Tenebrae betrachteten Menschen nicht als Kollaborateure. Sondern als Futter.

Greys Arme hatten sich verschränkt. Durch ihre zinnfarbene Blässe bewegte sich kein Anzeichen von Feuer, dabei musste es dort glimmen.

Als Futter oder als Spielzeug.

»Ich habe von dir gehört«, fuhr Matt fort. Etwas Hässliches drängte sich an die Oberfläche seiner Stimme. »Du hast deinen Kader verraten. Eine Schattenjägerin wurde deinetwegen getötet. Deshalb bist du hier. Zur ...« Er runzelte die Stirn. »... Strafe. Oder –«

Er sah sich um, als warte er auf Vorschläge oder Unterstützung, aber die Neulinge wandten sich entweder ab oder wirkten genervt. Vielleicht glaubten sie Matt nicht, vielleicht hielten sie auch einfach aus Respekt den Mund.

Hatte Abigail nicht ebenfalls geschwiegen?

»Er hat recht«, erwiderte Grey ruhig. »Ich bin ein Verräter. War. Bin. Es ist nichts, was sich je abwaschen lässt. Vor einem Jahr haben mich drei Tenebrae mit ihrem Bann belegt. Und mich gegen meinen Willen handeln lassen.«

Rings in der Kammer wurde nach Luft geschnappt, nur Abigail biss die Zähne zusammen. Oh, sie hatte davon gehört, wie sich das Trio in seinen Kopf gedrängt hatte. Sie wusste, dass er keine Gewalt mehr über sich gehabt hatte, dass niemand ihm Vorwürfe dafür machte, sondern nur er sich selbst.

»Ich hielt mich für unbesiegbar«, erklärte er. »An guten Tagen. Und dann schaute ich an schlechten Tagen auf den Tribut, und ich schaute auf meine Narben und dachte: Wenn ich sterbe, wird es nicht umsonst gewesen sein. Es wird … Poesie sein.«

Er hielt die Hände hoch. »Ich bin der einzige Schattenjäger, der auf Tagesanbruch Handschuhe trägt. Ihr habt euch bestimmt schon nach dem Grund gefragt.«

Grey zog den linken Handschuh aus und entblößte eine Hand aus Eisen, die halb Uhrwerk, halb Klaue war – ein Knurren von Rädchen und Stiften und Wellen, die sich zu einer Handfläche verbanden, die Finger krümmten sich wie eine sterbende Spinne nach innen.

In der Kammer wurde es schlagartig still. Matt sah aus, als müsse er sich übergeben.

»Ein Tenebra drang in mich ein und tat etwas, was noch kein Tenebra getan hat. Vielleicht werden sie es nie wieder tun – ich weiß es nicht. Und ihr wisst es auch nicht. Sie nehmen ihre Gestalt und ihre Macht aus dem, was sie sehen, und es steht ihnen ein ganzes verdammtes Multiversum zur Verfügung, aus dem sie sich bedienen können. Dagegen führen wir Krieg.«

Er zog den Handschuh gewaltsam über den beschädigten Mechanismus seiner Hand.

»Ich kann euch unterrichten, aber ich kann euch nicht darauf vorbereiten. Ich kann euch trainieren, aber das Training wird euch nur an den Rand der Dunkelheit bringen, keinen Schritt weiter. Das bin ich. Eine Lektion, dass wir nicht unbesiegbar sind. Dass es Dinge gibt, auf die man sich nicht vorbereiten kann, und die man vielleicht nicht überlebt.«

NEIN. Abigails Erbe peitschte wie geschmolzenes Gold durch sie. Ihr Leben basierte auf dem exakten Gegenteil. Sie hatte sich zu einer Waffe gemacht, damit die Zeit und die Energie und die Übung, wenn es so weit war, sie und alle, die ihr wichtig waren, beschützen würde. Und er stellte sich hin und erklärte, es sei alles vergeblich?

Das war der Grund, warum sie nicht gegen ihn angetreten, nicht in ihre alten Spielchen von Frage und Angriff eingestiegen war. Das war der Grund, warum sie Denizen und Darcie zwar zugehört hatte, als diese um ihren verlorenen Kameraden getrauert hatten, aber selbst nie etwas gesagt hatte.

Von Schattenjägern wurde erwartet, dass sie ihr Bestes gaben. Die Allianz verlangte schlicht alles von einem, und dafür wusste man im Gegenzug, dass man das Bestmögliche getan hatte. Grey hatte durch irgendeinen geheimen Makel oder eine Schwäche oder eine Unaufmerksamkeit das Dunkel hereingelassen, und Abigails neue Familie hatte dafür bezahlen müssen.

»Zweikampf«, befahl Grey müde, und das Tableau geriet

von neuem in Bewegung. Abigail fand sich plötzlich Simon gegenüber, der mehr denn je wie eine Krähe aussah, seine durchgeschwitzten Haare bekamen in der Hitze etwas Fedriges.

Sie hob halbherzig die Hände.

»Glaubst du das?«, fragte sie. »Was Grey gesagt hat?«

»Ich habe eine bessere Frage«, zischte Simon. »*Wo ist Denizen?*«

5

EINE BESSERE FRAGE

Es gibt diese spezielle Art Aufwachen, bei der man weiß, dass man spät dran ist.

Denizen war bereits aus dem Bett und drei Schritte durchs Zimmer, bis sein Hirn realisierte, dass er bei Bewusstsein war. *Ich bin spät dran. Ich bin spät dran. Ich bin spät dran.* Er brauchte nicht mal auf sein Telefon zu schauen. Er wusste haargenau, wie spät es war. Es war *spät*. Es war spät nach spät. Wie er sich kannte, war es fünfundzwanzig nach spät. Das Adrenalin, das nun durch ihn pumpte, war heftiger als bei jedem Kampf zuvor.

Es ist mein erster Tag, und ich bin zu spät. Ich will nicht auffallen und bin zu spät. Ich bin zu spät Ich bin zu spät Ichbinzuspätlchbinzuspät –

Seine Gedanken beschleunigten sich zu einem panischen Rhythmus, nachdem er vier Sekunden damit verplempert hatte, blind in den leeren Kleiderschrank zu starren, zwei weitere, weil er sich im Kreis drehte, und während sein Hirn pausenlos Nicht-Gedanken feuerte, fiel ihm wieder ein, dass er noch gar nicht ausgepackt hatte –

DachteichhättemorgensZeitdazuIchbinzuspät –

– und er schoss wie der Blitz in seine Kleider. Vivian hatte sie extra für diese Gelegenheit gekauft: weiße Baumwolle, leicht, perfekt zum Trainieren und Joggen und um zu spät zu kommen, spät, *spätspätspätspät* –

Er sprintete aus seinem Zimmer.

Als wäre es noch nicht genug, eine Blamage für seine Freunde, seine Vorfahren und die gesamte Allianz der Schattenjäger zu sein, stellte Denizen schnell fest, dass zu allem Übel auch seine Schuhe eine Nummer zu groß waren. Es fiel ihm auf, als er einen im Galopp verlor und deshalb zurückhetzen musste, wenn er sich nicht zusätzlich in Socken blamieren wollte.

Erst da wurde ihm klar, dass er keine Ahnung hatte, wohin er musste. *Warum höre ich nie zu, wenn Leute etwas erklären?* Ein steinerner Korridor sah aus wie der andere. Denizen verfiel in eine Art panischen Vor-und-Zurück-Tanz. *Renne ich überhaupt in die richtige Richtung?* Vielleicht machte er die Situation *wie immer* noch schlimmer statt besser, aber wäre es denn zu viel verlangt, dass sie *vielleicht mal* ein Schild aufgehängt hätten?

O. k. *Ruhig.*

»Verlaufen?«

Es war nicht der Akzent, tief und glatt wie ein U-Bahn-Tunnel, und es war auch nicht der satte Ton von Selbstvertrauen und Kameradschaft. Denizen wusste bloß, wer sprach, weil es die absolut letzte Stimme war, die er hören wollte, und in dieser Kategorie gab es *eine Menge* Konkurrenz.

Dreh dich um.

Nein.

Irgendwann bleibt dir gar nichts anderes übrig.

Denizen drehte sich langsam um, das Adrenalin surrte nur so durch ihn durch, sein gesenkter Kopf hätte als ein respektvolles Nicken missverstanden werden können, war aber der Versuch, eine unbeabsichtigte Grimasse zu verbergen.

»Palatin.«

Edifice Greaves lächelte. »Denizen Hardwick. Willkommen auf Tagesanbruch.«

Denizen hatte seine Kindheit zwischen den Deckeln von Fantasybüchern verbracht, und sie hatten bestimmte Erwartungen über die Beschaffenheit von Geheimgesellschaften bei ihm hinterlassen. Dass man nicht nur Helden, sondern auch jemanden wie Edifice Greaves brauchte, war ihm nicht klar gewesen.

»Irreführend, was?«, fragte Greaves und trat beiseite, um eine Gruppe Schattenjäger vorbeizulassen.

Oh, sieh einer an, jetzt *sind plötzlich Schattenjäger unterwegs*, dachte Denizen und fragte sich kurz, ob Greaves befohlen hatte, dass niemand diese Gänge hinunterlaufen durfte, damit er niemanden nach dem Weg fragen konnte. Der Gedanke sagte alles, was man über den Palatin wissen musste.

»Es ist absichtlich so angelegt worden«, sagte er und tippte mit der Mappe gegen die Wand. »Sackgassen, falsche Treppen – alles, was mögliche Eindringlinge verwirrt.«

»Aha«, erwiderte Denizen misstrauisch und versuchte verstohlen, auf Abstand zu gehen. »Cool. Ich muss eigentlich …«

»Zum Training?«

Dieses Mal war die Grimasse unvermeidlich. Er hatte gehofft, sich wegzustehlen, um die anderen zu finden, oder eben für den Rest seines Lebens durch die Gänge zu irren. Doch nun saß er in doppelter Hinsicht in der Falle: Entweder er kam noch mehr zu *spätspätspätspät* oder er nahm die Hilfe von Edifice Greaves an.

Es war nicht so, dass Greaves bösartig gewesen wäre. Ganz und gar nicht. Er führte die Allianz an. Er sorgte dafür, dass der Laden lief. Waren Frontkämpfer wie Vivian die Zähnchen des Zahnrads, dann war Greaves die Kurbel, die das große Zahnrad in Schwung hielt. Er war groß und gutaussehend, sein Charme umhüllte ihn wie eine unsichtbare Wolke. Es war ein dummer Grund für Denizens Aversion, aber die Erfahrung hatte ihn gelehrt, dass Greaves' unangestrengtes Charisma eine ebenso mechanische Strategie war wie der verwirrende Grundriss von Tagesanbruch.

Der Palatin grinste. »Lauf mir einfach hinterher.«

Greaves überholte Denizen – *Ich war auf dem richtigen Weg!* – und tippte auf einen Unterputzschalter neben einer Tür. Die Türflügel zischten auf – *Ein Aufzug! Ich war weitab vom richtigen Weg!* – und Greaves deutete mit einer Handbewegung auf das kleine, beleuchtete Rechteck dahinter.

Sie fuhren schweigend nach oben, vielleicht, weil Greaves einfach einem widerspenstigen Neuling half, vielleicht, weil er Denizens Misstrauen spürte, vielleicht, weil er den richtigen Zeitpunkt abwartete, an dem Denizen nicht mehr so wachsam sein würde.

Woher sollte man das wissen? Denizen hatte nie Schachspielen gelernt. Er konnte sich bei der Hälfte der Figuren nicht merken, wie sie bewegt wurden, und er war gerade mehr damit beschäftigt, über den richtigen Zug *in diesem Moment* nachzudenken, als die nächsten sechs Züge seines Gegners vorauszuahnen.

Wie genial musste man sein, um mit Menschen Schach zu spielen?

»Verzeihen Sie, Palatin, sind Sie sicher, dass dies der richtige Weg ist?«

Greaves' Lächeln war nicht dazu angetan, ihn zu beruhigen.

»Vertraust du mir etwa nicht? Und hör auf, dir Sorgen zu

machen. Der Meister der Neulinge wird dich wohl kaum dafür bestrafen, dass du bei mir bist.«

Ich bin nicht bei dir, dachte Denizen bissig und erstarrte. *O Gott – wer ist unser Lehrer? Ich habe schon den Anschluss verloren.*

Schließlich öffneten sich die Türen, und eine schlichte Holztreppe wurde sichtbar. Greaves lief zu einer Tür hoch und legte eine Hand darauf.

»Hier durch.«

Widerwillig folgte Denizen ihm in die grelle Sonne von Adumbral.

Denizen schwankte im Wind, der sich die größte Mühe gab, ihn in den Himmel hinaufzupusten, der nun *entschieden* näher war als gerade eben noch. Sein Magen unternahm einen beherzten Versuch, wieder die Treppe hinunterzuhechten, schaffte es aber nur bis zu seinen Zehen.

»Wir sind … Wir sind …«

»Ganz weit oben.« Greaves sagte es genüsslich und klopfte so hart mit den Knöcheln gegen eine große Glasscheibe, dass Denizen zusammenzuckte. Nicht, dass das Klopfen den ganzen Turm zum Einsturz brachte. Obwohl er noch immer alles silbrig und mit tränenfeuchten Augen sah, konnte er nun erkennen, dass sie ganz oben auf Tagesanbruch standen, knapp unter der Steinwölbung, die … die Spitze bildete. *Sie hätten uns ja auch sagen können, dass es ein Leuchtturm ist. Wenn ich gewusst hätte, dass es ein Leuchtturm ist, hätte ich mich schlau gemacht.*

Greaves wirkte so entspannt, als wäre er hier zu Hause. Andererseits wirkte er eigentlich immer so, als sei er zu Hause. Und abgesehen davon, das wurde Denizen nun klar, war er es hier tatsächlich. Tagesanbruch war der Sitz des Palatins –

vielleicht konnte man gar nicht anders, als selbstbewusst sein, wenn ein ganzes Land vor einem lag. Greaves lehnte sich in die Sonne hinaus und holte tief Luft. Die Sonne schien auf die zarten grauen Tupfer in seinem schwarzen Bart. *Waren diese grauen Haare schon immer dort gewesen?*

»Wunderschön, oder?«

Keine Ahnung. Ich schaue ja nicht runter. Die Sonne verlieh Greaves' Haut das satte Braun frisch gepflügter Erde. Denizen spürte, wie sich seine bereits in Falten legte. Er musterte den Palatin mit seinem Stirnrunzeln Nr. 9 – ›Du machst dich über mich lustig‹.

»Das hier«, presste er durch zusammengebissene Zähne, »sieht aber nicht wie die erste Übungsstunde der Neulinge aus.«

»Geht das schon wieder los«, sagte Greaves. »Du scheinst mir eine seltsame Umkehrung deiner Mutter zu sein, weißt du das? Vivian Hardwick hat noch nie einen Gedanken gehabt, den sie nicht auf der Stelle geäußert hat, aber bei dir findet alles unter der Oberfläche statt.«

Vielleicht würde es hier doch gar nicht so anders sein als auf einer normalen Schule. Obwohl er seit Crosscaper so viel durchgemacht hatte, war Denizen nach wie vor der Gnade von Erwachsenen ausgeliefert, die sich über ihn amüsierten. »Warum bin ich hier? Was wollen Sie von mir?«

»Ich möchte wissen, wozu du fähig bist. Wirklich fähig. Wenn du losschlägst.«

Die völlig falschen Worte. Denizen war müde. Er war gestresst. Er war von jemandem, den er auf den Tod nicht ausstehen konnte, in eine sinnlose Unterhaltung verwickelt worden, die noch nicht mal den Anstand besaß, unterhaltsam zu sein. Die Kerzenfelder waren sehr weit weg; in der Luft lag ein schwacher Geschmack von Tenebris, allerdings hätte die Macht in ihm auch sonst keine Ausrede gebraucht, um sich zu erheben.

»Denizen ... Ich habe dich gesehen.«

Flammen züngelten durch Denizens Magen und kletterten mit jedem Herzschlag höher. Mit zarten Ranken testeten sie vorsichtig die Befestigungsanlagen, die Vivian und er errichtet hatten.

»Das Selbstvertrauen, mit dem du der Kreatur, die die Croits anbeteten, unzählige Canti entgegengeschleudert hast, ging weit über dein Alter hinaus.«

Selbstvertrauen? Dieses Gefühl hatte er damals nicht gehabt. Die Erlöserin der Croits hatte ihren Tod nicht verdient, und er hatte – trotz der verschiedenen Gelüste, sie zu Asche zu verbrennen – alles getan, um ihn zu verhindern.

»Du hast große Macht, Denizen ...«

Vivians Anleitung war hilfreich gewesen. Sie hatte ihm gezeigt, wie er aus Eis und Entschlossenheit eine Festung errichten konnte, komprimiertes Blauschwarz, wie Kohle, die zu einem Diamanten zusammengepresst wird. Und trotzdem ... Feuer – es glomm in jedem Schlüsselloch und klopfte an jede Tür. Denizen war sowohl der einzige Bewacher der Mauern als der Komplize des Feinds im Inneren. Er *wollte* nachgeben. Er wollte zuschlagen. Er wollte ...

»Und ich kann sie absolut nicht brauchen.«

»Was?«, fragte Denizen, der aus seiner Träumerei herausgerissen wurde. »Sie brauchen sie nicht?«

Greaves hob eine Augenbraue.

»Du hast deine Macht mit einer Fertigkeit eingesetzt, die ich noch nie zuvor gesehen habe ... aber sie interessiert mich nicht im Geringsten. Und weißt du, warum?«

Denizen hatte wirklich keine Ahnung. Die Hardwicks hatten versucht, seine Fähigkeiten mit den Canti geheim zu halten, weil Greaves bisher jede ihm gebotene Gelegenheit mit beiden Händen gepackt hatte – auch wegen der Person, die Denizen diese Macht verliehen hatte.

»Der durchschnittliche Schattenjäger – wenn es ihn denn gibt – lernt vielleicht zehn Canti«, fuhr Greaves fort, »Genug, um seine Arbeit zu erledigen. Es besteht kein Anlass, herumzuprahlen. Weder im Kampf. Noch angesichts des Tributs.«

Eine andere Kontrolltechnik von Vivian – die Mauern seiner inneren Festung mochten aus Eis sein, doch tief in ihrem Innern bestanden sie aus Eisen und Logik. Denizens Fertigkeit milderte den Tribut ein wenig, aber leiden musste er trotzdem.

»Ich frage mich deshalb, wie viel die vierundzwanzig Neulinge, der zurzeit auf Tagesanbruch trainieren, deiner *Experten*meinung nach von der Stadt zerstören könnten, wenn sie deine … Fähigkeiten hätten? Auf einen Schlag. Ohne Rücksicht auf den Tribut.«

Denizen brauchte nicht nachzudenken. Er wusste es. Manchmal musste er sich zusammennehmen, um die Welt nicht nur als überlappende Strukturen von Zerstörung zu betrachten. Als sei es schon geschehen und er müsse nur das Wort aussprechen.

»Es gibt ein paar Unbekannte«, murmelte er, »aber wir sprechen über ein Drittel der Stadt. Vielleicht mehr.«

Greaves ließ einen Pfiff hören. »Das ist eine Menge.«

Denizen erwiderte nichts.

»Und die gesamte Allianz? Sagen wir tausend Schattenjäger?«

Denizen betrachtete den beeindruckenden Ausblick – den

knorrigen Wald, die Berggipfel – und stellte sich vor, wie sich eine zweite Sonne unter der ersten bilden würde, die Straße für Straße in Stücke reißen und Gebäude als Rauch und Kleinholz beiseite taumeln lassen würde.

»Warum fragen Sie mich das?«

»*Weil es nicht genug ist*«, knurrte Greaves. Seine Schultern sackten mit einem Seufzen nach unten, als habe ihn das Geständnis erschöpft. »Es war nie genug. Wir trainieren, und wir kämpfen, und wir sterben und es ändert überhaupt nichts.«

Eine Sekunde lang wollte Denizen diesem Ausdruck ehrlicher Niedergeschlagenheit in Greaves' Augen Glauben schenken.

»Glaubst du, Palatin zu sein bedeutet nur, die Haushaltsmittel zu verwalten? Hast du eine Vorstellung davon, wie viele Beileidsbriefe ich schreiben muss? Schattenjäger *sterben*, und ich muss mit einer Hand trösten, während ich mit der anderen Särge ordere. Und das sind nur wir. Wenn der Krieg in die reale Welt überschwappt, bin ich derjenige, der das aufräumen muss. Anonyme Spenden, zweckentfremdete Mittel … Waisenhäuser. Sie sind in unserem eigenen Interesse.«

Er verschränkte die Arme.

»Unser Kampf ist ein Stellungskrieg. Wir waten durch Untiefen und warten darauf, dass der Tsunami zuschlägt.«

Seine Finger umfassten das Balkongeländer fester.

»Und dann hat das Uhrwerktrio Venia in die Welt gebracht«, sagte er, »Und ihr beiden hattet ein *Gespräch*.«

Und da war sie. Die Information, die Denizen hatte zensieren wollen. Das eine Stück Schmuggelware, das er verzweifelt hinter sich zu lassen versucht hatte.

»War ja nicht schwer herauszufinden«, erklärte Greaves. »Die Hälfte der Allianz würde gern glauben, dass es Vivian

Hardwick war, die in jener Nacht unseren Arsch gerettet hat, aber es war die Tochter des Unendlichen Königs, habe ich recht? Sie lehrte dich die Canti, damit du sie aus der Gefangenschaft des Trios befreien konntest.«

»Das ist …« Denizens Hirn ratterte auf Hochtouren. »Eine Sichtweise?«

Und so war es. Sie schloss nicht ein, dass Simon krank vor Elend in einem Waisenhaus eingeschlossen gewesen war, oder dass Grey zu einer Waffe verbogen worden war, die sich gegen die richtete, die er liebte. Sie enthielt weder die herzzerreißende Geschichte, wie Vivian Hardwick gelitten hatte, noch den Anblick der toten Corinne D'Aubigny in den Armen von Amboss-Jack.

Und sie schloss garantiert nicht Venia ein.

Denizen hätte seinen beachtlichen Wortschatz erschöpfend einsetzen können, um die Tochter des Unendlichen Königs zu beschreiben, und es wäre ihm trotzdem nicht gelungen, auch nur eine Sekunde ihrer sich beständig wandelnden Gestalt zu beschreiben. Wenn Worte die nächtlichen Wanderungen mit Venia durch Dublin beschreiben sollten, oder das erste Mal, als sie aus einer menschlichen Kehle gekichert hatte, versagten sie völlig.

Und gegen alle guten Ratschläge seines besten Freundes und den gesunden Menschenverstand und zum blanken Entsetzen seiner Mutter hatte Denizen es geschafft, sich in sie zu verknallen.

»Du hast sie gerettet, und sie kam zurück, um sich bei dir zu bedanken, und zum ersten Mal in der Geschichte sprach eine Tenebra von Frieden. *Von Frieden.*«

In den Regeln stand nichts darüber, dass man keine Gefühle für eine Tenebra haben durfte. Vermutlich war noch nie jemand so dämlich gewesen. Zweitens waren Vivian Hardwicks Gefühle über *seine* Gefühle unmissverständlich kommuniziert worden. Hämmer waren im Spiel gewesen. Drittens ...

Drittens war es ein halbes Jahr her. Ein halbes Jahr, seit Venia dafür gesorgt hatte, dass sich die ganze Welt nur noch um *sie* und *ihn* drehte, und dann hatte sie kein Wort mehr mit ihm gesprochen.

»Aber er ist nicht eingetreten.« Greaves stieß enttäuscht gegen das Geländer. »Die Croits haben uns um diese Chance gebracht ... Aber ich habe es *gesehen.* Eine winzige Sekunde lang sah ich das Ende dieses kalten Krieges, der unsere Leute seit tausend Jahren langsam, aber sicher auffrisst. Bei der nächsten Gelegenheit *werden wir vorbereitet sein.«*

Denizen hatte genug. »Wovon reden Sie?«

»Von dir«, erwiderte Greaves. »Es ist mir egal, ob du dich durch ein Dutzend Erlöserinnen durchbrennen kannst. Es ist mir egal, ob du immun gegen den Tribut bist und wir dich wie eine heilige Handgranate einfach in einen Riss stopfen könnten. Venia und du habt einen Draht zueinander, und unsere größte Hoffnung auf Frieden wird nicht bei einem sinnlosen Scharmützel auf einer Straße in Dublin sterben.« Seine Stimme war ernst. »Du wirst der Allianz auf andere Art dienen.«

»Aber ...«

»Aber was?«, fragte Greaves mit beißendem Unterton. »Du bist nicht deine Mutter, Denizen, du bist kein lebenslänglicher Schattenjäger, der für das Schwert lebt. Was meinst du denn, wie weit du gekommen wärst, wenn der Zusammenstoß mit Venia dich nicht mit dieser Fertigkeit beschenkt hätte?«

»Es war nicht –«

»Schluss mit den Lügen, Denizen. Schluss mit den Spiel-

chen. Du hast im Kampf gegen die Erlöserin siebenunddreißig Canti eingesetzt. Ich habe mitgezählt. Selbst nach einem
halben Jahr Ausbildung bei Vivian rund um die Uhr wärst du
nicht so gut gewesen.«

Vor Schreck wie gelähmt, suchte Denizen verzweifelt nach
Worten.

»Sie … Sie haben mitgezählt?«

Greaves bedachte ihn mit einem Haifischlächeln. »Multi-
tasking ist mein Ding. Und ich habe recht. Ohne Venia wärst
du nicht hier.«

Greaves hatte recht. Nüchtern betrachtet, hatte Denizen
nur durch Glück überlebt. Er hatte keine Freude am Kampf.
Er war in die Seraphim Row gekommen, um herauszufinden, was mit seinen Eltern geschehen war, und dann, um
seine Macht zu beherrschen – was nicht besonders gut klappte – und dann hatte er helfen wollen … Aber bedeutete das
Kampf?

Und wie es dir Spaß macht. Die Wut herauszulassen, sie
durch dich fließen zu lassen, um der Welt deinen Willen auf-
zuzwingen, mit deiner Macht um dich zu schlagen wie ein
Zauberer in einem Kindertraum …

Denizen zitterte und ließ die schmelzenden Festungsmauern von neuem gefrieren. Das war nicht er. Das war das Feuer.

Oder?

»Du würdest hier leben«, erklärte Greaves, »und das
Schattenjägerhandwerk erlernen, außerdem Diplomatie, Geschichte, Verhandlungsführung. Und wenn Venia zurückkehrt, wirst du derjenige sein, der mit ihr redet. Ich wünschte,
es gäbe einen anderen Weg, aber wir haben niemanden, der
auch nur annähernd als Experte durchgehen würde. Aber wir
haben dich.«

»Was ist mit …« Er schluckte. »Was ist mit Simon? Abigail?«

»Sie werden dich besuchen. Es kommen ständig Schattenjäger auf Tagesanbruch vorbei. Und sie werden Ende des Jahres sowieso von der Seraphim Row versetzt werden.«

Irgendetwas in Denizens Magen zog sich zusammen. »E-Echt?«

»Wir gehen dorthin, wo wir gebraucht werden«, erklärte Greaves. »Es ist eine große Welt mit vielen Löchern.«

Es gab nur noch eine Karte, die Denizen ausspielen konnte. »Weiß Vivian, was Sie mir hier vorschlagen?«

Sie war die erste Wahl der Allianz als Palatin gewesen, zumindest behaupteten das Gerüchte. Es war kein Winkelzug gewesen – damals wie heute besaß Vivian die taktische Anmut eines Meteoreinschlags – aber wenn es etwas gab, was die Schattenjäger nicht in Frage stellten, dann waren es Ergebnisse. (Im Stillen wussten beide Hardwicks allerdings, dass Vivian als Palatin ein Desaster gewesen wäre. Formalien, Zeitpläne, Logistik … Aber das brauchte Greaves ja nicht zu wissen.)

»Meinst du, sie wäre anderer Meinung?« Ein Blick auf den Palatin, und Denizen wusste, dass er ausgetrickst worden war. »Dass ihr Sohn mehr zu den Kriegsanstrengungen beiträgt als hundert Mallei? Du würdest eurem Namen Ehre erweisen. Und du wärst wesentlich sicherer.«

»Sie meinen nicht nur durch meine Anwesenheit hier, oder?«

»Nein«, lautete Greaves schlichte Antwort. »Je mehr Canti du kennst, umso mehr wollen sie gesprochen werden. Und du kennst siebenunddreißig. Mindestens. Wie soll das gutgehen?«

Als würden sie auf seinen Kommentar antworten, spürte Denizen das Gähnen und Strecken von achtundsiebzig Canti, fremdartigen Formen mit einem Eigenleben und wenig Rücksicht auf einen Teenager, der sie nur mit Mühe im Zaum halten konnte. Wenn er kämpfen würde, wäre es entschieden schwieriger, die sorgfältig erbaute Festung aufrecht zu halten.

Und hier war eine, die sehr viel sicherer war.

Denizen schwankte. Er war gerade ebenso systematisch geschlagen worden wie beim Zweikampf mit Abigail. Es gab nichts, was er noch sagen konnte, und selbst wenn es etwas gegeben hätte …

Venia will nicht mit mir reden. Seit sie mir das Leben gerettet hat, hat sie sich kein einziges Mal mehr bei mir gemeldet.

»Wir gehen dorthin, wo wir gebraucht werden«, flüsterte er.

Greaves sah ihm in die Augen. »Und du wirst *hier* gebraucht.«

6

ANFORDERUNGEN

Bis zum Mittagessen dauerte es noch eine Weile.

Greaves hatte Denizen nicht den Weg zur Trainingskammer gezeigt. Vielleicht wollte der Palatin, dass er allein über das Angebot nachdachte, vielleicht war ja auch nicht mehr viel Zeit, vielleicht hatte er sogar – ganz richtig – bemerkt, dass Denizen absolut nicht in der Stimmung war, den Versuch zu machen, die erste Lektion nachzuholen.

Er hatte Denizen in einem Raum zurückgelassen, den man als Kantine von Tagesanbruch bezeichnen konnte. Vermutlich bezeichneten *sie* ihn nicht so. Kantinen hatten gewöhnlich keine geschwungenen und mit schneeweißen Wimpeln dekorierten Decken oder ausgetretene Steinböden, aber Denizen hatte elf seiner vierzehn Jahre seine Mahlzeiten in einer Kantine eingenommen, und dem Raum haftete einfach eine gewisse *Kantinenhaftigkeit* an.

Er setzte sich in eine Nische, von der aus er den ganzen Raum im Blick hatte – die langen Bänke, die unpassend modernen Kaffeemaschinen und die Theke, hinter der ein Schattenjäger herumlungerte, dessen Schürze und Gummihandschuhe absolut nichts daran änderten, dass er unterschwellig Mordgelüste ausstrahlte.

Denizen war nicht im Geringsten beunruhigt, Schattenjäger mit Kartoffelpüree hantieren zu sehen. Die Allianz neigte nicht dazu, ihre Drecksarbeit auszulagern. *Außerdem*, dachte er schlechtgelaunt, *wenn irgendjemand einen hartgesottenen Krieger zu einem Haarnetz überreden konnte, dann Greaves.*

Es war so typisch Greaves. Bei ihrem letzten Treffen hatte er Denizen falsche Infos zutragen lassen, um herauszufinden, ob seine Loyalität Venia oder der Allianz galt. Nun hatte er einen Weg gefunden, selbst das zu seinem Vorteil zu nutzen. Und ja, fairnesshalber musste man einräumen, dass er es der Sicherheit der Welt zuliebe tat, aber das war ja das Problem mit Greaves – man musste den Ausdruck *fairnesshalber* oft benutzen.

Außerdem war sein Plan sinnvoll. Das war das Schlimmste. Tagesanbruch war der Ort, wo Denizen am meisten bewirken konnte. Hier, mit Greaves, und ohne …

Denizen dachte an seinen Geburtstag vor ein paar Wochen – als alle um einen einzigen Tisch in der riesigen Küche der Seraphim Row gesessen hatten. Er dachte an die Geschenke und Geschichten und den kleinen Papierhut, den Vivian partout nicht hatte aufsetzen wollen, aber penibel gefaltet in ihre Jackentasche gesteckt hatte. Jack hatte gesungen, seine Stimme war so voll und warm gewesen wie ein Schmiedefeuer, und …

Ich könnte schreiben. Mailen. Da hätte Greaves sicher nichts dagegen –

Und das war der Haken – das hier war Greaves' Territorium. Sämtliche Kommunikation würde über ihn laufen. Trotz der Weitläufigkeit des Ortes fühlte sich Denizen mit einem Mal sehr eingesperrt.

Du bist egoistisch. Er kratzte in das uralte Holz des Tisches.

Vor fast einem Jahr hatte sich Denizen zwischen eine Tenebra und ein Kind gestellt. Er hätte davonlaufen können. Es hätte nie jemand erfahren. Aber er hatte seine Wahl getroffen.

Er war damals geblieben. Er sollte jetzt bleiben. Die Zeit würde vergehen, und Jahr für Jahr würden Neulinge kommen und gehen, und seine Freunde würden schreiben, und vielleicht würden sie es ihm nicht übelnehmen, dass er sicher in seinem Turm saß. Doch früher oder später, so oder so, würden die Briefe irgendwann aufhören.

Und er würde hier sein. *Und auf jemanden warten, der vielleicht niemals käme.*

Als Teenager mit den wohlüberlegten Schritten von Körpern hereindrängten, die den ganzen Vormittag gekämpft hatten, wich Denizen zurück. Ihre Bewegungen hatten dieses übermütige Nicht-ganz-hier-Sein, das ihm beunruhigend vertraut war. Und sie waren so *viele.*

Denizen musterte die Truppe und –

»Hier!« Das eifrige Quieken, das aus seinem eigenen Mund kam, ließ Denizen zusammenfahren. »Hier!«

Zum Glück bemerkte Abigail sein hektisches Winken ziemlich schnell, und sie kämpften sich durch die immer größer werdende Menge zu ihm durch.

»Ich sage es dir ja wirklich ungern«, erklärte Simon, als sie nah genug waren, »aber für das Training kommst du zu spät.«

Erschrocken und verlegen wurde Denizen klar, dass er einen Kloß im Hals hatte. *Hör auf, dich so lächerlich aufzuführen.* Er schluckte und zwang sich zu einem Grinsen, um das Schweigen zu überbrücken.

»Ich weiß«, brachte er heraus. »Ich werde es euch erklären – wie war es überhaupt?«

Abigail warf sich in die hintere Ecke der Nische, ihre Miene verhieß Unwetter. Simon und Denizen wechselten einen Blick. Denizen hatte am eigenen Leib erlebt, wie geduldig Abigail sein konnte, doch dieser Ausdruck bedeutete normalerweise, dass etwas kaputtgehen würde.

»Ist ... was?«

Abigails Schultern rollten in einem fließenden Achselzucken. »Ja.«

Mit einem Auge auf Abigail – für den Fall, dass das Zertrümmern von irgendetwas noch zur Diskussion stand –, setzte sich Simon ebenfalls.

»Grey ist der Meister der Neulinge.«

»Oh!«, sagte Denizen, und schlagartig erhielt Greaves' Angebot eine neue und verworrene Dimension. Für Greys Lehrerqualitäten konnte er aus eigener Erfahrung bürgen, aber es ließ sich nicht leugnen, dass sein früherer Mentor vielleicht nicht in der geeignetsten ... mentalen Verfassung war, um andere zu unterrichten.

Aber falls ich hierbleibe, sehe ich ihn öfter. Gestern hätte ihn diese Vorstellung noch ausgesprochen froh gemacht, aber das war ... *vorher?* Würde er das gleich denken? Würde Denizen seinen Freund meiden, weil der Krieg ihn verändert hatte? War das nicht genau das, was Krieg tat?

Und ist es nicht auch deine eigene Schuld?

Sein Tagtraum fand ein jähes Ende, als Abigail abrupt von ihrem Platz aufsprang und zur Essensschlange marschierte.

Denizen runzelte die Stirn. »Was hat sie denn?«

»Keine Ahnung«, antwortete Simon. »Seit dem Training ist sie auffallend still. Ich weiß, ihr wurdet beide von Grey trainiert, aber ganz ehrlich, wenn der Rest des Jahres läuft wie seine Begrüßungsansprache ...«

»Was meinst du damit?«

Erst als Simon beide Hände auf die Tischplatte zwischen ihnen presste, fiel Denizen auf, dass sie zitterten.

»Denizen … Ich habe mich auf Crosscaper einen Monat lang vor dem Uhrwerktrio versteckt, und ich glaube nicht, dass ich sie überhaupt je richtig gesehen habe, also aus der Nähe, aber wenn man so von ihnen … gejagt wird … Irgendwann hatte ich das Gefühl, sie zu kennen. Weißt du, was ich meine?«

Durch die hohen Fenster strömte Licht herein, doch die Augen des größeren Jungen blinzelten heftig, als versuchten sie, etwas im Dunkeln zu erkennen.

»Der Phantomjunge weinte. Ununterbrochen. Ich konnte das Geräusch in meinen Haaren spüren, auf meiner Zunge. Die Frau in Weiß hatte diesen huschenden, hoppelnden Gang, als würde sie sich von Zeit zu Zeit auf allen vieren vorwärtsbewegen …«

»Ich erinnere mich«, sagte Denizen leise.

»Und der Mann in der Weste … hielt sich für superlustig. Er erzählte sich bei ihren Zerstörungstouren durch die Klassenzimmer kleine Witze und las laut diese dämlichen Plakate vor, die Mr. Colford überall aufgehängt hat, von wegen man solle immer alles positiv sehen –«

Mr. Colford war ihr Lieblingslehrer in Crosscaper gewesen. Es war das erste Mal, dass Simon schlecht über ihn redete.

»Der Mann in der Weste hatte diese Art, sich über alle guten Dinge lustig zu machen, die ihm begegneten, all die guten Dinge in der Welt. Die Art, wie er deine Geburtstagskarte vorlas, ließ sie *fürchterlich* klingen. Und zu allem Übel verbogen sie auch noch Crosscaper. Unser Zuhause. Unsere Kindheit. Sie haben es sich angeeignet. Und jetzt, *jetzt* weiß ich, dass Tenebrae genau das tun. Damals dachte ich jedoch, ich würde verrückt werden. Ich dachte, sie wären in meinem Kopf.«

»Verstehe …« Simon sprach so selten von diesen Wochen, dass Denizen jedes Mal das Gefühl hatte, etwas extrem Zerbrechliches in die Hand gedrückt zu bekommen, das er durch ein einziges falsches Wort für immer zerstören konnte. »Aber Simon, sie wussten nicht mal, dass du dort warst. Sie waren nicht in deinem Kopf!«

»Ich weiß«, sagte Simon. »Sondern in Greys.«

Sie saßen schweigend da, bis Abigail mit einem Tablett zurückkam, das so bepackt war, dass es für alle drei reichte.

»Ihr müsst was essen«, erklärte sie, »auch wenn eine gewisse Person nicht zum Training erschienen ist.«

»Hey«, sagte Denizen. »Was hast du denn?«

»Nichts«, sagte Abigail und grinste sie an. »Wo hast du gesteckt?« Ihre Augen wurden größer. »Gab es einen … Walross-Zwischenfall?«

»Wir haben uns nie auf diesen Codenamen geeinigt«, sagte Denizen. »Aber … ja, gab es.« Als Denizen Greaves' Vorschlag erläuterte, verdüsterten sich Simons und Abigails Mienen, sie beäugten misstrauisch die Nachbartische, ob sie belauscht wurden.

»Er will mich im Auge behalten.« Denizen verstummte düster. »Darum geht es wohl. Er will mich in seiner Nähe haben, weil er denkt, ich sei …«

»Wie Grey«, beendete Abigail den Satz mit eisiger Stimme. »Aber das bist du nicht.« Sie seufzte. »Also kompromittiert. Du musstest Venia retten. Wir tun, was wir tun müssen – was immer für den Sieg erforderlich ist.«

»Genau«, sagte Denizen. Und so war es auch gewesen. Die Gedanken der höchst wirren Art waren ihm erst in den Monaten danach gekommen. In dem Augenblick selbst hatte er nur gedacht, dass Venia sehr laut war und er vielleicht sterben würde.

»Ich glaube, auch Greaves verurteilt Grey nicht für das, was passiert ist«, sagte Simon. »Soweit ich es sehe, hat er versucht, ihm zu helfen. Und ja, ich weiß, wir reden von *Greaves*, aber das ist etwas, das ich ihm wirklich abnehme.«

»Du hast recht«, sagte Denizen. »Ich will bloß …«

»Du willst bloß nicht ausgeschlossen werden«, sagte Simon und lächelte. »Schließlich haben wir ein extrem kurzes Gedächtnis, und sobald ich nicht mehr am Fußende deines Bettes schlafe, werde ich sofort vergessen, dass es dich je gab. So wird es sein, oder, Abigail?«

»Wen vergessen wir?«

»Genau.«

»*Leute*«, sagte Denizen. »Ihr seid nicht *lustig*.«

»Doch«, sagte Simon, und Denizen redete sich ein, dass es der nachklingende Gedanke an das Trio war, der sein Lächeln so leer aussehen ließ. »Und wie.«

Denizen blickte auf den Teller vor sich, auf dem derselbe Urmatsch lag, den Vivian in der Seraphim Row serviert hatte. Er war so gesund, dass man mit ihm Leben auf dem Mars hätte züchten können.

»Und jetzt esst«, sagte Abigail mit eisernem Ton. »Wir haben einen langen Tag vor uns.«

Sie hatte recht. Auf das Mittagessen folgte Sprachunterricht, eine riesige Gottesanbeterin von Frau namens Madame Adler scheuchte die Neulinge mit militärischer Präzision durch die französischen Verben.

Es gab viel zu lernen. Es war nicht so, dass ihr Training bisher planlos gewesen war; doch es war von Vivians Befindlichkeiten diktiert worden. Manche Themen waren mit der ihr typischen Vehemenz verfolgt worden, andere … nicht. Darcie hatte sich große Mühe gegeben, die Lücken zu füllen, aber einer Freundin zuzuhören war das eine, ein Fremder unter Fremden zu sein das andere.

»Das war doch gar nicht so schlimm«, sagte Abigail, die bereits Französisch sprach, auf dem Weg zum nächsten Kurs.

»Französisch ist in Ordnung«, sagte Simon, »aber morgen haben wir als Erstes Latein. *Latein.* Nicht gerade eine Sprache der Zukunft. Sondern von gestern. Genau genommen von vorvorvorvorvorgestern.«

»Nun ja, eigentlich hätten wir das ganze Jahr Latein haben sollen«, sagte Abigail, die natürlich auch Latein konnte. »Es war bloß viel bequemer, Darcie zu fragen.«

Der Gedanke versetzte Denizen einen Stich. Selbst ihre Gespräche fühlten sich nun ein wenig ungleich an, wie ein vertrautes Lied, bei dem ein Instrument fehlte. *Gewöhn dich dran*, zischte eine Stimme in seinem Kopf grausam, als sie sich durch die Korridore drängten. *In einem Jahr bist du Solist.*

»Und«, sagte Simon. »Hast du … Hast du dich schon entschieden, was du tun wirst?«

»Nein«, sagte Denizen. »Habe ich nicht. Aber –«

Abigail fiel ihm ins Wort. »Was meinst du damit, was er tun wird? Er wird hierbleiben.«

Denizen errötete vor Schreck, doch durch das Rot zogen sich erste Spuren von Zorn. »Ich hatte ja noch nicht richtig Gelegenheit, darüber nachzudenken –«

Abigail seufzte. »Das meine ich nicht, Denizen. Überleg noch mal. War es überhaupt eine Frage?«

»Ähm …«

86

Nein. Nein, Greaves hatte nicht gefragt. Er hatte jeden Einwand von Denizen feinsäuberlich aufgespießt, und wenn Denizen jetzt darüber nachdachte, hatte es sich nicht wie eine Auseinandersetzung angefühlt, bei der beide Seiten die gleiche Chance hatte, die andere zu überzeugen.

Es hatte sich wie ein Befehl angefühlt.

»Es tut mir leid, Denizen«, sagte Abigail, »aber die Dinge liegen nun anders. Ich will nicht behaupten, dass Vivian uns mit Glacéhandschuhen angefasst hat, vor allem dich. Aber sie regelte Dinge auf ihre eigene Art, und Greaves macht es genauso. Wir mögen ihn vielleicht nicht –«

»Wir mögen ihn ganz sicher nicht«, unterbrach Simon, doch sein Versuch, lustig zu sein, lief gegen die Wand.

»– aber er hat das Sagen. Er kann uns Befehle erteilen, und solange sie nicht moralisch verwerflich sind, müssen wir sie befolgen. Das bedeutet es, ein Soldat zu sein. Und sein Vorschlag klingt plausibel. Wenn *sie* wieder auftaucht, und du helfen kannst, dann solltest du das tun. Deshalb hast du dich der Allianz angeschlossen. Es ist deine Pflicht.«

Denizens Schultern sackten nach unten. Sie hatte recht. Sie hatte wirklich recht.

Ergib dich nicht dem Bösen, sondern kämpfe mutig dagegen an. So lautete das Motto der Hardwicks seit über tausend Jahren. Vivian mochte ihr eigenes Ding abgezogen haben, aber erst nach einem Leben voll von Opfern und Kampf. Sie hatte das Recht, die Regeln ein wenig zu interpretieren.

Denizen, das muss fairnesshalber gesagt werden, hatte es nicht.

7

SCHLACHTFELD

Sie gingen zu dem Kennenlerntreffen mit den anderen.

Um die Kälte des Steinbodens ein wenig zu mildern, war die Kemenate der Neulinge mit Sofas, Gobelins und Teppichen ausgestattet worden – es gab sogar einen verstaubten Fernseher und einen DVD-Player mit einer Dreierbox historischer Filme darunter.

Die Sachen machten die Kammer ein wenig weicher, aber eine Steinschachtel blieb nun mal eine Steinschachtel. Abigail schätzte den Versuch der Schattenjäger, den Raum etwas wohnlicher zu gestalten, doch das Erste, was Neulinge lernten, war die Tatsache, dass jeder Ort ein Schlachtfeld war – man musste nur wissen, wo man hinschauen musste.

Abigail musterte den Raum. Einige hatten bereits kleine Grüppchen gebildet. Andere Teenager sahen sich verlegen um. Simon stürzte sofort zum erstbesten Sessel und rollte sich ein, offenbar hoffte er, in den Kissen unsichtbar zu werden.

»Irgendwann werden wir mit ihnen reden müssen«, erklärte Abigail ruhig und setzte sich auf die Armlehne. Sie versuchte, für den Widerwillen der Jungen Geduld aufzubringen, aber sie hatte ihre gesamte Kindheit über fremde Erwachsene beim Frühstück vorgefunden, die ihre Verbände unter den Ärmeln zu verbergen versuchten.

In Abigails Familie wurden Ältere traditionell als *Tante* und *Onkel* bezeichnet, doch für die Schattenjäger, die sich vorübergehend im Haus aufhielten, war es mehr – sie waren eine Familie. Die Blutsbande zwischen ihnen hatte allerdings mehr mit vergossenem als mit demselben Blut zu tun.

»Ich weiß«, brummte Simon. »Wenn wenigstens Denizen geblieben wäre. Ich wollte mit ihm … über ein paar Sachen reden.«

»Ich glaube, er ist leergeredet«, sagte Abigail, aber auch sie war ein wenig enttäuscht gewesen, als Denizen sich von dem Treffen entschuldigt und in seine Zelle zurückgezogen hatte. »Komm schon.«

»O Mann. Na gut. Ich schnapp mir … einfach irgendjemanden. Warte kurz.«

»Nein«, sagte sie und bevor er protestieren konnte, zerrte sie Simon schon aus seinem Sessel. Ohne sich um seinen weißglühenden finsteren Blick zu kümmern, ging sie auf den winzigen Neuling mit dem Bankdirektoren-Stirnrunzeln zu, der steif wie ein Stock auf einer Plüschfußbank saß und das Fenster anstarrte, als wollte er hinausspringen.

Abigail spürte, dass sie beobachtet wurde. Niemand hatte sich so mutig durchs Zimmer bewegt. Aber da war die Stimme ihrer Mutter: *Manchmal muss man den ersten Schritt machen. Dann ist es für alle anderen leichter.*

»Hi«, begrüßte sie den Neuling. »Wie geht's?«

Als er sie ansah, lag nackte Panik in seinem Blick. Sein Gesicht war von kurzen Haaren umrahmt, die Züge waren fast zu zart für so unglaublich große Augen. Als der kleine Neuling sprach, war seine Stimme überraschend tief. »Wie bitte?«

»Wie geht's?«, wiederholte Simon und wollte sich lässig an eine Wand lehnen, doch als er merkte, dass sie zu weit weg war, richtete er sich auf. »Wir sind Simon und Abigail. Ich bin Simon.« Er runzelte die Stirn. »Sieht man ja wahrscheinlich.«

Das trug ihm ein kleines Lächeln ein. »Nicht immer. Ich bin Edwina de Montfort. Ed für alle außer meine Eltern. Es ist ein … Dauerthema.«

Abigail lächelte sanft. »Für sie oder für dich?«

Ed zuckte mit den Achseln. »Sie. Ich weiß, dass ich ein Junge bin.«

»Alles klar, Ed«, sagte Abigail grinsend und schüttelte seine Hand.

Simon blinzelte, dann streckte er ebenfalls die Hand aus. »Cool. Aus welcher Garnison kommst du?«

»London. Meine Familie lebt schon seit … na ja, seit Ewigkeiten in Islington. Ihr wisst ja, wie das ist.«

»Nein«, sagte Simon. »Ich bin …«

Abigail vermied bewusst jeden Blickkontakt. Simons Eltern waren bei einem Autounfall verunglückt, aber seine Schattenjägerfähigkeiten ließen irgendeine Verbindung zur Allianz vermuten. Allerdings hatten auch umfangreiche Recherchen bisher keinen Hinweis ergeben. Es war lange her, seit er es jemandem hatte erklären müssen.

»Ich bin ein Findelkind«, sagte er schließlich. »Ich kenne meine Vorfahren nicht.«

Ed nickte mitleidig. »Tut mir leid zu hören. Aber nun bist du hier. Ich glaube, in gewisser Weise sind wir alle miteinander verwandt.«

Als Kind hatte Abigail eine Prinzessin sein wollen. Ihre Mutter kam aus dem Iran, und Abigails Kindheit war voll von Geschichten über Frauen gewesen, die gekämpft und geherrscht hatten, und darüber, was *Herrschen* bedeutete. Es war eine Pflicht. Man diente seinem Volk und seinem Königreich.

Es war die ruhige, automatische Freundlichkeit in Eds Worten, die ihn zu einem Teil des Königreichs in Abigails Kopf machte.

Es war kein richtiges Königreich. Richtige Königreiche besaßen Karten und Flaggen und passten nicht unter eine Pudelmütze. Aber richtig oder nicht, Abigail fühlte sich verantwortlich für das Volk, das dort lebte. Sie kannte Ed seit acht Sätzen, doch nun würde sie ihr Leben für ihn aufs Spiel setzen. So einfach war das.

Dass es Dinge gibt, auf die man sich nicht vorbereiten kann, und die man vielleicht nicht überlebt.

Sie schauderte.

»Meine Familie blickt auf einen langen Stammbaum zurück«, sagte Ed. Er hatte ein Knöspchen von Nase und große, missmutige Augen. Nachdem sich Abigail und Simon als harmlos herausgestellt hatten, musterte er den Rest des Raums mit Raubtierblick. »Fragt mich nicht nach den Namen all meiner Vorfahren. Das verlangt mein Vater jedes Weihnachten von mir.«

»Beide Schattenjäger?«, erkundigte sich Simon.

»Mein Vater. Meine Mutter hat mich meinen ganzen dreizehnten Geburtstag lang finster angestarrt und mir Eiswasser eingeflößt. Ich glaube, sie wollte dem Palatin mitteilen, dass sie mir nicht erlaube zu gehen, doch dann hat ihr Dad erklärt, dass ich im Schlaf explodieren würde, wenn ich keine Ausbildung bekäme. Er hält das für superlustig. Aber ich mag das Training wirklich, und mein Vater und ich haben nun endlich ein Gesprächsthema.«

Als drei weitere Neue die Kammer betraten, spannte Ed sich an. Eine davon war das Eguzki-Mädchen, gegen das Abigail morgens gekämpft hatte, das Tattoo an ihrem Hals war deutlich zu erkennen. Der andere war ein untersetzter, bulliger Junge, bei dem jeder Zentimeter der sichtbaren Haut ein dichtes Unterholz aus Weiß war. Seine Augen brannten mit einer Heftigkeit, die nichts mit Feuer zu tun hatte, aber alles mit Wut.

»Wer ist –«

»Matt Temberley«, erklärte Ed müde, und erst da bemerkte Abigail den Dritten. Es war der Junge, der Grey als Verräter bezeichnet hatte – blond und breit, seine langen Locken zu einer akkuraten Kaskade frisiert.

Er stolzierte auf einen leeren Sessel zu, drehte ihn und ließ sich kunstvoll hineinfallen. Selbst seine Haare fielen kunstvoll, bevor sie wieder exakt ihre Prä-Fall-Position einnahmen.

Irgendetwas an seiner Miene ging Abigail auf die Nerven. Sie war … respektlos. Sie befanden sich in einem Zauberschloss. Er hatte keinen Anlass, *gelangweilt* auszusehen.

»O ja«, sagte Simon. »Dieser Typ. Kennst du ihn?«

Ed nickte. »Wir sind uns ein paarmal begegnet. Er ist von der Garnison Edinburgh. Ich glaube, er übt das richtig mit seinen Haaren.«

Abigail wandte sich ab, bevor Temberley ihr Starren bemerken würde. Zuvor fiel ihr allerdings noch auf, wie gelangweilt das Eguzki-Mädchen aussah, als er einen Spruch abließ und sie am Ellbogen rempelte, um zu sehen, wie sie reagierte.

Vielleicht war es die Ankunft des Trios oder Abigails mutiger Vorstoß, doch die Atmosphäre im Raum änderte sich, und wie durch einen unsichtbaren Reißverschluss kamen die zuvor vereinzelten Grüppchen zusammen.

Die Neulinge stellten sich in einem Dutzend verschiedener Sprachen vor. Als Simon und Ed in ein Gespräch mit Stefan verwickelt wurden – Garnison Madrid, fuchtelte beim Sprechen viel mit den Armen – zog sich Abigail zurück und führte irgendwann mit Dimitri eine lebhafte Diskussion über Armbrüste. Abigail sprach zwar nicht Ukrainisch, und Dimitris Englisch war auch nicht perfekt, aber man konnte erstaunlich viel mit Gesten ausdrücken – wenn es um Armbrüste ging.

Gruppen trennten sich und kamen neu zusammen. Es war bedeutungslos, wie verschieden sie waren, sie hatten so viele Gemeinsamkeiten. Nicht nur, dass sie alle Neulinge waren, obwohl das half – gemeinsames Training, Lieblingswaffen, der Stolz auf ihr Ziel, überliefertes Wissen – vor allem aber, dass sie Jugendliche waren, und neu, und an einem wirklich sehr eigenartigen Ort.

»Dann erzählt mal. Wer hat schon gegen einen gekämpft?«

Und der Moment war vorbei und der Krieg zurück.

Langsam drehten sich alle zu Matthew Temberley, der das Kinn auf seine verschränkten Hände gestützt hatte.

»Wer hat schon gegen einen Tenebra gekämpft?«

Es war das eine Wort, das jede Sprachbarriere überwand, das eine Wort, das bislang niemand ausgesprochen hatte.

»In Edinburgh wimmelt es nur so von ihnen«, fuhr er fort. »Unsere *Lux Precognitae* – ja, unser Kader hat übrigens eine Lux – behauptet, Tenebris würde wie Wasser durch die Steine der Stadt fließen. Kein Wunder, dass *normale* Leute die Stadt für verwunschen halten.«

Alle schwiegen, bis auf Etienne – das Nerzmädchen von zuvor, überraschend freundlich, toller Zopf – sie übersetzte leise für das Mädchen neben sich.

»Matt Temberley«, stellte er sich vor. »Meine Tötungsquote beträgt acht. Und damit ist *Tötungsquote* gemeint, nicht bloß, welche gesehen zu haben. Wie viele ich gesehen habe, kann ich schon gar nicht mehr sagen. Es ist ein Jammer –«, er ließ die Knöchel knacken, »– dass man sie nicht aufstellen kann.

Ihr wisst schon, wie Trophäen? Einmal, im Queen Anne Room ...«

Seine Hände meißelten beim Erzählen Gestalten aus der Luft, als würde er unsichtbare Tenebrae zerschneiden. An einem Punkt flatterte goldenes Licht unter der Haut seiner Hände, was alle erstarren ließ, doch dann atmete er tief aus und das Glimmen verschwand, während er sich darüber ausließ, wie sein Kader – vor allem aber er – das schreckliche Monster Anarabix zur Strecke gebracht hatte.

»Das ist ja ...«, Stefans Stimme war ebenso goldbraun wie seine Haut, schleppend, sonnenwarm und gleichzeitig völlig neutral, »... toll.«

Es schien nicht die Reaktion zu sein, auf die Matt gewartet hatte. Seine Miene verdüsterte sich, offenbar war ihm gerade aufgegangen, dass Gespräche nicht einseitig waren.

»Was ist mit euch anderen? Irgendwelche Kriegsgeschichten? Irgendwelche *Narben*?« Er sprach das letzte Wort seltsam genüsslich aus. Abigail hatte sich bis zu diesem Moment bemüht, nett zu sein, aber es war ein langer Tag gewesen.

»Narben machen einen noch lange nicht zum Schattenjäger«, erklärte sie. »Und wir werden schon noch früh genug welche haben.«

Er hörte sie garantiert. Seine Augen drehten sich fast – aber nicht ganz – zu ihr, doch dann verschränkte er die Arme und musterte stattdessen Simon.

»Was ist mit dir? Ich habe dich heute morgen kämpfen sehen.« Ein Grinsen lief über sein Gesicht. »Du hast doch bestimmt ein, zwei Narben.«

»Uhren«, sagte Simon wie aus der Pistole geschossen.

»Was?«

»Kann. Nicht. In. Der. Nähe. Von. Uhren. Sein.« Simons

Stimme war so scharf wie eine neue Rasierklinge. »Hab mich einen Monat in einem Waisenhaus vor Tenebrae versteckt. Sie hatten einen Uhrentick. Und nun habe ich einen Uhrentick.«

»Oh«, sagte Matt und fing sich wieder. »Okay …«

»Meine Malleus kämpfte in Salut gegen einen Tenebra.«

Emilia Garcia – ebenfalls aus Madrid – fehlten zwei Finger an der linken Hand, sie schlug deshalb wie ein Meißel zu. »Sie ließ mich mitkommen. Es war mein erstes Mal. Ich hatte sie noch nie zuvor weinen sehen. Der Tenebra hat sie niedergestreckt und dann mir nachgesetzt, und als sich unser Blick begegnete … erkannte ich Großvater. Deshalb konnte sie ihn töten. Er nahm das Aussehen von Menschen an, die man liebte, aber er konnte jeweils nur einen nachahmen.«

Matt öffnete den Mund, doch Ed meldete sich, jedes Wort war eine Anstrengung.

»Ich habe bisher noch überhaupt keinen Tenebra gesehen. Ich habe trainiert und trainiert, aber … Sie sagen, sie werden mich nicht in Gefahr bringen, solange es nicht der richtige Zeitpunkt ist.« Hände rieben über Arme. »Ich habe überhaupt keine Narben.«

»Nun denn …« Matt fand seine Fassung. »Nichts, worüber du dir Sorgen machen müsstest, Süße, es ist wie Wie-hieß-sie-doch-gleich sagte –«

Süße?

Und dann eine Sekunde später –

Wie-hieß-sie-doch-gleich?!

»– du wirst deine Streifen schon noch kriegen.«

Der vernarbte Junge hatte, seit sie hereingekommen waren, demonstrativ die Wand angestarrt. Als Matt sich umdrehte, schwante Abigail nichts Gutes.

O nein –

»Was ist mit dir, Großer? Wie lautet deine Geschichte?«

Aus der Nähe konnte Abigail erkennen, dass das Narbengewebe zu wirr war, um von Klingen zu stammen, und fast zu wirr für Klauen. Der Junge sah … durchgekaut aus.

Abigail hätte nicht angenommen, dass diese Augen noch kälter werden konnten. Obwohl der Altersunterschied zwischen ihnen kaum mehr als ein paar Monate betragen konnte, war seine Stimme vernichtend tief, sie klang, als habe sie sich aus der Erde herausgewunden.

»Mein Kader war Berlin. Ich hatte gerade mein Erwachen hinter mir, als die Unterherolde zuschlugen.«

Abigails Herzschlag setzte aus. Auf der Suche nach ihres Meisters Tochter hatten die ebenso bösartigen wie loyalen Unterherolde des Unendlichen Königs keinen Stein auf dem anderen gelassen. Zunächst waren es Suchaktionen gewesen – Warnschüsse vor den Bug der Allianz – aber dann waren die Zusammenstöße mit jedem Fehlschlag blutiger geworden. Schließlich hatten Vivian, Abigail und Denizen die Königstochter gefunden. Beinahe rechtzeitig.

»Hagen …«

Das Eguzki-Mädchen beugte sich vor, aber er winkte ab.

»Ich kann mich kaum erinnern«, sagte er. »Sie kamen durch die Mauern. Ich kämpfte. *Wir* kämpften. Ich weiß noch, dass ich zustach und zustach, und dann …«

Vernarbte Finger umklammerten einander.

»Der Tenebra rief Venia. Immer und immer wieder, mit der allerschrecklichsten Stimme. Dann verschwand er. Ich glaube, er hielt mich für tot. Die Schattenjäger, die mich fanden … dachten auch, dass ich sterben würde.«

Sein Blick wurde düster.

»Aber wir befinden uns im Krieg.«

8

EIN ANDERES GEFÄNGNIS

Der Ausdruck, der beim Abschied auf Simons und Abigails Gesicht gelegen hatte, folgte Denizen die Treppe hinauf und ins Bett. Es war nicht so, dass er die anderen nicht kennenlernen wollte – er würde ein ganzes Jahr mit ihnen verbringen, irgendwann würden sie reden müssen. Aber an diesem Abend brachte er es nicht über sich.

Es war keine Frage von Leben oder Tod. Das war das Schlimme daran. Als er sich der Frau in Weiß entgegenstellte, hatte Denizen sein Leben riskiert, ansonsten wäre ein Kleinkind gestorben. Leben oder Tod. Ganz einfach.

Doch hier ging es bloß um *Leben*, und Denizen war nicht sicher, ob er damit klarkam.

»Hallo«, sagte Grey.

Denizen schnellte hoch. Er war dem Schlaf offenbar näher gewesen, als er gemerkt hatte – der Schattenjäger schien wie ein Geist in Denizens Zimmer geschlüpft zu sein, die perlmuttartigen Schattierungen des *Lucidums* verstärkten den Eindruck noch.

»Grey«, sagte Denizen. »Warum bist du mitten in der Nacht in meinem Zimmer?«

»Ist es Nacht?«, fragte Grey und setzte sich an Denizens Bettende. »Ich habe nicht –« Er hielt abrupt inne und schüttelte den Kopf. »Manchmal vergesse ich die Zeit. Du weißt ja, wie es ist.«

Nein, dachte Denizen, hielt aber den Mund. Früher in der Seraphim Row war Grey der einfachste Gesprächspartner gewesen. Doch nun hatte Denizen das Gefühl, mit einer Sprache zu kämpfen, die er nicht verstand – nein, schlimmer, mit einer Sprache, die er einmal verstanden hatte, deren Bedeutungen sich nun aber geändert hatten.

Grey bewegte sich sogar anders, er pirschte sich nicht mehr wie ein Leopard mit leerem Magen an. Stattdessen war da nun etwas Zögerliches – als habe er Angst, er könne an spitzen, verborgenen Dingen hängen bleiben.

»Ist … alles in Ordnung?«

Denizens Stimme bebte. Nicht aus Angst – auch wenn sich in seinem Kopf die Canti reckten, als würden sie ein anderes Raubtier begrüßen. Es war auch kein Mitleid. Denizen war in einem Waisenhaus aufgewachsen. Er *hasste* Mitleid.

Es waren Schuldgefühle.

Wie das Rot aus Greys Nase gelaufen war, der wilde Blick in seinen Augen, als er es schaffte, die Waffe zur Seite zu reißen.

Sie werden dich töten.

Ein irres, blutiges Grinsen.

Hoffentlich.

»Was?«

Denizen zuckte zusammen. Er hatte Grey angestarrt. »Nichts. Entschuldigung. Was gibt's denn?«

Grey rieb sich mit der Hand übers Gesicht. »Mach dir keine Sorgen wegen heute morgen. Greaves hat mir gesagt, dass er mit dir reden musste. Du wirst Zeit haben, alles nachzuholen. Es ist wirklich aufregend. Mein Lieblingsfach war Geschichte. Jahrhundert für Jahrhundert, all diese Schlachten, all diese

Entscheidungen, die Leute getroffen haben, um uns an diesen Punkt zu bringen. Die Vorstellung, ein Teil von etwas zu sein, das größer ist als man selbst, verstehst du?«

Er blickte auf seine Hände. »Für ein Kind, das zu niemandem gehörte, bedeutete das viel.«

»Grey ...«

»Naturwissenschaften machen allerdings weniger Spaß. Ich weiß nicht mal, ob man es Naturwissenschaften nennen darf. Im Wesentlichen geht es um Grade von Entflammbarkeit, und wie man Putzmittel in Napalm verwandelt. Und nächstes Jahr wird es noch *Jura* geben, genauer gesagt, *Gesetzeslücken-Management für Geheimorganisationen.* Es ist erstaunlich, was man, wenn man das richtige Jahrhundert erwischt, Parlamenten alles einreden kann, in ihre Verfassungen aufzunehmen. Ah, Artikel drei, Paragraph zwei: Wie oft hast du mir den A...«

»*Grey.*«

Er seufzte. »Ja?«

»Warum hast du keinen einzigen meiner Briefe beantwortet?«

Grey schnaubte. »Was hätte ich denn sagen sollen? *Hey, Kleiner, schön von dir zu hören. Tut mir echt leid, dass ich deiner Mum eine Kugel verpasst habe?* Nicht gerade die tollste Postkarte.«

»Du hättest *irgendwas* schreiben können«, erwiderte Denizen. Lange unterdrückte Wut staute sich in ihm auf und er wappnete sich gegen die Flammen, die damit einhergingen. »Ich weiß, du hast versucht, wieder gesund zu werden ... aber ich musste von *Greaves* erfahren, wo du warst. Er hat es mir wie eine Karotte vor die Nase gehalten.«

»Ja«, sagte Grey müde. »So ist er. Ich für meinen Teil dre-

99

he ihm keinen Strick daraus. Ich beneide ihn nicht. Logistik. Budgets. *Papierkram.* Für jede siegreich geschlagene Schlacht verlieren wir irgendwo anders eine. Manchmal ist zu kämpfen der einfache Part.«

Sein mattes Lächeln war der Beleg dafür.

»Du weißt vermutlich, dass er mich hierbehalten möchte«, sagte Denizen. »Für immer. Während meine Freunde kämpfen und …«

Wie würde es passieren? Ein Schulterklopfen und der Nachruf seiner Mutter? Seine Arme rosig und unverletzt und Simon bei jedem Besuch blasser und kälter, bis es irgendwann überhaupt keine Besuche mehr gäbe?

Greys Lippen wurden schmal. »Du sagst, *hierbehalten*, als sei es etwas Schlimmes. Denke an all die Menschen, denen du damit helfen würdest. Die Leben, die du retten würdest.«

»Ich werde Venia treffen«, sagte Denizen stur. »Ich werde alles tun, was er von mir verlangt, aber ich sollte mit meinen Freunden dort draußen sein. Mit meiner Familie.«

Denn genau das machte ihm zu schaffen. Er hatte seine Mutter gerade erst zurückbekommen. Er würde nicht zulassen, dass er schon wieder von ihr getrennt wurde.

»Hab mich schon gefragt, wann das Thema auf *sie* kommen würde«, blaffte Grey. Denizen zuckte zusammen. So zornig hatte er Grey das letzte Mal erlebt, als das Trio ihn im Griff hatte. »Sie hat dir ganz schön zugesetzt, was?«

»Wie meinst du das?«

»Das ist Vivians Logik«, sagte Grey. »Ihr Egoismus, aus deinem Mund.« Seine Fäuste öffneten und schlossen sich, und mehr Sauerstoff brauchte sein Feuer nicht. Denizen kämpfte einen Moment, knallte Tür um Tür zu, bis der Vormarsch der Flammen aufgehalten war.

Grey hatte es nicht bemerkt. Er schaute auf andere Mauern.
»Kannst du dich noch an ihre Reaktion vor *ihrem* Angriff
erinnern? An ihr Schweigen? Ihre verdammte Geheimnis-
tuerei? *Kannst du dir vorstellen, wie anders alles hätte laufen*
können, wenn sie uns einfach von dem Trio erzählt hätte?«

Ein bitterer Sonnenaufgang rötete Greys abgehärmte Züge,
aus seinen Augen quoll bleiches Licht. Mit Entsetzen wurde
Denizen bewusst, dass er die ganze Zeit immer nur darüber
nachgedacht hatte, ob die Allianz Grey verzeihen würde.
Kein einziges Mal war ihm in den Kopf gekommen, ob Grey
ihnen verzeihen würde.

»Es tut mir leid«, sagte der Schattenjäger unvermittelt. »Ich
hätte nicht … Ich hätte nicht wütend werden sollen. Ich habe
bloß …«

Sein Blick begegnete Denizens. »Früher fand ich es aufregend, weißt du? Einen Riss in der Luft zu spüren machte
mir Angst, verursachte mir Übelkeit, das Übliche – aber ein
Teil von mir mochte es. Mochte es, zu kämpfen. Mochte es,
tapfer zu sein. Das war Magie. Wahre Magie.

Aber dann tauchte das Trio auf und ließ mir nur diese Verkehrtheit zurück. Sie nistete sich wie ein Tumor in mir ein,
und kein Feuer der Welt konnte ihn aus mir herausbrennen.«

»Grey … Ich –«

»Ich kann mich noch erinnern, wie du ganz am Anfang
warst, als du in die Seraphim Road kamst. Verängstigt, aber
aufsässig. Du hast Vivian Hardwick fünf Minuten nach eurem
ersten Treffen die Stirn geboten, das ist mehr, als ich mich
je getraut habe. Ich wusste damals schon, dass du ja sagen
würdest. Du bräuchtest vielleicht eine Weile dafür, aber du
würdest ein Schattenjäger werden.«

Er stand abrupt auf. »Als wir uns das erste Mal trafen, habe ich dir gesagt, dass ich alles tun würde, um diesen Krieg zu beenden.«

»Das stimmt«, sagte Denizen leise.

Grey warf ihm ein Bündel aus schwarzem Stoff zu.

»Zieh das an. Wir haben noch einen Termin.«

Man sollte annehmen, dachte Denizen, als er sein schwarzes Gewand zum zwanzigsten Mal hochkrempelte, *dass ich schlau genug sein sollte, um nicht mit Grey zu irgendwelchen nächtlichen Ausflügen loszuziehen.*

Sie eilten einen Flur hinunter, dessen raue Fliesen nicht von buttrigem Kerzenlicht gewärmt wurden. Grey hatte ebenfalls ein schwarzes Gewand übergezogen, an ihm sah es dramatisch und beeindruckend aus. Denizen hingegen wirkte, als habe er einen Bettbezug übergestreift.

»Wo gehen wir hin?«

Ein Lächeln, irgendwo im Schatten der Kapuze.

»Erinnerst du dich noch an deinen dreizehnten Geburtstag? Als ich weit weg von der Seraphim Row dein Erwachen abwarten sollte, damit du, falls du dich als normal entpuppt hättest, niemals herausgefunden hättest, dass es die Allianz gab?«

»Aber du hast mich trotzdem zu Vivian gebracht, damit sie mit mir reden musste.«

»Genau.«

Greys nächste Worte kamen zwar im Flüsterton, aber Denizen verstand sie trotzdem.

»*Edifice wird mich umbringen.*«

Bei ihrem Weg treppauf und treppab versuchte Denizen, sich alles einzuprägen – jedoch vergeblich. Jeder Gang sah gleich aus. Nur die Wandbilder änderten sich, die Darstellungen von Schlacht um Schlacht, Geschöpf um Geschöpf verschwammen zu einer jahrhundertelangen Schlange aus Krieg.

Grey schien genau zu wissen, worauf er zusteuerte, er bog um Ecken und öffnete, ohne zu zögern, zunehmend mit Eisen beschlagene Türen. Die Gänge um sie herum veränderten sich – der Stein wurde rauer, die Wandgemälde waren verstaubt.

»Sind das die Verliese?«, fragte Denizen. Er hatte noch nie in seinem Leben echte Verliese gesehen.

»O nein«, sagte Grey. »Die Verliese sind wesentlich netter.«

Vor der nächsten Tür blieb er stehen und zog einen Eisenschlüssel aus seinem Gewand.

»Ich glaube es selbst nicht, dass ich das tue.«

»*Grey. Was* tust du denn?« Denizens Beine schmerzten zu sehr für Zweideutigkeiten.

Grey hatte stirnrunzelnd das Ohr an die Tür gepresst. Er drehte sich zu Denizen um und seufzte.

»O. k. Du warst nicht der einzige Neuling, der mitternächtlichen Besuch bekommen hat. Zehn Minuten, bevor ich dich geweckt habe, wurden die anderen zusammengetrieben und in ihrem schicksten Sektenoutfit hier runtergebracht.«

»Aber warum –«

»Weil *du*, Denizen, eigentlich überhaupt keinen mitternächtlichen Besuch bekommen solltest. Du wurdest aus genau demselben Grund ausgeschlossen, aus dem er dich auf Tagesanbruch behalten will.«

»Damit mir nichts zustößt«, flüsterte Denizen.

»Genau«, sagte Grey. »Er wird *mir den Hals umdrehen*. Zieh dir die Kapuze über. Verdecke dein Gesicht.«

Denizen tat wie geheißen, und Grey drehte den Schlüssel um.

»Bei drei.«

Einen Moment lang konnte Denizen nicht anders, als ihn anzugrinsen.

Grey grinste zurück und stieß die Tür auf.

Die Kammer dahinter war blendend hell, die Luft trocken und wüstenheiß. Auch den Blick auf den Boden zu richten half nicht, dem Licht zu entkommen, Denizens Augen tränten, seine Schritte klackerten plötzlich hohl. Der Boden bestand aus poliertem Metall.

Bestärktem Stahl, geschmiedet vom Feuer eines Schattenjägers, um Tenebrae – wie ein Spinnennetz, das mit Flammen in Berührung kam – zu verbrennen. Grey trieb ihn vorwärts. Die Hitze war selbst durch das unbedeckte Eisen seiner Hände spürbar, und einen Moment später wurde Denizen ohne viel Federlesens in das Gedränge der anderen verhüllten Jugendlichen geschubst.

Er wollte kehrtmachen, aber die Hand auf seinem Rücken war verschwunden. Also zog Denizen den Kopf ein und schlurfte durch die Gruppe, spitzte die Ohren, ob er –

»Ich meine ja nur – ist doch schön, dass wir endlich schwarze Gewänder bekommen. Mitglieder von Geheimbünden sollten schwarze Gewänder tragen.«

»Du siehst wie ein Zelt aus, bei dem die Hälfte der Stangen fehlt.«

»Hey, Leute«, raunte Denizen.

Sie fuhren zusammen.

»Du hast uns gefunden!«, flüsterte Abigail. »Ich wollte zurück und dich holen, aber sie haben es mir nicht erlaubt.«

»Das Beste hast du verpasst«, sagte Simon. »Abigail hat einen Freund.«

»Simon, ich schlag dir gleich den Hals durch den Kopf.«

»Das geht gar nicht. Oder, Denizen?«

»Keine Ahnung«, sagte Denizen, zum einen, weil es der Wahrheit entsprach, zum anderen, weil die Erleichterung, sie zu sehen, körperlich weh tat. »Aber ich würde immer auf Abigail setzen.«

»Neulinge der Stufe zwei.«

Greaves' Stimme war tief und voll, doch ohne jede Wärme. Denizen hatte ihn immer für … nicht unbedingt sanft gehalten, aber für fähig, seine Schärfe nötigenfalls zurückzuhalten.

Nun war er der Palatin.

»Ihr werdet noch viele Prüfungen bestehen müssen, bevor ihr Schattenjäger werdet«, begann er. »Eure Tapferkeit. Euer Wille zum Kampf, oder euer Wille, Schluss zu machen. Ihr werdet durch Schmerzen geprüft werden. Durch Verlust. Durch Einsamkeit. Kinder werden auf der Straße vor euch zurückweichen. Die Menschen, die ihr liebt, werden sich für einfachere Leben entscheiden, statt euch zu lieben. Ihr werdet im Kerzenlicht leben, im Schatten, im Feuer.

Und es wird nie einen Sieg geben. Ich sage euch das genau so, wie es mir gesagt wurde, und ich habe es damals auch nicht geglaubt. Es wird eine Prophezeiung geben. Irgendein geheimes Schmuckstück. Heimlichen Widerstand, der einen kleinen Erfolg gegen die Dunkelheit erzielt. Aber so etwas existiert nicht. Ihr müsst verstehen, welche Arbeit wir leisten.«

Denizen drehte sich der Magen um. Nicht aus Nervosität. Nein – er *kannte* dieses Gefühl. Es rüttelte an den Sehnen seines Herzens. Als er langsam den Kopf hob, hielt er den Saum seiner Kapuze fest, damit sie nicht verrutschte.

Die Kammer war ein Sechseck, an den Wänden leuchteten sechs grelle Lampen. In jeder Ecke standen zwei Schattenjäger, alle bewaffnet, alle in schwarzen Gewändern.

Und über ihnen wand sich etwas.

Das Licht der Lampen war so hell, dass es fast undurchsichtig war, doch an der Stelle, wo die Strahlen aufeinandertrafen, nahm es einen anderen Ton an – ungesund, farblos … vergiftet. Schon bevor sein Eisenauge zu schmerzen begann, verriet es Denizen, was es war.

Er hatte noch nie einen Riss gesehen wie den gestern vor Adumbrals Mauern. Wahrscheinlich würde er auch nie wieder einen ähnlichen sehen. Jeder war so einzigartig wie ein Scherenschnitt, so einzigartig wie die Geschöpfe, die daraus geboren wurden. Manchmal sah man das Loch in der Luft, manchmal spürte man nur dessen Auswirkungen; manchmal waren die Tenebrae einfach da, tauchten so plötzlich auf wie eine Spinne.

Dieser Riss jedoch hing bloß da, eine wabernde, blubbernde Lücke.

»Vielleicht habt ihr schon einmal von Os Reges gehört«, setzte Greaves an. »Fünf windumtoste Steinspitzen in einem endlosen stürmischen Ozean. Ein heiliger Ort, an dem wir den Gesandten des Unendlichen Königs um Rat fragen dürfen, und an dem Menschen und Tenebrae in Frieden miteinander sprechen können.«

Er hob die Hand und spreizte die dunklen Finger gegen die Grellheit des Lichts; Denizen dachte an die gewaltigen Spitzen zurück, die sich dem Himmel entgegengereckt hatten, als wollten sie ihn herunterziehen.

»Fünf *Finger.* Die fünf Finger des Unendlichen Königs.«

Stummes Entsetzen breitete sich in der Kammer aus. Die Stimme des Palatins ließ die Neulinge mit ihrer sanften Macht in Schweigen verharren.

»Dieses furchtbare, mächtige Geschöpf hat sich einen

Körper erschaffen, wie es noch nie einen unter den Tenebrae gegeben hat. Bevor er den Körper abstreifte, ist der Unendliche König durch diese Welt gewandelt und hat Legenden und Schrecken hinterlassen. *Ossa Regis* – die Knochen des Königs. Sein Spaziergang endete im dunklen Wasser … doch begonnen hat er hier.«

Der Riss verbreiterte und verschmälerte sich, drehte sich wie ein Wurm am Haken.

»Eine Wunde, die niemals heilen wird. Ein Pfad, den kein anderer Tenebra je beschreiten würde. Ein Pfad, der durch die Ehrfurcht seiner Untertanen *geschützt* wird. Für uns ist dieser Riss ein Einblick in unsere Bestimmung, ein Aussichtspunkt auf unseren ewigen Kreuzzug.«

Es war schmerzhaft, den Riss zu betrachten. Es war schmerzhaft, in seiner Nähe zu sein. Der Riss war eine Beleidigung all dessen, wofür die Allianz stand, und er schmachtete dort wie ein Kriegsgefangener.

»Auch dies ist heilige Erde.«

Die Augen des Palatins waren eisig. Er hob eine Hand, und einen angstvollen Moment lang dachte Denizen, Greaves würde auf ihn deuten, doch dann schwang die Hand nach links.

»Miriam Bell, tritt bitte vor.«

Eine der Neuen kam zögernd näher. Sie schob die Kapuze zurück, unter der blonde Locken und markante Gesichtszüge zum Vorschein kamen. Der Schattenjäger hinter Greaves trat ebenfalls vor, er hielt ein Geschirr und ein Seil in der Hand.

Einen Moment lang starrte Denizen es verständnislos an. Es sah aus wie … *ein Bungeeseil?* Bungeespringen hatte für Denizen schon immer an Wahnsinn gegrenzt – irgendwo herunterzufallen war schon schlimm genug, da sollte man sich nachher nicht auch noch daran erinnern können – ein solches Seil hier zu sehen war allerdings doppelt verwirrend.

Es trug dunkle Gravuren. *Noch mehr bestärkter Stahl.* Schattenjäger legten keinen Wert auf Show – genau wie diejenigen, die es als Waffe einsetzten, veränderte sich das von ihnen bevorzugte Metall erst, wenn der Kampf begann.

Mit zügigen, sicheren Bewegungen befestigten Greaves und der andere Schattenjäger das Geschirr um Miriams schmale Schultern. Jede Schnalle wurde festgezogen, jeder Gurt überprüft. Und bevor das Seil befestigt wurde, hob Greaves sie sogar kurz daran hoch, während ein anderer Schattenjäger eine kleine Treppe heranrollte. Der Vorgang hatte gerade so lange gedauert, dass den Neulingen bewusst wurde, was hier vor sich ging.

Miriams Augen waren auf den Riss gerichtet. Sie war mittlerweile sehr, sehr blass.

»Miriam Bell«, sagte Greaves. »Willst du eine Schattenjägerin werden?«

»Ja«, antwortete sie mit fester Stimme.

Greaves nickte. »Du wirst vierzehn Schritte gehen. Keinen mehr. Keinen weniger. Dann hebst du den Kopf … und öffnest die Augen.«

Ein Murmeln lief durch die Neulinge, doch ein Blick von Greaves brachte sie zum Schweigen. *Öffne die Augen.* Bei den seltenen Gelegenheiten, wenn sich die Allianz in die Tiefen von Tenebris vorwagte, galt nur eine Regel: Dass man niemals, niemals die Augen öffnen durfte. Die Schattenjäger konnten in der Dunkelheit sehen, aber das bedeutete nicht, dass es empfehlenswert war.

Eine weitere Gestalt betrat die Kammer und ließ den Boden beben – sie trug ein Ungetüm von schwarzer Rüstung, doppelt so groß wie Denizen, die Ränder waren in brennendem Gold nachgezogen. Riesige Schulterstücke mit Brechrändern wie Schornsteine überragten einen stumpfen Helm mit einem zyklopenähnlichen, böse blickenden Auge.

Hephaistos-Plattenpanzer. Eine der mächtigsten Waffen der Allianz, die nur in Zeiten größter Not herausgeholt wurden. Irgendwo unter all dem Stahl steckte ein Schattenjäger, und der uralte mit Canti geschmiedete Panzer machte ihn noch stärker und schneller.

Als er vortrottete, um mit zwei gewaltigen Fäusten das Seil zu packen, klirrte bestärkter Stahl gegen bestärkten Stahl.

»Du wirst niemals darüber sprechen, was du dort siehst, verstanden?«

Sie nickte.

»Dann geh, Miriam Bell«, sagte Greaves. »Hinterher werde ich dir die Frage noch einmal stellen.«

Sie nickte erneut und stieg langsam die Treppe hinauf. Denizens Herz hämmerte bei jedem Schritt, der Einblick pulsierte ... Und dann war Miriam verschwunden, und in der brodelnden Luft hing nur noch das schlaffe Seil.

Denizen hatte Tenebris schon früher durchquert, war durch ein pechschwarzes Meer gefallen, das so kalt war, dass es einem die Gedanken aus dem Kopf stahl, aber er hatte nie eine *Treppe* dazu benutzt. Gab es irgendwo in Tenebris festen Boden? Wohin führte dieser Riss?

Mit einem Knurren von Panzern und Flamme zog der Hephaistos-Krieger am Seil und ebenso schnell, wie sie verschwunden war, kehrte Miriam Bell zurück, ihre Brust hob und senkte sich, als sie keuchend Luft holte. Greaves war sofort an ihrer Seite und half ihr die Stufen hinunter.

Denizen hatte noch nie so weit aufgerissene Augen gesehen. Weil Miriam so heftig zitterte, dass man es hören konnte, brachte ihr ein Schattenjäger eine Decke und legte sie ihr um die Schultern.

Wieder war Greaves' Stimme zu hören. »Miriam Bell, willst du eine Schattenjägerin werden?«

Ihre Stimme war ein hohles Flüstern. »Ja. So wahr mir Gott helfe, das will ich.«

Und dann begann sie lautlos zu weinen.

Als sie weggeführt wurde, wandte sich Greaves wieder an die Neulinge. Fairnesshalber muss gesagt werden, dass auch er nicht den Eindruck machte, als hätte er Spaß. Einer nach dem anderen stiegen die Neuen die Treppe hinauf. Für Denizen, der noch keine Chance gehabt hatte – oder, wenn er ehrlich war, diese nicht ergriffen hatte – sie kennenzulernen, fühlte es sich voyeuristisch und unbehaglich an, sie dabei zu beobachten.

Ein kleiner, stämmiger Teenager mit mehr Narben als Denizens Mutter kam mit grimmiger Miene zurück. Offenbar hatte er das Schlimmste erwartet und genau das bestätigt bekommen. Ein Mädchen mit zur Hälfte geschorenem Kopf taumelte heraus und wäre beinahe gestürzt, bejahte aber trotzdem. Ein schlaksiger Junge flüsterte Greaves etwas zu, das Denizen nicht verstehen konnte, und wurde durch eine andere Tür weggebracht.

Dann war Abigail an der Reihe. Sie hatte alles mit dem Eifer eines Armbrustbolzens im Anschlag betrachtet. Sie trat vor, bevor auch nur ihr Name aufgerufen wurde, Greaves öffnete den Mund –

In diesem Moment griff Grey nach Denizens Kapuze und zog sie herunter.

»*Denizen?*«

Denizen bemerkte das Hochgeschwindigkeitskarussell von Gefühlen auf dem Gesicht des Palatins nur, weil er ihn kannte. Greaves hatte nicht gewollt, dass Denizen an der Zeremonie teilnahm, und vielleicht hätte es nicht allzu viele Fragen provoziert, doch da er hier war und Greaves seinen *Namen* ausgesprochen hatte …

Es war eine raffinierte kleine Falle.

»… Hardwick«, beendete Greaves seinen Aufruf mit einer winzigen Pause. Einem unbedarften Beobachter wäre sie vielleicht entgangen. Wie Abigail, deren erschrockener und wütender Blick Denizens Herz in Blei verwandelte.

Er versuchte, seinen Mund wieder zur Arbeit zu überreden, aber die Neulinge traten bereits beiseite. Greaves sprach weiter, und fast konnte einen sein selbstsicherer Ton davon überzeugen, dass der Fehler beim Alphabet, nicht etwa bei ihm lag.

»Denizen Hardwick. Willst du ein Schattenjäger werden?«

Denizen hatte Abigail auf der Stelle vergessen. Es war eine große Frage. Es war *die* Frage. Den Schattenjägern war es außerordentlich wichtig, niemanden zum Beitritt zu zwingen. Menschen mit buchstäblich vulkanischen Gefühlen zu etwas zu zwingen war eine ganz schlechte Idee. Denizen hatte es bei den Croits gesehen. Lügen kamen immer ans Licht, und es gab keine schlimmeren Lügen als die, mit denen Macht ausgeübt wurde.

Die Allianz war zumindest ehrlich.

»Ja, das will ich«, sagte Denizen und dachte an das kleine Mädchen in dem kleinen Garten.

Das Geschirr wurde an Denizens Schultern befestigt. Es musste allerdings deprimierend oft nachgezogen werden, bis es endlich festsaß. Denizen konnte den Missmut des Palatins bei jedem Ziehen an den Gurten spüren, doch dann war Grey an seiner Seite und befestigte das Seil.

»Ich wusste, dass du irgend so eine Nummer abziehen würdest, Graham«, zischte Greaves.

»Ich versuche nur, zu helfen. Er geht hinein, sieht, was er sehen muss, und du bekommst die Antwort, die du willst«, erwiderte Grey leichthin und drückte Denizens Schulter. »Viel Glück.«

Als der Hephaistos-Krieger einmal an dem Sicherungsseil zog, hätte er Denizen fast umgerissen, doch dann waren es nur noch er und die schlichte Holztreppe. Es fühlte sich an, als würde der Riss wie Nadeln über seine Haut kratzen und sich in jede Pore bohren.

Du warst schon in Tenebris. Er hatte dort sogar die Augen geöffnet, gerade lange genug, um einen kurzen Blick auf entsetzliche Gestalten zu erhaschen, lange genug, um zu wissen, dass er es nie wieder tun wollte.

Aber die Tränen in Miriam Bells Augen. Das Beben in ihrer Stimme. Was würde er sehen?

Auf der vorletzten Stufe wurde Denizens Sicht auf eine Wunde in der Welt, eine Narbe auf der Realität plötzlich verdeckt. Eine Träne rann im Winkel seines eisernen Auges. Er wiederstand dem Bedürfnis, sie wegzuwischen. So viele Leute beobachteten ihn.

Vierzehn Stufen. Und los.

Er holte tief Luft – und ein Komet riss ihn von den Füßen.

Denizen stolperte, und in diesem einen schwerelosen Moment hörte er eine Stimme aus Seide und Sturm, eine Stimme, die er seit einem halben Jahr nicht gehört hatte.

Venias Stimme.

Denizen Hardwick, ich brauche deine Hilfe.

9

KOMPROMITTIERT

Sie schlugen gemeinsam auf dem Boden auf. Es rettete ihr womöglich das Leben.

Über Denizens Wirbelsäule glühte eine einzelne Flammenlanze, Greaves und Grey riefen wie aus einem Mund: »*Feuer einstellen!*«

Wie aufmerksam, dachte Denizen. Das Licht ließ allerdings sogar seinen Sarkasmus trüber aussehen. *Ihr* Licht – ein Lichthof von Blitzen, der sich auf seinen Wangen kühl anfühlte, obwohl es links und rechts von ihm versengte Stelle auf dem Boden hinterließ.

Der friedliche Moment währte nicht lang. Als der Hephaistos-Krieger angepoltert kam, ließen seine Schritte Denizens Kopf auf dem Boden hüpfen. Der Krieger riss an dem Seil –

– und es kam leer zurück, Venias verirrte, zischende Haarsträhnen hatten es feinsäuberlich durchtrennt.

Man musste dem grobschlächtigen Krieger zugutehalten, dass er kaum wankte. Angesichts des langen Stücks durchtrennten Seil tat er, was jeder Schattenjäger tun würde, er improvisierte – und ließ das Seil wie eine Bullenpeitsche knallen, um Venia den Kopf abzuschlagen.

Doch es prallte an Denizens Anathemabogen ab.

»Autsch«, sagte Denizen und rappelte sich verlegen auf.

Der durchgeschmolzene Luftschild löste sich auf, aber er hielt ihn bereit – nur den Schild, obwohl sich viele andere Canti eifrig anboten. Mittlerweile waren eine Menge Waffen auf ihn gerichtet.

Auf sie beide.

Greaves hatte seinen Malleus-Hammer gezogen – die wirkungsvollste Waffe im Arsenal der Allianz, die selbst den tödlichsten Tenebra auf der Stelle erledigen konnte. Von den Händen des Schattenjägers tropfte Licht, es tanzte in seinen Augen, leuchtete grell von der mächtigen Bedrohung des Hephaistos – wie ein Vulkan kurz vor dem Ausbruch.

Die meisten Neulinge hatten Kampfhaltung eingenommen. Auch Abigail, stellte er schmerzlich fest.

»Können. Sich. Alle. Bitte. Beruhigen?« Denizen sprach jedes Wort betont langsam und überdeutlich aus.

Niemand erwiderte etwas. Schließlich zog der Hephaistos-Krieger den Helm herunter, und Denizens Herz sank unter den Meeresspiegel.

Vivian Hardwick starrte die Tochter des Unendlichen Königs mit unverhohlenem Hass an. Mit dem Helm auf dem Kopf hatte sie weniger kampflustig ausgesehen.

»Oh«, sagte Denizen hilflos. »Hi, Vivian.«

»Hör auf, meinen Sohn als Schild zu benutzen!«, zischte sie. Denizen spürte, wie Venia hinter ihm erstarrte, doch bevor sie etwas tun konnte, sprudelten die Worte auch schon aus ihm heraus. *Leben oder Tod.* Fast war er dankbar.

»HörzuwirhabenhieroffenbareinProblemaberdieNervenzuverlierenwirdunsauchnichtweiterhelfen!«

Schweigen.

»Ich habe kein Wort verstanden«, sagte Grey, aber Greaves wandte sich bereits an einen Schattenjäger.

»Stelle einen Kader zusammen und mache mit den Neulingen eine Nachtübung.«

Die Jugendlichen in ihren Gewändern erstarrten erschrocken, allerdings nicht so sehr wie Grey.

»Du schickst uns weg?«, fragte er. »Warum –«

»Ich schicke *sie* weg«, unterbrach ihn Greaves. »Dich brauche ich hier.« Er wandte sich zu Venia und Denizen. »In mein Büro. *Aber ein bisschen plötzlich.*«

»Ich bin der Meister der Neulinge«, widersprach Grey, aber Denizen sah ihm an, dass er hin- und hergerissen war. »Sollte ich nicht mit –«

»Tu, was man dir sagt«, knurrte Greaves. Endlich konnte er Vivian mal was bieten. Sein Blick sauste wie ein Henkersbeil auf Venia herunter.

»*Ihr braucht Hilfe?* Dann redet mit mir.«

Als Venia das letzte Mal von der Allianz der Schattenjäger empfangen worden war, gab es ein gewisses Maß an Feierlichkeit und Pomp. Und ja, auch an Waffen, aber es war nun mal die Allianz – da waren immer Waffen im Spiel. Aber es hatte auch Einladungen gegeben, einen Waffenstillstand und eine Art Plan.

Es war nicht der Standardempfang, andererseits war an der Tochter des Unendlichen Königs nichts Standard. Sie war eine Tenebra, wie man sie in der langen Geschichte der Allianz noch nie erlebt hatte, und die mit der Autorität des Unendlichen Königs sprach. Die aber vor allem ihre Autorität dazu nutzte, um über Frieden zu sprechen.

Lustig, wie ein einziges Wort alles verändern kann.

»Was soll das heißen, ›auf der *Flucht*‹?«

Greaves' Büro nahm das gesamte oberste Stockwerk des

Leuchtturms ein, exakt eine Etage unter dem nicht brennenden Signalfeuer von Tagesanbruch. Vor den Fensternischen konnte Denizen nur Nacht erkennen.

Hunderte stählerne Lochmusterlaternen hingen vom Dach herunter und klimperten sanft im Wind. Die Schattenbilder, die über den Marmorboden jagten, erinnerten an das, was darunter lag – als ob der Palatin es nötig gehabt hätte.

Ich denke, ich habe mich verständlich ausgedrückt, sagte Venia mit niedergeschlagenen Augen. Sie war ein Mädchen aus Nebel und hellem grauem Stein: im einen Moment zu blass, um sie zu erkennen, im anderen so präsent, dass es in den Augen schmerzte. Aufgebauschter Reif malte ihre Haarspitzen weiß, ihre Gesichtszüge veränderten sich mit jedem Herzschlag von Denizen und wurden immer und immer wieder neu gezeichnet.

Es, Denizen. Nicht sie, sie ist kein Mädchen. Sondern ein Ding. Ein Monster.

Aber kann sie nicht beides sein?

Tenebrae formten ihre Gestalt aus gestohlenen Gegenständen. Venia hatte Licht gewählt – *Teilchen und Welle* – um nicht nur eine einzige Sache sein zu müssen.

Die Luft war erfüllt vom Geschmack von Tenebris.

Venia war von Schattenjägern umringt, Denizen spürte, wie sich deren Canti wie Armbrustbolzen unter den Zungen einspannten. Greaves thronte hinter einem Monstrum von Schreibtisch, Denizen stand neben Vivian, die – selbst ohne den Plattenpanzer – wie ein Kavallerieangriff bedrohlich näher kam.

»Ich dachte, du wärst gegangen?«, flüsterte Denizen. »Nicht, dass ich nicht froh wäre, dich zu sehen«, fügte er eilig hinzu, »aber –«

»Messer.«

Denizen zog den Kragen herunter, bis das Halfter der Messerscheide sichtbar wurde. Vivian hatte das Trio mit einem Splitter eines steinernen Malleus-Hammers totgeschlagen, den sie anschließend für ihn zu einem Steinmesser geschliffen und poliert hatte. Es war ein typisches Vivian-Geschenk. Ebenso typisch war es für seine Mutter, sich vor jedem Gespräch zu vergewissern, dass sie bewaffnet waren.

»Gut«, sagte sie. Auf ihren Wangen lag eine zarte Röte. »Ich ... wollte deinen Einblick nicht verpassen.«

»Oh! Ähm ...«

»Nicht, weil ich daran gezweifelt habe, dass du die richtige Entscheidung treffen würdest«, schob sie hastig nach.

»Nein, natürlich nicht!«, antwortete er ebenso schnell, und dann starrten sie beide zu Boden, bis Denizens Augen unvermeidlich wieder zu Venia gezogen wurden.

Sie sah so *müde* aus. Die Artillerieangriffswut, die sie bei ihrer ersten Begegnung gezeigt hatte, war verschwunden, ebenso wie die diamantene Ruhe, mit der sie ebendieses Steinmesser geschwungen hatte, um ihn von der Erlöserin zu befreien. Nun presste sich diese Hand als verkohlte Faust auf ihre Brust, die Farbe um ihre Augen änderte sich phantasmagorisch, so wie sich bei Menschen die Haut nach dem Weinen rötet.

»Denizen.«

Er wandte den Blick von Venia. »Was?«

Denizens Mutter kannte nur wenige Gesichtsausdrücke. Die Bedeutung des jetzigen war mehr als eindeutig.

»Ich habe es im Griff«, sagte er ruhig. Die Mauern in seinem Kopf waren hoch und hautraubend kalt. »Ehrlich.«

Vivian nickte. »O. k.«

Greaves wiederholte seine Frage. »Was meint Ihr mit – *auf der Flucht?*«

Ich bin eine Geflüchtete. Ich bin auf der Flucht. Ich bin in meinem Reich nicht mehr sicher.

»Das verstehe ich nicht«, sagte Greaves. »Ihr seid die Tochter des Königs. Als Ihr das letzte Mal in Gefahr wart, hat er auf der Suche nach Euch fast die Welt in Stücke gerissen. *Menschen sind zu Tode gekommen.*«

Der Grundriss von Tagesanbruch in Greaves' Bürowand war das erste Mosaik, das nicht von Krieg und Tod handelte. Denizen mochte Karten und Pläne. Er fand sie beruhigend. Außerdem musste er Venia nicht ansehen, wenn er den zart beschrifteten Fliesen folgte.

Das weiß ich.

»Warum sollte er Euch also nun im Stich lassen?«

Venia schien das Waffenarsenal ringsum kaum wahrzunehmen, ihre Angst war offenbar etwas Anderem vorbehalten.

»*Antwortet mir*«, fuhr Greaves sie scharf an.

So hatte er den Palatin noch nie erlebt. Selbstbeherrschung war für einen Schattenjäger ebenso entscheidend wie Schwertübungen, und normalerweise mischte der Palatin Gefühle wie einen Satz Karten und spielte sowohl die eigene Hand als die aller anderen zu seinem alleinigen Vorteil aus.

Jetzt zeigte er jedoch Offenheit, *Unbeholfenheit.* Die Wahrheit, die sich für einen Moment darunter offenbarte, ließ Denizen durch und durch kalt werden.

Greaves hatte Angst.

Schließlich hob Venia den Kopf.

Mein Vater wurde um die Herrschaft von Tenebris herausgefordert und er … hat verloren. Die Regentschaft des Unendlichen Königs ist vorüber.

Ausnahmsweise sorgten ihre Worte, nicht ihre Tenebra-
stimme dafür, dass es Denizen eisig ums Herz wurde.

Die Regentschaft des Unendlichen Königs ist vorüber.

»Aber er ist …«, Greaves' Stimme klang ungläubig. »Er ist
der *Unendliche* König.«

Ich weiß.

Der Palatin schüttelte den Kopf. »Wir haben keine Zeit für
Spielchen –«

DAS WEISS ICH AUCH!

Sie gingen unter einem Sperrfeuer von Geräuschen zu Boden. Greaves verschwand hinter seinem Schreibtisch, Vivian
fiel auf ein Knie, allein ihre Hand auf seinem Arm bewahrte Denizens Füße davor, vom Boden abzuheben. Schwerter
erstarrten und erschlafften wechselweise unter Venias Aufflackern, ihre Stimme fegte in einem einzigen Atemzug wie
Winter und Sommer über sie hinweg.

Und dann war der furchteinflößende Avatar verschwunden
und es stand wieder ein durchscheinendes Mädchen vor ihnen, das die Hand aufs Herz hielt.

Das weiß ich.

»Dann nimm unsere Hilfe an.«

Denizens Stimme war sanft, beinahe ein Flehen. Nach einer
Ewigkeit nickte sie, und Denizen konnte fast zusehen, wie
sich Muster in ihr bewegten – ähnlich, wie man im Feuer oder
in Wolken etwas zu sehen vermeint.

**Wir sind nicht für die Liebe bestimmt. Wir sind Geschöp-
fe des Willens, und dieser Wille muss egoistisch sein. Wenn
man im Schatten des Omniversums aufwächst, kann man
sich nur auf sich selbst verlassen. Aus diesem Grund sind
wir wandelbar. Aus diesem Grund sind so viele von uns
verrückt.**

Deshalb wirkte mein Vater so zersetzend. Reisender, Kriegsherr, Dieb – der Tenebra, der Tausenden von Welten Risse beigebracht hat, der Tenebra, der eine Sonne gestohlen hat. Er sprach nie darüber, wo er sie herhatte, doch als er dieses Juwel aus Flammen am Himmel befestigte, *veränderte* er unsere Welt statt sich selbst.

Sie klang sehr stolz.

Er regierte Tausende von Jahren durch reine Willenskraft, durch unleugbares Geschick und durch Wut. Er *machte* sich zum König, und wir konnten gar nicht anders, als es zu akzeptieren.

»Es ist kein Name«, mischte sich Vivian plötzlich ein. »Es ist Prahlerei.«

Venia lächelte matt.

Es war ein Versprechen. *Ich bin Unendlich.*

Ihr Lächeln verschwand.

Und dann wurde ich entführt, und zum ersten Mal verspürte der König Angst. Angst um mich. Angst, mich zu verlieren. Aber zu dem Zeitpunkt, als Denizen mich rettete ... war schon alles zu spät.

Denizen dachte an die zerbrechliche Festung in seinem Kopf, an den Kampf, seine Ängste unter Kontrolle zu halten, und stellte sich einen Verstand vor, der so uralt und machtvoll war, dass er eine ganze Welt beherrschen konnte ...

... und dann stellte er sich vor, wie sich die Angst wie Rost ankroch, Türöffnungen verdunkelte und sich durch Fundamente nagte. Das Grauen, das dieser Verstand empfunden haben musste. Die Zweifel.

Es hat ihn zerstört. Welken lassen. Geschwächt. Die Befehlsgewalt, die er brauchte, damit Eure Welt sicher war –

»*Sicher?*«, blaffte Grey. »So nennst du das?«

»Grey –«, setzte Greaves an, aber Grey fiel ihm ins Wort.

»Die Kämpfe, die wir gefochten haben. Die Menschen, die wir verloren haben. Und du sprichst von *Sicherheit*?«

Venias Augen loderten.

Du hast ja keine Ahnung, wie schlimm es ohne ihn ausgesehen hätte. Du glaubst, dass du das Schrecklichste meiner Welt schon gesehen hast? Das waren nur Mitläufer, Monster – ein *Bruchteil* dessen, was sich in Tenebris aufhält. Du hast keine Ahnung, was wirklicher Krieg bedeutet.

Aber ich fürchte, du wirst es bald herausfinden.

Die einzige Regel, an die sich Tenebrae hielten, war die, sich an nichts zu halten. Weder an ihre Gestalt, noch an ihre Fähigkeiten, noch an die Art und Weise, wie sie Menschen verletzten. Der Unendliche König hingegen hielt sich an Regeln, er besaß zumindest Ehrgefühl. Er war *bekannt*. Im Gegensatz zu Abigail hatte Denizen keine Ahnung von Taktik, doch als ein aufkommender Wind die Fenster in ihren Rahmen rüttelte, fiel ihm ein, was sie einmal gesagt hatte.

Unbekannte Größen, Denizen. Das ist es, was einen umbringt.

Ich habe Monate damit zugebracht, mit der Stimme meines Vaters zu sprechen, ein Lager gegen das andere auszuspielen, habe versucht aufrechtzuerhalten …

Das Konzilium. Eine Demonstration von so wagemutiger Führerschaft, dass der Unendliche Hof natürlich geglaubt hatte, sie käme vom König. Es hatte sogar einen Verräter entlarvt und ans Tageslicht gebracht, dass der König selbst bei der Schaffung der Allianz die Hand im Spiel gehabt hatte.

Kümmert Ihr Euch um Euer Haus, ich werde mich um das meinige kümmern.

Venias Seufzen klang wie herunterfallende Federn.

Doch sie kamen trotzdem. Thronräuber. Halunken.
Haie, **die das Blut im Wasser rochen. Ein Albtraum, ein Betrüger und …**

Ihre Stimme zitterte.

Sie haben meinen Vater überwältigt, und ich … ich weiß nicht, wo er ist. Der Thron von Tenebris ist leer, und nun müssen sich die Thronräuber vor meinem Volk beweisen, damit sich ein neuer König erheben kann.

Als Denizen sich vorbeugte, übersah er geflissentlich Vivians kritischen Blick.

»Aber du bist seine Tochter! Kannst du nicht –«

Venia schüttelte den Kopf. **Das Durcheinander eurer Welt mit Stammbäumen und Kinderkönigen gilt nicht bei uns. Der Herrscher von Tenebris muss einen unangreifbaren Willen haben, sonst wird er bei lebendigem Leib gefressen werden.**

Regenböen trommelten gegen das Fenster. In Denizens Kopf war gerade noch Platz, um kurz Mitleid mit den Neulingen draußen zu haben – *was sind überhaupt Nachtübungen?* – aber das führte dazu, dass er daran dachte, was zuvor passiert war, und das führte zu –

Heilige Erde.

Greaves begriff es schneller.

»Verdreifacht die Wachposten am Einblick«, fuhr der Palatin die Schattenjägerin neben sich an. »So viele Mallei, wie wir entbehren können. Und –«

»Warte.«

Alle drehten sich zu Vivian. Im Flackern des Kerzenlichts wirkte sie noch unmenschlicher als Venia. Sie war das ernste Bild einer Kriegsgöttin.

Ihre Stimme war ein Zischen. »*Wie müssen sie sich beweisen?*«

Tenebrae waren schwieriger zu deuten als Schattenjäger, aber Denizen hatte Übung, und obwohl ihr Gesicht ständig wechselndes Licht war, konnte er sehen, dass Venia sich schämte. Sie streckte ihre unversehrte Hand aus, nicht zu Greaves, nicht zu Vivian, sondern zu Denizen.

Ich wusste nicht, wo ich sonst hingehen sollte.

»Sir?«

Die Schattenjägerin, die Greaves angesprochen hatte, hielt ihr Telefon hoch. Was heraussprudelte, war das tote Brummen besiegter Technik, es hallte viel lauter, als der Lautsprecher eigentlich zulassen sollte. Hände wanderten in Hosentaschen, schalteten Displays an, doch das Ergebnis war überall gleich.

Ein Regentropfen traf die Scheibe so hart, dass ein spiralförmiger Sprung zurückblieb. Langsam, sehr langsam, drehten sich Denizen und Vivian um und sahen zu, wie der Tropfen Zentimeter für Zentimeter träge die Scheibe hinunterrann.

Er war schwarz.

Vivian stürzte zum Fenster, die anderen dicht hinterher. Dahinter lag Adumbral in Schatten und Kerzenlicht, ein spektakulärer Anblick. Der Himmel hatte die Farbe eines frischen Blutergusses, der Mond war riesig und vom herabfallenden Regen gezeichnet.

Es tut mir leid, flüsterte Venia. **Ich** –

Was immer sie hatte sagen wollen, ging in der Erschütterung unter, als Tagesanbruch wie eine geschlagene Glocke bebte. Von den Wänden klirrten Schwerter auf die Fliesen. Wandbehänge lösten sich, die Siege längst verstorbener Schattenjäger falteten sich zu namenlosem Stoff zusammen. Fenster zersprangen zu Wasserfällen aus Glas.

Denizen hatte sich in Tagesanbruch verlaufen. Er hatte auf dem höchsten Punkt gestanden. Er wusste genau, wie groß der Leuchtturm war. Er hätte das Schwanken nicht spüren dürfen.

Donner zuckte schmerzhaft über seine Trommelfelle, Gleichzeitig machte sich Verzweiflung breit, eine Übelkeit der Seele, die sich an Denizens Sinnen vorbeischlich und sein Gemüt attackierte. Der Riss von gestern war nichts gewesen gegen die Lawine aus Schmerz, die hier über ihn hereinbrach. Sie presste Denizens Augen in den Höhlen und ließ das Blut in seinen Adern gerinnen.

Sie taumelten. Eine Schattenjägerin erbrach sich gegen ihren Handrücken. Greys eine Hand öffnete und schloss sich in einem Krampf, er schien nichts dagegen tun zu können.

»Aber die Kerzenfelder –« Greaves Augen waren aufgerissen wie die eines Kindes. »Sie ...«

... halten einen Tenebra auf, der durch einen Riss in die Stadt eindringt. Aber nicht von *oben*. Mercys Stimme klang verzweifelt. **Eigentlich ist es ziemlich schlau.**

Vielleicht hätte irgendjemand irgendwo Nachsicht mit Denizen gehabt. Der Gestank der Tenebrae, unangenehme Neuigkeiten, ein Aufstand – es war echt was los. Er war vierzehn. Im Raum hielten sich nur Leute auf, die mehr Erfahrung mit solchen Situationen hatten.

Doch er wusste schon in diesem Moment, dass er sich nie verzeihen würde, dass er so lange brauchte, bis ihm etwas Wichtiges einfiel. »Palatin!«, zischte er.

Es dauerte eine Ewigkeit, bis der Mann reagierte. »Was?«

Entsetzen trug Denizens Stimme über den Wind und den Regen und das Gefühl von Verkehrtheit.

»*Nachtübung.*«

10

EIN-MANN-ARMEE

Die Neulinge wurden zur Selbständigkeit erzogen. Konnte kein Kontakt zu einem ranghohen Malleus hergestellt werden, wenn man von seinem Kader getrennt wurde, und der Feind passte sich an ... dann sollte man auch dazu in der Lage sein.

Abigail fragte sich, ob die Schattenjäger diese sorgfältig kultivierte Selbständigkeit nun bedauerten.

»Sag uns, was da passiert!«

»Warum sollen –«

»Man kann uns vertrauen! Wir müssen wissen –«

Der Laster schlängelte sich durch kerzenerleuchtete Straßen, und bei der Abfahrt von Tagesanbruch verhielten sich die Jugendlichen genauso, wie man es ihnen beigebracht hatte – sie handelten eigenständig und versuchten mehrere Angriffsrouten.

»Hätten wir nicht etwas dazulernen können, wenn sie uns gesagt hätten, worum es geht?«

»Bestand diese Tenebra aus Licht? Ich habe nie davon gelesen –«

Die Schattenjäger gaben keine Antwort. Zwei saßen vorn, zwei andere fuhren mit den Neulingen auf der mit Leinwand überdachten Ladefläche des Pick-ups: ein hochgewachsener

Sikh mit olivfarbiger Haut und dunkelblauem Turban, und ihre Französischlehrerin, Madame Adler, deren sommersprossiges Gesicht von einem Schleier schwarzsilberner Haare verdeckt wurde.

Beide trugen dieselbe Miene zur Schau.

Abigail war sich ziemlich sicher, dass ihre eigene ähnlich war. *Venia.*

Abigail hatte die Tochter des Unendlichen Königs genau einmal getroffen, an einem Berghang im Morgengrauen, nach einer der erschreckendsten und ermüdendsten Nächte ihres Lebens. Sie hatten kaum mehr als einen Blick gewechselt, aber es hatte genügt, um Venia von allen anderen Tenebrae, die sie bis dahin getroffen hatte, abzuheben.

Zum einen hatten sie nicht versucht, sich gegenseitig umzubringen. Außerdem sprach Venia von Frieden und hatte ihr Leben riskiert, um Denizen zu retten. Das hätte Abigail einer Tenebra zuvor nicht zugetraut.

Doch eine Lektion hatte sich bei Abigail – seit dem Tag, als sie das Wort Tenebrae gelernt hatte – wirklich festgesetzt: Man durfte den eigenen Sinnen nicht trauen, wenn es um Die-unter-lichtlosen-Himmeln-Wandelnden ging. Das war das A und O. So spürte man sie auf. Das war die Spur, die sie hinterließen.

Und Venia hatte einige Spuren hinterlassen …

Wochen, in denen Abigail in alten Büchern nachgeschlagen hatte, während sich auf Vivians Schreibtisch blutbespritzte Meldungen häuften. Plündernde Unterherolde. Abigails Vater und sein schmerzverzerrtes Lächeln, als er ihr versicherte, dass er wieder laufen würde.

Auf der primitiven Metallbank gegenüber fuhr Hagen mit den Fingern über seine vernarbten Hände. Von links nach rechts, Fingerspitze an Fingerspitze, die Augen geschlossen, als entziffere er Brailleschrift. Abigail dachte an die Geschichte, die er im Aufenthaltsraum der Neulinge erzählt hatte.

Vielleicht hatte es sein Gutes, dass man sie weggeschickt hatte.

»Er packt das schon«, flüsterte Simon neben ihr. »Oder?«

Sie drehte sich um und starrte auf den Leuchtturm, der wie ein Eckzahn aus Adumbrals verwüstetem Zahnfleisch herausstand. Abigail versuchte, Kraft aus seinen Zinnen zu ziehen. Tagesanbruch war uneinnehmbar. So wie die ganze Stadt.

Zumindest bis Venia hereinspaziert kam.

»Aber natürlich packt er das«, versicherte Abigail. »Vergiss die Schattenjäger, *Vivian* ist da. Sie wird nicht zulassen, dass ihm etwas geschieht.«

»Ich weiß.«

Simon zögerte. Sein Mund war ständig in Bewegung, als untersuche er einen wackelnden Zahn.

»Es ist nur so, sobald Venia auftaucht, tendiert Denizen dazu …«

Abigail warf ihm einen verständnisvollen Blick zu. »… sich in Sachen reinziehen zu lassen?«

Simon schluckte. »Jep. Ich glaube nicht, dass Venia irgendetwas Böses im Schilde führt – sie hat keinem von uns etwas getan. Nicht …«

Nicht direkt. Wäre es ein großer Schatz gewesen, den das Trio gestohlen hatte, hätte Abigail *dem Ding* keine Schuld daran gegeben, was in seinem Namen getan worden war. Einer Person hätte sie keine Schuld gegeben. Aber einer *Tenebra*…

Hagen strich immer noch über seine Narben. Ihr Vater hinkte noch immer beim Laufen. Man konnte es gut meinen, man konnte versuchen, sein Bestes zu geben, und trotzdem …

127

Venia wollte vielleicht niemandem schaden, aber das hieß noch lange nicht, dass sie es nicht trotzdem indirekt provozierte. Sie war zweimal in die Welt der Menschen herübergekommen, und beide Male waren ein Albtraum gewesen. Sie mochte diese Albträume nicht verursacht haben, doch sie war deren Vorbotin – und zwar so sicher wie eine tickende Bombe.

Adler klopfte gegen die Lehne des Fahrersitzes, und der Pick-up hielt an. Sie standen auf einem Platz inmitten eines erschreckend organischen Durcheinanders von Gassen und Durchgängen. Die Gebäude hier hatten sich weggedreht, es sah aus, als wollten sie flüchten.

Die Schattenjäger in der Fahrerkabine – ein zerknitterter, vom Tribut gezeichneter Mann mit einem Ziegenbärtchen und eine Malleus namens Coiled, die früher mit Abigails Vater zusammengearbeitet hatte – öffneten die Ladefläche des Pick-ups, um die Neulinge aussteigen zu lassen.

Leere Fenster starrten die Jugendlichen an, die ihre Stellung einnahmen. Die Luft war kühl, aber nicht kalt. Wolken jagten über den Himmel, fast zu schnell, um wirklich zu sein. Es lag ein scharfkantiger Druck in der Luft, das vertraute Brennen von Adrenalin beruhigte Abigail.

Venia hatte … verzweifelt ausgesehen. Und verängstigt. Der Gedanke, dass Venia Angst hatte, gefiel ihr nicht. *Menschen* hatten Angst. Menschen hatten Angst vor den Tenebrae. Obwohl Denizen ihr alles, was er über Venia wusste, erzählt hatte, brachte es Abigail nicht über sich, sie auch nur als *annähernd* menschlich zu betrachten. Das war nicht klug. Das war nicht taktisch.

Ein Regentropfen fiel auf ihre Nase. Sie zuckte zusammen und ärgerte sich umgehend über ihre Reaktion. Sie verbot sich, das wunde Gefühl wegzureiben, doch rings um sie schüttelten die anderen ebenfalls Tropfen ab, zogen die Kapuzen über den Kopf und rollten die Ärmel herunter.

Eigentlich sollte ich nach einem Jahr in Irland doch an Regen gewöhnt sein. Nicht dass es der erste verregnete Ort gewesen wäre, an dem sie lebte – vor der durchdringenden Verschlagenheit des irischen Regens waren es die schrecklichen, auf die Haut prasselnden indischen Monsune gewesen und die Überall-Nässe birmesischer Feuchtigkeit. Warum sollte das irgendwie –

Als ein Tropfen auf ihre ausgestreckte Hand fiel und zerplatzte, drehte sich Abigail der Magen um. Sie starrte auf den öligen schwarzen Schimmer, der auf dem Wasser glänzte, ohne sich zu vermischen. Im Gegenteil, Wasser und Öl trennten sich vor ihren Augen voneinander, die Dunkelheit schoss als Rauchspirale in die Luft.

Adlers Stimme war ein Brüllen. »RISS!«

Blitzschnell standen sie Rücken an Rücken. Simons knorrige Schulterblätter drückten sich gegen Abigails Kopf. Schattenjäger umringten sie, drehten Schultern und schlossen Lücken; der ziegenbärtige Mann packte Ed im Nacken drückte ihn in die Gruppe.

Der Regen prasselte nun stärker, er brannte wie Wespenstiche.

»Geht in Deckung!«, rief der Sikh-Schattenjäger.

Sie rannten unter Zucken und Zischen, während ihnen der Wind Regen ins Gesicht und unter die Kapuzen schleuderte. Simon rannte mit über dem Kopf verschränkten Armen. Ein Junge, mit dem sie bislang noch nicht gesprochen hatte, stürzte mit einem Aufschrei zu Boden, zwei andere blieben stehen, um ihn an den Schultern hochzuziehen.

Und durch all die plötzliche Panik schimmerte der Druck des sich verbiegenden Universums, das einem den Magen zusammenquetschte und die Augen tränen ließ. Mit dem Regen kamen die Fragen – *ein Riss? Hier?* – doch Spekulationen waren totes Gewicht, deshalb ließ Abigail sie zurück.

Just in dem Moment, in dem ein Wolkenbruch die Luft in Fetzen riss und das Pflaster mit einem ohrenbetäubenden Knall zerspringen ließ, stolperten sie in eine offene Tür. Selbst im Erdgeschoss hörte Abigail, wie das Dach unter dem Angriff ächzte. Was würde passieren, wenn es einstürzte?

Wie sollen wir dagegen kämpfen? Wie kämpfte man gegen den Himmel?

Tenebris ließ ihre Haut kribbeln. Körper prallten von ihr ab, die Augen weit aufgerissen unter den klatschnassen Kapuzen, aber trotz ihrer Erfahrung, ihrer Ausbildung, ihres Eisens und des Lichts, das unregelmäßig unter ihrer Haut raste, sahen die Neulinge überhaupt nicht wie Schattenjäger in der Ausbildung aus.

Sondern wie Kinder, die sich vor etwas versteckten, das sehr viel größer war als sie selbst.

Ich kann euch unterrichten, aber ich kann euch nicht darauf vorbereiten.

Halt den Mund, dachte Abigail grimmig.

Ich kann euch ausbilden, aber die Ausbildung wird euch nur an den Rand der Dunkelheit bringen, keinen Schritt weiter.

Er war nicht einmal mitgekommen. Vivian hätte sie nicht im Stich gelassen, selbst wenn man ihr befohlen hätte zu bleiben.

Das bin ich. Eine Lektion, dass wir nicht unbesiegbar sind.

Es lief schief, und wieder einmal war Grey spurlos verschwunden.

Und dann räusperte sich Malleus Coiled – bloß eine kleine Frau, nicht größer als Abigail, kompakt wie ein Artilleriegeschoss und mit erstaunlich hellgrünen Augen – und alle Blicke richteten sich auf sie und den Eisenklumpen, den sie an einer langen, dicken Kette trug.

Ein Malleushammer, aber in einer Form, die Abigail noch nie gesehen hatte.

»Behaltet die Ausgänge im Blick«, befahl sie knapp. »Und die Treppen. Dieses Stockwerk ist unsere Festung. Unser Tagesanbruch. Und jetzt los.«

Die Entschlossenheit ihrer Stimme gab ihnen Mut, und einen Moment lang hatten sie – statt nur in einem vor langer Zeit geräumten Gebäude zu stehen – die Chance, das Richtige zu tun. Draußen zuckten Blitze, die Lichtfäden umwickelten Abigails Herz in stotternden Schlägen.

Und von einer Sekunde auf die andere – als sei ein Hahn zugedreht werden – war der Mahlstrom nur noch ein halbherziger Schauder, der in die brodelnde Masse Tinte *plitschplatschte*, die nun die Straße ausfüllte. Sie *verharrte auf der Stelle* und floss weder ab noch verteilte sie sich, sondern kräuselte sich wie etwas Lebendiges.

Als Coiled auf die Tür zuging, floss das Licht in tönendem Gold durch sie hindurch. Einige Neulinge hielten ihre Macht ebenfalls bereit, und leuchteten von Zeit zu Zeit auf, die Canti waren bereits als Formen unter ihrer Haut zu erkennen.

Der Sikh-Schattenjäger öffnete den Mund, doch bevor er etwas sagen konnte, zog sich die Matte aus glitschigem, übelkeiterregendem Schwarz plötzlich mit einer pulsierenden Bewegung zurück. Sie schlug Wellen und bäumte sich der Schwerkraft zum Trotz auf, drückte eine Tür auf der anderen Straßenseite ein und verschwand mit einem nassen Schmatzen.

131

Abigail konnte nicht anders. Ihr Erbe stieg in ihr hoch, hartnäckig, hungrig, und statt es zu unterdrücken, begrüßte sie es und ließ es den Zweifel wegbrennen. *Dies* war der Krieg, für den sie ausgebildet worden war, und als ihr der Schweiß die Wirbelsäule hinunterlief und die Luft im Mund hassenswert schmeckte, musste sie einfach handeln.

Normale Menschen rannten vor diesem Gefühl davon. Schattenjäger hingegen rannten darauf zu, um zu tun, was getan werden musste.

Simon war neben ihr, er hob schon die Hände. Ed zitterte am ganzen Leib, blieb aber ebenfalls an ihrer Seite. Sie nahmen ihre Plätze ein, und einen kurzen Moment lang vertrieb Stolz die Nacht.

Hier gehöre ich her, dachte Abigail. *Das hier ist das Einzige, was zählt. Das ist unser Königreich.*

Als sich das Gebäude gegenüber bewegte, ächzte das Mauerwerk. Staub blähte sich aus der Tür, die das Nachtwabern eingedrückt hatte, doch bevor er die Neulinge erreichen konnte, wich er zurück, als sei er von einem Staubsauger zurückgesogen worden.

Oder ... von Lungen.

Hundert Mündern. Der Kampfspruch der Allianz, in der Stimme ihres Vaters. *Hundert Zungen.*

Eine eiserne Stimme.

Das Gebäude stürzte ein, zerfiel, als habe eine riesige Hand es zerdrückt. Wo die Ziegelsteine herausbrachen, öffneten sich Löcher, und Fenster wurden zu schreienden Mündern. Die Neulinge duckten sich, als ein plötzliches Saugen den Schutt als grobkörnigen Hagel von der Straße zog. Abigails Gewand flatterte, verhedderte sich zwischen ihren Beinen; durch windzerzauste Haare und Stoff erhaschte sie einen kurzen Blick auf Malleus Coiled, deren Hammer unbeweglich am Ende der Kette hing.

Aus dem Strudel barsten *Gliedmaßen*, schwarz und krumm wie Spinnenbeine, aber so lang wie Simon. Mit insektenartiger Geschäftigkeit griffen sie herumfliegende Trümmer aus der Luft und reichten sie von Nadelklaue zu Nadelklaue.

Drehten sie.

Prüften sie.

Sortierten sie.

Die schwächsten Tenebrae waren nur in der Lage, wackelige Gerüste zu bewohnen, oder was immer ihr schwacher Verstand zu erfinden vermochte ... doch den ältesten unter ihnen gab nur das Material und die eigene verzerrte Vorstellung eine Grenze vor. Abigail hatte noch nie einem wirklich uralten Tenebra beim Ankleiden zugesehen. Es war der spektakulär hässlichste Anblick ihres Lebens.

»Rückzug!«, rief die Malleus, als aus der Düsternis ein gewaltiger Steinarm explodierte, der blind durch die Luft fegte. Es folgten weitere, sie wurden klackernd und klappernd von der Schwärze platziert – ein Fasskörper, ein monströser Kopf – und immer noch kratzten und tasteten die Klauen aus Nachtwabern und schlugen die monströse Gestalt heraus.

Detail um Detail wurde in die Realität gezerrt. Abigail hörte *Atem*, leise und knirschend, und gleichzeitig Meeresgeruch – die Ozeane der Geschichte, verschmutzt und tot. Der Geruch verriet ihr mehr als alles andere: *Ich kenne dieses Ding.*

Bei ihrer letzten Begegnung hatte es vom gefesselten Knöchel bis zum klobigen Helm gewaltige vier Meter gemessen. Es war voller Rost gewesen und hatte den Salzgestank eines versunkenen Schlachtschiffes aus einem vergessenen Krieg verströmt. Nun war es so lang wie ein Doppeldeckerbus, und der helle, rostfreie Ring um den Stiefel zeigte an, wo die Fußfessel gewesen war.

Dass es Dinge gibt, auf die man sich nicht vorbereiten kann, und die man vielleicht nicht überlebt.

Der Gesandte des Unendlichen Königs hielt ein gewaltiges Metallstück in der mörderischen Faust. Sein Schrei bedeutete das Ende eines Königreichs.

ICH HABE MEIN SCHWERT GEFUNDEN.

11

EINBLICK

Sie rannten. Was hätten sie sonst tun sollen?

Denizen rannte dem Palatin hinterher, er rannte seiner Mutter hinterher und er rannte der Tenebra hinterher, die sich ihnen angeschlossen hatte. Er rannte durch tausend gebrüllte Befehle: Waffenlager wurden geöffnet, Retter losgeschickt, Darcie, die sich die Hände an den Kopf presste, zum Büro des Palatins gebracht.

Er rannte, als sei ein Loch im Fundament von Tagesanbruch entkorkt worden und die Schwerkraft zöge ihn in die Tiefe.

Der offizielle Eingang zur Kammer des Einblick waren zwei Türflügel aus bestärktem Stahl, die ebenso kämpferisch unerschütterlich waren wie der Monte Inclavare selbst. Wäre nicht bereits ein Tenebra hinter ihnen durch einen Riss eingedrungen, wäre sie ausgesprochen beruhigend gewesen.

Tja, das war nicht mehr zu ändern. Ein paar Mauern würden trotzdem noch stehen bleiben, dachte Denizen und richtete die Augen fest auf die Türen und *nicht* auf die Mädchenerscheinung, die regenbogenartig silbern und blau schillerte. Das Feuer war nicht das Einzige, was Vivian ihn im letzten halben Jahr aus seinem Kopf zu verbannen gelehrt hatte. Normale Teenager gaben vermutlich wenig auf mütterliche Ratschläge in Liebesangelegenheiten, aber die Hardwicks hatten ihre ganz eigene Definition von normal, und wenn es einen Feind gab, von dem man behaupten konnte, dass Vivian ihn in ihrer langen Berufslaufbahn besiegt hatte, dann waren das unnütze Gefühle.

Seine Schwärmerei hatte sich ausgeschwärmt. Und zwar richtig gründlich, obwohl natürlich ein Teil von ihm den Einwand erhob, dass es nicht weiter schwer war, nicht an Personen zu denken, die offenbar auch nicht an einen dachten.

Sie hat nicht mal rübergeschaut –

»Denizen!«, fuhr ihn Vivian an. Die Ketten wurden aufgeschlossen. Waffen wurden verteilt. Da die Telefone nicht mehr funktionierten, stand Greaves in einem Mahlstrom von hektischen Schattenjägern, die Befehle entgegennahmen und anschließend davonstürmten. »Du musst zu den Zellen der Neulinge zurücklaufen und dort warten –«

»Ich werde nirgendwohin gehen«, erwiderte Denizen und holte tief Luft. »Sondern du.«

»*Wie bitte?*«

»Sie schicken Kader aus, um nach den anderen zu suchen. Nach meinen *Freunden*. Ich möchte, dass du sie begleitest.«

Vivians finsteren Blick hätte man als Waffe ausgeben können. »Ich werde dich nicht allein lassen –«

»Doch«, sagte Denizen. »Wirst du. Wenn irgendjemand sie zurückholen kann – dann du. Wir wissen nicht einmal, ob der Einblick gefährdet ist. Aber Simon ist mit wer weiß was dort draußen. Ich komme klar. Wenn irgendetwas durchbricht … renne ich einfach davon oder so.«

Er log, und er wusste es, und sie wusste es auch. Vor einem halben Jahr hätte sie ihn ohne viel Federlesens auf sein Zimmer geschickt. Vor einem Jahr hätte überhaupt kein Gespräch stattgefunden. Aber das war damals, und jetzt war jetzt.

»Halte dich im Hintergrund«, sagte Vivian. »Denke an das, was ich dir beigebracht habe. An *alles*, was ich dir beigebracht habe. Aber zögere nicht, das Notwendige zu tun.« Er nickte, ihre Hände lösten sich einen Augenblick von dem Hammer, als wollten sie etwas Anderes tun.

Dann drehte sie sich auf dem Absatz um und stürzte davon. Denizen verschwendete keinen Gedanken daran, wer eigentlich bislang für die Rettungsaktion seiner Freunde verantwortlich gewesen war. Er wusste, wem er traute. Und das war nun, nachdem Vivian weg war, exakt niemand.

Greaves starrte so gebannt auf die sich öffnenden Türen, dass Denizen nicht sicher war, ob der Palatin seine Anwesenheit überhaupt mitbekam. In einem Gang, der nie für so viele Menschen ausgelegt gewesen war, drängte sich eine Schar Schattenjäger, und es kamen ständig neue hinzu – hartäugig, narbengekerbt, von Muskeln und Eisen gezeichnet. Denizen zählte acht Hämmer – *acht* –, und für einen kurzen Moment wich die Unwirklichkeit, die ihnen entgegenschlug, zurück.

Grey weigerte sich, einen zu nehmen, seine Hände lagen auf den Schwertern an seinen Seiten.

Als Denizen an das letzte Mal dachte, als sein ehemaliger Mentor einen Hammer geschwungen hatte, bestürmte ihn die Frage, wem er vertraute, aufs Neue.

Ich bleibe hier, weil ich der Allianz diene. Ich bleibe hier, weil ich hier etwas Gutes bewirken kann. Nur deshalb.

Nicht etwa, weil er *spüren* konnte, wie das Krebsgeschwür hinter diesem Tor wucherte.

Nicht etwa, weil sein Hierbleiben ihm einen Vorwand lieferte, das Feuer herauszulassen.

Nicht etwa, weil –

»Sieh an, *jetzt* will er plötzlich bleiben.«

Edifice Greaves hatte einen schwarzen Stahlhammer aus seiner schwarzen Seidenhülle gewickelt – die Waffe war unversehrt, poliert, facettiert und *schwer*. Unter Greaves' teurem Hemd wölbten sich die Muskeln.

»Und wo ist Vivian –« Er schüttelte den Kopf. »*Hardwick*.«

Grey schob sich zwischen Greaves und Denizen. »Kleiner, wir haben das im Griff.« Hinter ihm öffneten sich die Türen. Tenebris schwoll an. Denizens Synapsen antworteten mit einer Fehlzündung. Seine Hände waren eiskalt, dann zu heiß. Er schmeckte Waffenöl, musste seine Nase abtasten, ob sie blutete.

»Warum gehst du nicht Darcie holen –«, setzte Grey an.

»Nicht«, sagte Denizen. Das Wort kam hart aus seinem Mund. »Benutze sie nicht, um mich loszuwerden. Das würde *er* tun.«

Greaves besaß noch nicht einmal den Anstand, beschämt auszusehen. Grey schon; Denizen hatte mit einem Mal Schuldgefühle. Doch dann standen die Türen offen, und er spürte nur noch Angst.

Der Einblick blutete.

Die Ränder des Risses waren rot entzündet in seiner Wiege aus Licht, die sich kreuzenden Strahlen dick und orange vor Eiter. Bei jedem Pochen verdunkelte sich die Luft ringsum, als stürbe der Riss ab, als fräße er gesundes Fleisch. Der Anblick trieb Tränen in Denizens eisernes Auge. Er verspürte mit einem Mal das Bedürfnis, sich zu übergeben, zu schreien, tief aus dem Feuer zu trinken und eine Notoperation durchzuführen, bevor alles zu spät war.

»Siehst du?«, fragte Grey, der von dem krankhaften Schimmern angeleuchtet wurde. »Alles unter Kontrolle.«

Denizen antwortete nicht sofort, sondern holte das Steinmesser heraus, das seine Mutter für ihn angefertigt hatte. Er hatte es *Zögerer* genannt. Wenn er schon eine magische Waffe besaß, brauchte sie auch einen Namen. So wie Simon sich über die Gewänder gefreut hatte. Einige Dinge hatten einfach Tradition.

»Du weißt, dass ich kämpfen kann. Außerdem sollte ich doch bei diplomatischen Verhandlungen helfen.« Er deutete auf die schwärende Wunde in der Luft. »Tja, ich fürchte, wir sind schon jenseits von Diplomatie –«

Ohhhhhhhhhh ...

Es kam von überall und nirgends. Es spulte sich durch den Einblick. Es schabte sich von den Schatten. Es schlich sich durch die Lücken der Atome in der Luft und pirschte sich gemächlich Denizens Wirbelsäule hinauf, streichelte jeden Wirbel leicht schief.

Du hast keine Vorstellung ...

Der Mann in der Weste hatte wie ein sich ablösender Fingernagel geschnurrt. Die Erlöserin hatte wie ein liebeskranker Hurrikan gewimmert. Diese Stimme jedoch erinnerte ihn plötzlich und schrecklich an Venia – an ihre Art, ihre Fremdheit wie ein Instrument zu spielen, in einem Moment gedämpft, im nächsten ohrenbetäubend laut.

Die Antwort der Schattenjäger war im Vergleich stumm – Waffen wurden gezückt, Licht flammte auf. Hinter Pupillen, unter Zungen, zwischen den Windungen von Fingerabdrücken – und sachte, ganz sachte, ließ Denizen sein Licht heraus, um es mit ihrem zu verbinden.

Vorsichtig.

Es strömte durch ihn, von seinem Willen kanalisiert, aber auf der Suche, immer auf der Suche nach einem Gefühl, einer Schwäche, durch die es entkommen konnte: Die Schattenjäger zwischen ihm und dem Riss, und der schlichte automatische Hass auf sie, weil sie ihm im Weg standen –

Das bist nicht du.

Venia hatte sich beim Klang der Stimme geduckt, und Denizens weißglühender Zorn, dass sie schwach sein durfte, während er ihretwegen stark sein musste –

Das bist nicht ... Das bist nicht ...

Die Stimme des Dings war ein Schnurren.

Ich wusste, dass du zu ihnen rennen würdest.

Venia schrumpfte wie eine Flamme, die durch einen Atemzug schmaler wird.

Glaubst du etwa, sie werden dir vertrauen, weil du ihre Gestalt nachäffst? Dir verzeihen? Dich ... lieben?

Es schnalzte missbilligend mit der Zunge. *Missgeburt.*

Venia sprühte Funken. **Mein Vater wird –**

Dein Vater, knurrte die Bestie, **ist hier der Preis, liebes Mädchen. Die Welten sehen zu. Drei Herausforderer für den Thron, die drei, die am *meisten* unter ihm gelitten haben. Nur der würdigste von ihnen wird die Ehre haben, den Platz deines Vaters einzunehmen und seinen Kopf zu fordern. Jeder von uns hat eine Aufgabe, Venia ... und *meine* ist es, dich zu töten.**

»Ganz schön schaurig«, murmelte Greaves, und sein schlichter menschlicher Sarkasmus war eine Wohltat nach der krankhaften Selbstgefälligkeit der Stimme. »Gibt es auch einen Körper zu dieser Varieténummer oder sollen wir Euch mit ein paar Schattenspielfiguren aushelfen?«

»Ich kann eine Ente anbieten«, bot Grey an.

Denizen holte zitternd Luft. Es war die größte Annäherung an ein Lachen, die er zustande brachte. Plötzlich wurde ihm bewusst, warum die Luft so trocken war und warum die ganze Kammer aus bestärktem Stahl bestand. *Ein sauberer Raum* – so steril gehalten, dass ein Tenebra nicht einmal ein Staubkorn finden würde, um einen Körper zu erschaffen.

Sehr Edifice Greaves.

Ah. Der kleine König, der sich hinter Versprechen versteckt, die nie hätten gegeben werden dürfen. Möchtest du deine Festung behalten, lieber Edifice? Du musst nur eine einzige Sache tun, und ich werde alle Edikte aufrechterhalten, die mein ... Vorgänger hinterlassen hat.

»Ich –«

Gib mir einfach das Kind.

Hundert Stimmen. Nein, tausend Stimmen, die wie Abwasser durch den Raum spritzten, dick und feucht und *bedürftig*, zu allem bereit in ihrem Verlangen und Hunger und Hass.

Greaves antwortete nicht gleich.

Von Herrscher zu Herrscher, lieber Edifice. Ein Tauschgeschäft. Das ist Diplomatie schließlich, oder?

Das würde er nicht tun.

Die Enttäuschung in den Augen des Palatins. Die schreckliche Bürde, einen aussichtslosen Krieg zu kämpfen. Die Worte, die er vor dem Konzilium gesagt hatte, als Frieden ein ferner Traum gewesen war.

»Wir leben diesen Krieg schon so lange. Wenn das, was heute hier stattfindet, auch nur die leiseste Chance birgt, ihn zu beenden ... Werde ich dafür jedes Versprechen geben. Werde ich alles dafür tun.«

Alles, aber nicht das. Oder?

»Wir schließen keinen Frieden, der auf dem Tod von Kindern beruht«, erwiderte Greaves. Die Erleichterung in Denizens Brust war beinahe schmerzhaft.

Ich habe die Menschheit *ausgiebig* studiert, Edifice

Greaves. Wir wissen beide, dass das nicht stimmt. Die Stimme gab ein geheuchelt enttäuschtes Seufzen von sich. **Dann eben nicht. Venia?**

Zwischen dem grellen Gold der Fackeln und der von Fäulnis befallenen Nichtfarbe des Einblicks war sie kaum zu erkennen.

Vergiss nicht, dass du hergekommen bist. Vergiss nicht, dass du ihren Tod auf dem –

Greaves schlug den Griff des Hammers in die Handfläche. »Wir haben es verstanden. Ihr werdet unsere Knochen zermahlen und Brot daraus backen. Können wir es jetzt endlich hinter uns bringen?«

Der Tenebra lachte, mit tiefer, belegter Stimme. **Dafür werde ich Eure Knochen nicht verwenden.**

Der Einblick begann sich zu *dehnen*, er blähte sich auf wie ein Furunkel. Denizen nahm Zögerer fester in die Hand. Grey zog seine Schwerter mit dem schabenden Geräusch von Stahl.

Komm schon. Heiß und rachsüchtig stieg das Feuer in Denizen auf. Jeder Tenebra verbrachte seine ersten Momente damit, hektisch weiches Öl im zusammengestohlenen Schutt zu verstecken, doch hier gab es nichts, was er nehmen oder verbiegen konnte. Hier war nur Feuer. *Komm schon.*

Es war ein Tag, an dem nichts lief, wie es sollte.

Was aus dem Riss heraussprang, war keine schwarze Flut, die blind nach einer Gestalt suchte; es hatte *bereits* eine Gestalt – Stück für Stück kam ein Koloss aus Kolben und Augen heraus. Das erste Sperrfeuer von Flammen lenkte er auf eine massive Schulter um, doch eine zweite Salve streckte ihn nieder.

Die Überreste hatten keine Chance, auf den Boden zu fallen – sie wurden an faserigen Scheinfüßchen aus Schwarz in

142

den Einblick zurückgezogen, es war wie eine Parodie auf die Prüfung von Miriam Bell. Der nächste Tenebra schaffte es, ganze drei Sekunden zu überleben, dann stapfte ein Hephaistos-Krieger, den Denizen überhaupt nicht bemerkt hatte, an ihm vorbei und quetschte den Tenebra so platt, dass es fast lustig war.

Auch diese Leiche wurde zurückgeholt. Durch die Kammer ging ein gewaltiges Seufzen, als habe etwas Großes die Luft gekostet und für angenehm befunden.

Und dann explodierte der Einblick.

Denizen stand plötzlich frontal vor einem Tenebra. Er hatte keine Ahnung, wie es dazu gekommen war. Der Tenebra schwang eine Faust, die er aus einem zerknautschten Einkaufswagen geformt hatte, doch Denizen wehrte ihn mit dem instinktiven Zucken eines Anathemabogens ab, dann säbelte ein anderer Schattenjäger dem Monster den Kopf ab.

Darauf folgte ein anderer Tenebra mit einem Maul aus sich biegenden Spritzen, den Denizen höchstpersönlich niedermetzelte. Eine Gliedmaße – menschlich, tenebrisch, er hatte keine Ahnung – schlug ihm ins Gesicht, und er schlitterte geradewegs vor die Füße von etwas, das eine Spinne hätte sein können, wenn Spinnen denn aus Gummi und zwei Meter groß wären.

Als Zögerer ihren Bauch aufschlitzte, kamen Abfälle und Rauch heraus.

Es gab keine Taktik. Keine Richtung. Außer mit Zögerer auszuholen und möglichst nicht zu stürzen bekam Denizen nichts mehr mit. Nicht mal sein Feuer meldete sich mehr. Es war einfach keine Zeit dafür. Er schnitt. Er stach zu. Er schlitzte auf. Ein Wedel aus Schotter und Kopffüßermuskel hob ihn hoch und *warf* ihn weg, nur eine Mauer hielt ihn auf.

Und mitten in diesem surrealen schwebenden Moment ein Licht auf der anderen Seite der Kammer, hell und blau inmitten von sich bekriegendem Schwarz und Gold.

Venia.

Das Ding, das ihn weggeschleudert hatte, schien kein Interesse an einer Verfolgung zu haben, doch nun stand schon wieder ein neuer Tenebra vor Denizen, und dann noch einer, und die Hälfte der Zeit wusste er nicht einmal, ob er sie überhaupt tötete, denn das Kampfgetümmel wirbelte sie immer wieder weg. Dabei hatte er mindestens hundert Jahre zugestochen. Warum nahm der Kampf kein Ende?

Normalerweise drangen Tenebrae einzeln durch einen Riss ein, vielleicht noch in kleinen Banden, die der gemeinsame Wahnsinn oder die Gelegenheit zusammenschweißte. Sie fanden die Schattenjäger, oder die Schattenjäger fanden sie, so oder so war das Ganze schnell erledigt.

Hier nicht.

Stirnrunzeln Nummer eins – »Verstehe ich nicht«. Auch nicht, als Zögerer sich in Haut verhakte, die sich entweder an Haizähnen oder einer Rolltreppe ein Vorbild genommen hatte. Dass die Bestie ebenfalls unzufrieden wirkte, war nur ein schwacher Trost. Sie drehte sich im Kreis und ließ Denizen kaum genug Zeit, die Palisaden in seinem Kopf niederzureißen und einen einzigen Cantus freizulassen.

Die Qaiyim-Myriade-Kugeln aus hungrigem Feuer, die der Kreatur aufs Brustbein trommelten, Ruß herauswarfen und Fleisch knusprig brieten. Denizen boxte der Bestie gegen die Brust, riss ihren Kiefer weg und blies ein Loch durch ihren Hinterkopf.

Das Monster taumelte, wand sich gegen jede Physik und Physiologie, um das verlorene Anhängsel zu ersetzen, und

Denizen kämpfte ebenso verzweifelt. Schloss Kanäle in seinem Kopf und öffnete andere dafür, suchte nach einem Weg, Feuer herauszulassen, ohne Feuer auszustoßen.

Das Monster hob eine Hand, die erst zur Klaue, dann zur Sense wurde, und Denizen konnte – gefangen zwischen Qual und Brandstiftung – nichts weiter tun, als einer perfekten Linie Polarblau dabei zuzusehen, wie sie das Ding in der Mitte durchschnitt. Der Tenebra brüllte auf – voller Hass und untröstlich – und löste sich auf. Ein atomarer Winter in der Gestalt eines Mädchens wurde sichtbar.

Eine Hand presste Venia sich noch immer auf ihren Oberkörper. Die andere endete in einem weißglühenden Hologrammschwert. Auf ihren Wangen zischten schwarze Flecken, die sich kurz darauf auflösten.

»Venia«, flüsterte Denizen.

Sie starrte ihn mit ausdrucksloser Miene an und stürzte vor.

TÖTE SIE. Es war sein Training. Es war sein Feuer. Es war seine Mutter, und die Pflicht, dass man ein Monster, das sich auf einen stürzte, *als Erster* plattmachen musste.

Flammen schlugen aus seinen Händen, und er musste seine ganze Kraft aufbieten, um sie beiseite zu schieben. Venias Schwert streifte seine Schulter, um den Schädel eines Tenebra hinter ihm zu halbieren.

Er hatte … Er hatte ihn nicht einmal *gesehen*.

Ich hätte fast …

Los, knurrte Venia, und wirbelte ihn herum, so dass sie Rücken an Rücken standen. Der Boden erstickte schon vor sich windendem Schutt, den die Monster tranken, und um alles noch schlimmer zu machen, schmerzten Denizens Schienbeine von blauen Flecken und Hieben.

Ein bebendes Nest aus Haaren und Adern packte ihn an

der Kehle, und er wäre auf der Stelle tot gewesen, hätte nicht zufällig ein Malleus-Hammer nach hinten ausgeschwungen. Denizen stürzte, rollte, schlitzte unmenschliche Fußgelenke mit Zögerers Steinkante auf. Schließlich bohrte er ihn in einen Schenkel und zog sich daran hoch.

»RÜCKZUG!«

In der Stimme lag solche Wut. Rückzug war ein Schimpfwort für einen Schattenjäger, der Beweis, dass er versagt hatte, ein Zeichen, dass nichts war, wie es sein sollte. Doch plötzlich lagen Hände auf Denizens Schultern. Fast hätte er auf sie eingeschlagen, aber dann merkte er, dass sie aus Eisen waren.

Huch, dachte er dümmlich, *hier waren wir also.* Drei Meter von der Tür entfernt, fast an der gleichen Stelle, wo er zuvor Simon und Abigail getroffen hatte. Er hatte völlig den Überblick verloren.

Die blitzsaubere Kammer hatte sich in eine Müllhalde von aufsteigendem Schwarz verwandelt; sobald eine verkrümmte Gestalt fiel, wurde sie irgendwo anders wiedergeboren. Die Schattenjäger kämpften noch immer in kleiner werdenden Gruppen, doch mittlerweile kämpften sie, um sich gegenseitig zu befreien, opferten sich, damit andere es zur Tür schafften.

In der Mitte von allem war der Einblick, und der Einblick war größer geworden. Er war breiter und wurde von einem Wald aus Händen und Armen und schwarzen, grapschenden Fingern immer noch weiter aufgerissen.

Wie von einer Menschenmenge. Wie von einer Armee.

Was Denizen eine Verschnaufpause verschaffte, war jedoch etwas anderes. Es war der Moment, als sich der Kopf und der Oberkörper eines jungen Mannes wie der Stiel einer Erdbeere durch die Masse stießen. Er streckte sich und lächelte wie ein Jugendlicher, der lange und gut geschlafen hatte.

Die Gestalt sah menschlich aus. Richtig menschlich. Das gelang den Tenebrae so gut wie nie. Der Aal-in-Tweed hatte die größten Anstrengungen unternommen, die Denizen je gesehen hatte, doch selbst er hatte die Leute nicht lange täuschen können. Es gab so viele Einzelheiten, die stimmen mussten, all die evolutionären und verhaltensspezifischen Eigenheiten, die Menschen von ... Nicht-Menschen unterschieden.

Der Körper des Jungen jedoch sah perfekt aus, selbst das Geflecht unzähliger verrenkter Gliedmaßen besaß eine Vollkommenheit und Kunstfertigkeit, die Denizen noch nie zuvor gesehen hatte. Sie bogen sich, wie sich Gliedmaßen biegen sollten, und vor seinen Augen drängten sich noch mehr Köpfe durch, jeder davon lebensecht, jeder davon menschlich.

Allerdings waren alle aus Eisen, so makellos, als hätte der Tribut selbst sie geformt.

Der Thronräuber grinste Denizen mit einem Dutzend Münder an.

Tagesanbruch, flüsterte er.

12

WENN DER ROST EINDRINGT

Abigail Falx lief eine Meile in unter acht Minuten. Mit einem Rapier war sie tödlich, mit der Armbrust hatte sie Preise gewonnen, mit Stab, Axt und Sense war sie nur perfekt. Sie hatte den schwarzen Gürtel im Kickboxen, traf mit einem 200-Gramm-Messer auf fünfzehn Schritte einen Ehering, und einmal hatte sie einen Bluterguss auf Vivian Hardwicks Wange hinterlassen.

Irgendwo schrie irgendjemand, doch dann knurrte der Gesandte, leise und tief wie Muskelschmerzen, und Abigail konnte nichts anderes tun, als den größten Tenebra, den sie je gesehen hatte, einfach nur anzustarren.

In der Rüstung befand sich kein Körper, bloß ein schwappendes, waberndes Meer aus Schwarz. Die Platten wölbten sich merkwürdig. Ellbogen standen heraus. Der Brustpanzer schien eine halbe Meile breit zu sein, konzentrisch um ein Loch herum aufgebrochen, durch das Abigail hätte hindurchfallen können, ohne den Rand zu berühren.

Früher hatte dort ein Hammer gesteckt. Sie war dabei gewesen, als er herausgezogen wurde.

ICH HABE MEIN SCHWERT GEFUNDEN.

Der Gesandte drehte sich an der Hüfte, und dann zerlegte er das nächstbeste Gebäude in zwei Teile.

Die nachtschwarze Klinge, die länger als Vivians Auto war, durchtrennte es mit derselben Leichtigkeit, mit der ein Metzger ein Kalb in Stücke zerlegt. Das Mauerwerk ächzte, Staub wirbelte auf. Das Dach stürzte ein. Jedes Stück Stein, das mit dem Schwert in Berührung kam, blähte sich zu einer Schotterwolke auf, als sei es nicht nur durchgeschnitten, sondern auf Molekularebene zerlegt worden.

Mit einem beinahe anmutigen Schnüffeln beugte sich der Gesandte vor und atmete sie ein.

ICH HABE ES GEFUNDEN. ICH HABE ES *GEFUNDEN*.

Bildete sie sich das ein? Wuchs der Gesandte tatsächlich? Die Flanken ächzten, die Details wurden deutlicher … schwoll er durch alles, was er aß, an?

ICH HABE ES GEFUNDEN … ICH HABE *DICH* GEFUNDEN UND …

Er starrte auf sein Schwert, das noch immer in der Gebäudeleiche steckte. Sein Handschuh öffnete sich mit dem rasselnden Schaben eines Fließbands und strich liebevoll über die Klinge.

Und dann sah er sie an. **WIR HABEN HUNGER.**

Ihr ganzes Leben war Abigail für den Kampf trainiert worden. Sie hatte Canti gewählt, wie andere Jugendliche Tauschkarten sammelten, sie hatte ihren Körper optimiert und sie hatte *recherchiert*. Tenebrae hatten schließlich keine Muskelgruppen oder Druckpunkte. Jeder Tenebra war eine neue Sprache, die sich mit jeder vergehenden Sekunde selbst überschrieb. Ihr Vater hatte ihr beigebracht zu beobachten. Ihre Mutter hatte ihr beigebracht, Situationen einzuschätzen. Und als sie den Tenebra mit geübtem Auge musterte …

Nichts. Sie hatte nichts. Der Gesandte war zu groß. Zu unmöglich. Man konnte diese Rüstung nicht mit einem Malleus-Hammer verbeulen, es sei denn, man schweißte ihn an einen Panzer. Sie hätte jede Unze von sich dem Tribut opfern können und ihn trotzdem nicht einmal angesengt.

Das blanke *Ausmaß* dieses Tenebra rasselte herunter wie eine Guillotine, und trennte nicht nur mit chirurgischer Präzision Abigails Muskeln von ihrem Gehirn, sondern auch ihre Muskeln von jeder Erinnerung – von jedem Moment, den sie damit zugebracht hatte, das menschliche Bedürfnis des Zusammenzuckens durch das schattenjägerliche Bedürfnis nach Kampf zu ersetzen.

Der Gesandte war ihr in jeder Hinsicht überlegen.

ABIGAIL FALX.

Er musterte sie von oben bis unten, ohne auch nur den Kopf zu bewegen.

KLEINE ABIGAIL FALX.

Er *kannte* sie.

DEM ZERFALL ÜBERLASSEN. DEM ROST ÜBERLASSEN. JAHRHUNDERTELANG NUR DEM WIND UND DEM REGEN UND JEDEM MENSCHLICHEN WESEN ÜBERLASSEN, DAS VERZWEIFELT GENUG WAR, HILFE BEI MIR ZU SUCHEN.

Bei dem Wort Hilfe zitterte die Stimme wie ein versagendes Funkgerät, und eine andere Stimme tröpfelte unter dem Helm hervor, überdehnt durch die Lautstärke, aber unmissverständlich menschlich.

WENN ES SO WEIT IST ...

Ihre Stimme.

ICH WILL GUT GENUG SEIN.

Das hatte sie auf Os Reges zu Denizen gesagt. Sie hatte ihm erklärt, dass sie eine Schattenjägerin sein wollte, dass sie schon immer gewusst hatte, dass es ihre Bestimmung war. Sie hatte ihm erklärt, dass sie trainierte, weil die Zeit kommen würde, an der Leben und Tod von ihr abhängen würden.

GLAUBST DU, DASS DU GUT GENUG BIST, ABIGAIL FALX?

»Aufhören!«

Ihre Stimme war so laut, wie menschliche Lungen es vermochten, aber im Vergleich zu dem *Ding* immer noch kläglich leise. Der Gesandte war sogar stumm ohrenbetäubend laut, ein dumpfes Knurren von Gelenken und Ketten, die bei jedem gurgelnden Atemzug klirrten. Es klang, als würde sie neben einem Meer stehen. Wie das Rauschen in den Ohren eines Ertrinkenden.

MALLEUS COILED.

Der Tenebra war so riesig, dass er einen Schritt zurücktreten musste, um sich in der schmalen Straße umzudrehen. Die Handfläche drehte sich liebevoll um das Heft seines Schwertes. Coiled reichte dem Gesandten kaum bis zum Knie. Sie stand mit verschränkten Armen vor dem mittlerweile acht Meter großen Koloss, als sei er ein Schüler, der aus der Reihe tanzte.

Das war Abigails Moment. Jetzt sollte sie handeln. Das Gewicht seines Blicks war verschwunden, die Leerstelle wurde schnell von Luft und Gedanken gefüllt. Das Ungetüm hatte ihr den Rücken zugedreht, der einfachste und grundlegendste Fehler. Das hier war ihre Chance, *warum zögerte sie?*

Ein taktischer Irrtum. Ein fataler Fehler.

Und dann –

»Jetzt!«, brüllte Coiled, und die anderen Schattenjäger sprangen von den Dächern.

Adler hing in der Luft, als wisse die Physik nicht so recht, was sie mit ihr anfangen sollte, doch dann holte sie mit der

Axt aus und hackte ein Stück aus dem Helm des Gesandten. Der Sikh-Schattenjäger landete auf dem Schulterstück und rannte, *rannte* tatsächlich über die Schultern der Bestie, um dann sein Schwert in die Dunkelheit zwischen Helm und Hals zu rammen.

Das Ding brüllte.

Coiled rannte bereits zwischen die Baumstammbeine der Kreatur und schleuderte die Eisenkugel in die Spalten, in der die Kniesehnen hätten sein sollen. Der Gesandte taumelte in einem Kreis aus Staub und lief ungeschützt in den Flammenstoß des zerknitterten Schattenjägers.

Keine unnütze Bewegung. Keine Lücke im Tanz. Da ein einziger Schlag mit dem gewaltigen Schwert jeden von ihnen zweigeteilt hätte, hetzten und sprangen die Schattenjäger wie Jagdhunde, die einen Hirschbock in die Enge zu treiben versuchen.

Abigails Erbe brodelte in ihr hoch, und sie spannte sich an, wollte ihr Feuer mit dem der drei Schattenjäger verbinden, doch in diesem Moment sah Coiled sie und erstarrte.

»Abigail! Geh –«

Es gab ein Zögern im Tanz. Nur eine Sekunde lang. Nur einen Herzschlag lang. Abigail sah es. Der Gesandte sah es ebenfalls.

Der Tenebra drehte sich um, mit einem Mal blitzschnell – diese giftige tenebrische Unbeständigkeit – und erwischte die Malleus mit der Bulldozerspitze seines Stiefels.

Coiled *flog*.

Es fühlte sich wie eine Vorführung an. Oder wie eine der Geschichten, die Abigails Mutter ihr früher erzählt hatte, aus der Zeit, als sich Helden und Monster bekämpft hatten und jeder Schritt und Schlag die Welt erschüttert hatte.

Coiled landete neben ihr auf der Erde, ein zertrümmertes Bündel Gliedmaßen, und Abigail konnte ebenso wenig den Blick von der Malleus abwenden, wie sie das Ungeheuer hinter sich hätte niederringen können.

Die kleine Frau war in drei Metern Höhe gegen die Mauer geknallt. Sie hatte ein Stück der Ecke mit in die Tiefe gerissen, es lag in Bruchstücken wie ein Heiligenschein um sie herum und saugte sich allmählich mit ihrem Blut voll. Sie starrte Abigail an, ein Auge schloss sich bereits, das andere war hell und knallgrün.

»Abigail ... «

Wie konnte Abigail sie hören? Hinter ihr war ein Heulen, das Prasseln von Flammen – der Tanz war nun zerstört und die Schattenjäger stürzten. Der Gesandte brüllte wie eine Luftturbine. Sie hätte nicht in der Lage sein sollen, jemanden zu hören, der so leise durch einen halbzertrümmerten Brustkorb flüsterte.

»Abigail, du hättest ... «

Hättest *irgendetwas* tun sollen. Das war ihre Pflicht, ihr Erbe. Ihre Bestimmung, der Wunsch ihrer Eltern, die Crux ihrer Existenz. Leben oder Tod.

HÄLTST DU DICH FÜR GUT GENUG, ABIGAIL FALX?

Der Gesandte beantwortete Fragen. Abigail hatte ihre Antwort.

Sie flüchtete.

13

GESPENSTERGESCHICHTEN

Denizen war noch keine drei Schritte aus der Kammer, als seine Muskeln ohne Vorwarnung nachgaben und seinen Körper als hilfloses Häufchen auf dem Boden liegen ließen. Er bekam nicht einmal mehr den Aufschlag mit.

Was er mitbekam, war die Hand, die sich wie eine Bärenfalle um seinen Arm schloss. Entsetzen stieß die Erschöpfung beiseite, er schlug konfus nach dem, was ihn festhielt.

Es war Grey, der ihn über die Bodenfliesen zerrte, damit die Kammer versiegelt werden konnte. Denizen nahm verschwommen wahr, wie sich die Schattenjäger mit dem Rücken gegen einen Türflügel stemmten und brüllten, als wollten sie sie durch bloßen Lärm zudrücken. Schließlich ging ein einzelner Hephaistos-Krieger bedächtig Schritt um Schritt auf den anderen Flügel zu und lehnte sich dagegen.

Die Türflügel knallten zu. Allerdings war eine Hand darin eingeklemmt. Sie scharrte und grapschte, doch ihre Knöchel bewegten sich nicht, wie Knöchel es tun sollten. Grey zertrümmerte sie mit einer gezielten Rückhand.

»Versiegelt die Kammer«, knurrte er. »Und zündet sie an. Ich möchte, dass sie *verbrennen.*«

Denizen starrte dumpf auf die Tür, während die verbliebenen Schattenjäger – *dieser Flur war vorhin voller Menschen gewesen* – die bloßen Hände auf das blanke Metall legten. Unter ihrer Haut plätscherte Licht, zunächst schwach, dann heller. Die Anstrengung ließ es schlierig aussehen. Nach einer Weile begannen die Linien und die Gravuren in den Türen ebenfalls zu leuchten. Der bestärkte Stahl kanalisierte ihr Feuer.

Schon bald schimmerte auf der ganzen Wand ein geometrisches Muster aus akkuraten Lichtlinien. Und zu dem Licht kam der Ton hinzu – er erhob sich leise unter Denizens Sinnen, ein erdtiefes Poltern, das immer lauter und schriller wurde, bis er die Hände auf die Ohren pressen musste, um es nicht mehr zu hören.

Tenebrae. Mehr, als Denizen je zuvor gehört hatte. Es klang wie …

Es klang, als wären es Hunderte von ihnen.

Licht flackerte über die eisige Miene von Graham McCarron. Er schien zu lauschen, wie die Tenebrae zwischen den Kammermauern verbrannten. Man roch nichts. Versiegelt. Luftdicht.

Wie lange wird die Kammer ihnen standhalten?

»In mein Büro«, sagte Greaves. Auf einer Gesichtshälfte klaffte eine gezackte Wunde. »*Jetzt.*«

Als sie in Greaves' Büro zurückkehrten, perlte noch immer Regen auf dem Balkon – die Tropfen waren durchsichtig und zeigten keinerlei schwarze Spuren. Denizen hatte keine Ahnung, ob das ein gutes Zeichen war oder nicht.

Greaves erteilte keine Befehle mehr. Es schien schlicht keine mehr zu geben. Rings um den Einblick waren Kader positioniert worden, manche, um den bestärkten Stahl aufzuladen, andere für den Fall, dass er nicht hielt …

Eine Frau mit einem Drachentattoo auf der Wange und ein Mann mit einem blaugefärbten Iro auf dem ansonsten kahlrasierten Kopf traten ins Büro; zwischen sich hielten sie Venia. Selbst dieses kleine Detail war entmutigend: Venias Ehrengarde hatte sich halbiert. Sie hatte gerade Besseres zu tun.

Es tut mir leid, sagte sie. Es schien ihr Standardspruch zu sein. **Ich –**

»Was ist das?«, fragte Greaves. Seine eine Hand lag auf dem Hammerkopf, der mittlerweile ebenso verbeult war wie Vivians. »Dieses *Ding*. Das Ding, das mit uns gesprochen hat.«

Ich weiß nicht –

»Ihr wisst es sehr wohl«, fuhr der Palatin sie an und zog die Waffe mit einem Wimmern von Eisen und Holz über den Tisch. »Es kannte Euch. Es bezeichnete Euch als seine *Aufgabe*.«

Wir folgen den Starken, murmelte Venia. Die Wut, die sie während des Kampfes gezeigt hatte, war verschwunden. Nun wirkte sie eher ... schicksalsergeben. **Thronräuber erheben sich. Sie glauben, sie könnten König werden.**

Wie ein Hund, der ein Erdbeben wittert, drehte sich Denizen genau in dem Moment um, als Vivian derart energisch durch die Tür gestürmt kam, dass sie aufflog und sich sofort wieder schloss. Alle fuhren zusammen. Hände wanderten an Schwertgriffe.

Denizens nicht. Er war daran gewöhnt. Vivian konnte sogar einen Perlenvorhang zuknallen.

»Möchtest du mir erklären«, zischte Vivian, »warum wir die nächste Generation der Allianz beinahe an den *Gesandten des Königs* verloren haben?«

Obwohl nun zwei Hämmer vor Venias Gesicht geschwenkt wurden, verzog sie nach wie vor keine Miene. Plötzlich musste Denizen an Crosscaper denken. Wie hatte Simon immer gesagt? Ah ja. *Keine Panik.* Wenn man diesen Punkt erreicht hatte, lag das Schlimmste schon hinter einem.

Er ist nicht mehr der Gesandte meines Vaters.

Das Spiegelbild von Vivians Hammer war ein dunkler Fleck in Venias hellen Augen.

Wie man sieht.

In Vivians Wange zuckte ein Muskel. Schattenjäger verstanden sich nicht mit Tenebrae. Und das war sogar noch eine Untertreibung. Was Vivians spezielle Gefühle für Venia anbelangte, noch mehr als das.

Sie konnten sich nicht ausstehen.

»Du. Hast. Die. Tenebrae. Hergeführt.«

Ich habe Partei ergriffen. Ich möchte nicht, dass noch jemand stirbt.

»*Erzähl das mal –*«

»Es reicht!«, schnauzte Grey, und Vivian war so verdutzt, dass sie tatsächlich den Mund hielt. »Die Neulinge? Der Kader? Wo –«

Seine Freunde! Denizen hatte nicht mal –

»Coiled, Adler, die anderen … Sie haben den Rückzug der Neulinge gedeckt … und mit ihrem Leben dafür bezahlt.«

Die Schattenjäger zischten, oder ballten Hände zu Fäusten, oder fluchten, und Grey schien einfach nur … in sich zusammenzusacken. Er umklammerte seine rechte Hand mit der geschundenen Mechanik seiner Linken.

»Und der Gesandte?«

Vivian schüttelte den Kopf. »Wir haben keine Informationen. Wenn wir unsere Suche abgeschlossen haben, werden wir festlegen, wie wir reagieren. Die Neulinge –«

»… Müssen sich täuschen.« Die Hoffnung in Greaves Stimme war schlimmer als Angst. »Du hast nicht mit dem Kader gesprochen? Es muss etwas anderes sein. Nicht der Gesandte. Sie täuschen sich.«

»Sie sind Neulinge«, erwiderte Vivian, »keine Kinder. Keine Idioten. Ich habe sie persönlich befragt. Und er ist *gewachsen*, Greaves. Neun Meter hoch, und er schwingt das verdammte Schwert, von dem er immer geredet hat –«

»Es ist der Schock«, fuhr Greaves sie an, und irgendwo fand Denizen den Freiraum im Kopf, beleidigt zu sein.

»Sie haben recht.«

In der Türöffnung stand Darcie, so zerbrechlich, dass Denizen sich zusammennehmen musste, nicht zu ihr zu rennen. Sie schien seit ihrem letzten Treffen geschrumpft, so dass sie in den Falten ihres Mantels verschwand. Ihre Haare hingen angeklatscht und wirr herunter.

»So viel Bewegung auf der anderen Seite des Schleiers. Es fühlt sich an, als würde ich meine Wange gegen einen Bienenstock pressen. Und die Vibration spüren. Das schreckliche, schreckliche Summen.«

Sie leckte sich über die Lippen, eine krampfartige und traurige Geste.

»Als würden sie durch mein Hirn krabbeln.«

»Das *reicht*«, fuhr Greaves sie an und wandte sich an den schmalen Luchs von Frau hinter ihm, ihre braune Haut war schwarz gescheckt von Tribut. »Die Telefone funktionieren nicht. Islington, Berlin: Wir brauchen Verstärkung.«

Die Kunst des Öffnens. Der Cantus, der Schattenjägern erlaubte, von einem Schatten zum nächsten zu gehen. Die Frau nickte, und dann passierten kurz hintereinander drei Dinge:

Darcie torkelte vorwärts. Venia erlosch bis auf ihre Augen, man sah nur noch zwei Lichtpunkte, die aussahen wie im Flug

158

erstarrte Glühwürmchen. Die Stimme des Lichts und der *Lux* überlappten sich, sie klangen verängstigt.

»Nein!«

Nein!

Und jene namenlose Schattenjägerin öffnete ein Loch im Universum und war bereits tot, bevor ihr Cantus in der Luft verhallt war.

Es ging schnell. Das war der einzige Trost. Aus dem halbgeöffneten Loch peitschten so viele schwarze Ranken, dass es aussah, als würde ein Jahrhundert von Spinnweben aus einer immer größer werdenden Spinnwarze ausgeschieden. Der Gesichtsausdruck der Schattenjägerin hatte sich nicht einmal geändert, als sich ihre Füße vom Boden lösten.

Und dann schloss sich der Riss in der Luft. Natürlich tat er das, wenn das Leben, das den Cantus erweckt hatte, erlosch.

Sie schienen unverzeihlich lange auf jene Stelle in der Luft zu starren.

Es ist, wie ich sagte. Flucht ist unmöglich. Jedenfalls nicht durch die Kunst des Öffnens. Ihr seid umzingelt. Ihr seid belagert.

Mit jedem Wort wurde ein Teil von Venias Gestalt wieder klarer, ganz so, als fände ein Radio wieder den Sender, als zöge ein Künstler Linien mit Tinte und Papier.

Zu planen ist schwierig, wenn man flüssig ist. Ihr seid starre Dinger. Eines aufs das andere zu schichten fällt euch leicht. Für uns ist es wesentlich schwerer. Wir fließen. Wir sind unbeständig. Wir sind …

»*Venia*«, zischte Denizen. »Komm zur Sache.«

Und endlich ergaben die Hinweise Sinn. **Man ist euch zuvorgekommen. Das versuche ich dir zu erklären. Ein Eindringen wie ein Wolkenbruch. Hunderte von Tenebrae** nutzen die konzentrierte Verzerrung, die ihre Anwesenheit auslöst, um die Kommunikation mit der Außenwelt zu stören. Wir sind Geschöpfe des Willens, die Schwachen folgen den Starken, und was beweist mehr Stärke als ...

»... als alles zu zerstören, was der letzte König aufgebaut hat«, flüsterte Denizen. »Als den größten Feind deiner Rasse zu zerstören. Als uns zu zerstören.«

Venia nickte.

Ihr seid die Aufgabe des Gesandten. Ich bin nicht zu meiner Rettung hergekommen. Ich kam, um euch zu retten. Das hier ist kein Überfall, kein Beutezug ... Das hier ist kein Riss.

Es ist eine Invasion.

»Aber ...« Vivian schienen tatsächlich die Worte zu fehlen. »Was sollen wir dann tun?«

Edifice Greaves musterte sie bloß mit ausdrucksloser Miene. Er wirkte, als habe er sich in sich selbst verkrochen. Denizen hatte zahlreiche Masken von Greaves gesehen, aber er hatte ihn noch nie einfach *abgeschaltet* erlebt, alle Rädchen eingerastet.

»Palatin«, wiederholte Vivian. »Was sollen wir tun?«

Greaves' Lippen bewegten sich ohne dass ein Ton herauskam, aber durch irgendeine Laune oder Glück konnte Denizen perfekt von ihnen ablesen.

So will ich nicht sterben.

Vivians Stimme klang entsetzt. »Was hast du –«

Sie beendete ihren Satz nicht. Wahre Gestaltwandler hätten sich nicht so schnell und gekonnt verändern können wie der Palatin in diesem Moment. Er durchbohrte einen nach dem anderen mit einem Löwengrinsen. Es war dasselbe nukleare Selbstvertrauen, das er damals beim Konsilium zur Schau getragen hatte, und bei dem er den Anschein erweckt hatte, dass es nichts gab, was er nicht tun oder sagen konnte.

»Ich *sagte* – Wir tun, was wir immer tun. Wir kämpfen. Und wir gewinnen.«

Und mit einem Mal verstand Denizen ganz genau, wie Edifice Greaves tickte. Er hatte nie gewusst, welche seiner Masken echt war – die des umgänglichen Gauners, des ernsten Anführers, oder des Pragmatikers, der log wie gedruckt, um die Loyalität eines Dreizehnjährigen auf die Probe zu stellen.

Oder dieser kurze Moment, in dem der Palatin den Feigling in sich nicht hatte verbergen können.

All diese Masken waren real, aber sie waren allesamt irrelevant. Greaves trug sie, um sein zu können, was der Moment erforderte, und nun würde er wieder dasselbe tun. Mehr hatte es nicht damit auf sich.

»Zwei Ziele«, erklärte Greaves. »Eine Lösung.« Er deutete auf einen der Schattenjäger. »Ich möchte, dass alles, was unbezahlbar und beweglich ist, weggebracht wird. Gebt die Kurzwellenfunkgeräte heraus – sie sind alt, sie sind simpel, vielleicht funktionieren sie noch. Zieht die Kader von der Bewachung des Einblicks ab und teilt jedes Stück Hephaistos-Plattenpanzer aus, das wir besitzen. Wenn die Tenebrae hierherkommen, richten sie wenigstens nicht irgendwo anders Schaden an.«

Er wandte sich an Venia. »Richtig?«

Venias Stimme klang zögerlich. **Ja.**

»Gut. Sie wollen die Welt? Dann müssen sie erst an uns vorbei. So, wie es immer war.« Er drehte sich zu Vivian. »Bis du mit der Kavallerie zurückkehrst.«

»Was?« Denizen konnte verstehen, dass Vivian verwirrt aussah.

»Du gehst«, erklärte Greaves. In seiner Stimme brannte nicht das Feuer der Schattenjäger, sondern *Befehlsgewalt*, und Denizen spürte, wie sich die Rädchen wieder bewegten. »Der Gesandte hat den Einblick umgangen. Wie viele andere Tenebrae sind noch schlau genug, das zu tun?«

Es ist keine Frage von Schlauheit, erklärte Venia. **Der Hass hat den Gesandten stark gemacht für einen solchen Versuch, doch die meisten Tenebrae werden sich am Punkt des geringsten Widerstandes zusammenrotten.**

»Warum mit dem Fallschirm abspringen, wenn schon ein Loch in der Wand ist?«

Genau. Aber wenn sich der Gesandte beweisen will, wird er irgendwann herkommen müssen. Jeder Thronräuber hat seine Aufgabe erklärt –

Bei dieser Bemerkung funkte etwas in Denizens Kopf, aber er war zu erschöpft, um es aufflackern zu lassen.

Und die Schwächsten unseres Volks werden ihnen in Scharen folgen. Andere werden abwarten, was mit denjenigen Tenebrae geschieht, die sich trauen, die Allianz der Schattenjäger anzugreifen.

»Und sich entsprechend verhalten.« Greaves blickte Vivian an. »Wir müssen den Spieß umdrehen, bevor es dazu kommt. Wir müssen die Neulinge aus der Stadt und dieser tenebrischen Einmischung herausschaffen. Danach wirst du Kontakt zur Außenwelt aufnehmen. Zum Rest der Allianz. Der Firma Halbschatten. Den vermaledeiten Croits. Zu jedem. Den Gegenangriff, Vivian Hardwick, wirst du anführen.«

»Palatin …«

»Was?«

Vivian öffnete den Mund, zögerte jedoch kurz. »Ich habe dich falsch eingeschätzt.«

»Ja«, sagte Greaves. »*Ständig*. Und nun zieh los und gib dein Bestes.«

Ein grimmiges Lächeln huschte über Vivians Gesicht. »Jawohl, Palatin.«

»Gut!« Er drehte sich auf dem Absatz um. »Madame *Lux*. Bitte nehmen Sie meine ernstgemeinte Entschuldigung an. Wir haben einen schwierigen Tag. Sehen Sie sich in der Lage, zu dienen?«

Darcie taxierte ihn kurz. »Immer, mein Palatin.«

»*Gut.* Ich muss die Bewegungen des Gesandten nachvollziehen können. Ich muss wissen, ob auch andere *Luces* diese Anomalie bemerkt haben, und ich muss wissen, ob wir *Leute verlieren*, weil sie versuchen, mit der Kunst des Öffnens hierher zu gelangen. Und was Euch anbelangt –« Er drehte sich zu Venia. »Ich weiß, meine Vorgänger würden sich deshalb im Grab umdrehen, aber wenn Ihr hier seid um zu helfen, dann könnt Ihr genau das tun. Werdet Ihr das?«

Venia flackerte. **Auf jede mir mögliche Art.**

»Dann herzlich willkommen bei der Allianz der Schattenjäger.« Fairnesshalber muss gesagt werden, dass er es fertigbrachte, die Worte ohne ein Zucken auszusprechen. »Ihr werdet hierbleiben. Ich brauche jede Information von euch, was uns erwartet.«

Ja, aber –

»Aber *was*?«

Ihr könnt das hier nicht gewinnen. Ich respektiere Euch, Ihr habt mein Lob, aber dazu seid Ihr nicht fähig.

Die Wärme, die mit Greaves' Offensive in den Raum gekommen war, nahm ab.

Ich bin hergekommen, um Euch einen anderen Weg anzubieten.

Seit sie Denizens Malleusmesser berührt hatte, presste sie die Hand auf die Brust. Es sah aus, als wolle sie ihnen etwas versprechen.

Wenn Ihr mich aus der Stadt schafft, können wir uns auf die Suche nach meinem Vater machen. Wir geben ihm seinen Thron zurück, und dann wird *er* die anderen Tenebrae zur Räson bringen.

Die Schattenjäger starrten sie an.

»Wisst Ihr …«Der Palatin hob eine Augenbraue. »Wisst Ihr, wo er sich aufhält?«

Ich … Nein. Aber wenn Ihr einige Kämpfer entbehren könntet, die mir bei der Suche helfen würden –

»Keine Chance«, unterbrach sie Greaves. »Keine *Chance*. Er kann seine Krone zurückbekommen, wenn wir diese Thronräuber einen Kopf kürzer gemacht haben.«

Dann werde ich es allein tun, erwiderte sie. **Ihr versteht nicht –**

»Die Zeit, in der Ihr Befehle erteilt habt, ist vorbei, Venia.«

Denizen kannte diesen Ton. Dies war nicht länger der Palatin, der mit einer fremden Würdenträgerin sprach; das war ein General, der seinen Truppen Befehle erteilte.

»Ich kann keine Kräfte für eine sinnlose Suche entbehren. Ihr wisst ja nicht einmal, wo sich der König aufhält. Abgesehen davon könnt Ihr nicht gehen. Einer der Thronräuber muss Euch töten, wenn er den Thron einnehmen will. Wir werden ihm nicht in die Hand spielen. Nicht heute.«

Er wandte sich an ihre Ehrengarde.

»Bringt sie an einen sicheren Ort, während wir uns Abwehrmaßnahmen überlegen.«

Ihr sperrt mich ein?

»Es ist ein komfortables Quartier«, beruhigte sie Greaves.

»Unser allerbestes. Ihr habt mir erklärt, Ihr wärt hergekommen, um zu helfen.«

Ich … Venia senkte den Kopf. **Gut.**

»Gut«, sagte Greaves. »Denn ich gedenke nicht, der letzte Palatin dieser Allianz zu sein.« Er starrte die Schattenjäger ringsum finster an. »Oder?«

Licht zuckte unter Haut. Es war das Applausähnlichste, wozu sich die Allianz hinreißen ließ.

Vivian lockerte den Griff um ihren Hammer. »Ich werde meinen Sohn mitnehmen.«

»Selbstverständlich«, sagte Greaves, der bereits die Schattenjäger aufmarschieren ließ. »Es ist, wie Denizen sagte: Die Zeit der Diplomatie ist vorbei. Das hier ist Krieg.«

Denizens Skepsis holte ihn ein – wie hätte es auch anders sein sollen? Beeindruckende Reden und tatkräftiges Handeln waren genau das, was sie nach so hohen Verlusten in so kurzer Zeit brauchten, und Greaves hatte geliefert. Doch schon als Vivian Denizen zu den Türen bugsierte, schon als die Allianz sich sammelte und die Schwerter rasseln ließ, konnte Denizen nicht anders, als noch einmal zurückzuschauen …

Seine Augen begegneten Venias. Sie glitzerten vor Angst.

Greaves würde tun, was nötig war.

Das hier war Krieg.

GEBT MIR EINFACH DAS KIND.

14

Der Rückschwung vor dem Schlag

Tagesanbruch hatte sich nie die Mühe gemacht, etwas anderes als eine Festung sein zu wollen, doch nun war sogar dieser zerbrechliche Anspruch dahin.

In Alkoven und Schießscharten wurden zusätzliche Kerzenfelder eingerichtet. Tische wurden zu Barrikaden umgekippt oder vor Türöffnungen genagelt, sie schnitten Ausgänge ab, verwandelten Gänge in Schlachtfelder. Schwerter wurden ohne Scheide in den Händen getragen, bis es aussah, als würde Denizen durch einen Spiegelsaal laufen. Sein besorgtes Spiegelbild glitzerte ihm aus tausend scharfen Winkeln entgegen.

Vivian lief so schnell, dass Denizen fast rennen musste, um mit ihr Schritt zu halten, aber ein Jahr Training hatte sein Lungenvolumen zumindest so weit vergrößert, dass er gleichzeitig reden und sprinten konnte. Er hatte bisher nur geschwiegen, weil er keine Ahnung hatte, was er sagen sollte.

Das hier war eine wirklich kritische Situation. Das ließ sich nicht leugnen. Es war die kritischste kritische Situation, die Denizen je erlebt hatte, und dabei lagen immerhin zwölf arbeitsreiche Monate hinter ihm. Aber Greaves hatte eine Abwehr zusammengetrommelt, es gab einen Plan, wie sowohl die Neulinge gerettet als auch Verstärkung gerufen werden sollte, und sie hatten ihren höchstpersönlichen Spitzel. Genauer gesagt, ihre Spitzelin. Eine Tenebra. *Was auch immer.*

Denizen wusste nicht, wie lange es dauern würde, bis sich der Gegenangriff formiert hatte, doch wenn er zuschlüge, würde er die Wucht eines Meteors haben. Auf beiden Seiten Gefahr, Risiko und Tod, doch ein klarer und unbestreitbarer Plan. Mehr konnten sie nicht tun. Es war das, was nötig war.

Aber die Erinnerung ließ ihn nicht los: Venia, wie sie klein und allein in einem Raum kauerte, aus dem alle Schwerter entfernt worden waren, während sich in Edifice Greaves' Kopf die Rädchen wieder drehten.

»Vivian, ich –«

»Denizen, es gibt etwas, was ich dir sagen muss.«

Sie zog ihn in eine Türöffnung. Ein Kader marschierte vorbei, beladen mit mehr scharfen Gegenständen, als sie Arme hatten, um sie zu schwingen.

»Was ist denn?«

Statt einer Antwort zerrte sie ein Taschentuch aus ihrer Jackentasche und spuckte mit einer ruckartigen Kopfbewegung hinein. Denizen wurde knallrot, als sie seinen Kopf mit einer Fingerbewegung zu sich drehte, und ihm sachlich – und schmerzhaft – Blut von der Schläfe wischte.

»Kann das nicht war – *autsch*!«

»Es sterben mehr Soldaten durch Infektionen als durch Waffen«, erklärte Vivian abwesend, dann sah sie ihn durchdringend an. Ausnahmsweise war nicht Wut der vorherrschende Ausdruck.

»Abigail wird vermisst«, sagte sie. »Beziehungsweise wurde vermisst. Es ist gut möglich, dass sie sie mittlerweile gefunden haben. Wir haben die meisten von ihnen ohne allzu große Schwierigkeiten gerettet – auch Simon –, aber …«

Vivian wandte den Blick ab. Vivian – die in ihrem ganzen Leben nie einer Auseinandersetzung aus dem Weg gegangen war.

»Ich wäre dortgeblieben, um mich umzusehen, aber ich musste Greaves Bericht erstatten. Mit jedem anderen hätte er herumdiskutiert.« Ihre Finger ballten sich auf ihrem Hammer zu Fäusten. »Unsere besten Leute sind dort draußen, durchsuchen Haus für Haus –«

»Unsere besten Leute?«, flüsterte Denizen ungläubig. Etwas Schreckliches und Unbekanntes machte sich in ihm breit. Er hatte sich noch nie Sorgen um Abigail gemacht. Das war auch nicht nötig gewesen. Bei Darcie sah es anders aus – zumindest seit ein paar Monaten. Um Simon – klar, er war der Einzige, der noch schlechter kämpfte als Denizen. Doch von ihnen allen war Abigail die Fähigste, die Konzentrierteste, die … *Schattenjägerlichste.*

Aber seit wann war das eine Garantie für Sicherheit?

»*Du* bist ›unsere besten Leute‹«, fauchte Denizen. »Wie konntest du sie im Stich lassen? Sie ist … Sie ist irgendwo da draußen, hat Angst …«

»Denizen –«

»O Gott, der *Gesandte* … Was, wenn er –«

»*Denizen.*« Sie zog abrupt die Hand zurück, das Taschentuch hing wie ein Zeichen der Kapitulation herunter. »Ich weiß. Okay? Ich weiß. Aber … Aber ich musste mich vergewissern, dass du in Sicherheit bist.«

Vivians Hand zitterte unmerklich. Denizen hielt sie mit beiden Händen fest.

»Ich verstehe. Wirklich. Aber ich bin jetzt in Sicherheit. Du musst rausgehen und –«

Sie schüttelte den Kopf. »Ich habe Abigail ausgebildet. Ich

weiß, was sie tun wird. Dem Gesandten aus dem Weg gehen, sich neu auf Tagesanbruch formieren; vielleicht ist sie schon unten. Wir werden ungefähr eine Stunde brauchen, um unsere Ausrüstung zusammenzustellen. Und wir haben unsere Befehle.«

»Nein, Vivian –«

»*Wir haben unsere Befehle.*«

Sie blickte über Denizens Schulter. Er drehte sich um –

– und Simon rannte ihn fast über den Haufen.

Offenbar hatte irgendjemand, als Denizen nicht hingesehen hatte, ein paar Muskeln in Simons Körper geschoben. Seine schlaksigen Arme schlossen sich wie ein jugendlicher Schraubstock um Denizen. Er japste atemlos gegen Simons Schulter.

»Alles mit dir –«

»Was ist mit deinem –«

»Der *Gesandte* –«

»Ich habe gehört –«

»Abigail.«

Als sie sich stotternd alles erzählten, stockte ihr Gespräch um eine Lücke, die es niemals hätte geben dürfen. Normalerweise sprach Denizen nicht viel. Es war wesentlich lustiger, Abigail und Simon bei ihrem üblichen Schlagabtausch zu beobachten – sinnbildlich gesprochen: Mit Abigail zu kämpfen war nämlich für niemanden außer Abigail ein Vergnügen. Aber jetzt …

»Es haben sich noch mehr Kader auf die Suche nach ihr gemacht«, sagte Simon. Trotz all der blauen Flecken und Kratzer schienen diese Worte am schmerzhaftesten für ihn zu sein. »Sie … Sie ist nicht die Einzige, die vermisst wird. Sie sagen, dass sie sie finden werden. Der Gesandte ist untergetaucht.«

»Er möchte noch nicht kämpfen«, sagte Vivian grimmig. »Nicht gegen uns alle. Er lässt sich Zeit.«

Und je länger er wartet …

Wie viele Tenebrae würden sehen, was sich der Gesandte traute, und Stärke daraus beziehen?

»Dann *dürfen* wir nicht weggehen«, sagte Denizen. »Sondern erst, wenn wir wissen, was passiert. Wir können sie nicht einfach im Stich lassen.«

»Was meinst du mit *weggehen*?«, fragte Simon, doch Vivian schnitt ihm das Wort ab.

»Wir warten noch den Bericht eines Spähtrupps ab«, erklärte sie. »Es tut mir leid. Den Gegenangriff hinauszuschieben bringt die ganze Welt in Gefahr. Was immer das hier ist, wir müssen es zerschlagen, bevor sich noch mehr Tenebrae unter den Bannern der Thronräuber zusammenrotten.«

»Und was ist mit dem, was Venia gesagt hat?« Denizen musste die Worte an Vivians plötzlich unbeteiligtem Starren vorbeidrängen. »Von wegen ihren Vater zu suchen? Und ihn das hier beenden zu lassen?«

»Selbst, wenn ich ihr abnehmen würde, was ihrer Meinung hier gerade vor sich geht …« Denizen machte große Augen, aber seine Mutter war noch nicht fertig: »Und selbst wenn wir Kräfte entbehren könnten, bleibt es eindeutig der Versuch, uns dazu zu bringen, ihren Vater wieder als Unendlichen König einzusetzen.«

»Na ja – *ja*«, sagte Denizen. »Stimmt. Und?«

»Und? Wir sind nicht die Lakaien irgendeines Monsterkriegsherrn, die er benutzen und wegwerfen kann, wie es ihm gefällt«, knurrte Vivian. »Wir kämpfen diesen Krieg auf unsere Art, mit unseren Waffen. Nicht mit … Kalkül. Dafür ist es längst zu spät.«

»Aber –«

Doch Vivian rannte schon weiter, marschierte in die Kemenate der Neulinge, wo sie, ohne ein einziges Wort zu sagen, für Ruhe sorgte. Als sie den Blick durch den Raum wandern ließ, richteten sich sämtliche Rücken auf.

»Unter Tagesanbruch liegt der Asphodelienpfad – die Grüfte, in denen die Schattenjäger von Tagesanbruch beigesetzt werden. Diese Tunnel haben einen zweiten Zugang, durch den die Bewohner von Adumbral ihre ...«

Sie redete nicht weiter.

»Wie dem auch sei. Wir werden diese Tunnel nutzen, um die Stadt zu durchqueren, ohne dass uns der Gesandte sieht, und dann in der Nähe des Aurelius-Tors wieder nach oben steigen. Von dort geht es durch Niemandsland schnurstracks den Berg hinunter. Diese tenebrische ... Überlagerung ist begrenzt. Wir werden die Grenze finden und Kontakt zur Außenwelt aufnehmen.«

»Was ist mit den Neulingen, die sich noch in der Stadt befinden?«

Denizen konnte nicht sehen, wo die Frage herkam, aber es versetzte ihm einen kurzen Stich, dass nicht er sie gestellt hatte.

Ich hätte gefragt. Es ist bloß ... Es ist so viel auf einmal.

»Die Stadt wird durchkämmt, sowohl nach dem Gesandten als nach unseren beiden vermissten Neulingen.«

Moment – zwei?

Niedergeschlagenheit knisterte in Vivians Stimme. Sie ließ eine der Ihren zurück. Denizen wusste, wenn ihr Sohn nicht hier gewesen wäre, hätte sie die Stadt Stein für Stein zerlegt, aber sie hatte sich für ihn entschieden.

»Sie werden gefunden werden«, erklärte Vivian schlicht,

und Denizen redete sich ein, dass sie mit ihm sprach. »Wir haben unseren eigenen Auftrag. Macht euch bereit. Lebensmittel, Ausrüstung und Waffen werden ausgeteilt.«

Sie schwieg kurz, und als sie danach weitersprach, war ihre Stimme sanft, jedenfalls so sanft, wie Vivian sein konnte.

»Eure Allianz braucht euch«, sagte sie. »Ihr müsst mit Bedacht zu Werke gehen. Ihr müsst tapfer sein. Das hat die Allianz immer von euch gefordert, und dies hier ist keine Ausnahme.«

Tagesanbruch erbebte, und die Auszubildenden bebten mit. Augen wurden aufgerissen. Gesichter erbleichten. In Vivians Körper zitterte nicht ein Muskel.

»*Das hier ist keine Ausnahme.* Wir sind Schattenjäger. Wir kämpfen. Wir schreiten vorwärts. Wir ziehen uns nicht zurück. Wir laufen nicht davon.«

»Laufen wir nicht jetzt davon?«

Es war der Neuling. Denizen erhaschte einen kurzen Blick auf große, besorgte Augen. Er versteckte sich halb hinter der Menge. Als jemand, der Vivians Tiraden selbst etliche Male unterbrochen hatte, machte sich Denizen auf den unvermeidlichen Wutanfall gefasst.

Er blieb aus. Vivian hob einfach ihren Hammer, bis jedes Augenpaar darauf gerichtet war.

Malleus-Hämmer waren nicht einfach nur Waffen – sie waren Symbole. Die Allianz scherte sich nicht um Rasse, Religion oder Geschlecht – Feuer und Eisen hatten ja auch nichts dergleichen – und nur den zählebigsten Schattenjägern wurde die Waffe anvertraut, die Vivian nun in die Höhe hielt. Da sich die Allianz schlicht nicht erlauben konnte, sie zu verlieren, wurden sie nur Leuten verliehen, die dafür bürgten, dass sie sie um jeden Preis zurückholen würden.

»Wir laufen nicht davon«, erklärte Vivian. Als sie den Hammer in einem engen Bogen schwang und um die Handgelenke kreisen ließ, als wären sie die verborgene Achse eines Planeten, zuckten alle im Raum zusammen.

Denizen hatte einmal versucht, einen dieser Hämmer anzuheben. Er wusste genau, wie schwer sie waren. Um sie zu schwingen, musste man die Schwerkraft verstehen, die Mechanik des Ausholens, den zentrifugalen Zug, jede Bewegung, wie das Drehen eines Schlüssels in einem Schloss.

Vivian hatte ihrem Hammer keinen Namen gegeben. Sie war nicht so die Namensgeberin. Es gab keine Inschrift, kein Motto, kein Wappen. Aber sowohl der Hammer als auch Vivian hätten »unausweichlich« in ihr Innerstes gemeißelt haben können.

»Das hier hat nichts mit Davonlaufen zu tun, Neuling«, erklärte sie, ohne dass ihre Stimme auch nur einen Anflug der Anstrengung verraten würde. »Das ist der Rückschwung vor dem Schlag.«

Sie starrte die Jugendlichen noch einen Moment an. »Macht euch bereit.«

Schattenjäger mit Rucksäcken und Bündeln betraten den Raum. Vivian war schon durch die Tür verschwunden. Simon ballte immer wieder die Fäuste, als sei er für den Kampf bereit, der zweifellos stattfinden würde. *Oder für einen, der schon vorbei ist*, dachte Denizen mit leichten Schuldgefühlen.

»Wir dürfen Abigail nicht im Stich lassen«, sagte Simon und sprach damit Denizens Gedanken aus. »Auf gar keinen Fall.«

»Vielleicht finden sie sie.«

»Du hast den Gesandten nicht gesehen«, sagte Simon. »Also … Ich habe Tenebrae gesehen. Ich habe gegen Tenebrae *gekämpft*. Und sie sind schrecklich. Alle sind schrecklich. Aber –«

Denizen erinnerte sich an Fäuste über D'Aubignys Kopf, verkrampfte Finger, einen Regen aus Rost. Den blanken, eingesperrten *Hass*, der in der Stimme des Gesandten gelegen hatte, die Art Hass, die mit den Jahrhunderten in Wind und Regen nur stärker werden konnte …

»Es ist nur ein Tenebra.«

Simon öffnete den Mund, um zu widersprechen, aber Denizen schüttelte den Kopf.

»Ein *großer* Tenebra. Ich habe es gehört. Aber es ist eine Stadt. Abigail ist klug. In solchen Dingen klüger als wir beide. Entweder finden die Kader sie, oder sie wird hierher zurückkommen oder mit der halben Allianz hier auftauchen, um uns zu retten. Du kennst sie doch.«

»Ja. Du hast ja … Du hast ja recht.« Simon rieb sich das Gesicht, dann zog er die Hand weg, als fiele ihm erst in diesem Moment auf, wie schmutzig sie war. »Wir sollten uns fertig machen.«

»Ja«, sagte Denizen, und plötzlich war die Vorstellung, wegzugehen, wieder entsetzlich real. War es damit beendet? Würde er einfach davonlaufen?

Mauern bebten, in seinem Kopf und draußen. Ja. Das würde er. Zum ersten Mal in Denizens Leben stimmte das, was die Pflicht verlangte, und das, was das Richtige war, überein. Es schmerzte, schmerzte körperlich, Darcie zurückzulassen, aber sie hatte sich dafür entschieden. *Wir werden gebraucht.*

Abigail war ein völlig anderer Fall, aber so sehr er es auch hasste, Vivian hatte recht. Niemand schien sich irgendwelchen Illusionen hinzugeben, wie lange die Garnison Tagesanbruch gegen die Kräfte verteidigen könnte, die sich in Auf-

174

stellung brachten. Selbst ohne die Übermacht, die mit jedem verrinnenden Moment dramatischer wurde.

Damit blieb …

Niemand. Absolut niemand. Du denkst an niemanden. Es gibt niemanden, an den man denken könnte. Und bewusste Niemand kam her, um zu helfen, und du würdest ihr keinen Gefallen erweisen, indem du dich einmischst …

»Denizen?«

Simon sagte irgendetwas, aber Denizen konnte nur daran denken, dass er Venia – trotz all ihrer Masken als gefangene Prinzessin, majestätische zukünftige Königin, reumütige Geflüchtete oder lodernde Kriegerin – bis zu dem Moment, als er sie zurückließ, nie ängstlich erlebt hatte.

Das genügte. Dieses Flackern. Diese Angst. Denizen hätte jede Festungsmauer in seinem Kopf errichten können, die der Menschheit bekannt war, und anschließend das härteste Eisen darauf schmieden, sie mit dem kältesten Eis verstärken, und trotzdem hätte Venia zwischen ihnen hindurchgleiten können. Wie ein Messer. Wie der Geist, dem sie so häufig glich.

Als hätte sie ihn nie verlassen.

»Mir geht's gut«, erklärte er Simon, als die Festung um sie herum bebte. »Total gut.« Seine Stimme war schwer. »Ich muss bloß … Ich muss bloß noch etwas holen.«

15

DIE ZÄHNCHEN DES ZAHNRADS

Du bist ein Idiot.
Als Denizen durch Tagesanbruch huschte, zuckte er bei jedem Schritt zusammen. Nicht aus Angst, dass ihn jemand hören könnte – sondern weil Tagesanbruch seit dem ersten Kampf beim Einblick von immer stärkeren Beben erschüttert wurde.

Es fühlte sich an, als käme etwas Großes näher gestapft.

Es war nicht einmal die Angst, gesehen zu werden: Bei nur hundert Schattenjägern und einer ganzen Festung, die gerüstet werden musste, waren die Flure menschenleer. Jeder Krieger, an dem er vorbeikam, musste davon ausgehen, dass er irgendeinen wichtigen Auftrag für seine Mutter oder den Palatin höchstpersönlich erledigte.

Ihnen würde nie in den Sinn kommen, was er tatsächlich vorhatte, sie waren schließlich intelligent und er nicht.

Nein, in Wirklichkeit zuckte Denizen zusammen, weil jeder Schritt einen weiteren Nagel in seinem Sarg darstellte. Was dieser Sarg enthielt, änderte sich von Moment zu Moment, es war ebenso fließend wie die Mosaiken an der Wand.

Da war seine Laufbahn in der Allianz, auch wenn diese von Beginn an lebenserhaltende Maßnahmen brauchte.

Über die anderen Neulinge machte er sich keine großen

Gedanken, aber er konnte sich *bildhaft* vorstellen, wie Simons Reaktion ausfallen würde. *Denke nicht daran. Irgendwann wird er es verstehen. War bisher immer so.*

Und dann war da noch seine Beziehung zu Vivian. Dieser Gedanke ließ ihn fast mitten im Schritt erstarren, doch dann zwang er seine Gliedmaßen, sich weiterzubewegen. Er hatte ihre Befehle schon früher ignoriert, allerdings ließ das hier sämtliche früheren Verstöße aussehen wie ... na ja, den Ärger, in den normale Teenager hineingeraten.

Sie wird es ebenfalls verstehen.

Hoffe ich.

Hoffnung war gerade Denizens Treibstoff. Hoffnung war sein Ziel, Hoffnung war sein Weg, mehr als der Plan in Greaves' Büro, den er nur halb im Kopf hatte. Denizen mochte Pläne. Er hätte es super gefunden, wenn irgendjemand an diesem Morgen daran gedacht hätte, einen Übersichtsplan in der Kemenate der Neulinge aufzuhängen. Doch es schien Jahrhunderte her, und es war nicht die Haupttrainingskammer, die er gerade zu finden versuchte.

»Ein komfortables Quartier. Unser allerbestes.«

Greaves hatte nicht gelogen. Das Quartier der *Luces* war entschieden netter als die Zellen der Neulinge – es bestand aus einer Reihe exklusiver Apartments, die in Dublin nicht weiter aufgefallen wären. Als die Festung noch einmal erbebte, stärker als zuvor, sprangen die Gemälde in einem Gepolter von Holz und Glas von den Wänden. Denizen kämpfte gegen das plötzliche dumme Bedürfnis an, sie wieder aufzuhängen. Welches war Darcies Zimmer? *Was würde sie sagen?*

Sie würde es verstehen. Darcie wusste, dass Greaves für den Sieg zu allem bereit war. Der Thronjäger hatte ihnen erklärt, dass Venia seine Aufgabe sei – was konnte Greaves nicht alles aushandeln, wenn er ein solches Druckmittel besaß? Wenn es der Allianz Aufschub verschaffte, würde er garantiert keine Sekunde zögern, Venia zu opfern.

Welcher loyale Schattenjäger würde es nicht tun?

Venia muss einfach hier sein. Ihm blieb keine Zeit, um noch woanders zu suchen.

Die Schattenjäger wählten sich die Canti, die zu ihnen passten, und obwohl Denizen alle achtundsiebzig kannte, fühlte er sich von manchen mehr angezogen als von anderen. Rein zufällig handelte es sich dabei um die Canti, die Schäden an Eigentum hinterließen.

Was sagt das über mich?

Es sagt, dass ich die Tendenz habe, in bescheuerten Situationen zu landen.

Wie dieser hier?

Es ist nicht bescheuert. Es ist notwendig.

Kann es nicht beides sein?

Schwerfällig von seiner Leugnungsstrategie regten sich verschwommen die Canti in seinem Kopf. Denizen nutzte ihre Lethargie, um sich seinen Wunschkandidaten zu schnappen. Er hatte ihn erst einmal praktiziert – ein schmutziger Trick in einem Kampf, der sowieso schon zu schmutzig gewesen war – und auch wenn die Bezeichnung *Licht beugen* immer leicht mit der Aggressivität der anderen Canti im Widerspruch zu stehen schien, war auch diesem Gewalttätigkeit durchaus nicht fremd.

Denizen sprach das Sternenlichtnetz. Die Silben waren so scharfkantig, dass der Fackelschein sie beim Auftreffen teilte, sie flossen um Denizen herum wie ein Strom um einen Fels. Eine Armlänge dahinter war die Welt so normal, wie ein Durchgang in eine belagerte magische Festung es nur sein konnte. Hinter ihm schloss sich der Lichtfluss wieder, nicht einmal ein aufmerksamer Schattenjäger hätte den vierzehnjährigen Jungen wahrnehmen können, der sich ein Tröpfchen unsichtbarer Nacht gemeißelt hatte.

Er pirschte sich langsam vorwärts und versuchte konzentriert, Venias Umbra aufzuspüren. Es genügte schon fast, um ihn von der Tatsache abzulenken, dass Venia Greaves ihren Fall vorgetragen und absolut nichts erreicht hatte. Die Vorstellung von Frieden vor einem halben Jahr war das Eine gewesen, doch die Verteidigung von Tagesanbruch zu vernachlässigen, um eine Tenebra zu *retten*, ging einen Schritt zu weit.

Denizen war nicht einmal sicher, ob er die Logik in Frage stellen konnte, und solange Vivian Hardwick sich im Raum aufhielt, hatte er sich auch nicht getraut, einen Versuch zu unternehmen.

Es gab keinerlei Grund zu der Annahme, dass er mit der Ehrengarde mehr Glück haben würde, dafür alle Gründe der Welt, dass sie ihn schlicht zu seiner Mutter zurückbefördern würden. Bei einem fairen Kampf mit einem der Schattenjäger hatte er keine Chance, und zu einem unfairen fehlte ihm der Mut.

Er wusste nur, dass Venia gekommen war, um ihnen zu helfen, und dass er sie nicht im Stich lassen durfte.

Ihr müsst mir zuhören.

Einzig Venias Stimme bewahrte Denizen davor, erwischt zu werden. Als Grey um die Ecke bog, schaffte er es gerade noch, sich im Reflex in eine Türöffnung zu ducken. Für den Fall, dass der Schattenjäger näher kommen sollte, machte Denizen den Tropfen Dunkelheit um sich hastig schmaler, doch Grey stand bloß da, starrte ins Leere und presste eine Hand auf die Steinwand. Denizen hatte früher schon erlebt, wie sein Mentor abschaltete. Genau wie Greaves trug er seine Maske. Manchmal fühlte Denizen sich geehrt, dass er hinter diese Maske geblickt hatte, manchmal hatte er Schuldgefühle, dass Grey sie überhaupt tragen musste.

Das hier war weder das eine noch das andere. Das war Grey in unbeobachtetem Zustand. Die blanke Erschöpfung auf seinem Gesicht hätte ihn eigentlich älter aussehen lassen sollen, stattdessen verlieh sie ihm die Miene der kleinen Neuankömmlinge, wenn sich in Crosscaper die Tore hinter ihnen schlossen und sie einsperrten.

Er sah aus, als säße er in der Falle. Ängstlich.

Mr. McCarron, *bitte*.

Und dann war es vorbei. Grey nahm wieder Form an – ähnlich wie ein Malleus, der einen Plattenpanzer anlegte –, und der verängstigte kleine Junge war verschwunden. Der Schattenjäger wandte sich wieder zu der Stimme, und Denizen folgte ihm wie ein Geist.

Die *Luces* schienen selten zu Besuch zu kommen. Das Apartment am Ende des Gangs war völlig verstaubt. Venia saß am Bettende, und Denizen sah durch sie hindurch den Matratzenbezug, der unter ihr Wellen schlug, als könne er sich nicht recht entscheiden, ob jemand auf ihm saß oder nicht.

Sie starrte Grey, der wie ein abgelegter Mantel über einem Stuhl hing, traurig an, doch dann antwortete zuerst eine Frau. Ihr Irokesenschnitt leuchtete frosthell auf ihrer dunklen Kopfhaut.

»Seid still.«

Es war nicht ihr Ton, der Denizen wie angewurzelt stehen bleiben ließ, auch wenn es überraschend und doch wieder nicht überraschend war, wie schnell die Schattenjäger aufgehört hatten, Venia auch nur ansatzweise höflich zu behan-

180

deln. Nein, es war der Hammer um ihre Taille, der Denizens Blick wie ein Magnet auf sich zog.

Eine Malleus. *Was sonst.* Für eine getreue Verbündete, eine kostbare Gefangene oder ein entscheidendes Druckmittel kamen nur die Besten in Frage.

Ein lange zurückliegender Kampf hatte das linke Auge der Schattenjägerin in einen von silbernen Narben eingefassten blinden Edelstein verwandelt. Sie schluckte hörbar und wischte sich den Mund mit dem Handrücken ab. Ihr demonstrativ finsterer Blick auf Venia sprach Bände über den Grund ihrer Abneigung.

Denizen hingegen spürte so gut wie nichts von Venia. Er hatte nie gern über ihre Umbra nachgedacht, wie er es bei den anderen Tenebrae tat, aber er konnte nicht leugnen, dass sie tatsächlich eine Aura von Verzerrung umgab. Im Moment war sie jedenfalls so stumm, dass sie kaum anwesend war.

Obwohl sie es natürlich war. Das war ja das Problem. Und wenn er sie im Stich ließ, war es sehr wahrscheinlich, dass Greaves sie verriet oder aber Tagesanbruch schlicht eingenommen und Venia durch die Hand des Thronräubers sterben würde. Jede verstreichende Sekunde fühlte sich nicht wie das Ticken der Uhr an, sondern als würde sich ein Ding auf das andere legen, bis das ganze wankende Gebäude irgendwann einstürzte –

Etwas an der Haltung der Frau änderte sich. Auch zuvor hatte sie nicht gerade entspannt gewirkt – sie hatte diese angespannte Kurz-vor-dem-Blitzschlag-Ausstrahlung aller Mallei. Nun jedoch sah sie *leidend* aus und schon wieder schluckte sie so heftig, dass Denizen es quer durch den Raum hörte.

»Grey, ich bin gleich wieder da.«

Grey nickte. Denizen sprang beiseite, bevor sie durch ihn

181

hindurchmarschieren würde. Er konnte ihr nicht verdenken, dass sie eine Pause brauchte. Normalerweise verbrachten Mallei selten Zeit in der Anwesenheit von Tenebrae: Normalerweise töteten sie sie, sobald sie auftauchten.

Und nun war es nur noch einer.

Sein Mentor. Sein Freund. Die Person, die zwischen Denizen und der einzigen realen Chance auf Sieg für die Allianz stand.

Glaubst du das wirklich?

Er musste. Denizen erkannte es mit einer kristallenen Klarheit, die über Verknalltsein und Gärten und Fast-Küsse und Misstrauen hinausging. Er musste es tun. Er musste daran glauben, dass er sowohl der Allianz helfen als Venia befreien konnte, dass Venia zu befreien vielmehr der Allianz helfen würde … denn wenn das nicht der Fall war, dann hatte er sich getäuscht und alle anderen hatten recht.

Ich muss dazu nur den Mann niederstrecken, der wegen mir sowieso schon viel zu viel gelitten hat.

Eine einzige vorsichtige Feuerlinie fütterte den Cantus in Denizens Kopf, doch auch die anderen grapschten verzweifelt nach der Flamme, die ihnen Leben einhauchen konnte. Er musste es nicht einmal bewusst tun. Er brauchte sich einfach nur nicht mehr zurückhalten. Etwas *nicht* zu tun war schließlich nicht dasselbe, wie etwas zu tun, oder?

Deshalb bist du hergekommen.

Dir bleibt nicht viel Zeit.

Hat er dich nicht auch hintergangen?

Damit war die Sache entschieden. Nein, dachte Denizen. Das hat er nicht.

Er hatte mit Grey geredet, als dieser eine Pistole am Kopf hatte. Er würde jetzt keine gegen Grey erheben.

Doch dann wurde die Entscheidung für ihn getroffen.

Du kannst jetzt herauskommen.

Denizen ließ das Sternenlichtnetz los und wurde im Schimmern der Fackeln wieder sichtbar. Es war überhaupt kein Trost, dass Grey sich mit einem Bruchteil von Lichtgeschwindigkeit bewegte.

»Huch«, sagte Denizen um die Schwertspitze unter seinem Kinn herum.

»Was zum Teufel hast du hier zu suchen?«

Tagesanbruch erbebte, und Denizen spürte, wie die Klinge mitbebte.

»Kannst du bitte das Schwert herunternehmen? Es ist ziemlich schwierig, so nachzudenken –«

»Denizen«, fuhr ihn Grey an und zog das Schwert so schnell zurück, dass es einen Tropfen Blut mitnahm. Denizen sah ihn gegen die Wand spritzen und dachte verträumt darüber nach, dass die achtundsiebzig Canti in seinem Kopf keinerlei Chance gehabt hatten, sich zu erheben.

Er versuchte, eine Hand an die Kehle zu legen, doch Grey hielt noch immer die Schwerter in der Hand und schubste ihn ins Zimmer neben Venia.

»Du darfst nicht hier sein. Unter gar keinen Umständen. Was hast du dir dabei gedacht –«

Nun gut, dachte Denizen und starrte in Greys wütendes Gesicht. *Ich habe es bis hierher geschafft. Dann mal los.*

»Ähm …«

Oh Mann.

Denizen ist hier, um dir dasselbe zu erklären, was ich dir bereits erklärt habe. Die Allianz kann nicht ein ganzes Universum von Gestaltwandlern zurückhalten; je mehr kommen, umso mehr werden hinterherkommen.

Eure einzige Hoffnung besteht in der Wiedereinsetzung des Königs. Wenn wir ihn finden, kann ich ihm helfen, seinen Thron zurückzuerobern. Wir können unsere Anstrengungen vereinen. Die Thronräuber vernichten. Und unsere beiden Völker werden leben.

»Genau!«, platzte Denizen in die darauffolgende Stille. »Was sie gesagt hat.«

Warum hatte sie vorhin nicht so logisch geklungen?

Greys Miene wechselte von gemeingefährlichem Schock zu gemeingefährlicher Ungläubigkeit. »Denizen, ich kann mich nicht gegen Greaves' Anordnungen stellen. Er hat mir befohlen –«

»Greaves wird sie dem Dings auf der anderen Seite des Einblicks geben!« Er zuckte zusammen. »Tut mir leid, Venia.«

Schon gut.

Grey seufzte. »Ich weiß, was du von Greaves hältst, aber er ist kein Idiot. Selbst wenn er eine solche Lösung in Betracht ziehen würde, weiß er, dass man mit den Tenebrae keinen Handel schließen kann. Und einen Thronräuber zu bestechen, hält den Gesandten noch lange nicht auf –«

Aber wenn er dadurch einen Tag gewinnt … selbst wenn er dadurch nur eine Stunde gewinnt … Was dann? Wenn er glaubt, ein Kavallerieangriff wird euch retten? Was würde er nicht tun, um Vivian Hardwick diese zusätzliche Zeit zu verschaffen?

Aha. Ein leiser Anflug von Zweifel.

»Ich darf hier nicht stehen und mir das anhören«, erklärte Grey. »Ich darf es einfach nicht. Du sollst die Festung verlassen. Wenn Munroe dich hier erwischt, wird sie –«

»Okay«, sagte Denizen. »Wir gehen in … zehn Minuten. Vermutlich. Und dann muss Venia mit uns kommen. Ich habe keine Ahnung … keine Ahnung, wie wir den König finden sollen oder so, aber sie kann einfach nicht hierbleiben.«

Grey sah ihn mit großen Augen an. »Du bist wahnsinnig. Das alles ist wahnsinnig. Du willst sie vor Vivians Nase rausschmuggeln? Du hältst das für besser, als hierzubleiben? Vivian würde sie, ohne mit der Wimper zu zucken, sterben lassen!«

Er zuckte zusammen. »Nicht böse gemeint.«

Habe ich auch nicht so aufgefasst. Ich habe meine Umbra auf Munroe gerichtet, damit sie den Raum verlässt, aber da sie nun alles erbrochen hat, was sie erbrechen kann, wird sie wohl bald zurückkommen.

Grey hielt sich den Kopf. »Das ist Verrat, Denizen.«

»Komm schon«, flehte Denizen, wobei ihm schmerzhaft bewusst war, wie die Sekunden verrannen. »Wir versuchen, die Allianz zu retten, das weißt du genau. Es gibt sonst niemanden. Du weißt, dass sie keine Schurkin ist. Du weißt, dass sie kein Ungeheuer ist. Du … Du hast ihr sogar Bücher gebracht, damals in Crosscaper. Sie ist einfach bloß ein Mädchen. Sie versucht, uns zu helfen.«

»Das weiß ich, aber ich habe meine Befehle.«

»Bist du deshalb hier unten?«

Grey hob den Kopf.

»Der Meister der Neulinge – außer, wenn sie dich brauchen. Greaves' getreuer Ratgeber, außer wenn du dich weigerst. Ein Wächter für eine kostbare Gefangene, obwohl sie schon einen hat. Warum bist du hier unten?«, bohrte Denizen, »wenn du treu seine Befehle befolgst?«

Fühlt es sich so an, Greaves zu sein? Denizen hatte nichts als Abscheu dafür übrig, dass der Palatin aus Loyalität ein Druckmittel machte, und aus Bedürftigkeit Mechanik – und die Gesamtsumme aller Lebenserfahrungen auf ein paar

Knöpfe reduzierte, die er drücken konnte. Menschen waren keine Laborratten. Menschen waren keine Spielzeuge.

»Grey …«

Sag es.

»Du hast sie schon einmal in einen Käfig gesperrt. Mach diesen Fehler nicht noch mal.«

Sehr Edifice Greaves.

Grey starrte ihn lange an, und auch wenn sich jede Faser von Denizen entschuldigen, es zurücknehmen, jedes Wort, das er gerade gesagt hatte, von sich abrubbeln wollte, bis er wund war … begegnete er dem Blick seines Mentors und jedem Tropfen Schmerz in dessen Augen.

Als Buße für das, was er gerade gesagt hatte. Als Buße, dass er seinen Freund betrog. Und weil es der Palatin auch getan hätte, um seinen Standpunkt unmissverständlich klarzumachen.

»Nein.« Bei diesem Wort schwankte Tagesanbruch. Es schwankte tatsächlich wie ein benommener, auf dem Zahnfleisch kriechender Boxer. »Ich verstehe, was du sagst, wirklich … Aber ich kann meine Allianz kein zweites Mal hintergehen. Ich kann es einfach nicht.«

Er schob seine Schwerter mit einem leisen Klacken in die Scheiden, und mit einem Mal wünschte sich Denizen, das Sternenlichtnetz ließe sich umkehren, damit er den Ausdruck auf Greys Gesicht nicht mehr sehen musste.

Sie hatten beide ihre Maske fallen lassen.

Als Denizen zurückkam, war die Kemenate noch immer ein geschäftiger Bienenstock. Unter Vivians erfahrener Aufsicht wurden Waffen verteilt. Neulinge probierten aus, wie gut sie sich mit Harnisch und Schwertscheide bewegen konnten.

Simon schraubte gerade einen Deckel auf eine Feldflasche und blickte auf, als Denizen näher kam.

»Hier, ich habe dir eine organisiert.«

»Danke«, erwiderte Denizen hölzern.

Simon runzelte die Stirn. »Hast du bekommen, wonach du gesucht hast?«

Denizen schüttelte den Kopf.

»Also gut«, verkündete Vivian in der Mitte des Saals und klatschte in die Hände. »Wir machen uns auf den Weg. Nein – nur ein Schwert. Hat man dir beigebracht, mit zweien zu kämpfen? Nein? Dann ist eines genug. Um Himmels –«

Zu jeder anderen Zeit hätte es Denizen amüsiert, seine Mutter bei Verhandlungen mit Teenagern zu beobachten. Aber in diesem Moment gelang es ihm nicht. Was sollte er tun? Wie hatte er so dumm sein können? Wie hatte er so lange zwischen Buchdeckeln leben können, um dann trotzdem nicht die richtigen Worte zu finden, die Grey überzeugt hätten, dass er einen Fehler beging?

Wie hätte ich ihm das sagen können?

Warum … Warum hatte es nicht funktioniert?

»Also gut«, sagte Vivian zunehmend ungeduldig, was nichts mit der Apokalypse, sondern damit zu tun hatte, dass sie mit jungen Menschen sprechen musste. »Sind wir nun *endlich* –«

»Fertig.«

Alle drehten sich zu Grey. Er stand in der Türöffnung, seine Haare warfen eine Schattensichel auf sein Gesicht, über seinem nackten Arm lag ein zusammengefalteter Mantel. »Befehl des Palatins«, erklärte er lässig. »Kann nicht zulassen, dass ihr alleine in den Kampf zieht.«

Vivian runzelte die Stirn. »Na gut. Und wer ist das?«

Ein Mädchen trat vor. Es hatte Darcies Haut und Abigails

Anmut und Simons Unbeholfenheit, und trotzdem umgab sie eine Art wohlüberlegter Eleganz, die Denizen an einen gespannten Bogen erinnerte. Die Augen des Mädchens waren malachitfarben und stechend wie die der armen, verlorenen Ambrel Croit, doch sein Lächeln war schief und zögerlich, unsicher, ob es überhaupt dort sein durfte.

Es war beunruhigend vertraut.

»Sie ist eine der Neuen. Hab sie in einem der Gänge aufgelesen, wo sie herumirrte. Dachte, ich bringe sie her.«

Sein Blick begegnete Denizens.

»Es ist nicht sicher hier.«

16

ABGESCHIEDENHEIT

Das ist kein Traum.

Obwohl Jasper Falx Alaska verlassen hatte, als er fast noch ein Junge war, hatte es ihn nie ganz verlassen – es steckte in seinen gedehnten Silben und zeigte sich in seiner Wut und seinem Lachen. Wenn sie unterwegs waren, verblasste es wie Sommersprossen, doch hier in der Hütte, in der er auch geboren worden war, war es dick wie harscher Schnee.

Eingemummelt in zwei Mäntel, einen Schal, Fäustlinge und einen alten *Rusari* ihrer Mutter konnte Abigail den Sonnenschein nur auf ihrer äußersten Nasenspitze spüren, und wusste trotzdem sofort, wo sie war. So weit im Norden war das Licht ganz anders als auf Sumatra oder Borneo oder Madagaskar – die Helligkeit ohne Wärme polierte den überfrorenen See unter ihr zu einem grellen Spiegel, die schneebedeckten Hügel glänzten wie die makellose Oberseite von Wolken. Sie war in diesen Hügeln gewandert und hatte mit ihrem Vater die hohen schwarzen Gipfel dahinter bestiegen.

Das ist kein Traum. Das ist eine Erinnerung.

»Sholea Sassani-Falx, ich versuche –«

»Ich weiß, was du versuchst. Seit einem Jahr höre ich dir jeden Morgen zu, wie du diese Rede übst. Und versuche, es auszuhalten.«

»Es war nicht *jeden* Morgen.«

Festzustellen, dass es eine Erinnerung war, gab Abigail eine Art wohlige Macht, wie in einem Vergnügungspark flanierte sie von einem Detail zum anderen. *Das war vor mehr als einem Jahr*, dachte sie.

Das war vorher.

Sie flüsterte lautlos die Kabbeleien ihrer Eltern mit und beobachtete ihre teakholzdunkle Mutter, die bei jedem Windzug, der ihre Haut streifte, einen Zischlaut von sich gab. Zwischen dem Kragen und dem Schal waren nur die Augen von der Farbe brodelnden Kupfers zu erkennen. Der Wind blies so kalt und scharf vom See, als hätten sie ihm Unrecht zugefügt.

Dort ist es passiert.

Die Stimme ihres Vaters spülte über sie hinweg. Ihre Mutter wirkte zwar wie der Inbegriff unschuldiger Aufmerksamkeit, doch jedes Mal, wenn Jasper es nicht sehen konnte, zwinkerte sie Abigail zu. Rafi hatte wegen der Kälte im Haus bleiben müssen, aber Abigail wusste, dass er vom Fenster oben zusehen würde … dass er zusah … dass er zugesehen hatte.

Abigail kämpfte gegen das Bedürfnis zu winken an. Sie hatte es beim ersten Mal nicht getan, und jetzt, da sie es noch einmal durchlebte, wusste sie nicht, ob sie es überhaupt konnte. Außerdem war es einfach, Dinge geschehen zu lassen, und dem Film ihres Lebens beim Ablaufen zuzusehen.

Ich hätte ihn gern dabeigehabt. Mehr nicht. Sonst hätte ich nichts geändert. Nicht heute.

Nicht am Tag ihres Erwachens.

Sehr bald würde es dunkel sein. Abigail hatte in hell erleuchteten Städten gelebt, doch hier draußen gab es nichts, was das Hereinbrechen der Nacht aufhalten würde, sondern nur Meilen von kaltem Kobalthimmel.

Obwohl sie genau wusste, was als Nächstes passieren würde, zitterte Abigail vor Aufregung.

Ich hatte solche Angst. Angst, dass es nie passieren würde, Angst, was ihre Eltern tun würden, wenn sich herausstellte, dass sie …

Gewöhnlich war.

Normal.

In der Familie Falx gab es überdurchschnittlich viele Erwachte. In der Familie ihrer Mutter ebenfalls. Ein Großonkel hatte allerdings vorgezogen, Iman zu werden; obwohl er die Macht besaß, hatte er beschlossen, Menschen lieber auf andere Art zu helfen. Ihr war kein einziger Verwandter bekannt, der sie nicht hatte.

Abigail wusste, wie der Moment ablaufen würde. Sie wusste, wie er enden würde. Die Macht würde sich in jeder Zelle entfalten, von ihrem Magen und ihrem Herzen und den beiden Menschen vor ihr, den zwei Menschen, die sie mehr liebte als alles andere, und von den Abertausenden von Vorfahren vor ihnen.

Die Macht kam, meine Haut wurde golden, und langsam wickelte ich meinen Schal ab und schlüpfte aus meinen Schuhen und dann schmolz der Schnee unter meinen Füßen.

Ich fühlte mich wie neugeboren. Ich fühlte mich vollkommen.

Jetzt wird es passieren.

Sie wartete, hob den Kopf diesem ersten Erröten der inneren Sonne entgegen … und schauderte, als der Wind härter gegen ihre Wangen blies. Sie runzelte die Stirn. *So war es nicht passiert. Die Kälte ließ nach. Der Wind legte sich.*

Ihre Mutter und ihr Vater lächelten gleichzeitig, genau wie damals beim wirklichen Ereignis, doch der Film ließ Bilder aus, die Erinnerung kam zögernd. Abigail fühlte sich unsicher, haltlos, wie eine falsche Note in einem Lieblingslied, wie Schimmel in einem Lieblingssessel.

»Wir sind stolz auf dich, Abigail. Unsere Tochter, die Schattenjägerin.«

Der überfrorene See glitzerte noch immer. Ihre Eltern lächelten unverändert, mit ausdruckloser Miene, unheilvoll. Die Hütte vor ihr war ihr ebenso vertraut wie ihr eigenes Gesicht im Spiegel, doch die Schatten waren tiefer geworden und überall, wo sie hinsah, schimmerte Eis.

»So stolz.«

Die Worte hallten wider, als würden sie von für sie unsichtbaren Wänden abprallen. Abigail drehte sich um und starrte auf den Horizont. Eine widerwillige Statistin an ihrem großen Tag.

So ist es nicht gewesen.

»So stolz.«

Ihre Lippen bewegten sich gleichzeitig, ihre Worte wurden von dem Grollen unter ihren Füßen übertönt, das ihre Zähne klappern ließ. Vom Dach der Hütte rutschten große Schneeplatten. Sie hörte Fenster zersplittern. Beim Gedanken an Rafi und Glasscherben fühlte sie dumpfe Panik, doch als sie zur Tür rennen wollte, erstarrte der Wind um sie herum und hielt sie auf der Stelle fest.

Und die strahlende Kälte des Sonnenlichts begann nachzulassen.

So ist es –

Die Bäume wogten auf ihren Wurzeln wie Dünung nach einem Sturm.

Nicht –

Die Berge bewegten sich.

Die Bergkette teilte sich, jeder gewaltige Steingipfel scheuerte sich mit weltertränkenden Staubwasserfällen frei. Es geschah derart langsam, dass Abigail nur starren konnte, die Stimmen ihrer Eltern bohrten sich wie Nadeln in ihre Ohren.

So ist es nicht gewesen.

Keine Gipfel. Finger.

Die riesenhaften Finger einer entsetzlichen Hand.

»Stolz. Stolz. Stolz.«

Der Wind zog die Kiesel hoch und ließ sie wie eine Schlange über den Boden klappern. Einer schlug Abigail gegen den Kopf und wirbelte sie herum. Es war kein Blut zu sehen, sie spürte keinen Schmerz, nur Angst, als sich die Bäume losrissen und pfeilgerade auf die Hand zuflogen, als die Hügel vom Schnee entblößt wurden, als sich Erde in meilenbreitem Schorf anhob –

Ihre Mutter lächelte, als sie sich zu seufzenden Staubfäden auflöste.

Ihr Vater wurde in Fetzen zerrissen, um die Bestie zu nähren.

Ein dumpfes Grollen, das die Hand des Gesandten von sich gab, als sie die gesamte Welt auf ihre Handfläche lud, dann drehte sich alles, und Abigail spürte, wie auch sie Atom für Atom auseinandergenommen wurde. Sie taumelte auf einen Tenebra von der Größe eines Planeten zu, in seiner Mitte war ein schwarzes Loch.

Sein Lachen war Armageddon.

»Abigail?«

Sie glitt von einem Albtraum zum nächsten und war schon in Bewegung, bevor sie die Augen aufschlug. Sie stand auf – *Ich habe gesessen?* – und spürte ein Zittern, als sie zwei Finger in weiches Fleisch bohrte und drehte und ihren Gegner mit ihrer Hand wie auf einem Haken balancierte.

»*Hnnngh!*«

Etwas an der deprimierenden Menschlichkeit des Lärms brachte Abigail zu sich und ließ den Schrei des Adrenalins in ihrem Blut ein wenig leiser werden. Der Lärm kam aus keiner selbstgeschaffenen Kehle.

Die Welt kehrte langsam zurück.

Zeit und Staub und tenebrische Verzerrung hatte die wahre Beschaffenheit des Gebäudes verborgen. Dachsparren bogen sich wie Rippen. Fenster verengten sich zu Augenschlitzen. Das *Intueor Lucidum* half nicht weiter – jede Einzelheit erkennen zu können war nur wichtig, wenn die Einzelheiten irgendeinen Sinn ergaben, doch Tenebris hatte schon vor langer Zeit jeden Sinn aus dieser Architektur gewrungen.

»Lass mich los –«

Ach ja. Da war ja was.

Abigail zog die Hand zurück, und Matt Temberley taumelte mit erleichterter Miene rückwärts, die sich nach zwei Schritten allerdings gründlich verdüsterte. Er rieb die Stelle, an der sie die Finger in sein Kinn gebohrt hatte.

»Was sollte das denn?«

Abigail blinzelte, um ihr Hirn anzukurbeln. Sie konnte noch immer das wärmelose Brennen des Wintersonnenlichts auf ihrer Haut spüren, die alten Kleider ihrer Mutter, die sie vor der Kälte schützten, das übelkeiterregende Schlingern in ihrem Magen, als sich die Schwerkraft verlagerte, als oben unten wurde, als sich das Universum in den Schlund einer Bestie neigte …

Sie wurde panisch. *Mein Erwachen. Es war nicht … o nein, o nein –*

Aber da war es, durch plötzliche Angst aus seinem Versteck gelockt, ein treuer Hund, der seine Herrin beschützte. Licht erfüllte sie, sie musste Tränen blanker Dankbarkeit unterdrücken.

»Whoa –« Matt wich zurück, sein Gesicht nicht länger silbern vom *Lucidum*, sondern blass und verängstigt im Schein von Abigails Feuer. »Was hast du vor?«

Atmen. Es war bloß ein Traum.

»Tut mir leid«, sagte Abigail und zwang das Feuer zum Rückzug. »Ich habe bloß …« Alles war konfus, ihr Blut noch immer ein berauschender Cocktail aus Adrenalin und Bruchstücken aus der Vergangenheit. *Wie … Wie bin ich hierhergekommen?* Es gab eine Erinnerung, leicht wie ein Spinnennetz, an eine panische Flucht auf allen vieren. Ihre Hosen waren zerrissen und am Knie dunkel vor Blut. Und dann –

GLAUBST DU, DASS DU GUT GENUG BIST, ABIGAIL FALX?

Um in ihrem eigenen Tempo laufen zu können, statt auf alle anderen warten zu müssen, hatte sie immer schon um fünf Uhr morgens angefangen. Stundenlange Schwertübungen, bis ihre Hände geblutet hatten, abheilten und wieder zu bluten begannen. So funktionierten Muskelfasern nun mal – man zerriss sie, und danach waren sie stärker.

Und als der Moment kam, als ihre Kameraden ihr Feuer brauchten, ihren Mut … *Hatte ich nur Feigheit für sie.*

Sie hatte so hart gearbeitet. Sie hatte zu wissen geglaubt, wie die Welt funktionierte und wie sie hineinpasste. Es gab einem solche Macht, wenn man den eigenen Körper verstand, wenn man wusste, wie fest man zuschlagen konnte, wie schnell man rennen konnte.

Fähig, das war das Wort. Sie hatte immer gewusst, wozu

sie fähig war, und hatte es dann jeden Tag ein wenig mehr gesteigert. Bis heute, als sie feststellen musste, dass sie zu überhaupt nichts fähig war.

Etwas Heißes rann über Abigails Wange. Sie spürte, wie es vergeblich den Schmutz auf ihrer Haut zu lösen versuchte.

Matt starrte sie an, als würden ihr jeden Moment Flügel wachsen. Seine Haare hingen strähnig und verschwitzt herunter. Die aufgesetzte Coolness und Nonchalance, das seltsame Besitzgebaren, das er sonst an den Tag legte, hatte … nachgelassen, als sei ein bisschen die Luft aus ihm raus.

Er sah aus, wie sie sich fühlte. Verunsichert, als habe sich die Welt in eine unerwünschte Richtung bewegt.

Eine Hand, erhoben, um die Sonne zu verdecken, wurde mit jedem Stück, das sie der Welt stahl, größer und größer …

Abigail schauderte, und Matt reagierte mit einem Zucken, doch als sie ihn weder am Kiefer packte noch erneut wie eine Zündschnur aufflammte, richtete er sich auf und ging auf sie zu. Sie wich vor seiner ausgestreckten Hand zurück.

»Hey! Hey, flipp … flipp nicht gleich aus. Ich habe dich bloß … hier gefunden. Ich habe …« Einen Moment lang sah er definitiv hinterhältig aus. »Ich habe nach Nachzüglern Ausschau gehalten. Anderen Neulingen. Ich dachte schon, ich hätte alles abgesucht, aber du hattest dich dort hinten verkrochen –«

Ein Alkoven – nichts weiter als eine Steinnische, aber so fein herausgemeißelt, dass er einmal Bedeutung gehabt haben musste. Vielleicht hatte ein längst verstorbener Adumbralier hier einst vor einem kleinen Schrein mit Hausgöttern gekniet, oder Blumen dort niedergelegt, um die Kahlheit des Steins zu mildern.

Die aufsteigende Wut nagte einige der Spinnweben weg.

»Und du wolltest mich einfach rausziehen?«

»Du hast die Wand angestarrt und bist immer vor und zurück gewippt«, sagte Matt, völlig ahnungslos, wie knapp er dem Tod entronnen war. »Und deshalb habe ich …«

»Meinen Namen gerufen?«, schnaubte Abigail. Es war durchaus möglich, dass sie nicht *nur* auf ihn wütend war, aber es war einfach der falsche Zeitpunkt für eine derartige Unbedarftheit. »Eine Schattenjägerin zu packen, die nicht mitbekommt, dass du da bist, ist eine ziemlich gute Methode, um verletzt zu werden.«

Matts Augen wurden schmal. »Du bist keine Schattenjägerin, Süße. Vielleicht solltest du dich lieber mal bei mir bedanken, dass ich dich aus diesem Zustand rausgeholt habe.«

Schlag mit der Handfläche. Nasenwurzel. Er wäre tot, bevor er es überhaupt mitbekäme.

Abigail stoppte ihre Finger, bevor sie sich zu Fäusten ballen konnten. Nicht, weil er es nicht verdient gehabt hätte, dass Knorpelteile sein Hirn wie Weichkäse durchschneiden würden, sondern weil dieser Gedanke ihrer unwürdig war. Sie waren beide müde. Sie hatten beide Angst.

Sei die Großmütigere. Das hatte ihre Mutter immer gesagt. *Geh mit gutem Beispiel voran.*

»Ich hatte keinen *Zustand*«, konterte Abigail, so freundlich, wie sie es mit zusammengebissenen Zähnen fertigbrachte. »Ich … Ich wurde von den anderen getrennt. Ich habe nur … Ich habe nur überlegt, was ich als Nächstes tun sollte.« Ihr Herzschlag setzte aus. »O nein, mussten sie einen Suchtrupp losschicken? Sind alle anderen unversehrt?«

Sie erstarrte vor Scham. Sie hatte nicht einmal an die anderen gedacht. Sie hatte sich in ihrem eigenen Elend gesuhlt, als diejenigen, die sie eigentlich schützen sollte, hätten verletzt werden können. Was war ihr Problem?

Sie drehte sich weg. Matt folgte ihr, aber dieses Mal behielt er wenigstens die Hände bei sich. »Hey, warte, ist ja schon gut.«

Sie rieb sich den Nasenrücken und versuchte, tief Luft zu holen. Dann drehte sie sich so schnell um, dass Matt zurückweichen musste. »Wir müssen hier raus. Wo sind die anderen?«

»Ähm«, sagte Matt. »Das ist eine sehr gute Frage.«

Als sie nach draußen traten, hegte Abigail fast nostalgische Gefühle für die Überreste ihres Albtraums, der wenigstens nur in ihrer Einbildung stattgefunden hatte. Die zunehmende Düsternis von Tenebris war nun allzu real – die eisige Klammheit ließ sie trotz der kalten Dunkelheit schwitzen. Obwohl kein Lüftchen wehte, das sie hätte bewegen können, raschelten Blätter die verlassene Straße hinunter; Abigail wollte sich gern einreden, dass sie die Ursache des Flüsterns waren, aber das wäre eine Lüge gewesen.

»Wir wurden getrennt«, erklärte Matt. »Adler befahl uns, zum Pick-up zurückzulaufen, ich versuchte, die anderen zur Umkehr zu bewegen, doch alle waren in Panik und rannten und … und schrien –«

Seine Stimme klang selbstsicher, beinahe großspurig, aber sie hatte auch einen merkwürdigen Unterton, als sei er selbst nicht recht von seiner Geschichte überzeugt. Abigail hörte kaum hin. *Wo waren die anderen?* Sie musste zurück und sich vergewissern, dass ihre Kameraden in Sicherheit waren. Sie hatte sie einmal im Stich gelassen. Das würde sie kein zweites Mal tun. Sie würde alles in Ordnung bringen –

198

Auf den Lippen von Malleus Coiled war Blut gewesen. In ihr waren Dinge zerbrochen.

Abigail schlug sich mit der Faust aufs Bein, um dem Zittern Einhalt zu gebieten. Matt bemerkte es nicht, er war in seinen eigenen Tagtraum versunken.

»Ich bin also zurückgegangen. Wollte ja nicht, dass irgendjemand zurückbleibt. Und hey, du kannst von Glück sagen, dass ich das gemacht habe, oder?«

Der finstere Blick, den sie ihm zuwarf, hätte ihm das Lächeln vom Gesicht wischen sollen, aber Fehlanzeige. Es war schon beinahe faszinierend. Seit ihrer Kindheit hatte sie die Menschen in ihrer Umgebung wie ein Habicht beobachtet, und Matt ähnelte eher den Comicfiguren, die über den Klippenrand rennen und trotzdem weiterlaufen, weil sie sich weigern, in die Tiefe zu blicken.

Nur langsam drangen seine Worte zu ihr durch.

»Moment mal – du bist allein? Die anderen sind nicht bei dir?«

»Jep. Beziehungsweise – nein. Sind sie nicht. Sie sind womöglich schon wieder in Tagesanbruch und stellen einen Rettungskader zusammen. Nicht, dass wir gerettet werden müssten. Na ja.«

Abigail starrte ihn eine ganze Weile an.

»Was ist?«

»Nichts. Nein … nichts.« Sie blickte sich um. »Wissen wir … Wissen wir, wohin der Gesandte gegangen ist?«

»Nein«, antwortete Matt. »Und ich will es auch gar nicht wissen. Besser, wir gehen zur Allianz zurück und sagen ihnen Bescheid, dass es uns gut geht und überlassen es einfach … jemand anderem, sich darum zu kümmern. Ihnen fällt schon was ein. Es ist nicht unsere Aufgabe.«

»*Doch*«, zischte Abigail. »Doch, ist es. Wir müssen …«

Sie redete nicht weiter. Was mussten sie tun? Matt mochte unglaublich nervend sein, aber er hatte recht. Sie würden als zwei unbewaffnete Teenager gegen eine Kreatur antreten, die sie mit einer Faust zermalmen konnte. Sie hatte so viel Chancen gegen den Gesandten wie … *wie die Schattenjäger, die ich im Stich gelassen habe.* Gut ausgebildete Schattenjäger, Schattenjäger, die nicht zögerten, wenn man sie brauchte. Sie hatte noch einen schwächeren Stand als beim letzten Mal.

GLAUBST DU, DASS DU GUT GENUG BIST, ABIGAIL FALX?

»Es ist unsere Pflicht«, erklärte sie. »Wir müssen es zumindest versuchen.«

»Warum?«, fuhr Matt sie an. »Um zu sterben? Wie die Schattenjäger? Ich weiß nicht, was du zu haben glaubst, was sie nicht hatten, aber sie sind tot. Ich … habe es gesehen. Willst du es damit aufnehmen? Willst du sterben?«

Ob sie sie trotzdem geliebt hätten, wenn sich herausgestellt hätte, dass sie keine Schattenjägerin war? Bei ihrem richtigen Erwachen – nicht der entsetzlichen Albtraumversion davon – hatte sie jeden Winkel ihrer Gesichter nach Zweifeln abgesucht, nach einem Zeichen, dass sie sich darauf vorbereiteten, sie weniger zu lieben.

Es war das einzige Mal gewesen, dass sie Abigail enttäuscht hatten.

Du darfst sie jetzt nicht enttäuschen.

»Wir müssen nicht gegen ihn kämpfen«, sagte sie. »Wir müssen bloß herausfinden, was er tut. Mehr nicht. Wir können … ihn beschatten. Aus sicherer Entfernung. Ihn belauschen … oder so. Und dann –«

Matts Augen waren weit aufgerissen. »Und dann gehen wir

zu Greaves zurück. Mit nützlichen Informationen. Wertvollen Informationen.«

»Genau«, sagte Abigail. »Genau das würde eine Schattenjägerin tun.«

»Genau das würde ein *Held* tun«, erwiderte Matt, und dieses Mal erwiderte sie sein atemloses Grinsen, auch wenn in ihrem Herzen ein Geschwür des Albtraums zurückblieb.

Genau das würden sie tun.

Das Gesicht ihrer Mutter zerfiel. Von ihrem Vater blieb nur Staub zurück.

»Machen wir uns an die Arbeit.«

17

SCHICKSALSGEMEINSCHAFT

»Hey.«

Ein Segeltuchrucksack – Standardmodell. Ein Paar Wanderstiefel – Schuhgröße 37. Ein atmungsaktives Shirt und dazu passende Cargohosen mit speziellem Kniepolster und einem modularen Befestigungssystem der US-Streitkräfte, an dem ein Kampfmesser, eine Scheide und eine Feldflasche festgemacht werden konnten – alles unter etwas zu tragen, das Denizen um keinen Preis als *Tarnponcho* bezeichnen wollte.

Als die Neulinge Vivian im Gänsemarsch über die bebenden Adern von Tagesanbruch hinterhertrotteten, ging Denizen die Liste noch einmal durch. Listen waren sogar noch beruhigender als Karten. *Wo hatte die Allianz dieses Zeug her?* Rüstungen und Waffen zu sehen, die von Generation zu Generation liebevoll gepflegt wurden, waren eine Sache. Denizen wusste zwar, dass es Internethändler für jedermanns bevorzugte Apokalypse gab, aber bei *Kampfausrüstungen für Jugendliche (Großbestellung)* sollte sich doch die ein oder andere Augenbraue heben, oder nicht?

»Hey, *du.*«

Vermutlich bezogen sie die schwarzen Gewänder ebenfalls von dort. Machten sich Leute keine Sorgen deswegen? Kampfponchos waren das eine, aber …

Denizen wog das Messer in seinen Händen. Ihm war durchaus bewusst, dass eine Waffe zu halten und dabei in die Luft zu starren in jeder Gesellschaft als unhöfliches Benehmen galt. Aber er wusste auch, dass er sich, sobald sein Hirn nicht mehr im Leerlauf festhing, den Hals verrenken würde, um den Anfang der Reihe zu sehen, wo die *Tochter des Unendlichen Königs* neben den anderen herrannte.

Jeden Augenblick musste es so weit sein. Tagesanbruch bebte immer heftiger. Vivian hielt das Funkgerät nun ununterbrochen an ihr Ohr, ihr Kiefer war vorgereckt, als nähme sie jede Meldung über den Einblick als persönlichen Schicksalsschlag. Es gab jede Menge Ablenkung, doch alle Krieger, Teenager oder nicht, waren dafür ausgebildet, Kreaturen aufzuspüren, die schmerzhaft nicht in diese Welt gehörten. Würden sie schreien? Würden sie Alarm schlagen? Oder würden sie einfach –

»Hey!«

Es war der vorwurfsvolle Ton, der Denizen schließlich aus seinen Träumereien holte. Neben ihm lief ein großer Junge und starrte ihn durch lange, glatte Haare an, die so schwarz wie Tinte waren.

»Du bist derjenige, welcher.«

Darauf ließ sich nicht viel erwidern. Wenn Denizen jetzt so darüber nachdachte, gab es, seit Venia und er sich das erste Mal begegnet waren, nur einen *derjenigen welchen*, von dem alle redeten. *Und ich habe mir Sorgen gemacht, nur Vivians Sohn zu sein …*

Na, wenigstens hatte er ein bisschen Übung. Stirnrunzeln Nummer vier – Bloß. Nichts. Verraten. – rastete ein.

»Wer bin ich doch gleich?«

Bei einem normalen Teenager hätte der unbeteiligte Ton

vielleicht funktioniert, doch der Blick des Neulings erinnerte an ein Scharfschützenzielfernrohr.

»Du wolltest gerade in den Einblick steigen, als das Ding rauskam. Du hast es *verteidigt.*«

Köpfe wurden gedreht, Denizen wand sich und überlegte kurz, sich in seinem Kampfponcho zu verkriechen, doch bevor er antworten konnte, stellte sich ein Mädchen zu ihnen. Sie hatte beachtliche Muskeln und ein Sonnendisteltattoo auf dem kräftigen Nacken.

»Lass ihn in Frieden, Stefan«, unterbrach sie. »Das Ding hat ihn als Schild benutzt.« Sie warf Denizen einen anerkennenden Blick zu. »Nette Lichtbeugung, übrigens. Wie hoch war der Tribut?«

Zu seinem Entsetzen spürte Denizen, dass er rot anlief. *Sag was!* Die Reihe wurde langsamer, immer mehr Neulinge versammelten sich um sie. Simon war an die Spitze gelaufen, um mit Vivian zu sprechen. Denizen kam sich mit einem Mal sehr exponiert vor, als er so von allen Seiten mit Fragen bestürmt wurde, die sich entmutigend auf die Details konzentrierten.

»Du warst nicht bei der ersten Trainingseinheit, oder?«

»Haben sie dich nach dem Angriff der Kreatur in Greaves' Büro gebracht? Was hat er gesagt?«

»Interessiert doch keinen, was hat *das Ding* gesagt?«

Denizen fühlte sich immer zahlenmäßig unterlegen. Es war ein wesentlicher Teil seiner Persönlichkeit. Schließlich gab es ihn ja auch nur einmal auf der Welt. Er hätte sich auf die Inquisition vor seiner Nase konzentrieren sollen, diese Wand aus Gesichtern und zusammengekniffenen Augen, doch er konnte sich nur seine eigene Frage stellen.

Hat sich Venia so gefühlt?

»Gibt es hier ein Problem?«

Vivian redete, wie sie kämpfte – knapp, brutal und mit dem Ziel, ihren Gegner so schnell wie möglich niederzuringen. Als sie sich über sie beugte, machte ihre Miene unmissverständlich klar, dass sie sich hier nicht nach einem Problem erkundigte, sondern sich als ein solches anbot.

Hör auf, meinen Sohn als Schild zu benutzen.

Es hatte etwas extrem Befriedigendes, wie schnell sich die Neulinge zerstreuten. Stefan musterte Mutter und Sohn noch immer zögernd, doch nach einem finsteren Blick von Vivian hörte auch das auf.

»Tut mir leid«, murmelte Vivian kaum hörbar. »Ich weiß, Mütter sollten sich nicht einmischen und ihre Kinder retten, wenn –«

»Vivian«, flüsterte Denizen zurück, ohne die Augen von den Jugendlichen zu nehmen, die sich zurückzogen, »du darfst mich retten, so oft du willst.«

Nur Denizen konnte ihr kleines, zufriedenes *Hmpff* hören. Sie setzten sich wieder in Bewegung. Denizen warf einen gänzlich unverdächtigen Blick auf das Mädchen an Greys Seite. Sie sah unförmig aus in ihrem Poncho und hatte die Haare unordentlich unter eine Mütze gestopft, und auf dem schwarzen Stoff leuchteten – wie ein verzweigter Blitzstrahl bei einem Sommergewitter – ein paar verirrte Haarsträhnen.

Mr. Aufmerksam mit dem Tintenhaar hat sie nicht bemerkt, dachte Denizen kleinlich, verpasste sich jedoch innerlich umgehend einen Tritt, weil er damit das Schicksal herausforderte. Es gab Leute, die die Tenebrae ihr ganzes Leben lang nicht spürten. In der momentanen Gesellschaft wirkte es nicht eigenartig, wie ihr Arm auf dem Oberkörper lag, ihr Gesicht spiegelte dieselbe Anspannung wider wie die Gesichter der anderen Neulinge in der Reihe.

Wir sind alle angespannt, dachte Denizen. *Warum sollte es ihr anders ergehen?*

Weil in der Sekunde, in der ihre Konzentration auch nur einen Herzschlag lang nachlässt, in der Sekunde, in der ihre Fassade einen Riss bekommt und herunterfällt, ein Flackern ihrer Umbra sichtbar wird ...

Was dann? Sein ganzes Denken war darauf ausgerichtet gewesen, Venia zu befreien. Er hatte keine Ahnung, was Greaves unternehmen würde, wenn er ihr Verschwinden bemerkte. Als ihm klar wurde, dass er ebenfalls keine Ahnung hatte, was Grey für ihre Befreiung hatte auf sich nehmen müssen, wäre er fast gestolpert. Er hatte außerdem keine Ahnung, was Vivian tun würde, falls oder wenn sie es herausfand, und welche Folgen das für ihn haben würde.

»Tut mir leid, dass du so bedrängt wurdest.« Simon lief im Gleichschritt neben ihm und warf einen finsteren Blick auf Stefans Rücken. »Stefan ist eigentlich in Ordnung. Die anderen wollten bloß ...«

»Ich weiß«, erwiderte Denizen abwesend, obwohl Stefans Charakter für ihn, ehrlich gesagt, gerade wesentlich weniger relevant war als die Tatsache, dass er ihm die Sicht auf Venia verstellte. Warum hatte sie nicht den Körper von jemand Hochgewachsenem annehmen können?

Moment – da war sie, sie lief neben diesem stämmigen deutschen Mädchen her. Redeten sie miteinander? Worüber redeten sie? Wie brachte sie es fertig, sich zu unterhalten?

Warum kann sie besser unauffällig sein als ich?

Denizen wandte den Blick ab, bevor Simon sein Erröten bemerken konnte.

»Wie ich sehe, haben sie dir ein Schwert gegeben.«

Simon zuckte mit den Schultern. Auch nach einem Jahr

hatte er bisher nur erfolgreich gegen die eigenen Ellbogen gekämpft. »Ich weiß eigentlich nicht, wozu das gut sein soll. Und nicht nur, weil ich es bin, der es benutzt.«

Ein dunkler Schatten huschte über sein Gesicht.

»Du hast den Gesandten nicht gesehen.« Der größere Junge schlang die Arme um sich. »Und Abigail ist immer noch –«

»Ich habe ihn gesehen«, sagte Denizen und versuchte verstohlen, über Simons Schulter zu spähen, erhaschte allerdings nur einen ausgezeichneten Blick auf die Achselhöhle des Größeren. »Er war auf Os Reges angekettet. Wir waren letztes Jahr dort.«

»Nein«, sagte Simon. Seine Stimme hatte einen Unterton, doch da lief Vivian an Venia vorbei, nah genug, dass sie sie fast berührte. Denizens Herz schlug so laut, dass er Angst hatte, es würde ihn verraten –

»*Denizen.*«

Simon sah ihn wütend an. Denizen blinzelte. »Was denn?«

»Was soll das heißen, was denn? Warum schaust du so auf –«

Denizen schüttelte heftig den Kopf, doch bevor er seinen Freund davon abbringen konnte, hatte Simon schon den Hals gereckt und schaffte problemlos, was der kleinere Junge nicht konnte. Er runzelte die Stirn.

»Wer ist das? Ich habe sie nicht beim Training gesehen.«

»Keine Ahnung«, erwiderte Denizen, vollkommen unverdächtig. »Ich habe nur … geschaut, vermute ich mal.«

Simon hob eine Augenbraue.

»Na klar«, sagte Simon. »Sicher … wie du meinst. Allerdings ist jetzt gerade nicht der beste Zeitpunkt, um sich zu verknallen.« Sein überraschendes Lächeln sorgte dafür, dass Denizen sich wie ein Monster vorkam. »Was ist das eigentlich mit dir und deinen gefährlichen Schwärmereien? Aber es könnte schlimmer sein. Wenigstens ist es nicht –«

Als würde sich eine Eisschicht über Wasser legen, wich die Farbe aus Simons Gesicht. Sein Lächeln wurde glasig und starr, gezwungen.

»O nein«, sagte Denizen, wieder höchst unverdächtig. »Simon, ich –«

Offenbar steckte etwas in Simons Kehle.

»Simon, es ist nicht, was du denkst –«

»IST ES NICHT?«, zischte Simon, schlug sich aber sofort die Hand auf den Mund, als sich die Neulinge überrascht umdrehten. Denizen errötete schuldbewusst.

»Ist es vielleicht haargenau das, was ich denke?«

In stummer Übereinstimmung liefen sie langsamer, damit eine Lücke zwischen ihnen und den anderen entstand, eine Lücke, die Simon schnell mit seiner Stimme ausfüllte.

»Was hast du dir dabei gedacht? Was geht in deinem Schädel vor sich?«

»Nichts!«, gab Denizen zurück, um dann zusammenzuzucken. »Also, ich meine, nichts Böses. Das Ding hinter dem Einblick sagte, es wolle Venia. Du weißt ja, wie Greaves ist – er hätte sie *verschachert.*«

»Das weißt du nicht.«

»Ich wollte das Risiko nicht eingehen. Venia sagte, wenn wir ihren Vater fänden, könne er alles in Ordnung bringen – die Thronräuber vernichten und seinen Thron zurückerobern. Alles würde wieder normal.«

Nun starrte Simon ihn nur noch an. Denizen bemerkte die kleinen Goldflecken, die sich durch seine Augen wanden. Zum ersten Mal fiel ihm auf, dass er Simon noch nie so wütend erlebt hatte, dass sich seine Macht unter der Haut zeigte.

»Moment – dort warst du, bevor wir losgezogen sind?«

Denizen schluckte. »Ich … ja. Ich bin zurückgelaufen und habe das Sternenlichtnetz eingesetzt – da hast du nämlich kein Monopol drauf, weißt du –« Sein Lächeln erstarb. »Und ich … habe Grey *überzeugt*, mir zu helfen.«

Simon vergrub das Gesicht in den Händen. »Na klar. Na klar. Und jetzt – was? Wie sieht dein Plan aus – du furchtloser Rebell? Hast du überhaupt so weit gedacht?«

»Ja, habe ich, stell dir vor«, sagte Denizen. Er spürte sein eigenes Feuer an den Barrikaden in seinem Kopf nagen, es kämpfte darum, gehört zu werden. Es hatte seine eigene Meinung über Leute, die Denizen widersprachen.

»Wir schmuggeln sie raus. Vivian wird den Gegenangriff leiten, wie Greaves gesagt hat, und ich werde vermutlich … Ich werde Venia helfen, den König zu finden.«

Das Feuer in Simons Augen erlosch. »Oh. Wirst du.«

Simon hatte seine Macht immer besser kontrollieren können. Er hatte als Erster gezeigt, dass er sie verstecken konnte, aber er war auch der entschieden Ruhigere. Denizen hingegen … Das große Buch im Büro der Krankenschwester in Crosscaper hatte es *katastrophisieren* genannt – damit war das fragwürdige Talent gemeint, so lange über alles nachzudenken, bis es in einer Katastrophe endete. Wenn sich Denizen in den negativen Folgen von Dingen verheddert hatte, die noch gar nicht geschehen waren, war Simon immer mit der Schere zur Stelle gewesen.

Für die Ängstlichen war Angst etwas Greifbares. Es funktionierte nie, wenn Denizen sich einredete, dass das, wovor er Angst hatte, überhaupt nicht real war. Simon traute er wesentlich mehr als sich selbst. Er hatte nie gedacht, dass es auf Gegenseitigkeit beruhte.

Er hatte nie gedacht, dass das zwischen ihnen je zerbrechen könnte.

»Du wirst ihr hinterherrennen«, knurrte Simon. »Während der Rest von uns kämpft und für unsere Welt stirbt, machst du dich mit ihr aus dem Staub. Genau darauf läuft es doch hinaus.«

Es dauerte einen Moment, bis Denizen klar wurde, was Simon meinte. Und was er selbst gesagt hatte.

Vivian wird den Gegenangriff anführen, und ich werde …
Weggehen.

Von seinen Freunden. Seiner Familie – dem bisschen, was er hatte. Seiner Allianz. Seiner Spezies. Venia war seit fünf ganzen Minuten wieder in seinem Leben, und schon hatte er alle verraten und gedachte, es gleich noch einmal zu tun.

Aber das tue ich doch nicht. Ich versuche nur, allen zu helfen. Auf lange Sicht. Ist es nicht genau dasselbe, was Greaves tut? Ist es nicht, was Vivian getan hat, als sie mich im Stich ließ? Warum darf nur ich nicht tun, was die Situation erfordert? Warum muss immer nur ich –

Es war so schwer, sich darauf zu konzentrieren, diese strenge Struktur in seinem Kopf aufrechtzuerhalten, wenn das Feuer das einzig Simple in seinem Leben war. So schwer, stark zu sein und die Enttäuschung in den Augen seines besten Freundes zu sehen.

»Simon, ich lasse dich nicht im Stich. Ich lasse überhaupt niemanden im Stich. Es ist einfach etwas, das wir tun müssen. Um Menschen zu retten. Du darfst nicht …«

Du darfst nicht sauer auf mich sein. Bitte sei nicht sauer auf mich.

»Du bist zu ihr zurückgegangen«, sagte Simon mit tonloser Stimme. »Du bist zu ihr zurückgegangen und hast gegen die

Regeln verstoßen, weil du dich vergewissern wolltest, dass sie in Sicherheit ist.«

»Genau«, sagte Denizen und gestattete sich einen Funken Erleichterung. »Mehr habe ich nicht gemacht.«

»Und was ist mit Abigail?«

Denizen erstarrte.

»Was ist mit deiner *Freundin*, Denizen? Dem Mädchen, dass uns Fish 'n' Chips holt, wenn wir nach dem Joggen nicht mehr laufen können? Dem Mädchen, das tagaus tagein ihr Leben für uns riskiert, wenn wir aus Dummheit mal wieder fast getötet werden? Dem Mädchen, das gerade allein mit dem furchterregendsten Ding, das ich je gesehen habe, in der Stadt ist?«

Einen Moment lang war Denizen überzeugt, dass Simon ihn schlagen würde.

»Hätte sie dich im Stich gelassen?

»Es ist nicht so …«

Einfach. Oder … vielleicht doch?

»Sie wäre für dich zurückgegangen«, knurrte Simon. »Abigail Falx hätte die Regeln für dich gebrochen. Und du *denkst nicht einmal an sie.*« Und du … Ich habe dir unterwegs etwas wirklich Wichtiges erzählt, zumindest habe ich versucht, es dir zu erzählen, oder habe versucht, es mir selbst zu erzählen, was weiß ich, aber dir ist es auch zu viel, mit mir darüber zu reden, weil du zu beschäftigt damit bist –«

Denizen brauchte einen Moment, bis er Simon folgen konnte, doch dieser Moment gab der Wut den nötigen Vorsprung vor der Scham.

»*Wir sind alle beschäftigt, Simon*«, blaffte er, doch dann holte die Scham auf und er versuchte, beschwichtigender zu klingen. »Du weißt, dass es mir nichts ausmacht, wenn du … dass du … Du weißt, dass es mir nichts ausmachen würde –«

»Tja, echt lustig, wofür du Zeit hast«, blaffte Simon zurück. »Und ich weiß, dass es dir nichts ausmacht, aber ich *möchte*, dass es dir etwas ausmacht. Ich möchte, dass du vielleicht mal mit mir über *meine* Gefühle redest, statt immer nur über das, was du fühlst, oder dass wir uns vielleicht Sorgen über unsere vermisste Freundin machen. Aber du bist zu beschäftigt damit, dem Mädchen hinterherzurennen, das nichts als Schmerz und Elend und Tod an unsere Tür gebracht hat.«

»Ich denke sehr wohl an Abigail. Ich versuche, an alle zu denken. Ich versuche, zu –«

»Nein, Denizen, tust du nicht. Weißt du, was ich getan habe, während du Venia befreit hast? Ich habe versucht, deine Mutter davon zu überzeugen, hierzubleiben und unsere Freundin zu suchen.«

»Simon …« Denizen spürte ein Kribbeln im Augenwinkel. Ausnahmsweise war es kein Feuer, sondern etwas Rundes, das den Platz der Worte einnahm, von denen er wusste, dass sie sowieso ungenügend sein würden. »Ich dachte nicht –«

»Genau«, sagte Simon ruhig. »Du dachtest nicht. Du denkst nicht mehr, sobald sie in der Nähe ist. Und das ist nicht gut genug, Den. Ist es einfach nicht.«

Er schüttelte den Kopf. »Ich gehe mal nachsehen, was die anderen machen.«

»Warte«, flüsterte Denizen. »Bitte geh nicht –«

Simon warf noch einen Blick auf Venia. Sie starrte zurück. Es mochte an der Entfernung liegen oder vielleicht war es auch nur Einbildung oder vielleicht waren es schlicht Denizens Schuldgefühle, aber im Dämmerlicht des Flurs sahen ihre Augen saphirblau aus. *Abigails Augen.*

»Schon gut«, sagte Simon. »Du hast ja alle wichtigen Leute hier.«

18

EINES DER DINGER IST NICHT
WIE DIE ANDEREN

»Wenn wir den Gesandten finden«, erklärte Matt. »Bedeutet das Glanz und Glorie.«

Abigail kämpfte gegen das Bedürfnis an, ihm Glanz und Glorie um die Ohren zu hauen. Wenn Leute nervös waren, redeten sie mehr. Sie hatte davon gehört, aber sie hatte nicht viel Erfahrung damit.

»Vielleicht ist er nur in deiner Erinnerung so groß. Im Kampf verzerrt sich manches im Kopf. Oder es lag am … Winkel. Tenebrae können den Augen Streiche spielen, weißt du. Es ist eine ihrer Fähigkeiten –«

Sie lief durch das alte, verkalkte Straßengewirr von Adumbral, die Hände vorgestreckt, wie D'Aubigny es sie gelehrt hatte, und versuchte einen einzelnen Geruch in der Verkehrtheit auszumachen, die die Stadt seit Jahrhunderten durchtränkte –

»Wir hatten definitiv schon welche von der Größe in Edinburgh. Die ganze Stadt liegt halb in Tenebris – habe ich das schon erwähnt?«

Menschenleere Straßen. Plätze wie die flache Ebene eines Bauchs vor Brustkorbwölbungen aus Gebäuden, und Gassen, die so schmal waren, dass sie die Linien in einer hohlen Hand hätten sein können. Abigail hätte Nervosität verstehen können, hätte sie vielleicht sogar hinnehmen können, wenn nicht jeder zweite Satz –

»Sie hätten uns Waffen geben sollen. Sie hätten wenigstens *mir* eine Waffe geben sollen. Nun liegt mein Schwert bloß in meiner Zelle in Tagesanbruch herum. Wozu soll das gut sein?«

Für jemanden, der seine Freunde die meiste Zeit so hart wie möglich geschlagen hatte, hielt sich Abigail für einen moderaten Menschen. Wenn man mit einer Hand Leute anzünden und mit der anderen abstechen konnte, war das sozusagen die Grundvoraussetzung. Doch sie war mittlerweile seit mehr als vierundzwanzig Stunden auf den Beinen, ihre Nackenhaare sträubten sich seit zehn. Sie hatte trotz der steigenden Temperatur noch keinen Tropfen geschwitzt, die Hitze blubberte und kribbelte unter ihrer Haut, als wolle sie unbedingt nach draußen.

Und Matt … Matt ließ *Sprüche* ab.

»… ich sage nicht, dass ich Hagen nicht schaffen würde, schließlich habe ich eine viel größere Reichweite, außerdem, schau ihn dir doch mal an. Er ist wie ein Panzer –«

Es hob Abigails Stimmung auch nicht, dass etwas, das die Welt so brutal verbeult hatte wie der Gesandte, nun so spurlos verschwunden war, als hätte er nie existiert. Keine Fußabdrücke. Keine Spur, der man folgen konnte. Es hätte nicht schwer sein sollen, etwas so Gewaltigem zu folgen, nicht einmal dann, wenn die Stadt derart von Tenebrae verzerrt war. Doch trotz ihrer Ausbildung, ihrer Erfahrung konnte Abigail nur ihre Sinne anstrengen und gegen alle Hoffnung hoffen, dass sie auf dem richtigen Weg war.

Deine Ausbildung hat dir im Kampf gegen den Gesandten nicht weitergeholfen.

»Ich fasse es nicht, dass er weggerannt ist. Ich meine, das

haben sie alle gemacht. Ich wollte bleiben und kämpfen, aber dann hat dieses kleine Mädchen, deine Freundin, sie stand einfach da –«

Deine Ausbildung hat dich nicht davon abgehalten, deine Kameraden im Stich zu lassen.

»Ein gutes schottisches Zweihandschwert, und alles wäre geritzt gewesen. Ich hätte diesem Ding zeigen können, was mit Kreaturen passiert, die blöd genug sind, Adumbral anzugreifen –«

»*Kannst du bitte den Mund halten?*« Das Zischen entfuhr Abigail wie ein Kessel Arsen, brodelnd und giftig und so laut, dass man zusammenzuckte. Wenn Tenebrae die Luft verschmutzten, musste man damit rechnen, dass Geräusche nicht weitergetragen wurden. Sie schmierten bei jeder Kopfbewegung seltsame Geschmäcke auf Abigails Lippen, ließen ihre Haut kribbeln und drehten ihr den Magen um. Abigail musste diese Übelkeit annehmen und beten, dass das Ding, das sie jagten, nicht am Ende sie jagte.

»Ich meine ja nur.« Matt hatte die Arme verschränkt, und Abigail verspürte leichte Schuldgefühle. *Du bist nicht wirklich wütend auf ihn.* Oh, doch, und wie, aber zum Teil, weil er ein Idiot war, zum Teil, weil die Wut sie konzentriert machte, und wenn sie nicht wütend blieb, würde sie immer noch zusammengekauert auf den Staub starren.

»Tut mir leid«, sagte sie. »Es ist bloß …«

Die gesenkten Köpfe der Gebäude. Die bauchigen Auswüchse auf ihren Seiten, wo Dinge einmal versucht hatten, in die Welt zu kommen.

»Ich weiß«, sagte Matt. »Aber, äh …« Er trat nach einem Pflasterstein. »Du hast recht. Das Wichtige ist, den Gesandten zu finden.« Seine Miene hellte sich auf. »Meinst du, Greaves wird uns auf der Stelle zu Schattenjägern schlagen? Ich habe gehört, dass das bei Neulingen, die etwas krass Tapferes machen, manchmal geschieht. Hey – ist das …«

Abigails Augen wurden schmal. »Ist das was?«

»Ist das der Grund, warum du zurückgeblieben bist? Um den Gesandten herauszufordern?«

Strahlend und blau und arglos warfen Matts Augen Abigail ihr Spiegelbild entgegen. Sie sah jemanden, der ihr völlig fremd war.

»Jaaaaa«, sagte Abigail. »Das war der Grund.«

Und einfach so war auch sie eine Lügnerin. Abigail log sonst nie. Hätten Denizen oder Simon vor ihr gestanden, hätte sie ihnen einfach automatisch die Wahrheit erzählt. *Warum kann ich sie Matt nicht erzählen? Du bist gerannt. Du hast deine Kameraden im Stich gelassen. Du hast die Allianz im Stich gelassen und den Kreuzzug, dem du dienen solltest. Sag es ihm. Welche Bedeutung hat es schon?*

Es hat für mich Bedeutung.

Nicht, was Matt von ihr dachte. In seinem Kopf schien kein einziger Gedanke zu sein, den er nicht laut aussprach, und die meisten schienen sich ohnehin nur um ihn selbst zu drehen. Doch sie war allein mit ihrer Panik und ihrem Traum in diesem Raum gewesen, und nun war sie nicht mehr allein. Nun hatte sie jemanden, den sie enttäuschen konnte, was bedeutete, dass sie ihn nicht enttäuschen *durfte*.

»Krass«, sagte Matt und schlug Abigail gegen den Arm, was sie total unangenehm fand. »Genau wie ich. Lass uns dieses Ding suchen und dann Bericht erstatten.«

»Klar«, sagte Abigail. »Und Greaves wird dich garantiert zum Schattenjäger schlagen, wenn du strategische Informationen zum Gesandten lieferst.«

Matt grinste. »Echt?«

Sie wandte sich ab. »Vielleicht überträgt er dir sogar die Verantwortung für den Gegenangriff, der ihn niederstrecken soll.«

Matt erblasste. »Sei nicht albern.«

Es verschaffte ihr eine halbe Stunde Ruhe.

Sie schlichen durch eine Stadt am Rande der Unwirklichkeit. Der Himmel über ihnen veränderte sich von Opal zu Anthrazit, dann zu der Düsternis einer halbgeformten Perle. Zwischen den Pflastersteinen wuchs nichts als Staub, selbst das Unkraut schien Angst zu haben. Sie musste den Blick abwenden, um sich wieder in den Todesgestank von Tenebris zu vertiefen – um jede Nuance seines Gestanks zu kategorisieren, zu analysieren und auszuwerten.

Es war eine Frage der Sensibilität. Nicht körperlicher Sensibilität – schon vor dem Tribut waren Abigails Handflächen von den zahllosen Trainingsstunden voller Schwielen gewesen –, aber Tenebrae sickerten durch genau den Schleier, der die Realitäten voneinander trennte. Muskeln und Fleisch waren keinerlei Hindernis.

Abigail verlor sich in dieser Verkehrtheit, ließ sich von ihr lenken wie ein Seemann von einem Sturm. Matt und sie teilten Kreuzungen zwischen sich auf, überprüften Hauseingänge, folgten dem Unbehagen, bis es stärker war als der Schmerz in Abigails Füßen, der stechende Hunger in ihrem Magen, es zog sie vorwärts, bis sie nichts mehr anderes fühlen konnte.

Ein einziger Atemzug dieser gewaltigen Steinlungen wirbelte den Wind von der Erde auf wie ein Laken von einem Bett, oder wie Haut, die sich um eine Wunde aufwirft.

Ihre Füße vom Boden hochgerissen, die Asche ihrer Eltern in ihrem Mund –

Abigail zuckte so heftig zusammen, dass sie beinahe gestürzt wäre. Einen Moment lang war sie ... war sie ... Aber nein. Bloß noch eine Straße, die vor ihren überlasteten Augen verschwamm. Wie waren sie überhaupt hierhergekommen?

Sie blickte sich um, um herauszufinden, wo sie war. Matt lehnte sich gegen die Wand und rubbelte sich das Gesicht, als wolle er wieder Leben hineinreiben. Abigail konnte das nachvollziehen. Sie war noch nie zuvor im Stehen eingeschlafen. Die Luft war so aufgebläht und voll von Tenebris, dass Abigail, die noch immer wie ein Segel hin und her flatterte, schon fast davon ausging, dass die Luft sie, wenn sie zusammenbrach, wie eine Boje über Wasser halten würde.

Und in diesem Moment spürte sie ihn. Es war wie eine Strömung voller Algen, in der sich das Wasser kaum schneller bewegte als der erstarrte Schlamm ringsum. Nicht besser, ganz und gar nicht, aber neuer ...

Der Gesandte.

Ihre Finger ballten sich unvermittelt zu Fäusten, so fest, dass es schon schmerzte. Matt bemerkte es eine Sekunde nach ihr, vielleicht spürte er aber auch nur, wie ihre erstarrte Wirbelsäule die dicke und erstickende Luft durcheinanderbrachte.

»Abigail?«

»*Still*«, zischte sie. Das Feuer ihres Erbes jagte Adrenalin durch ihre Brust. *Wo ist er? Wo ist er?* Etwas so Gewaltiges hätte nicht in der Lage sein sollen, sich an sie heranzupirschen. Sie hätten in der Lage sein sollen, es zu hören – den Kanonendonner seiner Schritte, die schwerfälligen Atemstöße – doch ringsum war nur Stille, mutierte Gebäude und eine immer stärker werdende Verkehrtheit in der Luft –

Abigail musste sich zwingen, noch einen Schritt weiter-zugehen. Und dann noch einen.

Das war ein Fehler. Warum hast du das getan? Wie konntest du dir einbilden, du könntest das?

Hast du das Gefühl, gut genug zu sein –

Sie bog um die Ecke und erstarrte.

Der Platz war zwanzig Meter breit, und jeder Zentimeter davon war mit Tenebrae bedeckt. Schwarze Flüssigkeit bog sich von den Steinen, als sei sie ein Nervensystem oder mit Tusche gezeichnete Bäume, ein ganzer Wald von sich re-ckenden Ranken und steifen, krummen Wedeln. Unaufge-fordert sprang ein Cantus auf ihre Lippen, hielt jedoch inne, als Abigail klar wurde, dass sich kein einziger der Tenebrae bewegte – sie waren ebenso reglos wie sie.

Durch das Schwarz zog sich krankhaftes Weiß. Es sah aus wie eine entsetzliche Umkehrung des Tributs. Arktische Luft ließ die Haut auf ihrem Gesicht spannen, und obwohl sie noch nie einen Laut von den Tenebrae gehört hatte, die kei-nen Mund besaßen, war die Luft von leisem Stöhnen erfüllt.

Als hätten Kinder Albträume.

»Was meinst du, wo das Stöhnen herkommt?«

Abigail zuckte nicht einmal zusammen, als Matts Stimme neben ihr sprach. Die Szenerie vor ihr war zu seltsam. Die Ränder der Wedel strafften sich ein wenig, dann rollten sie sich ein wie Knospen bei Frost, als suchten sie klagend nach Hilfe. Als sie noch näher heranging, stellte sie fest, dass es tatsäch-lich Frost war, doch unter der Silberglasur schimmerte ein anderes Weiß – eine Kruste von … von …

»Hey, was meinst du, wo es herkommt?«

Und bevor sie recht wusste, was sie tat, rannte sie auch schon, ihre Schritte dröhnten wie Kirchenglocken, zwischen

219

jedem Schritt schwebte sie eine Ewigkeit in der Luft. Matt brüllte, doch anstatt in das Dickicht gelähmter Tenebrae hineinzurennen, wich sie nach rechts aus, umkreiste sie, um zu sehen –

Da – ein Spritzer Weiß auf einem Pflasterstein. *Da* – ein Tropfen, der auf einer umgestürzten Säule kristallisiert war. *Da* und *da* und *da* ...

Im Gegensatz zu Denizen und Simon war Abigail in Garnisonen der Allianz aufgewachsen. Schwerter an den Wänden oder Gitter vor den Fenstern oder Verbandskästen an jeder strategischen Stelle waren ihr nicht fremd. Vor allem aber hatte sie ihr Leben im sanften Licht von Kerzenfeldern verbracht.

Es gab eine Allianz innerhalb der Allianz – die Gärtner – die ihre Jahre damit verbrachten, die Kerzenfelder in Adumbral instand zu halten, alte Kerzen gegen neue auszutauschen, und die raffiniert gearbeiteten Laternen zu öffnen, die sie vor Regen schützten.

All diese Arbeit war nun zerstört. Kerzen waren zu Blumen platt getrampelt, große Gruppen zu weißer Gischt zertreten, brutal von ihrem Hochsitz gerissen, so dass nur weiße Stümpfe zurückblieben.

Abigail machte einen unsicheren Schritt vorwärts und lief zwischen den Platten von flach getretenem Wachs hindurch. Die Kerzenfelder in dieser Straße waren nicht einfach gelöscht worden – sie waren ausgelöscht worden. Und zwar mit entsetzlicher *Gründlichkeit*, dachte sie, als sie in ein zehn Zentimeter tiefes Loch in dem Stein zu ihren Füßen starrte, das aussah wie die Narbe einer großkalibrigen Kugel.

Sie blickte sich um und – *ja*. Links und rechts von ihr waren auffällig zerbrochene und zermalmte Pflastersteine. *Er hatte sich hingekniet.* Abigail folgte seinem Beispiel, rutschte zurück, als wolle sie seine gewaltigen Ausmaße nachahmen. *Er hat hier gekniet.* Die Anstrengung, die es gekostet haben musste, diese Masse nach und nach abzusenken, nur um einen Finger auszustrecken und diese Kerze in die Erde zu drücken. *Welche Anstrengung.* Welcher Hass.

Es dauerte eine ganze Weile, bis sie mitbekam, dass Matt näher gekommen war. Der Ausdruck auf seinem Gesicht war eine Mischung aus Entsetzen und Ehrfurcht.

»Ich verstehe es nicht. Was ist hier passiert? Wie kann noch ein Tenebra in der Stadt sein?«

Wenn man etwas jagte, dann jagte man es ganz. Man jagte die Füße und die Hände und die Haare und die Fährte, um herauszufinden, was es möglicherweise zurückließ. Man jagte seinen Hunger und seine Ängste und seine Begierden, um herauszufinden, wohin es gehen würde. Man jagte seine Stärken und seine Schwächen, um herauszufinden, wo das eine endete und das andere begann.

Abigail begriff die Kälte und den Frost nicht, oder was diese Tenebrae hier festgehalten hatte, bevor sie einen Körper bilden konnten. Doch er war in der Lage gewesen, durch einen Riss einzudringen, weil der Gesandte die Kerzenfelder zerstört hatte … und er würde nicht der Letzte sein.

»Ich weiß jetzt, was der Gesandte tut.«

»Du … was? Wie?«

»Sieh dich um«, flüsterte sie. »Es gab früher schon Eindringlinge in Adumbral. Hier lebten so viele Schattenjäger, dass es den Stoff der Realität zerriss. Und Tenebrae eindrangen.«

»Bis der … *Oh.*«

Abigail dämpfte die Stimme nicht, weil sie fürchtete, man könnte sie belauschen, sondern wegen der schieren Ungeheuerlichkeit dessen, was sie gleich aussprechen würde. »Der Gesandte zerstört die Kerzenfelder, damit andere Tenebrae durch Risse eindringen können. Damit Adumbral irgendwann in Tenebris fällt.«

»Wir müssen nach Tagesanbruch zurück«, flüsterte Matt. Zum ersten Mal war Abigail restlos seiner Meinung. »Und zwar sofort.«

19

WIR BEGRABEN UNS SELBST

Denizen legte Listen an, weil Dinge zu katalogisieren ihm Übersicht verschaffte. Der Versuch zu entscheiden, welches Stirnrunzeln genau er gerade benutzte, lenkte ihn von dem ab, was ihn eigentlich schmerzte. Passte es in eine vorhandene Kategorie, dann hatte er es auch schon überlebt. Falls nicht, tja, eine neue zu erfinden war auch eine Ablenkung. Das Problem war nur, irgendwo gab es eine Grenze.

Simon ist sauer auf mich.

Der größere Junge lief voraus, und schon dieser Grad von Abstand bohrte das Schwert noch ein wenig tiefer in Denizens Herz. Denizen und Simon waren eigentlich unzertrennlich. Zumindest, wenn es in ihrer Hand lag – es hatte Denizens Aufnahme in die Allianz gegeben, aber nach drei langen Wochen war das Universum zur Vernunft gekommen und hatte Simon ebenfalls magische Kräfte verliehen.

Als Simon sich zu einem anderen Neuling herunterbeugte, wurde das Schwert in Denizens Brust zu scharfkantigem Eis. Er hatte versucht, sich in die Kategorisierung des Schmerzes zu flüchten, aber es zog ihn nur noch mehr herunter und machte seinen Kopf noch voller.

Die Umgebung verstärkte seine düstere Stimmung ebenfalls. Der *Asphodelienpfad* – die Grüfte der Allianz: Tunnel mit niedrigen Decken, an denen sich, jeweils einige Meter voneinander entfernt, Nischen entlangzogen, die so groß waren wie Vivian. Auf dem Boden davor stand jeweils eine weiße, dicke Kerze. Einige Nischen waren leer und die Kerzen dort nicht angezündet, die anderen waren mit schlichten Türen aus poliertem Holz verschlossen, in die ein Datum und ein Name eingemeißelt war. Vor diesen brannten die Kerzen.

Und wie überall auf Tagesanbruch gab es Mosaiken von Schattenjägern – sie zeigten sie nicht wie oben im Krieg, auch nicht triumphierend marschierend wie im armen, verwunschenen Abgeschiedenheit, sondern aufrecht stehend, die Hände verschränkt oder herunterhängend. Die Gesichter waren glatt, der Tribut war nur als dezenter Schatten am Handgelenk oder Revers angedeutet. Irgendetwas war seltsam an ihnen. Denizen brauchte eine Weile, bis er es benennen konnte.

Sie sahen friedlich aus.

»Gruselig hier«, sagte Greys Stimme neben seinem Ohr. Denizen fuhr zusammen. Obwohl die Tunnel breit genug waren, dass zwei nebeneinanderlaufen konnten, liefen die meisten Neulinge tief in Gedanken versunken allein und wichen gewandt den Kerzen auf dem Boden aus. Es gehörte zu den esoterischeren Fähigkeiten, die man im Dienst der Allianz erwarb.

Obwohl sie sich tief unter Tagesanbruch befanden, konnte Denizen jedes Mal, wenn er die Zähne zusammenbiss, die Erschütterungen der Schlacht oben spüren. Sie waren nicht stärker geworden, aber sie hatten sich von einem zeitweiligen in ein ununterbrochen rasselndes Dröhnen verwandelt. Mehr brauchten die Tenebrae nicht zu tun – es mussten einfach immer nur mehr von ihnen kommen und den Druck aufrechterhalten, bis die Schattenjäger daran zerbrachen.

Und Simon lief vor ihm, redete mit jemand anderem, und Stefan – *Stefan* – klopfte im Vorbeilaufen mit seinen eisernen Knöcheln gegen die Wand, was ein nerviges *Doing Doing* verursachte. Denizen war so was von dankbar, dass *irgend-jemand* mit ihm reden wollte, dass er darüber sein schlechtes Gewissen, Grey manipuliert zu haben, fast vergaß.

Denizen hatte noch nie jemanden erlebt, der gleichzeitig lächeln und derart wütend aussehen konnte.

Fast.

»Grey, ich –«

»Das ist der Ort, wo sie hinkommen, weißt du? Falls du dich das je gefragt hast. Wir versuchen alles, um die Leichen vom Schlachtfeld zu holen. Wegen der Familien. Und um das große Geheimnis zu bewahren. Wollen doch nicht, dass irgendwelche Pathologen ihre Messer in sie stecken und irgendwelche aufschlussreichen medizinischen Berichte schreiben. Manche Garnisonen haben auch ihren eigenen Friedhof –«

Amboss-Jack nahm sein Frühstück immer im Garten ein. Wäre da nicht das blecherne Zittern der Untertasse gewesen – und der Grabstein, den Jack eigenhändig gemeißelt hatte, hätte der Anblick des riesigen Schmieds, der sich vorsichtig auf die Hintertreppe setzte, ein Lächeln auf Denizens Gesicht gezaubert.

Zeig mir etwas, das man aus Rache bauen kann, was man auch nicht aus Akzeptanz bauen könnte.

Manche Dinge waren leichter gesagt als getan. Manche Dinge waren ein Fass ohne Boden.

»– manche Schattenjäger wollen nach Hause.« Greys Lächeln war nun eine richtiggehende Grimasse. »So viele von uns verlassen ihre Heimatländer, und dann wird dieser Ort zur Heimat. Es ist komisch. Wer lange genug mit dem Tribut lebt, hat irgendwann nur noch einen Kern Leben in sich. Als würde man hinter den Mauern einer Festung leben.«

Denizen warf ihm einen scharfen Blick zu, doch Greys Blick war zu den Gräbern gewandert und den Namen, die sie trugen. Der Asphodelienpfad war wie ein düsteres Spiegelbild der Croit-Nekropolis – jener verrückten, stolzen Stadt der Toten. Die Croits schrien ihre Geschichte in einer vergessenen Ecke der Welt heraus. Die Gefallenen der Allianz hier waren beinahe … scheu.

»Und trotzdem können wir noch sentimental sein.«

»Sie kommen also hierher?«

»Wir begraben uns selbst«, erklärte Grey. »Mit unserer Arbeit. Aber die Allianz sorgt freundlicherweise dafür, dass wir trocken liegen.« Er hob die Hand und strich im Vorübergehen ganz leicht über eine Tür. Denizen war aufgefallen, dass alle bis auf Stefan lieber so viel Abstand wie möglich zu den Türen wahrten.

»Und mit unserem letzten Rest Kraft zünden wir eine Kerze an.« Einen kurzen Moment lang war das Lächeln, das sein Gesicht verzog, echt. »Licht zu bringen – das ist unsere letzte Tat. Das gefällt mir.«

»Grey«, sagte Denizen. »Grey, es tut mir l-«

»Weißt du, was ich Edifice immer sage?«, fragte Grey. »Wenn er wegen seiner Entscheidungen ein schlechtes Gewissen hat?«

»Nein«, antwortete Denizen. Er hatte sich Greaves nie in dieser Lage vorgestellt.

»Ich sage ihm, dass er dafür sorgen muss, dass es Bedeutung hat. Wenn man das Richtige getan hat, dann muss man auch vertreten, dass es auch wirklich das Richtige war. Man bittet leichter um Verzeihung als um Erlaubnis, und darum zu bitten ist so viel leichter, wenn man die Welt gerettet hat. Wir können … Wir können später darüber reden.«

»O.k.« Greys Bemerkung bedeutete zwar nicht, dass er ihm verzieh, aber die Formulierung *Wir können später darüber reden* machte ihm genug Hoffnung, um das Eis in seinem Magen ein wenig schmelzen zu lassen.

»Aber du wirst dich persönlich bei Munroe dafür entschuldigen, dass ich sie umgenietet und in einen Schrank gesperrt habe«, erklärte Grey. »Falls du das überlebst, sind wir vermutlich quitt.«

»Oh«, murmelte Denizen. »O.k.« Er schluckte. »Wir werden richtig Ärger kriegen, was?«

»Ich habe sowieso überlegt, ob ich in Rente gehen soll«, sagte Grey. »Sobald wir weit genug weg sind, werde ich Greaves anfunken. Ich hoffe bloß, wir sind –«

»Wir tun das Richtige«, erklärte Denizen. Er musste es aussprechen. Er wollte es hören. »Er ist der *Unendliche König.* Wir werden ihn finden, und dann ist alles wieder gut. Wie … wie macht *sie* sich?«

Es war nicht die Frage, die er eigentlich stellen wollte, aber er hatte sich so angestrengt, alle davon zu überzeugen, dass er nur das Allgemeinwohl im Sinne hatte, dass dieses hehre Gefühl extrem unterminiert worden wäre, wenn seine nächste Frage *Warum ist sie noch nicht zu mir gekommen, um mit mir zu reden?* gelautet hätte.

Weil wir verschwiegen sind. Weil wir verdeckt arbeiten.

Es klang äußerst logisch – dass Venia sich von Denizen fernhielt, war immer das Sicherste gewesen. Allerdings schien sie wesentlich besser darin zu sein als er.

»Die Kerzenfelder machen es nicht einfacher für sie, aber sie schlägt sich tapfer«, sagte Grey. »Tun wir das nicht alle?

Ich werde sie im Auge behalten. Du konzentrierst dich einfach darauf, was als Nächstes zu tun ist.«

»Wie?«, fragte Denizen, und seine Stimme krächzte so überhaupt nicht vor Panik.

»Dieser Plan stammt von Venia und dir, Genie«, erklärte Grey ziemlich amüsiert. »Aus Tagesanbruch herauszukommen ist erst der Anfang, oder?«

Als er Denizens leidende Miene sah, wurde sein Grinsen noch breiter.

»Man sollte denken, du hättest aus deinem letzten Versuch, die Welt zu retten, etwas gelernt.«

»Ich weiß«, murmelte Denizen düster. »Irgendwie scheint es Leute immer zu verärgern.«

»Anhalten.«

Vivians Stimme hallte durch den Gang und die Neulinge blieben stehen. Die Malleus verharrte, das Gesicht zur Decke gehoben, völlig reglos, das Funkgerät in ihrer Hand schien sie vergessen zu haben. Grey ließ Denizen stehen und drängte sich vor, dann führten die Malleus und er eine geflüsterte Diskussion.

Denizen verstand Vivians Logik, sie wollte niemanden in Panik versetzen oder irgendwelche Informationen herausgeben, bevor sie sich ganz sicher war – aber er lebte nun seit über einem Jahr mit ihr und konnte mittlerweile recht gut von Lippen ablesen.

Grey: *Was ist denn?*

Vivian: *Wann hat das Beben aufgehört?*

»Malleus?«

Stefans trommelnde Finger waren auf dem Mosaik neben ihm erstarrt. Die frühere Kampflust wich von seinem Gesicht. Er sah sehr jung aus.

Auf seiner Wange war ein schwarzer Fleck.

Es war kein Tribut. Stefan hatte Denizen vor einigen Minuten extrem ausdauernd die Sicht versperrt, und da war seine Haut noch fleckenlos gewesen. Vivian, die gerade intensiv einer Nachricht aus dem Funkgerät gelauscht hatte, öffnete den Mund, aber Stefan ruckte leicht mit dem Kopf, um sie zum Schweigen zu bringen.

Und auf einmal war der Fleck größer und der Gang so still, dass Denizen hörte, wie ein Tropfen Stefan traf. Es war ein sanftes *Plopp* von Öl auf Haut.

Und dann verschlangen die Mosaike ihn bei lebendigem Leib.

Die hellen Fliesen blitzten wie der Umhang eines Zauberers, und Stefan war einfach weg, verschlungen von dem schillernden, sich biegenden Stein. Man hörte einen gedämpften Knall, als schlüge auf der anderen Seite des Hauses eine Tür zu. Dann lief eine wellenförmige Bewegung durch die Wand, vor der Stefan gerade gestanden hatte. Es sah aus, als würde auf der anderen Seite der Fliesen eine große Bestie umherstreifen, oder als wäre genau in diesem Moment eine versteckte Mechanik zum Leben erwacht.

Oder als würde sich eine riesige Kehle zusammenkrampfen.

Das Funkgerät in Vivians Hand krächzte.

»MEHRERE RISSE. TENEBRAE AUF JEDER EBENE. ZIEHT EUCH IN DEN HOF ZURÜCK. DER EINBLICK IST VERLOREN. DER EINBLICK IST VERLOREN.«

In der Wand war ein Tenebra. Nein, der Tenebra war die Wand. Sogar beide Wände. Decke und Boden, die ganze Kammer. Stefan war tot … und ihnen würde es nicht anders ergehen.

Der Tenebra musste nur zudrücken, dann würde er sie bei lebendigem Leib zerquetschen. Oder den Pfad mit dem überfluten, was Tenebrae anstelle von Verdauungssäften hatten. Oder sie durchkauen, oder in Erde ersäufen, oder vielleicht, nur vielleicht würde es ihnen gelingen, es mit in den Tod zu reißen und stattdessen einfach beim Einsturz zu sterben.

Denizen stellte zu seinem Entsetzen fest, dass ein Teil von ihm sich darüber freute. Mauern stürzten ein. Mauern waren dazu bestimmt, einzustürzen. Und wenn diese hier es konnten, wenn Tagesanbruch es konnte, dann konnten seine es auch.

Dieser heimtückische Kick.

Du könntest wenigstens in einem Flammenmeer sterben.

Diese tyrannische Verlockung –

»Schaut mal.«

Immer noch von menschlicher Verkleidung umhüllt, deutete Venia auf den Boden. Zu beiden Seiten stöhnten die Mosaike, Fliesen lösten sich, als unsichtbares Öl durchsickerte, sich bewegte und neu formte, die Steine auf dem Boden blieben jedoch unverändert.

Die Kerzenfelder. Sie schützten den Boden, oder nahmen dem Tenebra den Mut, oder blendeten seine Sinne. Vielleicht hatte Stefan auch einfach Pech gehabt, unter diesem Tropfen zu stehen. Denizen hatte keine Vorstellung, wie sich Tenebrae in Materialien einschlichen, wie sie jagten oder wie sie die Welt um sich herum wahrnahmen.

Doch Venia wusste es.

Vorsichtig die Wände vermeidend, bahnte sich Venia den Weg zwischen erstarrten Körpern hindurch, bis sie die Spitze der Reihe erreichte, wo Vivian gestanden hatte. Die Malleus hatte ihren Hammer erhoben, doch statt auszuholen und zuzuschlagen, was ihrer aller Ende hätte bedeuten können, starrte sie Venia an.

Folgt mir, hauchte Venia mit ihren geborgten Lippen, und sie taten wie geheißen.

Zögernd führte Venia sie durch den Tunnel. Aus den Wänden kam ein leises Stöhnen. Es mochte Verwirrung sein oder sich verschiebende Erde, doch Venia bewegte sich unaufhaltsam vorwärts, und einer nach dem anderen folgten sie ihr. Denizen konzentrierte sich darauf, genau dorthin zu treten, wo der Neuling vor ihm gegangen war, und nicht zum ersten Mal verblüffte ihn die knisternde Elektrizität, mit der Venias Verstand arbeitete.

Wenn unter ihnen Kerzenfelder waren, mussten sie Venia genauso zusetzen und schwächen wie den Tunnelwurm. Vor allem aber musste Venia Angst haben, ebenso viel Angst wie die Schattenjäger. Früher wäre ihre Herkunft ein Freibrief gewesen, aber nun war sie das nicht mehr.

Vielleicht war sie es in Wirklichkeit nie gewesen. Sie hatte Venia schließlich auch nicht vor dem Trio geschützt. Tenebrae kämpften ebenso sehr gegeneinander wie gegen die Allianz. Der gleichen Spezies anzugehören war schließlich in keiner Welt eine Garantie für Sicherheit. Trotzdem waren Venias Schritte bewusst und überlegt und unerschrocken.

Vielleicht tat sie aber auch nur so, weil es in einer solchen Situation von einer Anführerin eben erwartet wurde.

Der Marsch dauerte eine Ewigkeit. Jede Sekunde mit hämmerndem Pulsschlag war Denizen in Schweiß auf die Stirn geschrieben. Fliesen fielen von den Wänden, doch Denizen tat es als Zufall ab, dass jede herunterfallende Scherbe einen der gemalten Schattenjäger die Stirn runzeln ließ, oder knurren oder durch den fehlenden Kiefer brüllen.

Als ein besonders gewaltiges Beben ein ganzes Mosaikgesicht herunterrutschen ließ, zuckte er zusammen und erkannte, wie sich plötzlich der Stein dahinter spaltete. Ein Auge wurde sichtbar, hell und weiß und glänzend blind.

Reglos beobachtete Denizen, wie sich eine Glasscherbe durch das Gallert des Auges bohrte, und dann von dem weichen Weiß zu einer senkrechten grünen Pupille gedrückt wurde.

Das Auge blinzelte und wurde schmal.

»LAUFT!«, brüllte Denizen und schickte mit dem nächsten Atemzug eine brodelnde Feuerwelle in das Auge. Dem Krater wuchsen Zähne, er brüllte.

Und dann rannten sie, Flammen blitzten auf, die Wände vor ihnen versuchten, sich zu schließen und sie zu verschlucken, doch als ein Pfeil an Denizen Ohr vorbeijagte und in den Mosaikkörper eines längst verstorbenen Schattenjägers einschlug, gaben sie den Weg wieder ein Stückchen frei.

Schwarz perlte zwischen den Fliesen heraus und wurde in Salven abgefeuert, die hart wie Kugeln, scharf wie Messer waren. Flossen und Wucherungen aus Erde kamen blind herausgestürzt, wurden jedoch sofort abgeschlagen oder weggebrannt. Das Innere der Bestie glühte plötzlich wie ein Ofen, ob es von den vielen Neulingen kam oder der Bestie selbst, konnte Denizen nicht sagen.

Zögerer klirrte in seiner Scheide. Hitze rann Denizens Wange hinunter, doch eine wesentlich größere Hitze kletterte von innen in seinem Schädel hinauf und wollte seinen Körper zur Umkehr und zum KAMPF zwingen. Der Tunnelwurm um sie herum heulte, und Denizen spürte eine entsetzliche und absurde Symmetrie zwischen ihnen, beide waren sie Geschöpfe, die durch Flammen in ihrem Inneren zerrissen wurden.

Doch dann stießen seine Hände gegen etwas anderes – etwas Kaltes, Regloses und Reales. *Eine Leiter.* Er klammerte sich schwer atmend daran fest, doch die Kälte, die durch seine Haut drang, reichte nicht aus, um das Inferno darunter zu löschen.

Die Mauern in Denizens Kopf stürzten ein, zerschmolzen in Sekundenschnelle. Eis verwandelte sich in Nebel, in Dampf. Das Feuer loderte plötzlich innerhalb seiner Befestigungsanlagen, vielleicht war es auch schon vor langer Zeit hineingekrochen oder nie weg gewesen. Er nahm die Neulinge nicht wahr, die an ihm vorbeirannten, er kümmerte sich nicht darum, dass sie ihn beim Hochklettern anrempelten und schubsten. Sollten sie doch rennen. *Sollten sie doch fliehen.*

LASS MICH EINFACH –

Vivians Hand packte ihn an der Kehle, dass es richtig weh tat. Die beiden Hardwicks starrten einander an, und vielleicht erkannte das Feuer die Frau, die Denizen beigebracht hatte, es zu kontrollieren … vielleicht tat es auch nur, was alle taten, wenn Vivian ihre finstere Miene aufsetzte – es flackerte und wurde kleiner.

»Keine Extravaganzen«, zischte Vivian, packte ihn an den Schultern und hielt ihn wie einen Flammenwerfer auf den Tunnel.

Geht klar, wollte Denizen sagen, traute sich aber erst im allerletzten Moment, den Mund zu öffnen. Es passierte mittlerweile so automatisch. Geschmolzenes Licht sprang aus seiner Magengrube hervor, und die Canti tauchten ein, um ihm eine Form zu verleihen.

Mit langer Übung, mit kalten Eisenhänden um die Kehle und die Schultern, mit der Konzentriertheit eines Croits und der Wut eines Hardwicks, vor allem aber *mit Erlaubnis*, bewegte sich die Festung in Denizens Kopf und baute sich wieder auf.

Ein Kanal. Eine Kanone.

Eine Flutwelle aus Augen und Fliesen und Steinzähnen toste auf sie zu, und Denizen Hardwick toste wie ein Vulkan zurück.

Danach war alles leicht verschwommen. Seine Füße hoben sich vom Boden, zunächst vom Rückstoß, dann, weil Vivian ihn sich über die Schulter warf. Er brachte nicht die Energie auf, sich dafür zu schämen. Diese wanderte komplett in den Wiederaufbau der zerschmolzenen Festung in seinem Kopf.

Und plötzlich spürte er Sonnenlicht – zur Abwechslung wollte es einmal nicht aus ihm herausexplodieren, sondern schien ihm ins Gesicht. Es war ihm sehr, sehr willkommen. Der Boden hätte für Denizens Geschmack gern noch fünfzehn Grad kälter sein können, aber dies war nicht der Augenblick, um wählerisch zu sein. Zumindest versuchte diese Erde nicht, sich Zähne wachsen zu lassen und ihn zu verdauen.

Jedes Blinzeln feuerte Plasma durch seinen Hinterkopf. Mit jedem Mal, mit dem er seine Macht herausließ, wurde es schwerer, sie zurückzuhalten. Wie schwierig würde es das nächste Mal sein?

»Denizen?«

Er blickte auf. Sie waren in der Stadt. Sie hatten es aus Tagesanbruch herausgeschafft. Über ihm ragte ein Turm auf, und dieser Turm besaß eine Hand, die nach ihm griff.

Denizens Worte kamen gerade erst zurück, die unirdische Sprache, die durch seinen Kopf getrampelt war, hatte sie ins Versteck getrieben. Aber weil das hier entschieden zu wichtig war, um es zu vermasseln, nahm er einfach Simons entgegengestreckte Hand, als sei damit alles gesagt.

»Alles in Ordnung mit dir?«

»Ja«, sagte Denizen und wimmerte, als Simon ihn auf die Füße zog. »Tut mir leid. Geht es dir –«

»Mir geht es gut«, sagte Simon. »Es geht uns allen gut. Außer … Stefan.«

Obwohl Denizens ganzer Körper in diesem Moment nur noch aus Schmerz bestand, versetzte es ihm einen weiteren Stich. Er hatte Stefan nicht gekannt. Bei ihrem früheren Zusammenstoß hatte Denizen absolut nichts über den Jungen erfahren, und das würde nun für immer so bleiben.

Die anderen hatten sich im Schatten eines großen Torbogens versammelt. Grey lief zwischen ihnen hin und her, begutachtete Verletzungen, flüsterte sanfte Worte und ging erst, wenn er dafür ein Lächeln oder Nicken erhalten hatte. Es entging Denizen nicht, dass manche Grey danach noch beobachteten und ihre Arme über die Stelle rieben, wo er kurz die Hand aufgelegt hatte.

Der Einstieg in die Katakomben war unter einem Gullydeckel verborgen. Vivian stand daneben, als ringe sie mit sich, ob sie ihn zuschmelzen sollte. Als Denizen ein wenig zittrig auf sie zuging, zuckte es leicht um ihren Mund. Es war ihre größtmögliche Annäherung an ein Lächeln.

Denizen erwiderte es. Eigentlich waren sie ein ziemlich gutes Team, selbst wenn …

Vivians Lächeln verschwand.

O nein.

Langsam und unter Schmerzen drehte sich Denizen um.

Venia plauderte mit einem der Neulinge. Ihr Gesichtsausdruck war eine perfekte Mischung aus völliger Erschöpfung und Beschwingtheit, dass sie überlebt hatte. Sie wickelte einen Verband um ihren verletzten Arm und Denizen wusste, dass sie stolz darauf sein würde, wie viele kleine Punkte Rot anschließend durchdringen würden.

Dieses Maß an Realität hatte vermutlich ein hohes Maß an Konzentration erfordert, und es erklärte, warum Venia weder den entsetzten Gesichtsausdruck des Neulings bemerkt hatte noch die Tatsache, dass wohl irgendwann eine Fliese den oberen Teil ihres Kopfes abgeschlagen hatte – wie ein Löffel, der die Spitze eines Eis abschlug.

Träge Spiralen von weißem Licht entflohen in den Wind.

Immer mehr Blicke fielen auf sie, und als Venia schließlich fertig mit ihrem Verband war, sah sie auf.

»Was ist denn?«

20

Oben wie unten

Das Morgengrauen schmolz wie ranzige Butter über Adumbral, der Tag sickerte über den Himmel.

Sie hatten sich in das ehemalige Wächterhaus geflüchtet. Die Elemente und die Zeit hatten die ehemals massiven Mauern ausgehöhlt, nun waren sie so dünn wie eine Eierschale. Sie würden nicht lange bleiben. Das hatte Vivian klargemacht, als sie Wächter postierte, die ihre Waffen auf die Fenster und Venia richteten. Nachdem sie Denizen mit finsterer Miene gebeten hatte, sich nicht von der Stelle zu rühren, war sie mit Grey nach oben gegangen.

Die Zurückweisung hätte weh tun sollen. Vor einem halben Jahr hätte Denizen sich einem langen und komplizierten inneren Monolog hingegeben, wie kalt eine Mutter sein musste, um jemand anderen über ihren Sohn zu stellen.

Doch nun war es einfach logisch. Sie musste sich der Schattenjäger unter ihrem Kommando sicher sein, und Grey hatte nun mal nicht den besten Ruf, was Zuverlässigkeit anbelangte. Es machte einen gewaltigen Unterschied, ob Grey Venia befreit hatte, weil er es für das Richtige hielt, oder ob er sie befreit hatte, weil sie ihn dazu gezwungen hatte.

Die Entscheidung, ob man Denizen vertrauen konnte, musste warten.

Er seufzte. Menschen konnten es spüren, wenn sie beobachtet wurden – eine prähistorische Begleiterscheinung aus der Zeit, als diese Eigenschaft einem das Leben retten konnte. Denizen lernte allerdings gerade, dass gänzliche Nichtbeachtung einen ähnlichen und doch umgekehrten Schauder hervorrief.

Sie sind einfach nur vorsichtig, redete sich Denizen zu. Wenn einem Vivian Hardwick befahl, Ausschau zu halten, dann hielt man Ausschau. *Ganz ehrlich, welcher Soldat würde seine Kameraden absichtlich in Gefahr bringen?* Ihre Aufmerksamkeit war allerdings gründlich. Um etwas nicht anzusehen, musste man wissen, wo es sich befand.

Dass selbst Simon sich so verhielt, schmerzte am meisten.

Die einzige Person, die ihn ansah, war Venia. Denizen gab sich alle Mühe, sie nicht anzuschauen, er wollte nicht den Eindruck erwecken, als würden sie heimlich Ränke schmieden. Allerdings fühlte es sich ein wenig so an, als würde man die Stalltür schließen, nachdem sich das Pferd in einen Tenebra verwandelt und jedermanns Familie aufgefressen hatte. Obwohl Venia nun wieder ihre wahre Gestalt angenommen hatte, sagte ihm der wirbelnde Tanz ihres Schattens an der Wand, dass sie sich ihm zuwandte.

Was sie wohl von allem hielt? Ob sie Angst hatte?

Wie konnte man keine Angst haben? Denizen hatte sein Leben lang versucht, andere zu verstehen, aber um aus den Tenebrae schlau zu werden, hätte er noch ein Dutzend Leben mehr gebraucht. Menschen arbeiteten zumindest alle mit denselben Gesichtsausdrücken, derselben Körpersprache – wohingegen jeder Tenebra einzigartig war.

Selbst Venia, die von allen Tenebrae, denen er bislang begegnet war, einem Menschen am ähnlichsten war, zeigte Widersprüche und Unstimmigkeiten, die Denizen immer wieder daran erinnerten, wie fremd sie war. Er war deshalb absurd froh gewesen, als sie die Züge seiner Freundinnen abgelegt hatte. Menschen waren keine … Requisiten. Man konnte nicht einfach in ihre Haut und ihr Lächeln schlüpfen und die gewünschte Rolle spielen.

Nach den wenigen Erfahrungen mit ihnen hatte Denizen gelernt, dass Tenebrae noch wesentlich furchterregender waren, wenn sie Gefühle und Reaktionen zeigten, die er *fast* nachvollziehen konnte. Er hatte es bei der Erlöserin erlebt. Und er hatte es am eigenen Leib in dem unsinnigen Hass des Trios erlebt.

Und er hatte es bei dem Ding jenseits des Einblicks erlebt. Es hatte es nicht auf ihn abgesehen gehabt. Es hatte es auch nicht auf die Allianz abgesehen gehabt. Eine Armee gegen den sichersten Ort im materiellen Universum anzuführen war bloß ein *Neben*effekt.

Es hatte es auf *sie* abgesehen gehabt –

»Denizen?«

Grey kam die Treppe herunter. Es war alles, was er sagte. Er sah ihn auch nicht an, als er an ihm vorbeilief, aber das war in Ordnung. Denizen gewöhnte sich allmählich daran.

Der Raum am Ende der Treppe war wohl eine Rüstkammer gewesen, an den Wänden waren hohe Metallgestelle angebracht, die Waffen waren allerdings längst verschwunden. Durch die Schießscharten fiel das Sonnenlicht in spitzen Goldbolzen herein.

Denizens Mutter hatte die Ärmel hochgekrempelt, darunter sah man das muskulöse Eisen ihrer Unterarme, an Dutzenden von Stellen hatte das Schwarz weiße Kratzer. Sie drehte ihm den Rücken zu und betastete gerade eine der Beulen. Denizen fragte sich abwesend, ob sie die Schnitte überhaupt noch spürte, oder ob der trennende Tribut Schmerz zu etwas Abstraktem gemacht hatte, etwas, das man einfach ignorierte?

»Lass mich raten«, sagte er mit einem verlegenen Lächeln, »du bist nicht wütend, sondern nur enttäuscht.«

Als sie ihn ansah, verschwand sein Lächeln. Es waren keine Tränen zu sehen. Vivian hatte genau einmal in seiner Anwesenheit geweint. Sie sah nicht einmal wütend aus, oder jedenfalls so nichtwütend, wie Vivian überhaupt aussehen konnte. Doch sie ließ die Schultern hängen und umklammerte den Stiel ihres Hammers, als wäre er ein Spazierstock oder eine Gehhilfe.

Was in Denizen hochkam, war mit dem Grauen verwandt, das ihn überkommen hatte, als die Tenebrae in Tagesanbruch eingedrungen waren, oder als das Schwarz vom wolkenlosen Himmel regnete. Es war das Gefühl, dass die Welt nicht war, wie sie sein sollte.

Vivian sah niedergeschlagen aus.

»Ja«, sagte sie bloß. »Das bin ich. Ich dachte, wir beide wären schon weiter.«

»Ich musste Venia retten«, erwiderte Denizen. »Du weißt ganz genau, wenn es hart auf hart gekommen wäre, hätte Greaves sie ausgeliefert, und der Thronräuber hätte sie einfach genommen und gelacht und uns trotzdem umgebracht. Es war das einzig Richtige. Es hatte nichts mit … *Gefühlen* zu tun.«

Bei dem Wort Gefühl zersplitterte seine Stimme, nicht aus Angst vor Vivian, sondern aus Angst, dass er ihr das angetan und etwas zerbrochen hatte, das er nicht wieder reparieren konnte, und dass sie ihn von nun an immer mit dieser leeren, gequälten Erschöpfung in den Augen ansehen würde.

»Wir wissen nicht, was Greaves getan hätte«, erklärte Vivian ruhig. »Du weißt es nicht und ich auch nicht. Wir wissen nicht, welche Hilfe Venia in Tagesanbruch hätte sein können, und sie wegzubringen wird Konsequenzen haben, die keiner von uns im Moment richtig absehen kann. Und du hast Grey genötigt, dir zu helfen. Auch das wird Folgen haben. Darauf wirst du dich gefasst machen müssen.«

»*Genötigt?*«, fragte Denizen erstickt. Das hatte er nicht getan. Das war ein Wort, mit dem er nicht mal ansatzweise in Verbindung gebracht werden wollte. Er hatte bloß …

»Er ist nicht einmal wütend, Denizen. Er möchte bloß niemanden mehr enttäuschen.« Sie schüttelte den Kopf. »Als hätte man da die Wahl.« Sie sah ihn wieder an, und die alte Vivian-Wut war zurück … aber gedämpfter, als hielte sie sie sowieso für nutzlos. Er machte ihm Angst, dieser Blick. Andere Leute gaben auf. Sie nicht. Nicht seine Mutter.

»Aber das meine ich auch nicht«, sie seufzte. »Warum bist du nicht zu mir gekommen?«

Denizen machte große Augen.

»Ich verstehe das, Denizen.« Ihre Lippen zuckten. »Nicht deine Loyalität zu diesem *Ding*, aber … Ich habe viel darüber gelesen. Über Gefühle. Es war bisher … kein Feld, mit dem ich mich beschäftigt habe. Und ich verstehe, dass du es gewohnt bist, Dinge mit dir selbst auszumachen. Musstest du ja, nachdem ich dich im Stich gelassen habe.« Ihre Stimme zitterte nicht, als sie das sagte, und Denizen wusste, dass sie recht hatte. Lange Zeit war Misstrauen nicht nur eine Gewohnheit, sondern ein Überlebensmechanismus für ihn gewesen.

»Wir erlernen Verhaltensmuster, die uns in Kriegszeiten dienen, und wenn dann der Frieden kommt, ist es so gut wie unmöglich, sie wieder abzulegen. Wir verlassen uns auf uns selbst, und zwar zu Lasten derjenigen, die sich auf uns verlassen.«

»Aber jetzt ist Krieg«, krächzte Denizen mit hilfloser Stimme.

»Genau«, antwortete sie. »Und wir brauchen alle Hilfe, die wir bekommen können.«

Sie standen eine ganze Weile da.

»Es tut mir leid«, sagte Denizen. »Ich werde mir mehr Mühe geben. Versprochen.«

»Danke. Und jetzt müssen wir –«

»Hättest du mir geholfen?«, fragte Denizen unvermittelt. »Wenn ich zu dir gekommen wäre, statt dich zu hintergehen?«

»Ich weiß es nicht. Aber ich hätte die Wahl gehabt. So hast du sie für mich getroffen. Wir müssen jetzt das Beste daraus machen.«

»Wie meinst du das?«

»An unserem Auftrag hat sich nichts geändert«, erklärte Vivian grimmig. »Wir müssen Adumbral verlassen, bevor Tagesanbruch fällt. Die Allianz muss zusammengetrommelt werden.«

»Was ist mit dem Unendlichen König?«, fragte Denizen. »Venia sagte –«

»Ja«, antwortete Vivian. »Das Ding hat alles Mögliche gesagt. Aber nichts davon hat Hand und Fuß. Nichts davon ist verwendbar. Ich traue dem Ding nicht, Denizen.« Sie seufzte. »Aber ich vertraue dir. Und wenn du glaubst, dass an dem, was es sagt, etwas dran ist … Dann werde ich es mir anhören.«

Und da war er, klein und heimtückisch. Ein Funken Hoffnung.

»Du meinst …«

»Es gibt andere Schattenjäger, die den Gegenangriff anführen können.« Sie bleckte die Zähne. »Ich war sowieso nie eine gute Teamspielerin.«

Der stürmische Stolz, den Denizen empfand, dauerte allerdings nicht lange, denn Grey rief von unten. Vivian sprintete los, und Denizen folgte ihr auf den Fersen. Im Erdgeschoss drängten sich die anderen um die nach Norden zeigenden Fenster und spähten nach draußen.

Venia stand allein an einem Fenster. Denizen ging zu ihr und stellte sich neben sie – nun war sowieso alles egal. Neuling und Prinzessin starrten auf den lichterloh brennenden Leuchtturm.

Qualm zerriss den cyanfarbenen Himmel, aus den Mauerrissen von Tagesanbruch dröhnte und blitzte Licht. Vivian zappte durch die Kanäle ihres Funkgerätes, aber es kam nur das Knurren atmosphärischer Störungen und etwas, das man für knisternde Flammen halten konnte.

»Wir müssen … Wir müssen …«

Grey stotterte, aber das Ende seines Satzes wollte nicht herauskommen. Wie auch? Hundert Schattenjäger bedeuteten mehr Feuerkraft, als Denizen sich überhaupt vorstellen konnte. Was konnten ein paar Kinder da noch hinzufügen?

Doch dann, genau wie beim Gesandten, sammelten sich die Tenebrae und verdichteten sich und *drückten.* Eine Seite von Tagesanbruch warf Blasen wie nach einem Sonnenbrand. Stein kreischte, als etwas in Rauchringen und herunterkrachendem Mauerwerk herausbrach. Das war keine Explosion.

Da schlüpfte etwas.

Denizen lebte und atmete in Fantasybüchern. Ihre Tropen waren das Mobiliar seiner Kindheit gewesen, doch den Schattenjägern beizutreten, hatte ihn in mancherlei Hinsicht ernüchtert: Vieles aus den Büchern hatte sich als falsch erwiesen. Magie war nicht magisch, Schwerter trugen keine Namen, Helden waren einfach bloß Menschen, und Monster konnten gutherzige Mädchen sein, auf deren Wange das Blut ihres eigenen Volkes zischte.

Und was sich aus der aufgeworfenen Wunde von Tagesanbruch herauswand, war kein Drache. Konnte es nicht sein. Drachen hatten anmutig zu sein und majestätisch und auf eigenartige Art schön, so klug und bezaubernd, dass man eher vor ihrer Stimme als ihrer Flamme gewarnt wurde.

Sie waren die Königsechsen der Fantasy, die jedes Buch von hier bis Crosscaper dominierten.

Tenebrae hingegen formten anomale Körper, auch dieses Geschöpf machte da keine Ausnahme. Sein Schwanz peitschte wie bei einem billigen Spielzeug in verkrampften, steifen Winkeln, seine ganze sechzehn Meter lange Gestalt war bunt gestreift und hatte seltsame, verkrüppelte Stacheln. Seine Flügel bestanden aus schartigen Bleiglasplatten, zersprungen und minderwertig, von feuchtem Schimmel überzogen, den Denizen von weitem riechen konnte und …

Es war der Tenebra aus dem Einblick, der versucht hatte, sich hindurchzustoßen, der schöne Eisenjunge, der sich aus einem stumpfen Knoten von Körpern erhob. Doch er war nur ein Teil der Bestie gewesen.

Nun sahen sie den Tenebra in voller Größe.

Der Drache war aus Körpern geformt. Eisernen Körpern. *Schattenjäger*körpern, allesamt miteinander verflochten und wie Toffee in eine gewundene tückische Form geschmolzen. Die herausstehenden Sporen waren sich sträubende Arme oder Beine oder Hände oder Köpfe, es sah aus, als wollten sie fliehen.

Kein Wunder, dass sich einer seiner Lakaien sofort auf den Asphodelienpfad gestürzt hatte.

Sie … Sie sammelten sich.

Dafür werde ich eure Knochen nicht verwenden.

Das Ding begann zu glucksen, leise und tief und schwarz, und Denizen, der sich früher wie besessen damit beschäftigt hatte, wie Fantasyautoren ihre Drachen gestalteten – vierbeinig, fledermausähnlich, mit weichen Schnauzen oder krokodilhaften – stellte fest, dass er angewidert die Zähne fletschte, weil sich der Schädel des Drachen wie eine Blume öffnete, wie ein Neunauge, wie eine Hand.

Er bekam nicht einmal eine manierliche Stimme auf die Reihe.

»Edifice«, flüsterte Grey in die schreckliche Stille und war schon halb zur Tür hinaus, doch dann war Vivians Stimme zu hören.

»Wo. Willst. Du. Hin?«

Er drehte sich nicht um. Sie musste handgreiflich werden, um ihn aufzuhalten. Eine Sekunde lang dachte Denizen, dass Grey sie schlagen würde. Seine Brust hob und senkte sich, seine Schwerter hingen halb aus den Scheiden … doch Vivian machte keinerlei Anstalten, sich zu schützen. Sie warf ihm nur einen scharfen Blick zu.

»Er hat dir einen Auftrag erteilt, Graham«, flüsterte sie. »Und er kann seine Arbeit nur machen, wenn wir unsere erledigen. Willst du seinen Befehl missachten oder nicht?«

Grey schüttelte sie ab und rammte beide Schwerter in ihre Scheiden zurück. Anspannung surrte zwischen ihnen, die Temperatur stieg, als zwei eingesperrte Sonnen um Vorherrschaft kämpften. Nach einer Weile schüttelte er den Kopf.

»Für dich ist es einfach, was? Erst deine Pflicht zu vernach-

lässigen und dann wiederaufzunehmen? Als wäre sie ein gott-
verdammtes Schwert?«

Vivian gab keine Antwort. Sondern wandte sich an die versammelten Neulinge.

»Es hat sich nichts geändert.«

Hinter ihnen kreiste noch immer der Thronräuber, er ritt
auf der Thermik des Todes von Tagesanbruch. Sein Glucksen
war feucht und obszön.

Veeeeeeniiiiiiaaaaa.

21

FLUGBAHN

»Und … Wie geht es dir?«

Die Kerzenfelder an der Decke der Basilika zwinkerten wie die Augen Tausender schlafender Fledermäuse. Abigail hatte sie sich früher als Armee in ihrem Rücken vorgestellt. Nun erinnerten sie sie bloß noch an gefallene Soldaten.

Und je mehr Soldaten fallen, umso wahrscheinlicher wird es für die anderen.

Ihre Mutter hatte ihr beigebracht, dass man kämpfte, wenn es nötig war. Man verschwendete weder Haut noch Blut, nicht nur weil Schattenjägerblut kostbar war, sondern auch, weil eine Armee durch Moral überlebte, und je größer der Verlust war, desto höher war die Wahrscheinlichkeit einer Niederlage.

Wie viele Kerzenfelder würden wohl nötig sein? Gab es einen Punkt, an dem es umschlug? Es war ja nicht so, dass die Allianz irgendwann einmal herumexperimentiert hätte. Wenn Teile der Welt aus der Welt herausfielen, ging man normalerweise kein Risiko ein. Abigail konnte sich nicht einmal vorstellen, wie es aussehen würde. Würden sich die Schatten wie ein Ölteppich ausbreiten, alles vergiften, was mit ihnen in Berührung kam? Würde das ganze Land versinken wie das sagenumwobene Atlantis? Oder würde die Sonne einfach eines Tages unter- und nie wieder aufgehen?

Es dauerte einen Moment, bis sie mitbekam, dass Matt etwas gesagt hatte. »Was?«

Er zuckte die Achseln. »Wie … Wie geht es dir? Wie findest du alles, wollte ich sagen. Du weißt schon. Bevor das hier passiert ist. Ein Neuling zu sein und … so.«

Sie runzelte die Stirn. Das fahle Kerzenlicht hatte sich in seinen langen blonden Haaren verfangen und goss Schatten auf seine eingefallenen Wangen. Eine Sekunde lang sah sein Gesicht aus, als sei es nicht zu diesem arroganten Feixen fähig, das er seit ihrer ersten Begegnung zur Schau trug.

Er hatte sie auf dem falschen Fuß erwischt. Abigail antwortete nicht gleich. Es war nichts, worüber sie sich häufig Gedanken gemacht hatte. Sie war an dem Ort, wo sie hingehörte. Nicht in dieses Grabmal aus Marmor und Stein, sondern *hierher*, erst in die Seraphim Row und dann auf Tagesanbruch. Das Ziel aus den Augen zu verlieren hielt einen davon ab, die letzten zweihundert Meter zu laufen, den letzten Situp zu machen oder die letzte Rumpfbeuge.

»Es ist der Ort, wo ich hingehöre.«

Matt nickte. »Jaaa. War ja auch nicht anders zu erwarten. Du bist ja schließlich eine Falx.«

»Oh, mit einem Mal erinnerst du dich an meinen Nachnamen«, sagte Abigail mit einem halbherzigen Grinsen.

»Na ja … Bevor ich hergekommen bin, habe ich alle recherchiert.« Matt blickte auf seine Hände. »Die Falx. Waren Schattenjäger seit ungefähr … was, dem zehnten Jahrhundert?«

»Wie hast du …«

»Und dann Eds Familie … Sogar noch länger? Falls das überhaupt möglich ist. Dasselbe gilt für Stefan, Patricio, Ulver … Eure Stammbäume müssen wie Nervensysteme aussehen. Ich ... Ich kann mir nicht vorstellen, wie ihr da noch durchblickt.«

Er hatte sie immer noch nicht angeschaut.

»Mann, du solltest mal unsere Garnison sehen. Die Vierte Gruft von Edinburgh – ganz in Eiche und poliertem Stein. Du hörst ›unter der Erde‹ und stellst es dir kalt und feucht vor, aber jeder Winkel ist mit Teppichen ausgelegt, und überall sind Kissen und Gobelins. Und an einer Wand haben wir diese Tafel. Der Stammbaum jedes Schattenjägers von dem ersten Moment an, als der Erste seine Vorfahren erwacht ist. Es ist ... Es ist echt beeindruckend.«

»Bestimmt«, antwortete Abigail.

Sie hätte mehr sagen sollen – es war einer dieser Momente. Es lag nicht daran, dass Abigail nicht mit Menschen umgehen konnte, sie waren nur einfach kompliziert und sie ... nicht. Es sparte Energie – *halte dich nicht mit Kleinigkeiten auf.* Ihr Ansatz war ein hübscher Kontrast zu Denizens, der sich extrem mit Kleinigkeiten aufhielt, und Simons, der sich ihrer Philosophie von der entgegengesetzten Seite genähert hatte.

Sie geriet nicht wegen Kleinigkeiten in Panik, weil noch so viel passieren konnte, Simon geriet nicht in Panik, weil schon so viel passiert war.

Sag etwas. Nimm irgendetwas Unverfängliches.

»Was ist mit deiner Fam–«

»Wir sollten aufbrechen«, unterbrach Matt, zog seinen Schuh an und stand auf. »Tagesanbruch ist nicht weit von hier, oder?«

»Nein«, sagte Abigail, verblüfft von seinem abrupten Themenwechsel. Bisher wusste sie über Matt nur eines mit Sicherheit: Sein Lieblingsthema war er selbst.

Tagesanbruch hob sich vom Horizont ab, ganz gleich, wo man in Adumbral stand. Es zu finden war leicht gewesen – hinzukommen hatte sich jedoch als anstrengend herausgestellt. Sie hatten in der Basilika angehalten, um wieder zu Atem zu kommen, offiziell, weil gute Soldaten mit ihren Kräften haushielten, aber auch, weil sie bald vor Greaves würden erscheinen müssen, und er würde sie vermutlich wesentlich ernster nehmen, wenn sie nicht völlig außer Puste waren.

Natürlich wird er dich ernst nehmen. Du überbringst schließlich wichtige taktische Informationen. Er kennt dich.

Und eine andere Stimme, müde vor Bosheit.

Aber weiß er, dass du deine Kameraden im Stich gelassen hast? Wie willst du ihm das erklären?

Und Greaves war nicht einmal ihre größte Sorge. Ihre Malleus hatte sie öfter ausgefragt, als sie noch mitzählen konnte, und kein einziges Mal hatte sich auch nur ein Anflug von Enttäuschung in Vivians Augen gezeigt.

Wie soll ich es ihr erklären?

Drüben schwoll Tagesanbruch an, die triumphierende Turmspitze erstickte für einen Moment Abigails Zweifel, auch wenn …

»Ist das Rauch?«, fragte Matt. Aus den Schießscharten stahlen sich dünne Spuren von Schwarz und Grau, die den Himmel zerknitterten.

»Es sieht aus, als –«

Das Ende des Satzes wurde von einem Ächzen verschluckt, so erderschütternd laut, dass es ihre Organe durchrüttelte und eine tiefe Übelkeit in ihrer Magengrube hinterließ. Mit einem Mal warf sich die Erde auf, und sie lag auf dem Rücken.

Wann war das passiert? Sie lag auf dem Rücken, und am Himmel zogen Felsen vorüber. Abigail starrte sie völlig verblüfft an. Staub hinter sich herziehend, träge wie Wolken taumelten sie –

In einigen Felsbrocken waren Fenster. Sie begannen herunterzufallen.

Der erste Brocken löschte eine Ladenfront sechs Meter weiter aus und bedeckte Abigails ausgestreckten Körper mit Schotter und Staub. *Nein.*

Nein, er hatte den Laden nicht ausgelöscht – er ersetzte ihn. So groß waren die Bruchstücke. Der Brocken schaukelte ein wenig, als er sich festsetzte, ebenso unsicher wie Abigail, als sie sich aufrappelte. Sie wandte den Blick ab und starrte auf Tagesanbruch – viergeteilt wie ein zerschmetterter Schädel, die Grüfte bloßgelegt, die Treppen abgeschnitten wie durchtrennte Adern.

Es war erschreckend. Es war … Es war ein *Affront.* Tagesanbruch war die Allianz. In einer Welt, die nicht wusste, dass es sie gab, war es der einzige Ort, den eine Sekte von Wanderern ihr Zuhause nennen konnte.

Ein großes Stück der Festung wirbelte noch immer wie ein verkehrt herum fliegender Komet nach oben, es sah aus wie ein verzweifelter Versuch, dem zu entfliehen, was gerade unter ihm geschah.

Abigail dachte in Flugbahnen. Darauf hatte man sie trainiert. Vor elfhundert Jahren war von dem ersten Falx, der hierherkam, eine Bogensehne gespannt worden, und nun war sie die Pfeilspitze, die abgeschossen wurde.

Doch alles, was hochflog, kam auch irgendwann wieder herunter. Die Schwerkraft wartete immer. *Manchmal ist man machtlos.* Und nun zog die Schwerkraft Meteore zu ihr he-

251

runter; die Reste der Wandteppiche, die noch an den Mauerstücken hingen, sahen aus wie die Federn eines ermordeten Vogels.

Größer und größer und –

Als sie etwas von der Seite traf, freute sich Abigail beinahe, denn ihr Hirn registrierte etwas, dem sie weh tun konnte. Sie versetzte ihm ein paar gute Treffer, bevor der Schutt in einer Wolke von Kopfsteinen herunterknallte, die Abigail in Stücke gerissen hätten, wenn sie nicht vorher jemand zu Boden geworfen hätte.

Über ihrer Taille lag ein Arm. Sie starrte ihn eine ganze Weile verständnislos an, bis ihn der Besitzer zurückzog.

»Du hast mich gerettet«, sagte sie.

»Jawohl«, erwiderte Matt, offenbar ebenso überrascht wie sie. »Das habe ich.«

Staub rieselte herab und malte sie pompejigrau. Matt nahm ihre Hand, vielleicht nahm sie auch seine, und sie zogen sich gegenseitig in Deckung, als aus der riesigen Wunde in der Seite von Tagesanbruch Lärm kam, klar und kalt und radioaktiv vor Schadenfreude.

VEEEEEEENIIIIIIAAAAAA...

Die Neulinge duckten sich, als sein Schatten über sie zischte und ein einzelner brutaler Flügelschlag sie auf den Rücken warf. Nun schwitzte Abigail, klamm und kalt. Der Tenebra sah sie nicht, selbst dann nicht, als er im Flug schmierige Luft über sie schwemmte, selbst dann nicht, als sie beide plötzlich von Kaskaden spröder Fäden durchnässt wurden, die wie geschwärztes Stroh aussahen.

Sie schauderte, als sie sich auf ihrer Haut auflösten. Sie sahen aus wie ...

Wimpern.

VEEEEEEENIIIIIIAAAAAA...

»Bitte. Bitte. Bitte.«

Abigail wusste nicht, wer von ihnen flüsterte, oder wie lange sie dort lagen und beinahe beteten, dass ein weiterer Brocken herunterfallen möge. Damit sie auf einen Schlag tot und begraben wären, verborgen vor dem Grauen am Himmel.

Abigail konnte die Kemenate der Neulinge erkennen – ein Bienenstock von Zellen, der nun nackt in die Luft ragte. Das Riss-Monstrum hatte sich wie eine Larve durch die Burg gewunden und nach draußen genagt. Während Abigail dort lag und beobachtete, wie seine Umbra schwächer wurde, verspürte sie plötzlich dieselbe Verlegenheit, als wenn sie aus Versehen bei jemandem in die Dusche geplatzt wäre. Festungen wurden eingenommen. Sie wechselten Besitzer.

Sie wurden nicht in Stücke gerissen.

»Hier sind Überlebende! Überlebende, hier!«

Die Stimme war so herrlich, profan *menschlich*, dass Abigail am liebsten losgeheult hätte. Als Hände ihre fanden und sie hochzogen, klammerte sie sich wie an einem Rettungsseil an ihnen fest. Doch dann sah sie das Gesicht der Schattenjägerin, und die flüchtige Beruhigung war verschwunden.

Blaue Flecken bildeten Sturmwolken um ihre Augenhöhle, auf ihre Wange nässte eine rote Platzwunde. Es gab kein Stückchen Haut an ihr ohne Ruß oder Staub oder Blut in verschiedenen Trocknungsstufen, doch keine ihrer Verletzungen ließ sie so zittern wie die Tränen auf ihren Wangen.

»Was ... Was ist hier los?«

Ihre Stimme klang kläglich, kratzig vor Verwirrung und Staub. Die Schattenjägerin sprach, aber nicht zu ihr.

»Bringt sie zum Palatin. Schnell.«

253

Es war früher eine Kapelle gewesen, zu welchem Gott oder welcher Göttin hier gebetet worden war, konnte Abigail nicht sagen. Als Matt und sie hereingeführt wurden, stand der Palatin in einem Kreis von Schattenjägern; er blickte nicht auf.

Greaves war kaum zu erkennen, unablässig flüsternd erteilte er Befehle, und die Schattenjäger eilten quasi schon davon, bevor die Worte überhaupt aus seinem Mund waren. Andere wurden verbunden oder inspizierten Waffen oder breiteten Landkarten auf dem Boden aus.

Etwas hatte Edifice Greaves' linken Arm am Ellbogen abgebrochen, zurückgeblieben war ein zersplitterter Stumpf aus Schwarz und vernarbtem Weiß. Er schenkte ihm keinerlei Beachtung.

»Sir?«

Eine Malleus mit einem weißen Haarschopf, der kaskadenähnlich über ihre dunkle Kopfhaut fiel, drehte sich um und grüßte die Schattenjägerin, die Matt und Abigail hereinführte. Normalerweise hätte der missbilligende Blick einer Malleus genügt, um Abigail still stehen zu lassen, aber sie war derart müde, dass sie bloß starrte, ihre Augen sahen vor Erschöpfung und Staub alles verschwommen.

»Nicht jetzt, Middlehurst. Wir –«

»Ich habe zwei Überlebende gefunden. Zwei Neulinge.«

Abigail hatte nicht angenommen, dass Greaves von ihrer Anwesenheit wusste, doch plötzlich öffnete sich der Kreis, und er kam auf sie zu. Als Matt erschöpft und krumm salutierte, zerrte ihr Muskelgedächtnis an ihr, und sie nahm Haltung an.

»Palatine, ich möchte berichten –«

»Vivian«, schnauzte Greaves. »Hat sie es rausgeschafft? Warum habt ihr euch geteilt? Ist Venia noch –«

»Wir waren nicht mit Venia zusammen«, unterbrach ihn Abigail. »Wir …«

Coiled vor der Wand in Stücke gerissen.

Glaubst du, dass du gut genug bist –

»Wir wurden getrennt«, sagte sie. »Ist … Ist Vivian nicht hier?«

Ihre Malleus. Ihre Malleus war fort, und Abigail war nicht bei ihr.

Greaves' Gesicht war vor Enttäuschung verzerrt. »Nein, Abigail Falx, ist sie nicht.« Sein Blick wanderte zu Middlehurst. »Gib ihnen Waffen.«

Er beugte sich vor und kritzelte etwas auf einen Zettel, der ihm entgegengehalten wurde, dann schloss sich der Kreis, als würden die Neulinge überhaupt nicht existieren. Middlehurst legte ihnen die Hände auf die Schultern, aber Abigail machte sich los.

»Greaves! Sie müssen zuhören – der Gesandte zerstört die Kerzenfelder! Er versucht, Tenebris hereinzulassen. Sie müssen zuhören –«

Greaves schüttelte bloß den Kopf.

»Der Gesandte wurde nicht mehr gesichtet, seit er durch den Riss eingedrungen ist. *Tagesanbruch ist gefallen.* Wir werden an einem Dutzend verschiedener –« Plötzlich wurde ihm bewusst, dass alle Augen auf Abigail und ihn gerichtet waren, und er nickte Middlehurst zu.

»Schaff sie hier raus.«

»Was ist wichtiger als die Kerzenfelder? Wenn sie – Palatin?«

Doch der Kreis hatte sich bereits geschlossen.

22

Raubtiere

Sein Name war Drache.

Flügelschläge wie Donner, jeder Zusammenprall von Eisen und Luft ohrenbetäubend, trommelfellzerreißend laut. Staub keuchte die Straßen hinunter, ließ Augen brennen und Kehlen kratzen, bevor er wieder zurückgekrächzt wurde, als wolle er ein zweites Mal Schaden anrichten – Atem aus einer infizierten, aus dem letzten Loch pfeifenden Lunge.

Bloß Drache. Nichts weiter.

Im Flug rüttelte er mit den Klauen an Hausdächern und Denizen, der sich von Hauseingang zu Hauseingang pirschte, malte sich die ganze Zeit hilflos aus, welchen Schaden das den Körpern zufügen musste, die er für seine Krallen gestohlen hatte – es war bloß eine weitere Beleidigung, die Drache der Allianz ins Gesicht schleuderte.

Drache. Ein monströser Name für ein monströses Ding.

Ich kann dich *riechen*, Venia. Ein leichter Hauch unter dem Gestank von Kerzenwachs.

Sein Knurren bohrte sich geradewegs in Denizens Knochen. Vivian führte ihre zitternde Prozession an. Jedes Mal, wenn Draches Gestalt den Himmel verdunkelte, ging sie schnell in Deckung. Konfus von Todesangst und Tenebris hatte Denizen allmählich das Gefühl, sie würden dem Monster folgen –

und darauf warten, dass der Schatten des Reptils über ihre Köpfe hinwegglitt, damit sie hinterherhuschen konnten … bis es sich erneut in die Kurve legte und die Schattenjäger sich wie Mäuse im Schatten eines Tigers versteckten.

Du bist hier, nicht wahr? Du hast es nicht ausgehalten ohne sie. Du hast dein Banner mit ihrem verbunden. *Erbärmlich.* **Du und deine Hoffnung, der Gesandte und seine Rache …**

Richtig, da war noch ein Tenebra irgendwo in der Stadt, oder? Denizen konnte sich nicht mehr erinnern. Da waren der Gesandte, Greaves, und Abigail und Darcie – *sie haben es herausgeschafft, sie mussten es herausgeschafft haben, sie waren seit dem ersten Tag immer zwei Schritte voraus gewesen –* im Moment war Denizens ganze Wahrnehmung allerdings auf die geballte Faust beschränkt, die Vivian in die Höhe hielt.

Wie un-majestätisch.

Es konnte sich nur um Minuten handeln, bis Drache – wie eine Peitsche zwischen Schulterblätter – erneut über sie hinwegfegen würde, und dann würde diese Faust vorschnellen und den Befehl erteilen, so schnell wie möglich irgendwo in Deckung zu gehen.

Warum machst du dir die Mühe, kleines Mädchen? Ist es so schwer, sich die Menschheit abzugewöhnen?

Drache war vor einer Stunde aus Tagesanbruch herausgebrochen. Seitdem flog er im Kreis, rief, *höhnte* von Zeit zu Zeit Venias Namen, als erwarte er, dass sie herausgeeilt käme und sich ihm entgegenstellen würde. Denizen hätte nie gedacht, dass man ein Wort auf so viele unterschiedliche Arten aussprechen könnte. Als Beleidigung, als Versprechen, als Strafe, als verzweifelte Bitte –

Veeeeniiiiiaaaaaa. **Hast du … überhaupt die Wahl?**

257

Es war unmöglich, sich an die Stimme des Tenebra zu gewöhnen. Wann immer man glaubte, man habe sie unter Kontrolle, riss sie sich los und attackierte einen – wie ein Virus – wenig später mit doppelter Wucht. Denizen hatte sich für fast immun gegen ihre Bösartigkeit gehalten, doch nun klang sie plötzlich … traurig.

Hat das einer von uns beiden?

Ungefähr zwanzig Jugendliche pressten sich flach an die Mauer eines eingestürzten Getreidespeichers und versuchten, sich so klein wie irgend möglich zu machen. Grey und Vivian waren ein Stück weiter, Simon hinter ihm, alle anderen waren für Denizen nur sensorische Daten, Hindernisse, die er überwinden oder vermeiden musste. Als sie wie Ratten auf das Aureliustor zuhuschten, sagte es viel über Denizens Angst aus, dass er nicht einmal erleichtert war, dass sich niemand mehr Sorgen wegen Venia machte.

Oh, sie war noch immer bei ihnen – wie ein Traum, der von Sonnenlicht aufgelöst wurde, flitzte sie neben ihnen her, aber er hätte mutig oder wahnsinnig sein müssen, um ausgerechnet in diesem Moment eine Frage zu flüstern. Denizen hatte gerade neben zwei Freunden von Stefan gekauert, ihre Tränen flossen zwar noch reichlich, aber ihre Gesichter waren unbeteiligt und entschlossen.

Als das Ungeheuer über ihren Köpfen kreischte, trieb Vivians Faust sie keuchend und taumelnd zum Schatten einer Ladenfront. Denizen bekam demonstriert, wie viele Teenager man bequem auf engem Raum zusammenpferchen konnte, er stemmte sich in den Boden, um nicht von den Ellbogen herausgestoßen zu werden, die meuternd seine Wirbelsäule hinaufkletterten.

SIEH MICH EINFACH AN!

Die Worte wandelten sich von einem Schrei zu einem Sturzflug und dann zu einer Explosion, die Denizens Herz gegen seinen Gaumen schleuderte. Der Knoten aus Neulingen verwandelte sich in einen einzigen Organismus, der kläglich gegen sich selbst kämpfte, und dann ergossen sie sich in die Dunkelheit eines verlassenen Ladens.

Auf Leuten zu landen, die eine Ausbildung bei der Allianz durchlaufen hatten, war nur unmerklich weniger schmerzhaft, als auf Stein zu knallen, was zufälligerweise das war, worauf Denizen gelandet war. *Ein Gebäude*, dachte er mit undeutlichem Entsetzen, *das Monster hat sich auf ein Gebäude gestürzt.* Zwar nicht auf das, in dem sie sich gerade aufhielten, trotzdem wurde Denizen klar, dass die Illusion von Sicherheit, die ihn bei Verstand gehalten hatte, eben nichts weiter war als eine Illusion.

»*Aufstehen*«, zischte Vivian. Sie hob große, zähe Staubhaufen vom Boden auf und verschmierte sie grob auf den Gesichtern der Neulinge. *Tarnung.* Oder ein Vorwand, um sie mit einem sanften Klaps zur Vernunft zu bringen – aber es funktionierte. Die Jugendlichen stellten sich schwerfällig in einer Reihe auf, um ihr von neuem zu folgen.

Mit bedächtigen, vorsichtigen Bewegungen verteilte Hagen grauen Staub auf seiner dunklen Haut, seine Augen brannten aus einem Nest von Narben. Nach einem kurzen Blickkontakt wandte sich Denizen schnell wieder ab.

Über die anderen Neulinge kannst du dir später Sorgen machen. Versuche erst mal die Freunde zu behalten, die du hast.

Wie gerufen erschien Grey in der Türöffnung und flüsterte hektisch mit Vivian. Denizen ging langsam auf sie zu, doch kaum hatte er den ersten Schritt gemacht, hob seine Mutter schon die Faust, und alle blieben wie angewurzelt stehen und dann –

MIR WIRD ALLMÄHLICH LANGWEILIG, VENIA.

Draches Stimme überschlug sich, die Anstrengung, sie durch seine zusammengesetzte Kehle zu pressen, ließ sie zu einem Brüllen anschwellen. Denizens Schultern kribbelten, als er über sie surrte; Vivian reckte die Hand und trieb die Neulinge erneut in die Gefahr hinaus.

Außer Denizen.

In seinem Kopf herrschte noch immer der konstante Druck der Canti, die alle möglichen pyrotechnischen Lösungen für seine akuten Probleme vorschlugen. Dazu kamen die unzähligen Sorgen um seine Freunde und seine Zukunft und seine Familie. Jede für sich allein wäre schon ein perfekter Grund für eine leichte Angststarre gewesen … aber es lag nicht daran.

Er rührte sich nicht, weil er Schluchzen hörte.

Es war ein leises Geräusch, das einen nicht losließ – die Tränen von jemandem, der nicht gehört werden wollte. Es war schmerzlich vertraut.

Crosscaper. Diese Art Weinen war der Soundtrack von Denizens Kindheit gewesen. Bevor er recht wusste, was er tat, stieg er schon die Treppe im hinteren Teil des Ladens hoch. In Crosscaper gab es bei dieser Art Weinen zwei Möglichkeiten: die Privatsphäre des anderen zu akzeptieren oder ihm eine helfende Hand entgegenzustrecken.

Denizen war nie der Kandidat für eine helfende Hand gewesen. Oder jemand, der eine solche brauchte – er hatte Simon und seine Bücher, und das war immer genug gewesen. In Crosscaper hätte er einfach abgewartet, bis das Geräusch verstummt wäre, oder hätte jemand anderen sich darum kümmern lassen. Außerdem kreiste Drache wieder und … er hatte auch schon so geweint.

Das zweite Stockwerk des Gebäudes war ein leeres Viereck mit einem Gitter aus Sonnenlicht und herumwirbelndem Staub. Aus den Ecken blinzelten mehrere Kerzenfelder. Eine Wand war weggebrochen, das klaffende Loch war groß genug, dass Denizen bei dem Gedanken, dass er von oben zu sehen war, erstarrte.

In der Mitte stand Simon, der Wind blies ihm die Haare aus dem Gesicht.

Denizen ging einen Schritt auf ihn zu. »*Was machst du –*«

Simon ließ eine Hand durch die Luft sausen, Denizen blieb wie angewurzelt stehen. Nicht, weil so viel von Abigail in dieser schroffen Geste lag, sondern weil er nun nah genug war, um zu sehen, dass es gar nicht Simon gewesen war, der geweint hatte.

Ein Neuling saß am Rand des zweiten Stocks, die Beine baumelten über die Kante, sein Blick war auf Tagesanbruch und den Rauchschleier gerichtet, der über dem Riss im Mauerwerk lag. Nicht einmal der Regenponcho konnte ihn breiter machen, das kurzgeschnittene Haar flatterte in der Brise.

Er sah Denizen nicht an, als dieser näher kam, aber seine Augen waren so weit aufgerissen, dass es vermutlich auch nicht nötig war. Diese riesigen, starrenden Augäpfel hätten die ganze Stadt aufsaugen können.

»Ed«, mahnte Simon, vierzehn Jahre Gelassenheit wurden in eine einzige Silbe gepresst. »Wir müssen gehen.«

»Ich will es nur noch einmal sehen.« Eds Stimme wurde fast vom Wind und dem Abgrund verschluckt.

Jedes bebende Molekül in Denizen wartete auf den Flügelschlag, der sie übertönen würde. Wann hatte er es das letzte

Mal gehört? Glitt Drache vielleicht sogar jetzt gerade über sie hinweg, eulenstill mit feinem Gehör?

»Ich habe mein ganzes Leben darauf gewartet, hierherzukommen. Meine Eltern haben mich nie hergebracht; sie sagten … Sie sagten, es sei …«Der Junge lachte auf. »Sie sagten, sie wollten nicht, dass ich zu früh mit Tenebris in Berührung komme.«

»*Ed*«, zischte Denizen, doch als die rosigen Finger auf der Kante weiß wurden, zuckte er zusammen. Er hatte vergessen, dass Hände so etwas taten. *Ist Ed überhaupt irgendwo vom Tribut gezeichnet?*

»Du kannst es doch sehen. Es ist genau vor dir.«

»Ist es nicht«, fuhr Ed ihn stotternd an. »Nicht so, wie es sein sollte.« Die Tränen liefen ihm übers Gesicht, ohne dass er ihnen Einhalt geboten hätte. »Es hätte für immer sein sollen. Das war … Das war unsere Aufgabe. Und nun fällt Tagesanbruch, und dieses *Ding* lacht uns aus.«

Nur ein Schlag. Mehr wäre nicht nötig. Wenn sich diese gewaltigen Schwingen hoben, würde der Sog Denizen, Simon und Ed vermutlich wie Pusteblumensamen herausreißen und im Windschatten des Tenebra herumwirbeln.

»Genau so werden wir verlieren«, sagte der Neuling. »Nach so langer Zeit werden wir so verlieren.«

»*Ed, geh bitte von dieser Kante weg*«, sagten Denizen und Simon gleichzeitig, und endlich drehte sich Ed um und musterte sie mit einem finsteren Blick, der Vivian oder Greaves oder Uriel Croit, dem Sohn einer Familie, die seit fünfzehn Jahrhunderten für den Kampf brannten, alle Ehre gemacht hätte.

»Ich werde schon nicht springen. Ich bin ein de Montfort. Ich werde tun, was getan werden muss. Ich werde kämpfen.

Wenn es sein muss, werde ich gegen Drache kämpfen. Ich wünschte nur … Ich wünschte nur, es hätte irgendeinen Sinn.«

Simons Gesicht war grau. »Wie meinst du das?«

Ed schüttelte bloß den Kopf. »Keiner von euch beiden ist hindurchgetreten, oder? Keiner von euch hat gesehen, was auf der anderen Seite ist.«

Der Einblick. Ed war hindurchgegangen. Was hatte er gesehen? Und warum machte es ihm größere Angst als das, was über ihren Köpfen kreiste?

Würde mich interessieren, wie du es beschreibst.

Staubflocken drehten sich träge, als Venia sich mit einem Seufzer aus der Luft zwischen Ed und dem Abgrund drehte. Ed machte große Augen, doch bevor er zurückweichen oder reagieren konnte, streckte die Tenebra schon die Hand aus und irgendein tief in seinen Knochen sitzender Autopilot brachte Ed dazu, sie zu ergreifen. Bei der Berührung durchlief ihn ein Schauder. Venia schüttelte einmal vorsichtig seine Hand.

Das habe ich noch nie gemacht, erklärte sie. Ihre Stimme klang wie unter den Füßen knirschender Frost, ihre glitzernde Gestalt ließ Tagesanbruch so undeutlich werden, dass es für unversehrt hätte durchgehen können. **Freut mich, dich kennenzulernen.**

»Wir müssen los«, fuhr Simon sie an. Denizen hatte sich so viele Gedanken darüber gemacht, dass sein Freund böse auf ihn war, dass er sich kein einziges Mal überlegt hatte, wie böse Simon wohl erst auf Venia sein mochte. »Wir haben keine Zeit für –«

Eds Mund stand noch immer offen, er sah aus, als wolle er etwas sagen, schien aber vergessen zu haben wie. Eine alberne Sekunde lang war Denizen ebenso eifersüchtig wie extrem verlegen.

Sehe ich auch so aus, wenn sie mit mir redet?

Ich wollte dir noch etwas sagen.

Du hast nicht das Beste von unserem Reich gesehen, sagte Venia und bewies neben ihren zahlreichen anderen Talenten eine erstaunliche Fähigkeit zur Untertreibung. **Bevor unsere Sonne gestohlen wurde, war Tenebris kein dunkler Ozean, sondern eher ein ... Mosaik, vielfarbig ... Körper und Gedanken waren in ständiger Bewegung und konnten sein, was immer uns der Moment und das Multiversum auftrugen zu sein.**

In Eds Stimme lag ein Zittern, das nichts mit Angst zu tun hatte.

»E-echt?«

Venia kicherte, das Geräusch war so unpassend wie Vogelgezwitscher in einem Kriegsgebiet.

O ja. Unendliche Welten, unendliche Möglichkeiten. Ein *Omniversum*, das sich endlos fortsetzte. Mein Vater hat mir früher Geschichten darüber erzählt – ein paar waren überfüllte, flegelhafte Dinger, andere verschachtelte feine Maschinen, manche waren einfach leer ... und warteten.

Stell dir all die Möglichkeiten vor. Stell dir all die Gärten vor, die nur darauf warten zu wachsen.

»Dein Vater hat dir Geschichten erzählt?«

Das tun doch alle Väter.

»Mein Vater hat mir erzählt, dass jedes Monster auch gute Seiten hat.« Eds Stimme war ein Flüstern. »Und dass wir sie nach Tenebris zurückschicken, damit sie über diesen kleinen Funken nachdenken und in anderer Gestalt zurückkommen können.«

Der Unterschied zwischen flackerndem Licht und einem

zögerlichen Lächeln fiel nur jemandem auf, der so lange an Venias Gesicht gedacht hatte.

Da lag dein Vater richtiger, als ihm bewusst war. In Tenebris ist wesentlich mehr Licht als Dunkelheit. Selbst die Dunkelheit ist nicht so schlimm. Licht schafft Dunkelheit. Es braucht sie. Es braucht …

»Gleichgewicht?«, fragte Ed eine Sekunde vor Denizen.

Beides, erwiderte Venia. Das ist alles. Keine simplen Gleichungen. Kein Entweder-Oder. Einfach beides. Wenn wir darüber hinwegkommen könnten –

»*Redest du immer so?*« Simon Hayes packte Ed im Nacken, um ihn hochzuziehen, er stellte sich zwischen den blassen Neuling und das nachleuchtende Mädchen. Doch so beunruhigend die Situation war, es war die unvermittelte Lautstärke seiner Stimme, die dafür sorgte, dass sich Denizens Nackenhaare aufstellten.

Wie lange war es so still gewesen?

Simon, sagte Venia und streckte eine schimmernde Hand aus. Ich weiß, du hast viel gesehen, aber –

Es war *sehr* still. Wann hatten sie zum letzten Mal die Flügel schlagen hören? Wann hatte –

»Oh, komm mir nicht damit«, sagte Simon, sein Akzent von Achill Island betonte plötzlich seine Genervtheit. »Kein Wunder, dass er –«

»Äh …«, sagte Denizen. »Leute?«

Drache riss das Dach vom Gebäude.

Im einen Moment starrte Denizen noch seinen Freund an, im nächsten segelte er schon durch die Luft, und nur die Kante der frisch herausgerissenen Wand rettete ihn vor einem Sturz aus dem zweiten Stock. Sekunden schmierten sich ineinander, als Geräusche mühsam aufzuholen versuchten – das ohrenbetäubende, zu nahe Knallen der Drachenflügel, das Säbelzahngebrüll des berstenden Mauerwerks, das plötzliche Sengen von Sonnenlicht –

Denizen sah, wie sich das wundersamerweise unbeschädigte Dach die halbe Stadt weiter in einen Turm schnitt. So schnell flog Drache. Nachdem er sich so lange versteckt und weggeduckt hatte und mit eingezogenem Kopf gerannt war, konnte Denizen die Bestie nun einen perfekten Moment lang widerwillig dabei beobachten, wie sie sich träge in die Kurve legte, und die Turbinenwölbungen ihrer Schultern und den aus überfahrenen Tieren geformten Knoten von Hals betrachten.

Doch plötzlich – überraschend wie ein Zaubertrick – tauchte Vivians Gesicht direkt vor seinem auf.

»Zum Aureliustor. LAUF!«

23

UNVERMEIDLICH

Das ist deine Chance, Venia!

Drache brachte die Neulinge nicht auf der Stelle um. Das war das Schlimmste. Während sie durch rebengeriffelte Ruinen und die Betten ausgetrockneter Kanäle stürmten, hätte das gackernde Gräuel, das sie jagte, sie auf alle möglichen Arten umbringen können, aber das tat es nicht. Es spielte lieber mit ihnen.

Deine Chance, mich zu erledigen!

Drache stieß so tief herunter, wie es die dichtgedrängten Dächer zuließen, und kreischte ihnen ins Ohr. Anschließend stieg er wieder mit einem gewaltigen Flügelschlag auf. Bei seinen Landungen auf Dächern prasselten Ziegelsteine wie Regen herunter, er riss anmutig Statuen aus und schleuderte sie wie Spielzeug nach den Neulingen. Er *folgte* ihnen – strich fröhlich umher und sprang mit der geschmeidigen Wirbelsäule einer Katze von Hausdach zu Hausdach. Einer Katze von der Länge eines städtischen Straßenblocks. Einer Katze, die aus menschlichen Körpern geflochten war, manche fest und makellos, andere albtraummäßig in die Länge gezogen. Bei jeder Bewegung schabten die Körper aneinander, es klang wie tausend Schlangen, wie die Deckflügel einer Kakerlake.

Welches ordentliche Monster *rennt*?

Denizen konnte es nicht ansehen. Er starrte bei der Flucht auf den Boden, nicht weil die Flügel die Luft zu Schotter aufgequirlt hatten, sondern weil dem Monstrum ins Auge zu blicken seinen Tod bedeutet hätte. Er würde sich wie ein Beutetier von Drache töten lassen, denn das war immer noch besser, als voller Angst am Leben zu sein.

Aus irgendeinem Grund konnte er durch alles andere hindurch das Schluchzen wieder hören, das klagende Jammern eines verwundeten Dings.

Von dem Geschöpf pulste Tenebris wie Strahlung von einem Atomsprengkopf. Es brachte einen nicht so schnell um, aber es war ebenso tödlich. Das hier war das Monster, das Tagesanbruch zerstört hatte. Das hier war der Architekt der gewagtesten Attacke, die diese Welt je erlebt hatte, und es hatte es nicht auf die Schattenjäger abgesehen.

SIEH MICH AN, VENIA!

Als es sich in die Luft abstieß, taumelten die Neulinge von der Schuttlawine fort. Die Welt brach mit einem Schütteln auseinander. Rings um Denizen rannten Gestalten durch die Düsternis, der Staub machte sie namenlos. Sobald es aussah, als würde er ungefähr in die richtige Richtung laufen, ließ Vivian seine Hand los, umkreiste die flüchtenden Neulinge und schnappte wie ein Schafshund nach den Nachzüglern.

Nachdem Drache noch einmal auf sie zugehalten und dabei wie ein Hurrikan geheult hatte, zog der Rückstrom genug Staub mit sich, dass Denizen die Stadtmauern erkennen konnte, die sich dem unschuldigen blauen Himmel entgegenreckten. *Sind wir so weit gekommen?* Er schwankte. Ein großer Teil von ihm wollte sich plötzlich hinlegen und im zerborstenen Pflaster unter seinen Füßen versickern.

In der Ferne tauchte wieder ein schwarzer Punkt auf.

»Denizen!«

Es war Vivian, sie stand in einem Hauseingang, in der einen Hand hielt sie den Hammer, mit der anderen Hand winkte sie ihn energisch heran. Denizen flitzte zu ihr. Diese zwanzig Schritte waren irgendwie erschreckender als alle vorherigen, doch nichts hätte Denizen davon abhalten können, zu der Person zu laufen, auf die er im Kampf gegen dieses Ding setzte.

Er rannte zu seiner Mutter, seiner Malleus, und hoffte, sie würde alles irgendwie in Ordnung bringen.

Sobald er in Reichweite war, zerrte sie ihn in Deckung, und einen Moment lang standen sie nur da und umklammerten einander. Jemand sprach –

»– vermissen Etienne, und Ruben und Dimitri. Wir müssen –«

»– verdreht, ich habe meinen Knöchel –«

Sie befanden sich in einer Art Lagerhaus. Das Gebäude war lang und niedrig und hatte große Fenster, das Sonnenlicht malte Klaviertasten auf den Boden. Grey hielt das Gesicht eines Mädchens in den Händen und sprach leise und ruhig auf sie ein, doch es starrte ihn unverwandt an, als habe es ihn noch nie gesehen. Neulinge liefen hin und her oder drängten sich zusammen, oder waren einfach wie beiseitegeworfene Seesäcke in sich zusammengesunken.

»Simon!«

Denizen sah ihn nirgendwo. Das konnte doch nicht sein.

Sein Freund war fast so groß wie ein Strauß – warum konnte er ihn nicht sehen? Warum konnte er nicht –

Unter der Panik war ein *Pfeifen* zu hören und wurde lauter und tiefer und drängender, als würde der letzte Atemzug aus einer punktierten Lunge weichen. Vivian erstarrte.

Und dann kam Drache wie ein Meteor heruntergeschossen. Wie eine Bombe. Seine unbeholfene Rutschpartie plättete auf hundert Meter sämtliche Gebäude, sein Schwanz streifte kaum die Wand, die sie von der Straße trennte, und doch kippte sie plötzlich, und sämtliche Klaviertasten verwandelten sich in Klauen.

So wird es laufen.

Denizen fühlte sich wie eine Maus vor einer Katze. Nein – nicht wie vor einer Katze: Katzen und Mäuse waren beides Tiere, nur am entgegengesetzten Ende derselben Skala. Denizen fühlte sich wie eine Maus vor einem *Menschen* – von etwas gejagt, das nicht nur größer, sondern auch viel komplexer war, etwas, das ihm gedanklich überlegen war und ihn austricksen konnte, und das ihm den wichtigsten Menschen auf der Welt nehmen konnte.

Simon fehlte.

Grey zog ihn auf die Füße. Denizen konnte sich nicht einmal daran erinnern, dass er gestürzt war.

»Wir holen ihn zurück«, flüsterte der Schattenjäger. *»Wir müssen uns nur neu formieren. Mehr nicht.«*

Ein Schatzdieb. Ein wahrer Drache, in der Tat.

Ich werde dich finden, und wenn ich die ganze Stadt dafür plattmachen muss.

Denizen hörte, wie Drache ein weiteres Gebäude skalpierte und in seinen Innereien herumwühlte wie eine Ratte in einer Leiche. In einem plötzlichen Tanz von Teilchen erkannte Denizen Venia, stocksteif und kaum sichtbar, wie eine Fotografie aus einem lange zurückliegenden Krieg.

Und dann … Und dann werde ich dich zu deinem Vater bringen.

Ihr Kopf hob sich.

Ich werde dich neben ihn an dieses Denkmal seiner ko-

270

lossalen Arroganz ketten, und dann, mein liebes Mädchen, werde ich den kleinen Hardwick-Jungen neben dich ketten.

Mit jeder Silbe wurde Venia ein wenig unschärfer, und irgendwann war sie kaum mehr als ein Fleck.

Dort draußen, mitten im Ozean. Was glaubst du, wie lange du dort durchhältst? Der Gesandte war so *geschwächt*, als er sich losriss. Kein Wunder, dass er jetzt einen solchen Appetit hat. Wenn ich dich neben deinem Vater ankette, wenn ich ein süßes kleines Häppchen Menschheit zu deinen Füßen ankette … wie lange wird es dauern, bis ihr nicht mehr könnt?

Wie lange wird es dauern, bevor ihr euch gegenseitig verschlingt?

Denizen war so erstarrt, seinen Namen aus Draches Mund zu hören, dass er Vivian neben sich überhaupt nicht bemerkte.

»Es ist nicht weit weg«, flüsterte sie.

»Ich weiß«, flüsterte Denizen zurück. Die Nähe war ohrenbetäubend. Das schneidende Knarren seiner Bewegungen, das Irrenhauskratzen seiner Stacheln – er hatte richtige Schlachten erlebt, die stiller waren als Drache.

»Nicht das«, flüsterte sie, und zu Denizens Entsetzen zerrte sie ihn zu der halbeingestürzten Wand. Er versuchte, sich zu wehren, aber gegen ihren Griff hatte er keine Chance. Sie presste ihn gegen die Wand, auf Kopfhöhe befand sich ein Riss.

»Sondern das hier.«

Und durch Wolken aus Schotter und verzerrter Luft und zu Klümpchen zermahlenen Gebäuden, durch eine schwarze Collage von entwendeten Leichen, die zu Echsengliedmaßen verdreht worden waren, sah Denizen es, in der Mauer verborgen, wie nachträglich eingefügt.

Das *Aureliustor*. Es hätte sich ebenso gut auf dem Mond befinden können.

Grey stand mit gezogenen Schwertern neben ihnen. »Wir könnten ... Wir könnten ...«

»Wir könnten was?«, zischte Vivian zurück. »Wenn es uns gelingt, sie durch das Tor zu schaffen, haben sie einen halben Kilometer ohne Deckung vor sich. Wir kommen keine zehn Meter, bevor Drache uns schnappt.«

Wir sind erledigt.

Die Worte kamen aus dem Nichts, will heißen von Denizen. Und sie hatten Feuer im Schlepptau – das sich durch jedes Stückchen Eis und Entschlossenheit fraß, das Denizen ihm in den Weg stellen konnte.

Simon war verschwunden. Sie saßen in der Falle. Drache hatte sie am Wickel. Sie waren verloren.

Canti schubsten seine Gedanken beiseite, und Feuer versengte die Tiefen seines Herzens, und Denizen wünschte sich nichts sehnlicher, als sie zu verbinden; sie waren erledigt, und das bedeutete, dass er sich nicht länger anstrengen brauchte. Vivians Augen wanderten hektisch über den Boden, die Wände, als läsen sie ein für Denizen unsichtbares Drehbuch.

Und dann hielten sie inne.

»Ergib dich nicht dem Bösen, sondern kämpfe mutig dagegen an«, zitierte Vivian für sich selbst. Das Familienmotto. *Vivians* Motto, und es hatte nichts damit zu tun, dass er noch nie einen anderen Hardwick getroffen hatte, mit dem er sie vergleichen konnte. Die Worte ihrer Familie waren ihr ebenso unveränderlich eingeschrieben wie das gemeinsame Grau ihrer Augen, tief wie DNS.

Sie waren der Grund, weshalb sie Denizen vor all den Jahren verlassen hatte, und warum er ihr verziehen hatte. Bei ihm

272

zu bleiben hätte bedeutet, den Kampf aufzugeben, und das gehörte zu den wenigen Dingen, zu denen Vivian unfähig war.

»Venia«, rief Vivian.

Ja?

Die Tenebra kondensierte um das Wort, die plötzliche Kälte schürte das Feuer in Denizens Magen nur noch stärker. Was war –

»Du hast gehört, was Drache gesagt hat. Du weißt, wo der König ist.«

Ja.

»Und wenn Drache … kannst du uns hier rausschaffen? Kannst du den König zurückholen und das hier beenden?«

Ich verspreche es Euch.

»Ich gebe nichts auf deine Versprechen«, Vivians Stimme war fast ein Knurren. »Ich gebe etwas auf … Tu es einfach. Beweise, dass du nicht die ganze Zeit eine Lüge warst.«

Sie drehte sich weg, bevor Venia antworten konnte, dann zog sie Grey näher und flüsterte ihm eindringlich etwas zu. Denizen spitzte die Ohren, doch als Drache wieder abhob, gingen Vivians Worte gingen im Echo des Knalls unter.

Er hörte nur Greys Antwort. »Du vertraust mir das an?«

Vivian verzog keine Miene.

»Ich habe nie aufgehört, dir zu vertrauen.«

Ich werde dich finden, Venia, und wenn ich die ganze Stadt dafür niederreißen muss!

Und dann standen Denizen und seine Mutter sich gegenüber.

»Vivian, was werden wir –«

»Psst«, sagte Vivian und legte ihm die kalte Eisenhand auf die Wange. »Weißt du, warum wir dich Denizen genannt haben?«

»Wie?«, fragte Denizen, derart überrascht, dass er vergaß, leise zu sein. »Ich glaube nicht, dass das hier –«

In ihren grauen Augen waren Eisensprenkel. »Ich wollte, dass du normal sein würdest. Ich hätte es mir nicht wünschen sollen, aber so war es. Doch dein Vater war klüger. Immer … Er war immer klüger. Er wusste, dass du dich an dunklen Orten bewegen würdest.«

»Vivian, wovon –«

Die Eisenfinger legten sich enger um seine Wange, Vivian presste ihre Stirn gegen seine, so fest, dass es weh tat.

»Ich bin so stolz auf dich.«

Und dann wurde er losgelassen und fiel rückwärts in Greys Arme, und Vivian rannte, den Hammer in der Hand, auf die Straße.

»Nein!«

Es hätte ein Brüllen sein sollen. Es hätte genügen sollen, um sie zur Umkehr zu bewegen. Doch bevor seine Lungen die nötige Stärke aufbringen konnten, lag ein Unterarm um seine Kehle und drückte ihm gekonnt die Luft ab. Denizen wehrte sich, doch als er nach Zögerer griff, schlug irgendetwas das Messer weg, und er wurde schwächer und schwächer –

Nein. Nein! Was machst du –

Seine Mutter hatte ihn verlassen. Seine Mutter hatte –

Und dann war auch er weg.

24

Das Ende des Krieges

Der Staub legte sich allmählich.

Als Vivian ins Sonnenlicht hinaustrat, wirbelte er nur noch zu ihren Füßen. Die Erde war vom Durchmarsch der gewaltigen Klauen aufgewühlt, und die Malleus musste sich vorsichtig ihren Weg bahnen.

Am Himmel wuchs ein schwarzer Fleck.

Mit einer gewandten Drehung der Handgelenke ließ Vivian ihren Hammer in einer Acht um sich zischen. Sie hatte ihn schon so lange geschwungen –

– der Fleck so groß wie eine Eichel –

– dass sie den Luftwiderstand des Hammerkopfes automatisch ausglich, die Rillen und Kerben am Griff schmiegten sich perfekt in die Narben auf ihren Händen.

– die Eichel so groß wie eine Faust –

Die Schwungkraft war bei einem Hammer das Ausschlaggebende. Man ließ sich von seinem Gewicht drehen, führen. Man ließ sich von ihm die Richtung zeigen.

Drache kreischte wie ein Kampfjet über ihren Kopf, und der Rückstrom warf Vivian auf ein Knie. Ihr Umhang wurde mit dem Ratsch von Stoff aus den Klammern gerissen, und als der Wind und Lärm von Draches Flug sich gelegt hatten, stand sie auf und sah, dass der Tenebra wie ein Gecko direkt über dem Aureliustor an der hohen Stadtmauer hinter ihr klebte.

Er war ein ganz schöner Brocken. Seine Flügel waren weit gespreizt und verwandelten das Sonnenlicht in ein dampfendes, fleckiges Grün. Er schüttelte erst Schutt von der einen Klaue, dann von der anderen, anmutige und beinahe menschliche Bewegungen. Sein Kopf entfaltete sich wie eine Blume bei Sonnenaufgang, und als er brüllte, öffneten sich alle Münder auf einmal.

Theatralisches Getue. Es war weder die komplexeste noch schlauste Abnormität, die Vivian in ihrem Leben gesehen hatte. Als sein Geheul sie nicht beeindruckte, legte er verwirrt den Kopf schief.

Nicht, wen ich erwartet habe.

Vivian zuckte die Achseln.

Aber egal. Da ist eine Stelle. Auf meinem Rücken. Du passt hervorragend.

»Das Uhrwerktrio.«

Die Bestie verstummte.

»Davor die Tearsipper Girls«, fuhr Vivian ruhig fort. »Und Redpenny, die Jagdhunde von Vox, Grünspan, Charnabal Cross …«

Sie erinnerte sich an die Namen, wie sie sich an alte Wunden erinnerte – vergessene Schmerzen und längst geheilte Schnitte. Manche Namen kannten alle, sie waren tief und rot in die Geschichte eingeschrieben, doch manche hätte wohl noch nicht einmal Darcie erkannt. Manche hatte sie noch nie zuvor jemandem verraten.

Ich mache dir keine Angst?

»Du machst mir keine Angst«, erwiderte Vivian. »Keiner von euch. Ihr wart nie das, wovor ich mich gefürchtet habe.«

Einer ihrer Mundwinkel zog sich nach oben. »Ich trage diesen Hammer schon seit langer Zeit.«

Draches Seufzen blies stinkende Luft die Straße hinunter. Vivian hielt diese Tiere nicht zu Gefühlen fähig, trotzdem gestattete sie sich die kurze Genugtuung, sich vorzustellen, dass er … enttäuscht klang.

Warum lächelst du?

»Weil ich jetzt zuschlagen werde.«

Und sie schlug die Waffe in ihre wartende Handfläche.

Draches Kopf zuckte, er heulte misstönend aus tausend Kehlen. Mit dem Knarren eines einrastenden Scharniers stürzte er sich auf sie, es war der Sprung eines Löwen, eine Bewegung aus Dunkelheit und Eisen und Hass.

Und Malleus Vivian Hardwick tat, wozu sie geboren worden war, wozu sie erzogen und trainiert worden war, und was sie immer getan hatte.

Sie griff an.

25

DIE WENDE

»Ich habe sie rausgeschafft«, erklärte Darcie, doch in ihrer Stimme lag kein Stolz. »Wir haben Gang für Gang gegen sie gekämpft, doch dann *spürte* ich, dass Drache sich durch den Einblick drängte und … und wir haben evakuiert. Wir haben Tagesanbruch aufgegeben.«

Der Turm, in dem sie sich nun aufhielten, war ihre dritte Stellung in ebenso vielen Stunden. Abigail hatte es irgendwie geschafft, eine Stunde Ruhe dazwischen zu ergattern, aber diese kurze Atempause hatte ihre Erschöpfung nur verstärkt.

Darcie hatte überhaupt nicht geschlafen.

»Eine Nachhut ist geblieben«, fuhr die *Lux* fort, »um uns bei der Flucht Deckung zu geben, vielleicht hat Greaves mir auch nicht geglaubt, als ich es ihm erklärt habe, aber … achtundsechzig Schattenjäger. So viele konnte ich herausschaffen, bevor Drache …«

Ein Stockwerk tiefer wurde geschrien, dann verstummte der Schrei abrupt. Verwundete sollten nicht bewegt werden. Man sollte keine Heilungscanti wie das Blasebalg-Subventum verwenden, der Tribut und die Belastung für den Körper waren zu groß … doch das waren die Regeln aus dem alten Krieg, dem alten Adumbral, das einzig und allein der Allianz gehört hatte.

Jetzt flüsterten sie. Jetzt versteckten sie sich, und die einst ruhige Stadt war versperrt von Schreien und Knurren und bellendem Gelächter, das keine menschliche Kehle erzeugen konnte.

»Ich weiß«, sagte Abigail. »Wir haben es gesehen. Es gab nichts …« Die Worte fühlten sich fremd in ihrem Mund an. »Es gab nichts, was wir hätten tun können. Nicht gegen etwas dieser Größenordnung. Evakuierung war die einzige Möglichkeit.«

»Ich habe gespürt, wie sie gestorben sind«, sagte Darcie schlicht. »Die Grenze zwischen den Welten ist nun so dünn, dass ich spürte, wie ihre Lichter erloschen. Ich spüre, wie die Kerzenfelder zusammenfallen, wie Tenebrae aus dem Einblick herausquellen, sich an Tagesanbruch sattfressen … es vereinnahmen.« Sie kratzte sich durch den Mantel die Arme. »Ich kann sie spüren.«

»Ich weiß«, wiederholte Abigail. Es war so ein erbärmlich kleiner Kommentar. Gleichzeitig war das auch der Kern von Greaves' Strategie, die Tenebrae aufzuhalten.

Sie hatte es natürlich nicht aus Greaves' Mund gehört. Der Palatin war zu sehr damit beschäftigt, die Krieger zu koordinieren, die es lebend aus Tagesanbruch herausgeschafft hatten. Doch Darcie war inmitten des kontrollierten Chaos in der Lage gewesen, sie auf dem Laufenden zu halten.

Nachdem der Einblick verloren war und mehr und mehr Berichte eintrafen, dass Tenebrae durch Risse in die Stadt eindrangen, war die Allianz auf die Strategie zurückgefallen, die sie seit ihrer Gründung ausmachte – Risse abzuwehren, Löcher zu stopfen, während eine *Lux Precognitae* ihre Schwerter lenkte.

Das Netz aus sich unaufhörlich bewegenden, sofort reagierenden Kadern überall in der Stadt funktionierte – bislang –, und Drache schien, seit er sich aus Tagesanbruch befreit hatte, das Interesse an ihnen verloren zu haben. Doch Abigail machte sich keine Illusionen, dass das noch lange so bleiben würde. Die Stadt konnte sich nicht ewig halten – irgendwann würde die Menge von Tenebrae, die aus dem Einblick oder durch Risse in die Stadt quollen, zu groß werden.

Der Gesandte zeigte sich nicht einmal.

»Hast du ... Hast du ihn aufgespürt? Den Gesandten?«

Abigail wusste, dass zwei Neulinge in dieser Situation ungefähr so nützlich waren, wie just in dem Moment, in dem der Schuldeneintreiber die Tür eintrat, Münzen unter den Sofakissen zu finden. Doch Greaves hatte ihre Informationen über den Gesandten abgetan, als wären sie völlig belanglos. Wenn jederzeit die gesamte Stadt zu fallen drohte, war es egal, ob sie es irgendwie schafften, jede Gasse und jede Straßenecke zu verteidigen. Der Gesandte war das Angriffsziel. Ihn zu töten würde die Invasion verlangsamen. Das musste einfach so sein.

»Nein«, erwiderte Darcie und erlaubte sich zwar keinen Anflug von Wut in der Stimme, doch Abigail konnte die Leerstelle spüren, wo sie hätte sein sollen. »Er ist das Einzige, was ich nicht fühlen kann. Er verbirgt sich vor mir. Warum hat er diesen weiten Weg auf sich genommen ... um sich dann zu verstecken?«

»Er hatte Jahre Zeit«, flüsterte Matt. »Jahrhunderte, um herauszufinden, was wir tun und wie wir es tun. Jahrhunderte, um zu planen, was er nun tut.«

»Und genau deshalb müssen wir ihn aufhalten«, fuhr ihn Abigail an. »Wenn uns der Gesandte in Tenebris schleudert, ist das hier alles sinnlos. Wir müssen einen Kader aufstellen und –«

»Einen Kader?«, fragte Matt völlig fassungslos. »Du hast gesehen, wozu der Gesandte geworden ist. Was ist dein Problem – willst du einfach raussstiefeln und dich ihm in den Weg stellen? Warum kannst du nicht –«

»Kinder.«

Darcies gestrenger Ton sorgte dafür, dass ihre Münder zuklappten.

»Wir müssen dem Palatin vertrauen. Mehr als das – wir müssen Vivian vertrauen. Diese Strategie ist nur eine Hinhaltetaktik, bis die Malleus den Rest der Allianz herbringt. *Dann* werden wir Adumbral und Tagesanbruch zurückerobern.«

»Und was, wenn es uns nicht gelingt?«, fragte Abigail, nicht länger sicher, ob sie zu Darcie oder sich selbst sprach. »Was, wenn jede verlorene Kerze eine weitere vertane Chance ist, ein weiteres Stück Terrain, das wir nie zurückerobern werden? Das hier ist ein anderer Krieg. Dinge haben sich geändert. Wir müssen uns ebenfalls ändern.«

Als eine Mischung aus Nebelhorn und Katzengejaul die Luft zerriss, verfielen beide in Schweigen, doch dann schüttelte Darcie den Kopf. »*C'est la guerre*, Abigail. So ist der Krieg. Es gibt keinen Sieg. Glaubst du, ich würde mir nicht auch das Gegenteil wünschen?«

Es strömte zwar noch immer Sonnenschein durch die Fenster, doch sie saßen in einer Ecke, die das Licht nicht erreichte.

»Ich bin mit denselben Büchern groß geworden wie Denizen«, murmelte die *Lux*. »Geheime Tempel und magische Edelsteine, die alles wieder in Ordnung bringen. Aber wenn du einer Allianz von Magiern beitrittst und sie erzählen dir, du seist in *doppelter* Hinsicht besonders, dann stellst du Nachforschungen an, verstehst du? Du hoffst. Du beginnst zu denken, dass du diejenige sein könntest, die alles beendet. Jeden rettet. Du hältst Ausschau nach Prophezeiungen. Lösungen. Nach dem Schloss, für den du der Schlüssel bist. Und ich bin nicht die Einzige. Vielleicht halten wir uns alle für auserwählt.«

Abigail erwiderte nichts. Matt ebenso wenig.

»Aber so funktioniert die Welt nicht«, erklärte Darcie. »Greaves weiß, dass wir das tun müssen, was wir immer getan haben. Wir tun, was funktioniert. Und ja, das hier ist ... eine Nummer größer, aber genau deshalb müssen wir uns noch mehr zusammenreißen als je zuvor.«

Sie zog mit der grimmigen Sorgfältigkeit eines Kriegers, der das Schwert aus der Scheide zieht, ein Notizbuch und einen Stift aus der Manteltasche.

»Ich muss wieder zurück.«

Der Tribut in Darcies Augen hatte sich wie ein Ölteppich auch auf ihrer Haut ausgebreitet, eine Dominomaske von totem Schwarz auf lebendigem Braun. Abigail kannte ihre elf Canti ebenso gut wie ihre eigene Reichweite, doch der Preis, den Darcies Talente einforderten, war ihr ein Rätsel. Wie lange würde die *Lux* noch durchhalten?

Oder irgendeiner von ihnen?

Schattenjäger kamen die Treppe herauf. Einer zeigte ihnen fünf Finger, und Abigail nickte als Antwort. Sie durften nicht zu lange an einem Ort bleiben. Zahlenmäßig unterlegen, waffenmäßig unterlegen und von allen Seiten umzingelt, bedeutete die Sekunde, in der ihre Verteidigung statisch wurde, die Sekunde, in der die Tenebrae einströmen würden.

Vielleicht würde der Gesandte dann –

»Was ist dein Problem?«

Matts Hand fand ihren Arm, doch bevor er sie auf die andere Seite des Raums führen konnte, wand sie sich aus seinem Griff und rammte ihm den Ellbogen in die Armbeuge. Er wimmerte, was ihm einen finsteren Blick von einem vorbeilaufenden Schattenjäger eintrug.

»Die Frage könnte ich dir auch stellen«, zischte sie.

Matts Augen wurden schmal. »Wie bitte?«

»Ich finde es schlicht ein bisschen *erbärmlich*«, flüsterte Abigail giftig, »dass jetzt, wo sich ein paar Schattenjäger um dich kümmern, dein ganzes arrogantes Gelaber über Heldentum mit einem Mal hinfällig ist. Wie war das doch von wegen mit Glanz und Glorie aus allem herausgehen?«

»Hörst du dir eigentlich selbst zu?« Als Matt die Arme verschränkte, wölbten sich angespannte Muskeln. Er sah aus, als würde er sie am liebsten schlagen, und Abigail spürte, wie ihr Fuß automatisch nach hinten glitt und ihre Fäuste sich hoben. Matt sah es ebenfalls, sein finsterer Blick bekam etwas Triumphierendes.

»Du stürzt einfach blind drauflos und was? Boxt das Problem weg?«

»Falls es dir entgangen sein sollte«, konterte Abigail, »Genau das tun *wir*.«

»Ach wirklich?« Er klang wie ein Falschspieler, der innehält, bevor er die letzte Karte umdreht – um zu demonstrieren, dass er gewonnen hatte. »Oder ist es dein Versuch, deinen kleinen Ausraster von vorhin wiedergutzumachen? Willst du die Lage retten, um zu beweisen, dass du nicht bloß ein kleines Mädchen bist? Von mir aus kannst du dir in die Tasche lügen, aber der Gesandte würde dich zertreten, wie er die Kerzen zertreten hat.«

Und dann, genau wie am Tag zuvor, verschwand der Triumph aus seiner Stimme.

»Tagesanbruch ist gefallen, Abigail. Was willst du dagegen tun? Was … Wo willst du hin? Hey!«

Abigail sprintete zwei Stufen auf einmal nehmend die Treppe hoch. Im obersten Stockwerk des Turms drängten sich Schattenjäger, wogen Waffen in den Händen oder schnallten Rucksäcke um. Funksprechgeräte plapperten und spuckten ein Flickwerk von Neuigkeiten über den Kriegszustand in der Stadt aus.

Darcie hob Notizbücher vom Boden auf. So funktionierte die Gabe einer *Lux* – das Beben zwischen den Welten mit Papier und Stift und Blei aufzuspüren. Über einigen Notizbüchern wurde am Tisch gebrütet. Andere waren beiseitegelegt worden, sobald die dort aufgezeichneten Risse niedergeschlagen worden waren.

Als Abigail hereinkam, runzelte sie die Stirn. »Was ist –«

Der Palatin hatte es selbst gesagt. *Auch das hier ist heiliger Boden.*

»Ist Tagesanbruch ein Kerzenfeld?«

Darcies Mund öffnete und schloss sich sofort wieder. Abigail machte sich nicht die Mühe, ihre Frage weiter auszuführen. Mallei kämpften erbittert darum, eine Lux zugeteilt zu bekommen, und es gab zwar vieles, was die sanfte, freundliche sechzehnjährige Darcie und Malleus Vivian Hardwick unterschied, aber sie hatten eine sehr simple Gemeinsamkeit: Man störte sie nicht bei ihrer Arbeit. Darcies Gehirn war vollauf mit Abigails Frage beschäftigt.

»Ich habe gelesen …«, flüsterte Darcie schließlich, ihre Hand zuckte, als wolle sie ein Buch aus einem unsichtbaren Regal ziehen. »Aber wie sollte das überhaupt funktionieren? Wir verstehen kaum das Verhältnis zwischen Dimensionsstabilität und Flammen –

Andererseits waren es damals verzweifelte Zeiten und verzweifelte Maßnahmen. Eine Stadt kurz vor dem Sturz in Tenebris. Palatine, die zu Experimenten bereit waren. Magie statt Wissenschaft. Und dann –

Kerzenfelder sind sicherer, wirkungsvoller, leichter zu verbergen –«

Nachdem Darcie zum dritten Mal innegehalten hatte, beschloss Abigail einzugreifen.

»Darcie, es tut mir leid. Du sollst nicht herausfinden, wie es funktioniert; ich muss bloß wissen – ist der Leuchtturm ein Kerzenfeld?«

»Ich weiß es nicht«, lautete Darcies schlichte Antwort. »Hätte ich Zugang zu den Bibliotheken, selbst zu der zu Hause … Aber das habe ich nicht, und es gibt immer noch keine Kommunikation über die Stadtgrenze hinaus. Was würde ich dafür geben, einfach …«

»… Greaves zu fragen?«

Erst da bemerkte Abigail, dass Matt ihr unsicher über die Schulter spähte.

»Er wüsste es doch bestimmt?«

»Das ist …« *Eigentlich keine schlechte Idee.* »Ja. O.k. Fragen wir Greaves.«

Matt begann zu strahlen.

»Wenn es so ist, müssen wir einen Weg finden, es anzuzünden.«

Das Lächeln verschwand.

»Moment, wie? Das ist absurd – die ganze Stadt befindet sich im Krieg. Tagesanbruch *wimmelt* von Tenebrae –«

»Wegen des Einblicks«, erklärte Abigail. »Und weil der Gesandte irgendwo dort draußen herumlungert und vermutlich jedes Kerzenfeld austrampelt, das ihm unter die Füße

285

gerät. Was glaubst du, wie viele wir noch verlieren können? Spürst du es nicht in der Luft? Spürst du nicht –«

Sie beendete ihren Satz nicht. Brauchte sie auch nicht. Die Luft war vergoren, dick wie Teer. Wenn sie blinzelte, konnte sie sie auf den Augenlidern spüren. Es fühlte sich an, als ob eine falsche Bewegung, ein falscher Schritt, ihnen endgültig den Rest geben würde.

Dort draußen in der Stadt lag etwas Unnahbares und Gewaltiges im Sterben. Abigail hörte es, ein Blöken, das ihre Knochen zittern und ihre Augen brennen ließ. So etwas hatte sie noch nie vernommen. Gaben Städte Geräusche von sich, wenn sie starben?

»Ein Kerzenfeld, so groß wie der Leuchtturm. Stellt es euch vor. Angezündet würde es …«

Sie sprach nicht weiter. Sie hatte keine Vorstellung, wie sich ein Kerzenfeld dieser Größe auf die Tenebrae um sie herum auswirken würde, aber es war ihr auch egal.

»Es würde Vivian Zeit verschaffen«, erklärte Darcie, »und möglicherweise den Schaden ausgleichen, den der Gesandte angerichtet hat. Zumindest für eine Weile.«

»Das genügt doch schon«, Hoffnung ließ Abigails Brust wie einen Blasebalg anschwellen. »Wir reden von *Vivian*. Sie wird nach uns suchen –«

Und wenn sie kommt, wird sie sehen, dass ich darauf gekommen bin, dass ich diejenige war, die alles in Ordnung gebracht hat. Das wird mein Weglaufen wiedergutmachen. Und dass ich sie enttäuscht habe –

»Abigail. Darcie. Der Palatin braucht euch.«

Es war die Schattenjägerin, die Matt und sie vor Tagesanbruch gefunden hatte. Sie bedeutete ihnen, ihr zu folgen, doch als Matt sich anschließen wollte, hielt sie die Hand hoch.

»Du wartest bitte hier.«

Abigail war plötzlich hin- und hergerissen zwischen ihrem eigenen unwürdigen Triumphgefühl – *das hat man davon, wenn man ständig alles besser weiß* – und dem schlechten Gewissen, das ihr seine Miene machte. *Du würdest es auch hassen, wenn man dich stehen ließe.*

Ihre Reue war kurzlebig. Sie würden Greaves treffen. Sie würde ihn wegen Tagesanbruch fragen, er *müsste* ihr einfach zuhören, und gemeinsam würden sie einen Plan schmieden. Vielleicht ließ er sie deshalb rufen. Vielleicht würde Vivian dort sein, und sie könnten den Mittelsmann ganz auslassen.

Vielleicht war dies der Wendepunkt, der Moment, in dem sie aufhörten, zu reagieren und stattdessen *agierten*.

Greaves wartete in einer Nebenkammer im Erdgeschoss auf sie. Rings um ihn waren Blätter auf dem Boden ausgebreitet. Mit dem gespannten Blick des Palatins hätte man eine Batterie aufladen können. In seiner verbliebenen Hand knallte und knurrte ein Funkgerät.

»Palatin«, setzte Abigail an und versuchte, der Dringlichkeit ihres Tons Respekt hinzuzufügen. »Ist –«

Greaves hielt ihr das Funkgerät entgegen. Als sei es gereizt über die Bewegung, erhob sich ein rauschendes Knurren – das Geräusch von zwei Welten, die sich aneinander rieben, bis sich schließlich eine Stimme hindurchquetschen konnte.

»*... noch ... da ...?*«

Die Überlagerung hatte fast jede Eigenheit der Stimme weggekratzt, aber Abigail hätte sie überall erkannt. Als sie sie hörte, setzte ihr Herzschlag kurz aus.

»Das ist Simon!«

Darcies Atem kam stoßweise, sie umklammerte Abigails Hand so fest, dass es schmerzte.

»Wo sind sie?«

»Geht es ihnen gut?«

»Wo ist –«

»Wir sind noch hier, Simon«, erklärte Greaves. »Wir haben einen Kader auf die Suche nach dir losgeschickt. Wir müssen wissen – Venia, Vivian, was –«

Das Funkgerät summte. Die nächsten Worte, die herauskamen, waren wundersamerweise frei von Verzerrungen, selbst Tenebris schien nicht gewillt, sie zu berühren.

»… Tot … Sie sind … Sie sind tot …«

26

DIE GANZE SIPPE

Denizen wachte auf und wusste, dass seine Mutter tot war.

In dieser Gewissheit lag er eine ganze Weile, während die Kälte von seiner Haut wich – eine Kälte, die er erkannte, weil sie wirklich nichts anderem auf der Welt ähnelte. Es gab nur eine Kälte, die in einen hineingriff und das Blut in Schneematsch verwandelte, nur eine Kälte, die frostigen Schmerz in Händen und Augen erzeugte.

Die Kunst des Öffnens.

Denizen lag auf dem Rücken, spürte, wie seine Kleider um ihn trockenknitterten und dachte über die Kunst der Elternhochrechnung nach. Als Kind hatte er, abgesehen davon, dass es ihn gab, keinen Beweis gehabt, dass er Eltern hatte. Jahrelang hatte er sich gefragt, wie sie wohl sein mochten. Die anderen Kinder in Crosscaper besaßen Fotos oder Andenken, doch Denizen hatte nur das Leben, das ihm seine Eltern geschenkt hatten, und eine Menge Fragen.

Es gab die fünf Stufen des Trauerns, aber Denizen war nie wütend gewesen, er hatte auch nie verhandelt, und vor allem vermied er das Nicht-Wahrhaben-Wollen. Wenn er sich weigerte zu glauben, dass seine Eltern tot waren, musste er nämlich glauben, dass sie irgendwo dort draußen waren, aber nicht mit ihm zusammen sein konnten … oder dass sie vielleicht irgendwo dort draußen waren und nicht mit ihm zusammen sein *wollten.*

Eltern nach dem Prinzip von Schrödingers Katze, ein Paradoxon, gleichzeitig tot und lebendig – ein Rätsel, vor dessen Lösung er sich gefürchtet hatte. Und nun war es für ihn gelöst worden. Vivian musste tot sein, sonst wäre sie hier bei ihm.

»Er ist wach.«

Denizen stützte sich auf die Ellbogen. Sie waren nicht mehr in Adumbral. Ockerfarbener Stein war heidekrautbewachsenen Hängen gewichen, die zu einem schieferfarbenen Ozean abfielen. Wellen kratzten am Himmel, als wollten sie unbedingt Regen werden. Der beißende Salzgeruch war vertraut.

Die Vergangenheit verließ einen nie. Sie überschattete einen, jagte einen, und für Denizen bestand sie aus verschrammtem Granit und Fenstern, die wie zusammengekniffene feindselige Augen aussahen. Aus Wellblechhütten, die nach halbverschlossenen Kompostsäcken stanken, stöhnenden Türen und Rinnen, die wie Adern in einem blutleeren Herz klapperten.

In Denizens Abwesenheit war jemand an den Ort gekommen und hatte ihn wie ein Gefängnis ausgeleuchtet – von jeder Ecke der Mauer warfen Scheinwerfer wie Wächter böse Blicke – aber Denizen erkannte ihn trotzdem.

Crosscaper. Er war wieder in Crosscaper. Er war wieder mit Grey in Crosscaper. Er war wieder mit Grey in Crosscaper, und er war eine Waise, und jeder Gedanke presste mehr Luft aus seiner Kehle, bis der Schattenjäger plötzlich neben ihm war.

»Hey. Hey. Schau mich an.«

Sein schönes Gesicht war mit Schmutz und Blut verschmiert, Erschöpfung und Tränen röteten seine Augen. Er sah aus, wie Denizen sich fühlte.

»Drache«, flüsterte Denizen, und das Wort mit seinen harten, grausamen Konsonanten fühlte sich richtig an. Das Wort sollte weh tun.

Greys Stimme war rau. »Die ganze Straße flog in die Luft. Sie muss die Hälfte ...« Er schluckte. »Sie hat alles gegeben.«

Was sonst. So ist Vivian. War. So *war* Vivian. Die Vergangenheit konnte ihm folgen, aber er konnte ihr nicht folgen, und nun hatte sie Vivian aufgelesen, wie sie seinen Vater aufgelesen hatte. Seine Mutter hatte ihn wieder verlassen, und dieses Mal würde sie nicht zurückkommen.

Etwas musste über sein Gesicht gehuscht sein, denn Grey fasste ihn mit den Eisenfingern seiner gesunden Hand an der Schulter.

»Sie hat getan, was sie tun musste. Sie hat den Neulingen befohlen zu flüchten, und sie hat mir befohlen ... Venia zu helfen ...«

Abwesend nahm Denizen wahr, wie erschreckend frei von tenebrischen Störungen die Luft hier im Vergleich zu Adumbral war. Die ohrenbetäubende Kakophonie war jetzt nur noch ein einziger zitternder Ton, der von einer Form widerhallte, die vielleicht bloß eine Nebelschwade war.

»Als Drache starb, verstummte ganz Tenebris«, flüsterte Grey. »So etwas habe ich noch nie gespürt. Als hätte Vivian für einen kurzen Moment die Luft gesäubert. Ich habe den Neulingen befohlen wegzulaufen und dann habe ich die Kunst des Öffnens angewandt. Vivian ... Sie –«

»Hat das Richtige getan«, beendete Denizen den Satz, und obwohl die Worte flach und ruhig herauskamen, konnte er spüren, wie sich die Trauer in seiner Brust ausbreitete und sich anschickte, ihn zu zerbrechen. »Sie hat getan, was sie tun musste.«

Die Worte erreichten den Gipfel eines Schluchzers, trocken und knapp, als habe sein Körper zu trauern begonnen, bevor sein Hirn dazu fähig war. »Und ich bin nicht … Ich bin nicht sauer. Warum bin ich nicht sauer auf sie?«

Grey verschwamm vor seinen Augen, und dann kam das erste richtige Schluchzen, so quälend und gewaltsam, dass die Tränen wie Regen über seine Hände spritzten. Sie kletterten aus ihm heraus, während sich sein Körper aufbäumte; er spürte Grey zittern, der ebenfalls weinte.

Mein Beileid.

Vielleicht war es der stärkere Geschmack von Tenebris, den sie mit sich brachte, oder irgendein Widerhall der Verachtung, die seine Mutter für sie gehabt hatte, aber kaum war Venia herangeschwebt, richtete sich Denizen taumelnd auf. »Wir müssen los.«

Grey wich zurück, als der Neuling zwei schwankende Schritte auf das Waisenhaus zu machte. Denizens Hände schnellten auf seine schmale Brust, als habe jemand mit dem Messer auf ihn eingestochen.

»Zögerer. Mein Messer. Ich habe es nicht …«

Denizen stoppte sich, bevor er hysterisch werden konnte. Der Boden schien sich unter ihm zu bewegen, und Gefühle flatterten durch ihn hindurch wie die Kulissen eines Traums. In seiner Welt klaffte nun eine Lücke, und er mühte sich ab, dem Rechnung zu tragen.

»Denizen …«

»Mir geht's gut, mir geht's gut, mir geht's gut«, erklärte er und raufte sich die Haare, dass es weh tat. »Ich bin ein Hardwick.« Der Schmerz half. Jedes Mal, wenn sein Hirn zu *Vivian ist tot* abdriftete, zerrte er es wieder weg. »Es wird gleich wirken. So machen wir das, weißt du? Sobald der Schmerz zuschlägt, geht es nur noch um die Pflicht. Wir sind uns so *ähnlich*, weißt du? Das ...«

»Denizen, wir können warten –«

»Nein.« Und endlich, endlich klang seine Stimme fest. Im Alter von sechs Jahren hatte er bereits jede Plattitüde über Trauer gehört, die es gab, aber wie so oft schienen die normalen Regeln bei Vivian nicht zu gelten.

Die Köchin von Crosscaper, Mrs. Mollins, hatte mit jedem Brötchen ein tröstendes *Sie sind nun an einem besseren Ort* ausgeteilt, aber Denizen konnte sich Vivian nicht mit einer Harfe auf einer Wolke vorstellen. Mit einem Feuerschwert, ja. Stahlflügeln und heiligem Zorn, definitiv. Sie wäre keine fünf Minuten im Himmel, dann würde sie die Himmelspforte kritisieren, weil sie im Krieg nicht zu verteidigen war.

Sie ruhen in Frieden. Eine Vorstellung, die weder Denizen noch Vivian teilten.

Nein, was Denizen einfiel, waren die Worte von einer unseligen Aushilfslehrerin auf Crosscaper. Er konnte sich weder an ihr Fach noch ihr Aussehen erinnern, nur an den Morgen, an dem Michael Flannigan seine Hausaufgaben nicht gemacht und sie mit dem Kommentar *Was würden deine Eltern dazu sagen?* reagiert hatte.

Ob sie wegen ihrer umwerfenden Dämlichkeit, tote Eltern zu missbrauchen, um einen Achtjährigen zu beschämen, gefeuert worden war, oder einfach weil sie eine dieser Personen war, die tote Eltern benutzten, um einen Achtjährigen zu beschämen, war ungeklärt, im Moment verfolgten Denizen lediglich ihre Worte.

Was würde Vivian dazu sagen?

»Ergib dich nicht dem Bösen«, sagte Denizen. Ohne dreißig Jahre Krieg und Blutvergießen dahinter klang es weniger beeindruckend, aber fürs Erste war es genug. »Ich werde später zusammenbrechen. Jetzt müssen wir erst mal …« Ein Gedanke drängte aus der Düsternis an die Oberfläche. »Warum sind wir *hier*?«

Ein Schatten huschte über Greys Gesicht. Er drehte sich abrupt weg und starrte auf die zusammengesackten Gebäude unter ihnen.

Sie haben die Tore ausgetauscht, dachte Denizen abwesend. Tja, mussten sie wohl. Denizen und seine Mutter hatten sie im Jahr zuvor demoliert.

»Wir wurden vom Kurs abgebracht«, antwortet Grey. »Ganz Tenebris ist in Aufruhr; die Strömungen haben uns hierher gezerrt oder wir haben … uns verirrt oder so. Das ist alles. Ich habe nicht … Ich wollte nicht …«

Er kratzte an der deformierten Klaue, die seine linke Hand ersetzt hatte.

»Wir sind einfach hier gelandet.«

»Ausgerechnet *hier*«, erwiderte Denizen. Das Handwerkszeug der Allianz bestand darin, auf dem Schlachtfeld zu zaubern. Ihre Geschichte mochte fünfzehnhundert Jahre zurückreichen, für Recherche war nie viel Zeit gewesen. Nichtsdestotrotz war *Wir sind einfach hier gelandet* untypisch vage.

»Ja«, fuhr Grey ihn an. »Und?«

»Nichts«, sagte Denizen. »Ich wollte nur –«

»Glaubst du vielleicht, ich will hier sein?« Die Augen des älteren Schattenjägers funkelten, doch es waren keine Flammen, sondern Wut. Eine so unerwartete Wut, dass Denizen einen Schritt zurückwich. Sie waren nicht weit von der Stelle entfernt, an der Grey vom Trio zur Marionette gemacht worden war und Denizen eine Pistole ins Gesicht gehalten hatte.

Seine Züge waren damals von einer ähnlichen Wut verzerrt gewesen.

Und kurz darauf war sie plötzlich verschwunden, ebenso schnell, wie sie gekommen war.

»Tut mir leid«, sagte Grey. »Es … tut mir leid. Harter Tag.«

»Ich weiß«, sagte Denizen. »Ich wollte nur … Was tun wir jetzt?«

Wir suchen ein Boot.

Venia hob sich wie eine Perle vom Eisen des Himmels ab.

Du hast gehört, was Drache gesagt hat. *Das Denkmal von meines Vaters Arroganz.*

»Wo?«, fragten Denizen und Grey wie aus einem Munde.

Venia deutete mit einer Hand aus kräuselndem Silber aufs Meer.

Das entsetzliche, mächtige Geschöpf hat sich einen Körper erschaffen, wie es noch nie einen unter den Tenebrae gegeben hat …

Fünf Finger. Die Finger des Unendlichen Königs.

Für Geschöpfe, die von ihrem Willen angetrieben wurden, war Groll das Lebenselixir.

Sie halten ihn auf Os Reges fest.

Es war merkwürdig, sich Erwachsene als komplizierte Menschen vorzustellen.

Denizen hatte immer angenommen, ab einem bestimmten Alter sei man … gefestigt. Bei Teenagern war davon auszugehen, dass sie sich veränderten. Sie mussten schließlich lernen und sich verändern und herausfinden, zu welcher Art Erwachsenem sie sich verfestigen wollten; Denizen hatte sich darauf gefreut, denn nach den ganzen Veränderungen des letzten Jahres war er einfach nur noch erschöpft.

Nach zwölf Jahren hatte Denizen geglaubt, Ackerby zu

durchschauen: seine Gewohnheiten, seine Muster. Er hatte geglaubt, den Direktor mindestens so gut zu kennen wie Crosscaper, insoweit war es irritierend und seltsam stimmig, die Veränderungen im Waisenhaus wahrzunehmen.

An den Wänden hing *Kunst*. An den Türen waren leuchtend bunte Schilder angebracht. Der Geruch nach Achselhöhlen und Traurigkeit war dem Duft von Wäschebleiche gewichen, bei dem sich einem die Nasenlöcher kräuselten. Als Denizen durch die Eingangshalle schlich, kniff er die Augen vor dem grellen Licht der ungewohnten Lampen zusammen und starrte auf die Dielen, auf denen er vor einem Jahr Direktor Ackerby gefunden hatte.

Hätte man Denizen vor der Attacke des Trios auf Crosscaper nach Direktor Ackerby gefragt, hätte er ihn unumwunden in die *Waisenhausdirektor-zuerst-Frauen-und-Kinder-danach*-Kategorie gesteckt. Doch in jenen letzten Momenten, bevor ihn die Tenebrae in einem unruhigen Traum ertränkten, hatte Ackerby versucht, den Feueralarm auszulösen.

Er hatte versucht, sie zu warnen. Er hatte versucht zu helfen.

Erwachsene änderten sich. Selbst nachdem sie jeden Grund und jede Entschuldigung hatten, es nicht zu tun, selbst nachdem sie mehr Elend ertragen hatten, als irgendjemand sollte.

Denizens Augen kribbelten, er verschwand in ein Klassenzimmer, um sie auszuspülen. Nur deshalb wurde er nicht ertappt. Türen flogen auf, und er beobachtete aus seinem Versteck, wie die Schüler und Schülerinnen in Schüben vorbeimarschierten. An jeder Ecke ließen die Lehrer sie anhalten, auch sie schienen sich zu verstecken.

Mr. Colford lief vorbei, so nah, dass Denizen die Hand hätte ausstrecken und ihn berühren können, er hätte hinter ihm in Gleichschritt verfallen und in der Menge untertauchen können. Er hatte es perfekt beherrscht, als er noch hier gelebt hatte.

Außerdem bin ich eine Waise.

Das Bedürfnis war kurzlebig. Denizen konnte sich ihnen ebenso wenig anschließen, wie er das Eisen aus seiner Handfläche ziehen konnte. Er gehörte nun einer anderen Welt an, und bei den Kindern auf Crosscaper herrschte ein ständiges Kommen und Gehen. Es war beim Abendessen nur ein Gesprächsthema unter vielen – *Denizen Hardwick? Oh, der ist nicht mehr da.*

Ackerbys Büro hatte viel Ähnlichkeit mit dem Direktor selbst – abgewetzt majestätisch und verstaubt. Es fühlte sich frevelhaft an, den Schreibtisch des Direktors zu durchwühlen, aber zum einen fiel es nach Greaves' Schreibtisch sowieso schwer, irgendeinen anderen Schreibtisch beeindruckend zu finden, und zum anderen würden sie ohne Autoschlüssel und die Fernbedienung für das Tor nirgendwohin kommen.

Die Überfahrt nach Os Reges erforderte ein Boot, und es gab zwar einen Hafen im nahe gelegenen Dorf, doch in Irland auf dem Land bedeutete *nahe* ein paar Stunden Fußmarsch. Keiner von ihnen hatte besonders gute Erinnerungen an Crosscaper, aber Denizen kannte sich aus und hatte angeboten …

Ackerby zu bestehlen?

Denizen zog an einer anderen Schublade. Für Raffinesse war keine Zeit. Da Grey bereits aussah, als stünde er kurz davor, jemanden zu ermorden, und Ackerby vermutlich angerannt kommen würde, wenn er hörte, dass sich das Tor öffnete, dachte Denizen lieber nicht an die Überlebenschancen des Direktors.

»Das ist ja wohl nicht wahr. Nicht … nicht ausgerechnet *du*.«

Die Stimme erreichte seine Sinne eine Sekunde früher als die Tenebrae. Denizen schnellte hoch, die Haare in seinem Nacken stellten sich so fest auf, dass es schmerzte. Das Gefühl war nicht annähernd so stark wie das, was sie in Adumbral zurückgelassen hatten, trotzdem stieg Übelkeit in seiner Kehle hoch und malte Schweiß auf seine Stirn.

Verglichen damit war der Direktor nur ein Nebengedanke. Er verharrte in der Türöffnung, der Schreck stand ihm in sein faltiges Gesicht geschrieben. *Deshalb bist du gekommen.* Es kostete Denizen Mühe, um das Feuer in seiner Kehle herum zu sprechen.

»Direktor«, sagte er und hob verlegen die Hand zum Gruß. »Ich brauche Ihre Hilfe.«

Er runzelte die Stirn.

»Was um Himmels willen tragen Sie denn da?«

»Halt den Mund, Hardwick«, blaffte Ackerby automatisch und verschränkte schützend die Hände vor seinem kratzigen mauvefarbenen Pullover. »Und … Warum bist du … *Sie kommen doch nicht etwa zurück, oder?*«

Als er Ackerby das letzte Mal gesehen hatte, war Denizen in Gesellschaft eines tigerschmalen Mädchens mit Armbrust gewesen, eines Irren mit gebrochenem Kiefer und – wieder brannten Tränen in seinen Augen – einer hochgewachsenen, narbenbedeckten Frau in Rüstung. Denizen wusste trotzdem genau, dass der Direktor vom Uhrwerktrio sprach.

»Ich werde sie hier nicht mehr dulden. Ich werde nicht –«

»Es tut mir leid, Sie damit zu behelligen«, sagte Denizen, und meinte es wirklich so, aber die Canti surrten wie aufgeregte Bienen durch ihn, schossen in die dünnen Knochen seiner Handgelenke und rüttelten seinen Puls von innen. »Wirklich. Wo sind –«

»Im Bunker«, fuhr ihn der alte Mann an. »Ich wollte sagen … im Keller. Sie sind in Sicherheit. Was geht hier vor sich?«

Hier auf dem platten Land hallte jeder Ton nach. Hier auf dem platten Land war das winzigste Licht ein Stern. Der unheilvolle Schrei eines Tenebra ließ die Fensterrahmen genau in dem Moment beben, als honigfarbenes Licht den Frost von der Scheibe leckte. Denizen rannte schon, bevor die Echos verhallt waren.

Es war nicht Drache, was in mehrfacher Hinsicht gut war, nicht zuletzt, weil Denizen nicht wusste, ob er es überleben würde, seine Mutter verloren zu haben, um dann herauszufinden, dass sie ihren Mörder nicht mit in den Tod gerissen hatte. So, wie sich jeder Tenebra auf einzigartige Art verkehrt anfühlte, verhielt es sich auch mit der Angst. Der Ekel, den Denizen verspürte, als er in den Hof hinausstolperte, kam ihm in der Tat vertraut vor.

Denizen erinnerte sich an einen knubbeligen Daumen von Kopf, auf dem menschliche Züge wie der Schaum auf Sahne schwammen. Er erinnerte sich an Knöpfe als Augen, und an Haare, die eine Kopfhaut räumten, um Platz für nachdrängende Zahnradrädchen zu machen. Besessenheit erschuf Tenebrae von neuem, und die Frau in Weiß hatte Vivian so sehr gehasst, dass sie ihr schließlich geähnelt hatte; der Mann in der Weste hatte Vivian so sehr gehasst, dass es ihn fast zurechnungsfähig gemacht hatte.

Sie waren hier gestorben, in diesem Hof. Nichts wies darauf hin. Jede Scharte in den Hofmauern war verputzt, jeder Fetzen der spatigen Spinnengestalt entfernt worden … und trotzdem war ein Zeichen übrig geblieben, eingegraben in den Schotter und den Stein.

Venia und Grey beugten sich darüber. Das Zeichen war ebenso blass wie sie selbst, die Prinzessin ein Zittern zwischen Licht und Rauch, der Schattenjäger mit beiden Schwertern in den Händen.

»Wir – wir – wir …«

Grey stotterte, stotterte tatsächlich, Schweiß lief ihm über die Haut. Unwirklichkeit pochte von Venia wie der Schlag eines versagenden Herzens, die Luft um sie herum war zum Schneiden kalt.

Wir wollten nachsehen, ob du …

Keiner von ihnen hatte den Blick vom Boden gehoben, es bestand auch keinerlei Notwendigkeit, nach dem Grund zu fragen.

»Es lässt sich nicht entfernen.«

Zu Direktor Ackerbys Ehre muss festgehalten werden, dass ihn Venias Anwesenheit nicht im Geringsten aus der Fassung brachte. Wie alle anderen starrte er auf die Worte, die in den Boden geprägt waren, die Ränder von einer dicken Schicht Frost konturiert.

»Wir haben es versucht, nach dem Zwischenfall. Wir haben versucht, es abzudecken, es zu vergraben, das Eis abzuschlagen, aber …« In seiner Stimme lag ein stummer, bitterer Zorn. »Egal, was man anstellt, die Worte bleiben sichtbar. Sie lassen sich einfach nicht entfernen.«

»Ja«, sagte Denizen abwesend, sein Eisenauge schmerzte. »Das kann ich mir vorstellen.«

Die Worte konnten nicht weggeschrubbt werden, weil sie nicht in Stein gemeißelt waren. Sie waren vielmehr in die *Realität* eingemeißelt, mit einer Bösartigkeit und einer Wut in den

Stoff des Universums gerissen, die womöglich niemals heilen würde. Denizen sah jeden Buchstaben als pochende Wunde, jeder so tief wie der Einblick.

Er hatte diese Worte schon einmal gehört. Der Mann in der Weste hatte sie ausgesprochen.

Der letzte Hardwick.

DIE GANZE SIPPE.

27

KLEINE KÖNIGREICHE

Es war erst einen Tag her.

Vierundzwanzig Stunden. Nicht mehr. Vierundzwanzig Stunden, seit die einzigen Dinge, über die sich Abigail Sorgen machen musste, ihre Flugangst gewesen waren und ob sie sich erinnerte, welche ihre liebsten Handbandagen waren. (Sie erinnerte sich. Abigail Falx vergaß nie etwas.)

Vierundzwanzig Stunden, seit Tagesanbruch wie ein Beschützer, wie ein Elternteil über ihnen aufgeragt hatte. Vierundzwanzig Stunden, seit ihre ganze Zukunft vor ihr gelegen hatte; Tausende von Möglichkeiten, um die Menschen, die ihr wichtig waren, stolz zu machen. Als Simon fast tonlos seine Geschichte erzählte, ging Abigail immer wieder durch den Kopf, dass nur deshalb so viel an einem einzigen Tag passiert war, weil es der letzte der Allianz auf dieser Welt war.

»Drache hat uns getrennt«, sagte Simon. »Und vor sich *hergetrieben*. Ich habe gesehen, wie Neulinge unter einem Gebäude begraben wurden. Eines der Mädchen geriet in Panik, und als wir sie herausziehen wollten, haben wir die anderen aus den Augen verloren, und dann kam Drache heruntergestürzt, und ich habe Licht gebeugt, um uns zu verbergen. So viel Licht auf einmal wie noch nie. Mehr … Mehr konnte ich nicht tun.«

»Du hast das Richtige getan«, bestätigte Greaves. Es klang fast wie ein Befehl – *Glaub es* –, aber Simon war anderer Meinung. Die letzten vierundzwanzig Stunden hatten den Jungen, den Abigail gekannt hatte, gestohlen und durch eine schlechte Fotokopie ersetzt – überall leere Flecken und Grau und tränenverschmierter Staub.

»Ich glaube, wir waren ihm egal. Aber bei jeder Bewegung von Drache sind Häuser eingestürzt, und die Luft war voller Staub, und wir konnten kaum noch etwas erkennen. Es war wie im Krieg. Es war ... Allein in der Nähe zu sein, war tödlich.«

Sobald sie herausgefunden hatten, wo er steckte, hatte Greaves einen Kader nach Simon losgeschickt, Darcie hatte sie durch einen Mahlstrom von durch Risse eindringende Tenebrae und tobende Schlachten gelotst. Die Neulinge waren in verschiedene Richtungen gerannt, vielleicht in die Stadt, das wusste Simon nicht – aber acht waren aufgefunden worden.

Acht. Von dreiundzwanzig.

»Simon«, sagte Greaves und legte dabei die zweite Silbe auf die erste, als wolle er etwas sehr Zerbrechliches wiederaufbauen. »Wo ist Grey? Und ... und Vivian. Wo sind sie?«

»Es war wie ein Sonnenaufgang«, sagte Simon finster. Als er sich mit der Hand übers Gesicht rieb, bemerkte Abigail Hunderte von kleinen Verbrennungen auf seiner Haut. »Der Staub fing Feuer, und Drache brüllte, und Vivian ...«

Greaves beugte sich vor. Abigails Herz war eine Kriegstrommel in ihrer Brust. Die Scham kam ihr sehr recht – wie konnte sie es wagen, verzweifelt zu sein? Wie konnte sich der bloße Gedanke, aufzugeben, in ihr Hirn wagen, wenn Vivian dort draußen für sie, für sie alle kämpfte?

Es bestand immer Hoffnung, und falls nicht, kämpfte man

eben dafür. Und wenn es eine Person gab, die an diesem Tag, in diesem Krieg eine Wendung herbeiführen konnte, dann war es –

»Sie ist tot, Abigail.«

Irgendwo schrie jemand. In den fernen Explosionen und dem Gepolter der Monster war zwar schwer auszumachen, wo, aber das Kreischen war unüberhörbar. Abigail brauchte eine ganze Weile, bis ihr klar wurde, dass es aus ihr kam, und noch eine ganze Weile länger, bis ihr klar wurde, dass niemand im Raum es hören konnte, weil sie die Zähne so fest zusammenbiss, dass es bis in die Wurzeln weh tat.

Vivian konnte nicht tot sein. Durfte einfach nicht tot sein. Es hatte Grünspan gegeben. Die Tearsipper Girls. Abigail hatte … hatte über Vivian *nachgelesen*. Die Malleus war dem Tod Hunderte von Malen von der Schippe gesprungen und hatte mehr untötbare Dinge getötet als jeder andere Mallei in der Geschichte der Allianz. Sie durfte nicht tot sein –

»Sie hat Drache mit in den Tod gerissen«, fuhr Simon unverändert trostlos fort, als hätte er gerade nicht nur all ihre Hoffnungen und mit ihnen Abigail zerstört. »Wir haben den Kampf beobachtet, aber wir konnten nicht näher heran, und dann war er einfach … vorbei. Und dann …« *Jetzt* zitterte seine Stimme, seine dunklen Augen waren voller Tränen. »Wir haben gesucht. Ich habe gesucht. Die ganze Straße lag in Schutt und Asche, doch ein paar Gebäude standen noch und ich wollte ihn finden. Ich musste ihn finden.«

Simon zog etwas aus seinem Gürtel und ließ es auf den Boden fallen.

Zögerer. Ein schrecklicher Name für ein Messer.

Plötzlich wurde Simon von Darcie verdeckt, die ihn halb umarmte, halb stützte. Abigail konnte angesichts der Folge-

304

richtigkeit, dass selbst etwas so Einzigartiges, so Kostbares einfach auf den Boden geworfen worden war, als handelte es sich um Müll, nur noch vor sich hin starren.

Zwei Menschen. Abigail hatte zwei Menschen verloren. Zwei Menschen auf einmal. Wie konnte das sein? Wie konnten zwei einzelne Menschen – zwei völlig unterschiedliche Universen von Gedanken und Erinnerungen und Erfahrungen – in derselben Schlacht sterben, durch die Hand desselben Monsters? Wie konnte das fair sein? Es war … Es war …

Es war sinnlos. Verschwendung.

»Und Grey?«, drängte Greaves. »Venia?«

Es fühlte sich wie eine Beleidigung an, das Schweigen so bald zu brechen, andererseits – welche Menge Zeit wäre angemessen gewesen?

»Ich habe sie nicht gesehen«, erklärte Simon mit hohler Stimme. »Es lagen Tote herum. Neulinge. Drache … *Sie.*« Mit einem Mal schien eine unvermittelte Energie über ihn zu kommen. »Kann ich zurückgehen? Ich will nach ihm suchen. Ich habe sein Messer nur gefunden, weil es am Boden lag. Ich möchte ihn finden, selbst wenn es nur seine … Ich möchte *nachsehen.*«

»Es tut mir leid«, sagte der Palatin, »aber ich kann nicht noch einen Kader riskieren. Jeden Moment gibt es neue Risse. Wir haben unsere Grenze erreicht. Wir haben unsere Grenze überschritten. Trauern können wir, wenn wir –«

»Wenn wir *was*?«, unterbrach ihn Abigail.

Wut. Je länger dieser Tag dauerte, umso dankbarer war Abigail für ihre Wut. Sie füllte die Lücken in ihrer Stimme. Sie überschwemmte ihre Hilflosigkeit mit einer Flut Rot. Wut war *nützlich.* Das hatte ihr Vivian immer wieder erklärt. Wut war Treibstoff.

»Wenn wir Zeit haben, Abigail.« Greaves' verbliebene Hand war zu dem silbernen Schwert gewandert, das er als Krawattennadel an seinem wundersamerweise noch sauberen Schlips trug. Es machte Abigail nur wütender.

»Sie war eine doppelt so gute Schattenjägerin wie Sie.«

Darcie erstarrte. Simon sah Abigail an, dann wandte er den Blick wieder ab, desinteressiert, als sei ihm entfallen, was sie gerade gesagt hatte. Greaves schüttelte bloß den Kopf.

»Ich habe das überhört, Ms. Falx. Ausnahmsweise. In Anbetracht des heutigen Tages. Und Vivian Hardwick war eine ausgezeichnete Kämpferin, aber ihr Kampf ist vorbei. Unserer nicht. Es ist gut möglich, dass ihr Opfer einigen Neulingen erlaubte zu flüchten und die anderen zu informieren, doch bis dahin muss ich die Allianz am Leben erhalten. Wir müssen die Stellung halten und Zeit gewinnen, um zu –«

»Man gewinnt keine Kriege, indem man die Stellung hält«, blaffte Abigail. Sie konnte sich nur ausmalen, wie ihre Eltern schauen würden, wenn sie wüssten, dass sie den Palatin niederbrüllte, aber in diesem Moment war ihr das egal. Vivian hätte sich auch nicht aufhalten lassen.

»Mit jedem Schritt, den die Monster in diese Welt machen, wird sie immer mehr zu *ihrer* Welt. Der Gesandte ist dort draußen und reißt die Schranke zu uns ein, und Sie wollen einfach hier *warten*, bis niemand mehr übrig ist?«

Obwohl sich nicht der geringste Lichtschimmer unter Greaves' Haut zeigte, war die Luft unheilverheißend warm. Abigail nahm es auf die Art wahr, wie sie registriert hätte, wenn sich ein Gegner zum Zuschlagen anschickte. Ihr Mund hatte offenbar eigenständig einen Staatsstreich verübt.

Hatte Vivian ihn auch gefühlt? Diesen rechtschaffenen, unaufhaltbaren Zorn?

»Sie müssen Tagesanbruch anzünden.«

Darcie hielt die Augen fest geschlossen. Abigail schwankte, aber selbst, wenn sie gewollt hätte, sie hätte den Mund nicht halten können.

»Es ist ein Kerzenfeld, habe ich recht? Wenn Sie es anzünden würden, könnte es möglicherweise die Risse unterdrücken und uns Zeit verschaffen –«

»Verschon mich mit den Predigten einer vierzehnjährigen Strategin, die den letzten Tag damit verbracht hat, sich zu *verlaufen*, statt der Allianz und der Sache zu dienen.«

Abigail zog nicht den Kopf ein. O nein. Sie hatte den Kopf eingezogen, als der Gesandte – wie ein Kind, das beim Laufen das Gras teilt – durch einen Kader Schattenjäger gewalzt war. Den Kopf einzuziehen bedeutete, achtzehn Meter brüllendem Eisen zuzusehen, wie es durch den Himmel ausholte.

Die blanke, knisternde Verachtung versetzte ihr trotzdem einen Schock.

»Tu mir den *Gefallen*«, brummte er, »und gehe davon aus, dass ich etwas von meiner Festung und meiner Arbeit verstehe; ich habe einen Kader losgeschickt, um Tagesanbruch anzuzünden –«

Ich hatte recht!

»– als es danach aussah, dass wir es verlieren könnten. Aber dann tauchte Drache auf. Und Tagesanbruch blieb unangezündet. Unser angestammtes Machtzentrum ist nun eine wimmelnde Masse von Tenebrae, und da ich keine Kapazitäten habe, um es zurückzuerobern, muss ich so lange wie möglich mit dem auskommen, was ich noch habe. *Geht das in deinen Kopf?*«

Letzteres kam mit solcher Brutalität, dass Abigail instinktiv nickte.

»Ich habe Vivian respektiert«, der Zorn in Greaves Stimme war plötzlich verschwunden. »Aber noch mehr als das habe ich sie *beneidet*. Und weißt du, warum?«

»Nein.«

»Weil sie es sich leisten konnte, unkompliziert zu sein«, erwidert Greaves. »Und jetzt geh mir aus den Augen.«

Darcie und Simon waren schon weg, bevor er seinen Satz beendet hatte. Abigail blieb nur noch, um Denizens Messer vom Boden aufzuheben. *Sie war überhaupt nicht ›unkompliziert‹*, dachte Abigail, als sich der Palatin zum Fenster drehte und auf die Stadt blickte, die er im Stich ließ. Sie presste den Finger auf die rasierklingenscharfe Schneide, um sich an die rote und bittere Wut zu erinnern.

Sie war beschäftigt.

Andere Uhrzeit, anderes Lager.

Verlust von zwei Schattenjägern in einem Scharmützel unter dem Zobelbogen. Der vielköpfige Maenus Carvolin unter dem Wehklagen der Seinen von Nathaniel Gayle geschlagen. Darcie stellte Wege und Wahrscheinlichkeiten dar, eine sechzehnjährige Generalin, die Kader durch ein Labyrinth aus Rissen und Bestien lotste, während die Dunkelheit der Nacht mit der brennenden Stadt unter ihnen ihren eigenen Kampf ausfocht.

Und Abigail wartete. Sie beobachtete. Sie gaben ihr ein Schwert, und sie schärfte es. Sie stellten Wachposten auf, und sie notierte ihre Position; sie gaben ihr Porridge, und sie sammelte Kraft.

Vier Neulinge waren definitiv tot, das hatte Simon gesehen. Ob die anderen entkommen waren, ob sie es hinter die Tore geschafft oder sich in der Stadt verirrt hatten oder unter

Schutt begraben lagen, konnte erst herausgefunden werden, wenn ein Kader erübrigt werden konnte. An jedem anderen Tag wäre das ein katastrophaler Verlust gewesen. Nun war es eine Randnotiz.

Greaves hatte die Neulinge verschiedenen Kadern zugeteilt. Mittlerweile war es sinnlos, sie vom Kampfgeschehen fernhalten zu wollen, doch er konnte wenigstens den Versuch unternehmen, dass sie nicht alle auf einen Schlag ausgelöscht würden. Ed war bei Greaves geblieben, vermutlich, weil man ihn nicht mit einer Brechstange von Simon hätte loseisen können. Abigail hatte mit den anderen sprechen wollen, aber sie wusste nicht, was sie hätte sagen sollen, und die anderen machten nicht den Eindruck, als ob sie etwas hören wollten.

Reden gehört nicht zu meinen Stärken, dachte sie. *Sondern Handeln.*

Anhand von Darcies Skizzen – deren Spektrum von lückenhafter Blässe, wenn kein Tenebra involviert war, bis zu deutlicher gewalttätiger Dunkelheit reichte – bahnten sie sich den Weg durch die Stadt. Die Geographie von Adumbral war unverändert, doch Tenebris darunter bewegte sich unaufhörlich, und so mussten die Karten ständig neu gezeichnet werden.

Abigail sammelte jedes fallen gelassene Blatt ein und musste daran denken, dass Schiffe einst Küsten entlanggesegelt und Monster bloß Dekoration waren, doch nun segelte die Allianz an Monstern vorbei und die Straßen darunter waren bloß ein Detail.

War das das Wächterhaus? Den Rucksack über die Knie gelegt, versuchte sie unauffällig, wie Greaves eine Skizze mit der anderen zu verbinden. *Und das dort die Basilika von vorhin?* Sie wusste aus persönlicher Erfahrung, wie schwer es war, sich in Adumbral zurechtzufinden, und zwar schon, *bevor* sie ihr Ziel erreichte, das sich zufälligerweise auf keiner der Karten befand, weil die ganze Allianz genau diesen einen Ort zu meiden versuchte.

Irgendwann zischte sie frustriert und stopfte die Blätter in ihren Rucksack. Womöglich waren sie mittlerweile sowieso nicht mehr aktuell. Sie musste einfach tun, was Schattenjägerinnen jahrhundertelang getan hatten – sich von ihren Sinnen und dem Kick des Adrenalins leiten lassen.

Manchmal ertappte sie Simon dabei, dass er sie beobachtete, aber sie wandte sich jedes Mal ab. Er würde es nicht verstehen. Sollten Darcie und er die Hardwicks betrauern – sie wären sowieso viel besser darin.

Abigails Aufgabe war es, sie zu rächen.

Da sich in den ersten beiden Stockwerken des Gebäudes die Schattenjäger drängten, stieg Abigail zum verlassenen dritten hinauf. Ihr fiel sowohl die Spur staubiger Fußabdrücke auf, die die Wachposten auf dem Weg zum Dach hinterlassen hatten, als auch die vorstehende Kuppel, die sie vor ihnen verbergen würde. Drei Stockwerke zur Straße hinunter – es war mehr Kletterei, als ihr lieb war, doch Eisenfinger gaben hervorragende Steigeisen ab und sie wusste, wie sie sich fallen lassen musste.

Als sie den Rucksack über die Schulter schwang, klapperte das Steinmesser darin. So. Sie musste nur –

»Ich hab's euch doch gesagt.«

Spring. Der Gedanke ging ihr ungebeten durch den Kopf, er kam eher, weil sie Matts Stimme erkannte, als aus Überzeugung, dass sie überleben würde. Der Junge war hinter ihr die Treppe hochgestiegen und stand mit verschränkten Armen da. Sie öffnete den Mund, und wollte etwas sagen, *irgendwas,* das ihn dazu bringen würde, zu verschwinden … und schloss ihn wieder, als hinter ihm Simon, Ed und Darcie auftauchten.

»Ich …« Abigail wusste nicht, was schlimmer war; ihre Gesichter oder Matts selbstgefällige Miene. »Ich wollte gerade …«

»Du wolltest dich gerade durch eine ganze Armee Tenebrae davonschleichen, Tagesanbruch hochsteigen und dann das Kerzenfeld in der Spitze anzünden«, beendete Darcie tonlos den Satz. »Das war dein Plan.«

»Ich wusste es«, rief Matt, ohne sich um Abigails giftigen Blick zu scheren. »Sie war total … nervös. Ich wusste, dass sie irgendeine dumme Heldentat versuchen würde. Jetzt lasst uns alle wieder runtergehen und –«

»Das Fenster in der Nordwand wäre sowieso günstiger«, sagte Darcie. »Dem Wachposten auf dem Dach ist gerade die Kuppel aufgefallen, deshalb ist er acht Stufen nach unten gestiegen. Abgesehen davon liegt Tagesanbruch in der entgegengesetzten Richtung.«

Abigails einziger Trost in diesem Moment war, dass sie nicht ganz so überrascht aussah wie Matt.

»Ich habe dir ja gesagt, dass ich sie spüren kann«, sagte Darcie. »Jeden Tenebra in der Stadt. Aber auch jeden Schattenjäger.« Sie trat von der Treppe. »Ich habe nur eine Frage.«

Abigail nickte wortlos.

»Tust du das, weil du glaubst, dass es funktionieren wird? Oder aus Rache?«

Nachdem sie sich so lange selbst belogen hatte, war es Darcie gegenüber nur noch Routine.

»Ich tue es, weil es die einzige Möglichkeit ist, Tagesanbruch zu retten. Denn Greaves wird es nicht tun. Aber Vivian hätte es getan. Weil es das Richtige ist.«

»Gut«, sagte Darcie. »Dann begleiten wir dich.«

»*Was?*«, fragten Abigail und Matt wie aus einem Munde.

Es war Simon, der antwortete. Noch nie hatte seine Stimme so hart geklungen.

»Ich werde nicht hier herumsitzen und hoffen, dass Greaves mir etwas zu tun gibt, oder Nachrichten zwischen den Kadern hin und hertragen, nur weil ich mich besser unsichtbar machen kann als die meisten.« Seine Stimme drohte zu versagen, aber er holte tief Luft. »Sie haben Vivian getötet. Denizen ist … Er ist verschwunden. Wenn du meinst, dass es funktionieren wird, werden wir es tun. Darcie kann uns führen. Ich kann uns verbergen. Die Tenebrae werden uns nicht kommen sehen.«

Eine zerbrechliche Blase Hoffnung blühte in Abigails Brust auf, und sie hatte Angst, sie durch eine Diskussion zu zerstören. »Darcie, du bist diejenige, die die Abwehrmaßnahmen koordiniert. Wenn du weg bist …«

»Ich gehe nirgendwohin«, erklärte Darcie und warf Abigail etwas zu. »Aber ich werde euch trotzdem lotsen.«

Ein Funkgerät. Abigail fuhr über das klobige, geriffelte Gummi, das glatte schwarze Plastik.

»Man hat mir höflich befohlen, vier Stunden zu schlafen, weil es …« Sie runzelte die Stirn. »Schon lange her ist, dass ich geschlafen habe. Und du hast recht. Meine Pflicht ist heilig, und ich würde sie nie vernachlässigen. Aber du bist auch Teil meiner Pflicht. Ich kann dich um die Risse herum nach Tagesanbruch führen. Und du musst mir das Kerzenfeld beschreiben. Es klingt faszinierend.«

Abigails Worte stolperten in ihrem Eifer, herauszukommen, übereinander. »Und Ed?«

»Wir müssen etwas unternehmen«, lautete Eds Antwort.

»Wenn du losziehst und für uns kämpfst, werde ich nicht hierbleiben.«

»O.k.«, lautete Abigails schlichte Antwort.

»Ihr seid doch echt *Idioten*.« Matt war ein paar Schritte auf Abstand gegangen, als hätte er Angst, ihre Verrücktheit könnte ansteckend sein. Er musterte ihre Gesichter, eines nach dem anderen, doch falls er nach Reue oder Schwäche suchte, fand er nichts dergleichen. »Du glaubst doch nicht, dass du – du wirst doch nicht – Abigail, ernsthaft –«

»Tut mir leid«, sagte Abigail. »Kannst du uns decken?«

»*Euch decken?*« Ein Seufzer nahm ihm die Luft, plötzlich sah er geschrumpft und klein aus, doch dann atmete er wieder ein. »Schön. Du hast gewonnen. Ich komme auch mit. Muss ich ja wohl, oder?«

»Eigentlich nicht«, sagte Darcie.

»Nicht unbedingt«, sagte Simon.

Ed zuckte leicht mit den Schultern.

»Ja«, sagte Abigail und war selbst überrascht, dass sie ihn tatsächlich aufrichtig anlächelte. »Musst du.« Sie runzelte die Stirn. »Obwohl der Sprung aus dem Fenster damit vermutlich ausscheidet.«

»Da habe ich eine Idee«, warf Darcie ein. »Obwohl ich nicht hundertprozentig überzeugt bin. Wir sollten –«

»Äh, Leute?«

Sie waren angewiesen worden, sich von den Fenstern fernzuhalten, keine Aufmerksamkeit auf sich zu ziehen und keinen Lärm zu verursachen. Es war sinnvoll in einer Stadt, in der Krieg herrschte. Doch wie bei allem, was mit Edifice Greaves zu tun hatte, gab es unbekannte Faktoren, die alles komplizierter machten, als es zunächst den Anschein hatte, Gründe für Gründe. Als sie sich zu Ed stellten und aus dem

Nordfenster auf Tagesanbruch schauten, musste Abigail wohl oder übel zugeben, dass der Palatin vielleicht doch recht gehabt hatte.

Der Schimmer der weißen Mauern war verschwunden und die aufragende trotzige Sauberkeit der Linien einer wimmelnden Kruste von Fäulnis gewichen. *Tenebrae.* Hunderte von Tenebrae, eine wuselnde Masse, die wie Wespen in einem Bienenstock übereinander und über den Leuchtturm krabbelten.

Eds Stimme war leise. »Wo … Wo sagtest du doch gleich, würden wir hingehen?«

28

Es braucht ein Dorf

Der Kai in Pollagh bestand aus kaum mehr als zwei Beton-armen, die missmutig über dem Atlantik verschränkt waren, und war übersät mit Netzen und Gefäßen und einem großen Stahlhaken von Anker, der zu Denizens leiser Überraschung genauso aussah wie in Comics.

Sie stiegen aus dem Wagen des Direktors. Ackerby blinzelte in die Dunkelheit und deutete auf einen gedrungenen Käfer von Boot. Es hatte einen kampflustig aufragenden Bug.

»Das da. Der Besitzer benutzt es zur Tiefseefischerei.« Er drehte sich demonstrativ weg, als Grey sich zum Schiffsdiebstahl anschickte. Allerdings gerieten so Denizen und Venia frontal in sein Blickfeld, was definitiv keine Verbesserung war.

Der Tenebra war es gelungen, ihre Umbra zurückzuhalten – ansonsten hätte sie nicht auf den Rücksitz gepasst – doch sie konnte nicht verbergen, was sie war. Ihr dabei zuzusehen, wie sie eine menschliche Verkleidung anfertigte, hätte Ackerbys Nerven allerdings vermutlich auch nicht weitergeholfen. Er hatte schon mehr als genug Erfahrungen mit Dingern gemacht, die menschlich aussahen.

Die ganze Sippe. Irgendetwas in die Haut des Universums gemeißelt zu sehen, hätte jeden in kalten Schweiß ausbrechen lassen, aber es waren die Worte an sich, die durch Mark und Bein gingen.

Es gab eine ganze Anzahl von Gründen, warum dieser Satz dort stand. Vielleicht war es ein gängiges Sprichwort der Tenebrae.

Mach schon.

Dass der Phantomjunge Denizen geholfen hatte, Venia zu befreien, obwohl es seinen eigenen Tod bedeutete, machte die Vorstellung, der Mann in der Weste könnte Freunde haben, allerdings schwierig.

Bitte.

Vivian Hardwick gab kaum jemandem eine zweite Chance. Sie hatte das Trio bei ihrem ersten Zusammenstoß so übel verbrannt, dass es sich elf Jahre davon erholen musste, und als sie dann noch einmal die hässlichen Köpfe hoben, hatte sie alles drangesetzt, ihnen den Garaus zu machen.

Oder nicht?

Denizen war mit der Klarheit, die Erschöpfung und Trauer mit sich brachten, bewusst, dass er gerade nur von Spucke und Draht und den Anforderungen des Augenblicks zusammengehalten wurde. Er konnte nur um Vivian *herum* denken – an ihre Taten, ihren Kreuzzug – an *sie* zu denken, hätte bedeutet, ihren Tod zu akzeptieren.

Im Vergleich dazu war es ein willkommener Druck, den Unendlichen König von Os Reges zu retten. Er verhinderte, dass Teile von Denizen absprangen und explodierten. Druck war gut. Druck erzeugte Diamanten. Ihren Sohn nach dem ersten Angriff des Trios zu verlassen, hatte seine Mutter zu der Person gemacht, die sie gewesen war.

Der Gedanke, dass Vivian in gewisser Hinsicht versagt hatte, drehte Denizen den Magen um.

Sie hatte keinen Hammer benutzt. Der Gedanke kam in der fiesen, gedehnten Sprechweise des Mannes in der Weste und rief ein Zittern bei Denizen hervor, das nicht von der kalten Küstenbrise ausgelöst wurde. Es war bloß ein Splitter gewesen; selbst Vivian hatte Zweifel gehabt, dass ihm die gleiche Macht innewohnte.

Offenbar schon. Schau dir Venias Arm an.

Als er nach der Scheide tastete, merkte er, dass Zögerer weg war. *Ich hole ihn zurück. Versprochen. Und wenn ich Adumbral in Stücke reißen muss, um ihn zu finden.*

»Wir sind so weit«, rief Grey. »Vollgetankt und alles. Direktor, bitte richten sie Mr ... unseren Dank aus.« Er musterte einen Zettel, der unter die Armaturen geschoben war. »Cattigan. Wir sind ihm sehr verbunden.«

»Ich werde ihm sagen, dass er euch eine Rechnung schicken soll«, krächzte Ackerby. »Und noch eine für das Tor.«

Grey schlug zackig die Hacken zusammen und tauchte wieder in die Kajüte ab. Denizen wurde plötzlich aufgeregt klar, dass es dort vielleicht ein Bett gab, oder zumindest ein Regal, in das sie ihn für ein paar Stunden packen konnten. Er überlegte gerade, ob er losstürzen sollte, als Venia auf Blitzwedeln herangeschwebt kam und Ackerby schüchtern anlächelte.

Vielen Dank für Ihre Gastfreundschaft, Direktor. Sie wird nicht –

»Ich habe von dir geträumt«, sagte der alte Mann unvermittelt. »In Crosscaper. Als ... Als sie kamen. Ich träumte von einem Mädchen in einem Käfig.«

Oh. Ja. Ich –

»Nicht«, unterbrach er sie. »Es waren keine schönen Träume.« Er schob den Kiefer vor. »Halte dich von meinem Waisenhaus fern. Was … Was immer du auch bist. Halte dich von meinen Kindern fern.«

Venia öffnete den Mund und schloss ihn wieder.

Sehr wohl, war alles, was sie schließlich herausbrachte.

»Ich vermute, das gilt auch für mich«, murmelte Denizen, der Stich in seinem Magen, den er dabei empfand, fühlte sich dumm und fremd an.

Er mochte Crosscaper nicht. Außer Simon gab es dort nichts, was man mögen konnte, und den hatte er ja mitgenommen, als er ging. Es waren nicht die Tenebrae gewesen, die die Gänge mit schlechten Erinnerungen tapeziert hatten – sondern die langen Nächte, in denen er sich gefragt hatte warum er, warum hier, warum irgendein Kind.

Es gab einen Grund, warum das Trio dort fett geworden war. Es gab einen Grund, warum für ihn Heimweh nur ein Wort war. Und trotzdem …

»Nein«, antwortete Direktor Ackerby und sah Denizen in die Augen. »Komm zurück, wann immer dir danach … Du bist jederzeit willkommen. Jederzeit.«

Ein unerwarteter Kloß in Denizens Hals. »Danke.«

»Ja«, sagte der alte Mann. »Nun gut. Viel Glück mit … was immer ihr vorhabt.«

Sie ließen ihn dort zurück, einen gebeugten alten Mann, der in der mitternächtlichen Kälte die Arme um sich schlang, und nur durch Glück gelang es Grey, das Boot um die Keem Bay und die kleinen grauen Häuser zu lenken, die sich an die Böschung schmiegten.

Das Boot rollte unter ihnen wie eine Münze über die Finger eines Zauberkünstlers. Denizen setzte sich neben das Dollbord (er hatte sich über Boote schlaugemacht) und starrte zu den Sternen hinauf – Makel im Onyx des Himmels. Achilles

Island verschwand und – bis auf den Motor und das Pfeifen des Windes – ebenso sämtliche Geräusche.

»Venia!«, rief Grey nach einer Stunde oder so. »Kannst du mal herkommen?«

Sie drehte sich auf ihrem Hochsitz im Bug des Bootes, auffallend hell in der Nacht, und stellte sich zu Grey ans Steuerrad. Denizen erhob sich ebenfalls, er war neugierig.

»Du weißt, wo Os Reges liegt, oder?«

Ja.

»Dann übernimm das Steuer. Ich muss etwas erledigen.«

Es war höchst selten, dass man Venia überrumpelt sah, aber bei diesen Worten machte sie große Augen. **Wie?**

»Schon gut – du musst nur die Richtung halten. Es ist wie Fahrradfahren.«

Venia starrte ihn mit ausdruckloser Miene an.

»Ja«, sagte Grey, und Denizen unterdrückte ein erschöpftes Lächeln. »Dachte ich mir schon, dass du so reagieren würdest. Nur fünf Minuten. Einfach vorsichtig lenken.«

Sie nickte, ihre Stirn kräuselte sich verwirrt, doch sie stemmte sich mit einer Hand gegen das Steuerrad. Das Schwappen der Wellen zerrte das Boot zur Seite, aber als Venia mit ein paar kleinen Bewegungen korrigierte und sie wieder auf Kurs brachte, zeigte sich zögernd ein Lächeln auf ihrem Gesicht. Ihr Licht veränderte sich von haarfeinen Blitzlinien zu einem langsamen, wogenden Pulsen, das die Bewegung des Meeres widerspiegelte.

Grey beobachtete sie noch einen Moment, dann ging er zu Denizen zurück und ließ sich neben ihn fallen. Denizen wurde mit Bestürzung klar, dass, ganz gleich wie wenig Schlaf er abbekommen hatte, Grey noch wesentlich weniger geschlafen hatte.

»Das war nett von dir«, sagte Denizen leise.

»Na ja«, antwortete der Schattenjäger, »sie weiß, wo wir hinmüssen. Und … Wir wissen nicht, was sie dort erwartet, verstehst du?«

Denizen nickte düster.

Grey! Grey! Venias Entzücken kam in glitzernden Wellen. **Es funktioniert!**

»Und wie!«, rief Grey zurück. Er lächelte ihr zu, bevor er sich wieder zu Denizen wandte. »Wir müssen etwas erledigen.«

»Was denn?«

»Wir schlagen dich zum Schattenjäger«, erklärte Grey.

Denizen riss die Augen auf.

»Normalerweise muss es ein Malleus tun«, sagte Grey mit gezwungener Leichtigkeit, »und es gibt lateinische Brocken und Gefuchtel und Gewänder und weiß der Kuckuck was, aber es war schließlich ein langer Tag und …«

Er schluckte.

»Vivian hat mich vor langer Zeit zum Schattenjäger geschlagen, ich glaube, es ist das Richtige. Es hat nichts mit Magie zu tun oder so, aber … es ist …«

»Das Richtige«, wiederholte Denizen hohl. Seine Welt war immer noch nicht wieder an ihrer Anlegestelle festgebunden, aber bei Greys Worten spürte er, wie sich etwas stabilisierte. *Es hat nichts mit Magie zu tun.* Und so war es auch. Vivian hätte dasselbe gesagt. »Verstehe.«

»Dann knie dich hin«, wies ihn Grey an.

Denizen ging auf die Knie. Er hätte sich albern vorkommen sollen, und das Schwanken des Decks machte es schwieriger, als es hätte sein sollen, und normalerweise war Denizen zu sehr damit beschäftigt, Fragen zu stellen und Löcher in Au-

genblicke zu bohren, um sie jemals für heilig zu halten …
aber das Meer schien trotzdem ruhiger zu werden, und auch
der Wind legte sich.

»Mein Latein ist schauderhaft«, bekannte Grey und zog mit
dem Schaben von Stahl sein Schwert heraus. »Aber das We-
sentliche weiß ich.« In Schleifen und Kringeln kroch Macht in
das Schwert, zuerst in der Farbe von glühender Asche, dann
von Flammen und schließlich von Sommersonne.

»Denizen Hardwick«, sagte Grey, nun ohne jede Ironie,
ohne Schwäche und ohne Angst. Es war weder die Stimme
eines Mentors noch eines Opfers noch eines Freundes.

Es war die Stimme eines Schattenjägers der Allianz.

»Vielleicht ist alles gut«, erklärte Grey. »Vielleicht war es
kein Schrei. Vielleicht ist das auf dem Boden kein Blut. Du
kannst weitergehen. Du kannst die Haare ignorieren, die sich
in deinem Nacken aufstellen, jenen Schatten im Fenster. Du
kannst weitergehen. Vielleicht bringt es jemand anderes in
Ordnung. Vielleicht stellt sich jemand anderes dieser Hölle.

Einige tun es. Die meisten tun es. Du kannst dein ganzes
Leben lang im Licht leben und nicht nach der Dunkelheit
suchen. Wir würden dir das nicht missgönnen. Wir würden
dir das niemals missgönnen. Und wenn du bleibst, und wenn
du dich entschließt zu kämpfen … ist deine Belohnung, dass
du immer und immer wieder wählen kannst. Es gibt keine
magische Verpflichtung. Es gibt kein Gelübde außer diesem.«

Die Klinge *brannte*.

»Wir fragen dich, wie wir dich …« Grey runzelte die Stirn.
»… letzte Nacht gefragt haben. Vor zwei Nächten? Entschuldigung, normalerweise liegt mehr Zeit zwischen diesen …«
Er schüttelte sich. »Ähm. Willst du ein Schattenjäger sein?«

Sie hatte immer so gebieterisch ausgesehen. So entschlossen.

So *hart*. Doch nun konnte Denizen nur noch daran denken, wie wichtig es für Vivian gewesen sein musste, für Menschen in den Krieg zu ziehen, denen sie nie begegnet war. Der Gedanke erschütterte ihn so sehr, dass er spürte, wie die Klinge seine Haut versengte. Denizen hatte vom ersten Moment an gewusst, wie entschlossen Vivian war, aber bevor es aufgehört hatte zu schlagen, hatte er nie über ihr Herz nachgedacht.

»Ich werde kämpfen«, erklärte Denizen Hardwick mit einer Inbrunst, wie sie seine Mutter an dem Tag gehabt haben musste, an dem sie ihren Ehemann verloren hatte, und an jedem anderen Tag bis zu ihrem Tod.

Greys Schwert tippte vorsichtig auf seine Schulter. »Dann erhebe dich, Schattenjäger.«

Denizen wusste nicht, wie lange die Fahrt nach Os Reges dauerte. Hier draußen gab es nichts, woran man Zeit festmachen konnte – nichts, was ausgehöhlt wurde oder wuchs oder erblühte oder starb, nichts außer ihnen und der Meeresoberfläche, über die sie glitten.

Venia hielt das Steuer, das Mondlicht floss durch sie hindurch und färbte sie gletscherblau. Grey suchte den Horizont ab, die Schatten unter seinen Augen waren sogar durch das *Lucidum* dunkel. Denizen hielt ebenfalls Ausschau und versuchte, sich keine Fragen zu stellen, die er nicht beantworten konnte – über seine Freunde, über Tagesanbruch, ob die Allianz noch kämpfte oder ob die letzte Hoffnung für die Menschheit in drei Gestalten in einem winzigen Boot bestand.

Und dann ... die erste Fingerspitze, die am Horizont aufragte, und dann noch eine, und noch eine, als würden sie sich in die Handfläche des Unendlichen Königs schmiegen. Venia hielt auf die kleinste Spitze zu – *kleinste*, bei dreihundert Metern Höhe – und die Temperatur fiel wie ein Stein.

Man sah den Atem. Denizen musste vorsichtig an seinem Feuer ziehen, und ein wenig – aber nicht alle – Vorsicht fallen lassen, um es nahe genug an sein Blut zu lenken, damit es nicht vollständig einfror. Die Wellen um sie herum wurden härter, weiße Kanten verwandelten sich in Glas, bis Denizen mit der Hand über sie hätte fahren können, um rote Wärme in ihre Tiefen bluten zu lassen.

Das Gleiten des Bootes wurde zu einem knirschenden Schaben, als es den Schnee durchschnitt, und schließlich kam es zehn Meter vor dem winzigen steinernen Pier zum Stehen. Die Fahrrinne hinter ihnen überfror bereits.

Denizen starrte auf die Eiskruste, doch bevor er sie mit dem Fuß testen konnte, wallte Venia mit solcher Geschwindigkeit an ihnen vorbei, dass er sie nur als blasse Spur wahrnahm. Grey sprang, ohne zu zögern, hinter ihr aus dem Boot. Das Eis ächzte, hielt aber stand, und Denizen folgte ihnen, so schnell er konnte und zuckte bei jedem Schwanken und Knirschen unter seinen Füßen zusammen.

Der Pier führte zu einem senkrechten Schacht in der ersten Spitze, der den Eindruck erweckte, als sei der Fingerknochen entfernt worden, ohne das umgebende Fleisch zu verletzen. Als Venia den Schacht hinaufschoss, schmolz ihr Licht die Eisschicht, die sich dort festgesetzt hatte, und Denizen und Grey mussten sich vor dem herabfallenden Regen wegducken.

»Klettere hoch!«, mahnte Grey ihn, das Licht unter seiner Haut flackerte und knackte.

Es war nicht leicht. Denizen hatte ein Jahr Training hinter sich seit dem letzten Mal hier, aber ein Tag und eine Nacht zu kämpfen und zu rennen und noch mehr zu kämpfen forderten ihren Preis.

Nach fünfzig Sprossen zischte er zwischen zusammengebissenen Zähnen. Nach hundert riss eine lose Eisschuppe sein Knie auf, aber es war nicht der Schmerz, der ihn langsamer machte, sondern der Wind, der sich plötzlich an seiner aufgerissenen Haut gütlich tat. Sein heruntertropfendes Blut wurde zur willkommenen Wärmequelle.

Die Brücke zwischen der ersten und der zweiten Spitze war eine erstarrte Schnur mit Frostbart. Sie sprinteten darüber, danach über die nächste, und noch eine, und Denizen konnte Venias Spur anhand der Stellen verfolgen, wo das Eis geschmolzen und in tausend Farben erneut gefroren war. Es sah aus, als würde sie Regenbögen hinter sich zurücklassen.

Je weiter sie nach oben stiegen, desto deutlicher wurde auch der Schatten von Tenebris – und verzerrte Farben, trennte Geräusche. Jeder Moment fühlte sich zerteilt an, wie ein Film, bei dem Bild für Bild nebeneinandergelegt wird, ohne dass es eine Verbindung dazwischen gibt. Aber es fühlte sich hier nicht so vergiftet an: Es war nicht die Heimtücke von Drache, auch nicht die schlammige Fäulnis der niedrigeren Bestien. Es war der einzige Ort auf der Welt, an dem sich Tenebris … zwar nicht unbedingt natürlich anfühlte, zumindest nicht für Denizen, aber vielleicht natürlich für jemand anderen.

Anders statt *verkehrt*.

Schließlich erreichten sie den Gipfel, die Sterne hingen strahlend und klar wie Weihnachtsbaumkugeln herunter. Die Luft war von feinem Nebel und Millionen von Eispartikeln erfüllt. Sie verhüllte das tosende Meer in der Tiefe, bestäubte Grey und Denizen so lange, bis ihre Kleider und ihre Haut erstarrten und frostig knackten und das Mondlicht widerspiegelten.

Venia sah in der Luft wie eine Königin aus.

Sie schwebte über einen rostigen Umriss – die Stelle, an der der Gesandte einst gefangen gehalten worden war – ihr Licht schnappte nach jedem Splitter Kälte, als würde es sie durch tausend kleine Hundekämpfe verteidigen. Sie kümmerte sich nicht darum. Stattdessen glitten Schwerter aus ihren Händen oder *wurden* vielmehr ihre Hände, beendeten zischend das Leben von Eiströpfchen, als sie …

Auf den König herunterstarrte. *Den Unendlichen König.* Den Meister der Schatten. Den Herrn der Obskura. Die Schattenjäger sprachen in solch heiligen, angsterfüllten Begriffen von ihm, dass es manchmal schwerfiel, sich daran zu erinnern, dass der König trotz allem ein Tenebra war. Als er die Welt wegen Venias Verschwinden bedrohte, hatten die Schattenjäger nicht einmal *in Erwägung* gezogen, gegen ihn anzutreten. Ameisen kämpften nicht gegen den herabsinkenden Stiefel. Sie gingen ihm aus dem Weg.

Und danach … danach hatte Denizen nur durch Venias Prisma an ihn gedacht. Durch die Macht, die sie durch ihn ausübte. Durch die Trauer, mit der sie über ihn sprach. Die Zuneigung. Die Bedrohung.

Er hatte nie erwartet, dass der König schön sein würde.

Wo Venia silbern war, schimmerte der Unendliche König golden – nicht in dem langweiligen Farbton kalten Metalls, sondern in den flüssigen, sich bewegenden Strömen goldener Lava, die sich wie Bänder um anmutige, langgliedrige Arme und Beine bauschte, breite, edle Schultern umhüllte, so dass man die wahre Gestalt des Königs eher erahnte als erkannte.

Denizen sah Augen wie Bohrlöcher, einen dünnen Schlitz

von Mund, der nie zum Lächeln bestimmt gewesen war. Wangenknochen, so scharf und hart wie der Kopf einer Axt. Er musste an Totenmasken von Kinderkönigen und längst verstorbenen Herrschern denken.

Der Phantomjunge stemmte den Fuß in den Nacken des Königs.

Endlich, flüsterte er. **Die ganze Sippe.**

29

Niemandsland

Abigail glaubte fest daran, dass jeder alles konnte, man musste nur genug trainieren. Denizen und Simon hatten nicht ihre Kindheit gehabt. Abigail hatte die beiden beobachtet, wie sie tollpatschig kämpften, hatte ihre völlige Unfähigkeit gesehen, Vivians oder Darcies oder ihren eigenen Bewegungen zu folgen.

Jeder konnte alles lernen, aber nichts kam von allein. Man bekam nichts geschenkt. Sie alle hatten magische Fähigkeiten von ihren Eltern geerbt; Metabolismus und Sinne und Größe waren Geschenke der DNS, trotzdem musste man lernen, sie zu nutzen, und der Schlüssel zum Lernen waren tausend kleine Entscheidungen, immer weiterzumachen. Nicht aufzugeben.

Zu ihrer Überraschung verhielt es sich mit Verrat genauso.

Ein schiefes Lächeln aufzusetzen, als man ihnen sagte, dass sie weiterziehen würden. Einen Wachposten mit Fragen abzulenken, während Simon ein Funkgerät aus der Ladestation mopste. Darcie zuzusehen, wie sie die Route zum nächsten Sammelpunkt zeichnete, und zu hoffen, dass niemandem auffallen würde, wie untypisch dilettantisch ein Teil der Skizze ausfiel.

Abigail zählte jedes kleine Verbrechen, wie sie die Schritte bei einem besonders schwierigen Sprint gezählt hätte, oder wie sie Muskelschmerzen bewertet hätte, wenn sie beim Training an ihre Grenzen kam. Es war eine Art Bestandsaufnahme. Um zu sehen, wie weit sie schon gekommen war.

Sie brachen auf. Darcies Karte führte sie durch eine Stadt, die sich im wahrsten schrecklichen Sinne des Wortes umgekrempelt hatte. Die Mauern der Gebäude angenagt, die Erde aufgeschaufelt in Bombenkraterlöchern, die Luft ein trostloser dickflüssiger Smog, der nur einen Herzschlag davon entfernt schien, sich zu Wahnsinn und Zähnen zu verbinden.

Greaves an der Spitze – *natürlich; er weiß, dass der Pfad sicher ist* – Ed, Simon, Abigail und Matt ein kaum beachtetes Grüppchen am Ende. Darcie hingegen war von so vielen Schattenjägern umringt, dass sie kaum zu erkennen war.

Und vor ihnen das Minarett. Es hatte einen Schauder von Schuldgefühlen bei ihr verursacht – obwohl Darcie es natürlich nicht ausgewählt hatte. An diesem Plan war kaum etwas von ihnen *ausgewählt* worden, er war nichts weiter als das Bedürfnis, etwas zu tun, was Greaves nicht tun würde. Trotzdem ließ die schlanke Länge Abigail an leise Gebete und Zuhause denken … und was ihre Eltern wohl von dem halten würden, was sie im Begriff war zu tun.

Manchmal muss man den ersten Schritt machen. Dann ist es für alle anderen leichter.

Die Steine unter ihren Füßen bewegten sich. Früher hatten die Risse wie Tintentropfen in klarem Wasser herausgestochen. Nun änderte sich die Atmosphäre kaum, wenn sich auf Kopfhöhe ein Spalt öffnete und schwarze Flüssigkeit herauspeitschte.

Es war ein ergreifender, stolzer Moment, als Abigail die besttrainierten Krieger des Planeten mit der Präzision des

Exerzierplatzes auf die Bedrohung reagieren sah – sie stellten sich in überlappenden Reihen auf, die Neulinge wurden beiseitegezerrt, Darcie wurde hochgehoben – und der Tenebra hatte sich kaum eine Grundform zusammengeplündert, als er auch schon von einem Dutzend Canti in Stücke gerissen wurde.

Eine zweite Gestalt kam aus dem Riss. Diese war bereits geformt – ungeschlacht und gehörnt – Abigail sah ihr kurz in die zusammengekniffenen Augen, dann machte sie auf dem Absatz kehrt und rannte davon.

Zählte es trotzdem als Verrat, wenn man etwas aus den richtigen Gründen tat? War es trotzdem Flucht, wenn man auf eine größere Angst zurannte? Abigail hatte jede Menge Zeit gehabt, darüber nachzugrübeln, während Darcie nach einem Riss gesucht hatte, zu dem sie den Palatin führen konnte – einem Riss, der groß genug war, um als Ablenkung zu dienen, aber nicht groß genug, um eine Bedrohung darzustellen. Es war genauso schwierig gewesen, wie es klang. Es gab mittlerweile kaum noch kleine Risse.

Die Kampfrufe hinter ihnen wurden lauter, und Abigail betete, dass alles, was außerhalb ihrer Kontrolle lag, zu ihren Gunsten funktionieren würde. Sie betete, dass sich die Schattenjäger auf die tobende Schlacht konzentrieren würden, und sie betete, dass Greaves seiner Truppe befehlen würde, zu einem sicheren Sammelpunkt weiterzugehen, statt Zeit und Soldaten zu vergeuden, um nach ihr zu suchen. Und sie betete, dass sie Darcie in die Augen schauen könnte, wenn einer von ihnen starb.

Ed, Simon und Matt rannten neben ihr. Eines ihrer Gebete war zumindest erhört worden.

Sie rannten genau drei Straßen weit – Darcie war sehr präzise gewesen – und hielten, wo ein beeindruckender Aquädukt auf eine riesige Zisterne traf. Dort warteten sie im Schatten. Das *Lucidum* malte die Einzelheiten im Dunkeln silbern, und Simon beugte Licht, um sie unsichtbar zu machen.

»Okay«, flüsterte Abigail und entfaltete ein Stück Papier, das sie aus der Hosentasche gezogen hatte. »Dann wollen wir mal sehen.«

Darcie war *sehr* präzise gewesen. Simons schmerzlich oft erprobte Versiertheit im Umgang mit dem Sternenlichtnetz verschaffte ihnen einen Vorteil, aber ohne Darcies Angaben zu Rissen, vorhandenen Tenebrae und patrouillierenden Kadern wären sie verloren gewesen. Die Notizen, die sie ihnen gegeben hatte, würden zutreffen, bis sie sie das nächste Mal kontaktieren konnte –

Es sei denn, der Kampf bringt noch mehr Tenebrae.

Es sei denn, sie wird verletzt.

Es sei denn, sie sterben alle –

– und Abigail nutzte den stillen Glauben, den ihre Freundin in sie gesetzt hatte, um das Hämmern ihres Herzens zu besänftigen und nach den Angaben der *Lux* zu zählen.

Drei Minuten bis zum Marktplatz – ein paar hölzerne Stände waren noch da, knochentrocken und spröde nach Jahrhunderten von Sonne. Eine Minute Pause, damit sich ein Stück Pflaster – wie ein von einer Sandbank kriechender Teufelsrochen – vor ihnen losriss und mit einem einzigen Schlag seiner Pflastersteinflügel in die Nacht aufschwang.

Sie kamen an Knoten missbrauchter Luft vorbei, wo das Nachtwabern hoch- und runtergeiferte wie Spucke aus einem Kiefer, wo Statuen von Helden der Allianz vorbeistürmten, die von verhüllendem Schwarz belebt wurden und die Namen von Nachkommen brüllten, die sie abzuschlachten hofften.

Und so abscheulich es war, Darcies Bestiarium zum Leben

erwacht zu sehen – den blutmäuligen Cruachan, den Süßen James mit seinen Tapetenflügeln – Kampf war etwas, worauf sich Abigail verstand. Dann sah sie die Siegeswitwen – drei Frauen, die doppelt so groß wie sie selbst und an der Kopfhaut zu einer Pyramide aus Fleisch und Haaren und Schweiß zusammengewachsen waren – mit einer Miene durch die Straßen *flanieren*, die Abigails bei ihrer Ankunft in Tagesanbruch ähnelte.

Staunen.

Sie gingen im Garten einer alten Villa in Deckung, um darauf zu warten, dass Darcie Kontakt mit ihnen aufnahm, doch die kurze Unterbrechung der monströsen Szenerie war keine Erholung. Matt zuckte beim kleinsten Geräusch zusammen, seine Finger umklammerten das Schwert, außerdem hatte Abigail Ed immer wieder dabei ertappt, dass er beim Laufen die Augen schloss, wie ein Kind, das sich vor dem Bösen Mann versteckte. Und was Simon anbelangte ...

Er hatte sich nicht beklagt. Das tat er eigentlich nie, nicht, wenn es um etwas Wichtiges ging. Obwohl das Versteck in der Villa ihm erlaubte, für einen Moment die Maske fallen zu lassen, hatte seine Haut immer noch eine ausgedörrte, ausgezehrte Farbe, und er zeigte diese Entschlossenheit von zusammengebissenen Zähnen und Sekundenzählen, die man bei ihm nur im Zustand völliger Erschöpfung sah.

Du schaffst das. Sie traute sich nicht, die Worte laut auszusprechen. Ein Teil von ihr hätte ihm gern die Hand gedrückt oder seinen Arm berührt, aber sie hatte Angst, ihn vielleicht abzulenken oder ... herauszufinden, wie viel Tribut er schon bezahlt hatte. Sie hatten noch viel vor. Hin und zurück und was immer ihnen unterwegs noch begegnen würde.

Wie viel wäre danach noch von Simon übrig?

Das Warten zog sich in die Länge. Abigail wollte das Plastikding in ihren Händen zum Sprechen zwingen, prüfte aber gleichzeitig manisch den Lautstärkeregler, um sich zu vergewissern, dass es sie nicht verriet. Sie brauchte sich den Tenebra, der jeden Moment zuschlagen konnte, nicht einmal vorzustellen: Sie hörte ihr idiotisches Geplapper direkt hinter den Mauern. Es klang wie die Parodie von Vogelgezwitscher.

»Hallo? Abigail?«

Alle richteten sich kerzengerade auf. Matt wollte sich das Funkgerät schnappen, doch Abigail war schneller und drückte auf der Senden/Empfangen-Taste hin und her. Auf diese simple Bestätigung hatten sie sich geeinigt.

»Frag sie, was wir tun sollen«, zischte Matt und zuckte zusammen, weil Abigail, Simon und Ed ihn böse ansahen.

»Alles in Ordnung. Kurzer Überblick. Wir sind in Sicherheit. Haben das Lager aufgeschlagen. Zwei Verletzte, keine Toten.«

Abigail seufzte vor Erleichterung. Als Schattenjägerin wurde man von dem getötet, was man nicht wusste. Deshalb wurden *Luces* so wertgeschätzt. Es war ihre Aufgabe, ihre *Berufung*, den Orden mit möglichst vielen Geheiminformationen in die Schlacht zu schicken. Darcie hatte, weil sie Abigail vertraute, freiwillig und in Sekundenschnelle angeboten, diese Berufung zu verraten.

Abigails Schuldgefühle drohten sie zu überwältigen, doch sie unterdrückte sie. *Bloß noch ein Grund mehr, warum es funktionieren muss.*

»Dein Verschwinden wurde bemerkt. Greaves ist fuchsteufelswild.«

Simon und Abigail wechselten einen Blick. Nur Darcie war in der Lage, selbst bei einem kurzen Bericht Wörter mit mehr als drei Silben zu benutzen.

»*Aber ich habe einen Weg gefunden, wie ihr hineinkommt. Glaube ich zumindest. Das Eingangstor ist von Tenebrae belagert, aber im Turminneren ist es relativ leer.*«

Sie konnten Darcies Ekel durch das Rauschen hindurch hören.

»*Abgenagt.*«

»Und wie sollen wir dann –« Dieses Mal verstummte Matt von selbst.

»*Eine Stelle scheinen sie zu meiden. Ich weiß nicht genau, warum. Es gab dort tenebrische Aktivität, aber es sieht aus, als ob ...*«

Es entstand eine Pause. Normalerweise bedeutete das, dass Darcie etwas zu erklären versuchte, für dessen Verständnis man einen zusätzlichen Sinn brauchte. »*Sie sieht aus, als wäre sie ausgeräuchert worden. Es ist der Asphodelienpfad.*«

»Wir werden diesen Pfad nicht benutzen«, sagten Simon und Ed einstimmig. Panik leuchtete auf ihren Gesichtern auf.

»Psst!«, zischte Matt ungehalten, doch bevor Abigail ihre Köpfe gegeneinanderstoßen konnte, fuhr Darcie fort.

»*Entweder so, oder ihr müsst euch durch Gott weiß wie viele Tenebrae durchkämpfen. Der Zugang ist nicht einmal weit von eurem Standort, wenn ihr ...*«

Sie lieferte eine Reihe von knappen, detaillierten Instruktionen. Abigail schrieb sie schnell auf, dann machte Simon die vier erneut unsichtbar, der Schweiß malte rosa Spuren in den Staub auf seinem Gesicht.

Es kostete sie eine weitere schmerzhafte, keuchende halbe Stunde, bis sie den Zugang fanden – einen Gullydeckel, der teilweise von Schutt verdeckt wurde. Ed und Matt begannen, ihn beiseitezuräumen, und Abigail hielt Wache, Zögerer eine glatte Kälte in ihren Händen. Es hatte sich richtig angefühlt, ihn mitzunehmen. An den Ort, wo Denizen ihn nicht hinbringen konnte.

Als der Deckel freigeräumt war, packte Matt ihn. Keuchend hob er die schwere Platte Zentimeter für Zentimeter an. Ed legte sich, ohne zu zögern, auf den Bauch und rutschte auf die Leiter in der Öffnung zu. Simon ging vorsichtiger vor, er kämpfte gleichzeitig darum, den Cantus stabil zu halten. Abigail atmete tief ein, blickte sich noch ein letztes Mal um, die allgegenwärtige Staubwolke lichtete sich für einen kurzen Moment –

– und eine Schattenjägerin wurde sichtbar. Eine einzelne Schattenjägerin, gedrungen und kompakt wie ein Gabelstapler. Zwei Morgensterne flackerten so schnell um sie herum, dass sie ihren eigenen Mini-Zyklon aus Schotter aufwirbelten. Ihre Angreifer waren nur Gespenster – die diffusesten Tenebrae, die Abigail je gesehen hatte – schmierige Aschesilhouetten, mit klammernden Händen und wippenden, fuchsartigen Köpfen. Es mussten an die hundert sein.

»Abigail, komm!«

Matt stand auf der ersten Sprosse der Leiter, den Deckel trug er wie ein rotgesichtiger Atlas auf dem Rücken, aber Abigail konnte sich nicht rühren. Sie sah zu, wie die Frau einen Morgenstern an grapschende Klauen verlor, doch schließlich schlug sie die stachelige Kugel der anderen Waffe durch den fleckigen Strudel des Tenebrakopfes.

Darüber wuchs etwas, es trank jeden Fleck und jede Asche, es war ein Schotterdebakel aus geisterhaften Gliedmaßen, das die Schattenjägerin überhaupt nicht gesehen hatte. Wie konnte das sein? Den Blick vom Kampf abzuwenden hätte ihn für alle Mal beendet.

»Du kannst ihr nicht helfen. Hilf *uns*!«

Woher sollte man das wissen? Woher sollte man wissen, welcher Verrat dem übergeordneten Wohl mehr diente? Woher wusste man, mit welchem Schritt man sich näherkam und mit welchem man sich mehr von sich selbst entfernte? Abigails gesamtes Leben war ein komplexes Netz aus Entscheidungen und Anstrengungen und Gründen und Wirkungen – warum hatte es den Gesandten trotzdem nur einen Moment gekostet, dass sie sich selbst verraten hatte?

Die Helioslanze brach mit dem Klagelaut eines Turmfalken aus ihren Fingern und pustete dem Mini-Wirbelsturm die halbgeformte Schädeldecke weg. Die Schattenjägerin drehte sich bei seinem plötzlichen Kreischen um, doch Abigail hatte sich schon in die Dunkelheit heruntergelassen.

Ihre Landung wirbelte Asche auf, in der Düsternis des Tunnels sah sie plötzlich nur noch Silberlinien. Es ließ sich nicht sagen, wofür er früher genutzt worden war, die verbrannten Wände gaben keinen Hinweis.

»Was ist hier passiert?«, fragte sie.

»Hardwicks«, sagte Simon mit einem Anflug seines alten Humors, doch sein Lächeln war kurzlebig. In der Luft brannte die Erinnerung an Rauch, jeder ihrer Schritte war ein Leichentuch. Und Matt hatte aus irgendeinem Grund sein Hemd ausgezogen.

»Was tust du da?«, fragte sie, als er anfing, das Kleidungsstück zusammenzuknüllen und Streifen abzureißen. Simon starrte Matt bloß an, als er ihm einen langen Fetzen reichte und dann Ed einen weiteren gab.

»Wir wollen schließlich nicht an der Asche ersticken, oder?«

Ed starrte auf den schweißnassen Lumpen in seiner Hand. »Darf ich dir den zurückgeben?«

»Wie du willst«, sagte Matt achselzuckend.

Abigail fand bald heraus, dass sie nicht etwa eine einfachere Route gefunden hatten, sondern einen Kompromiss. Simon musste sie nicht länger unter dem Netz verbergen, sein Atem ging leichter. Dafür kamen sie schwerer voran, die Asche war fein und weich und tückisch. Sie mussten ihren Fuß nach jedem Schritt herausziehen.

Irgendwann führte der Tunnel aufwärts, und die Brandflecken wurden blasser. Kurz darauf liefen sie einen Gang hinunter, der aussah wie jeder beliebige in Tagesanbruch – allerdings waren seltsame, flache Kanäle in die Wände geschnitten worden. Sie waren so lang wie Abigails Oberkörper, aber nur wenige Zentimeter tief.

»Die Mosaiken«, sagte Abigail erschrocken. Sie streckte die Hand aus, und fast hätte sie – aber nur fast – den nackten Stein berührt. »Sie haben alle Mosaiken mitgenommen.«

»Und alles andere, was nicht niet- und nagelfest ist«, fügte Simon hinzu und spähte in einen Raum, der wohl einmal das Archiv gewesen war. Nun lagen dort überall Papierschnipsel wie Krümel herum.

»Vielleicht sind die Tenebrae deshalb alle draußen?« Ed umklammerte sein Schwert so fest, dass sich sein Zittern auf die Schwertspitze reduzierte, die hin und her surrte wie eine Schmeißfliege, die sich nicht entscheiden konnte, wo sie landen sollte. »Das ist gut, oder?«

Abigail nickte. »Wir schaffen das. Wir müssen nur vorsichtig sein. Und nicht nur wegen der Tenebrae. Drache ist auf seinem Weg nach draußen durch die oberen Stockwerke geprescht. Wir werden vielleicht … an manchen Stellen klettern müssen.«

»Oh«, sagte Simon mit zittriger Stimme. »Cool.«

Matt sah ähnlich verzagt aus, aber Abigail packte die beiden an den Schultern. »Wir schaffen das«, sagte sie. »Wir müssen es nur langsam angehen, die Ecken im Auge behalten –«

Ed begann, sich hektisch nach Ecken umzusehen. Simon lächelte ihn müde an.

»– und zusammenbleiben.«

Seit sie aus dem Tunnel heraus waren, verbarg Simon sie wieder. Sie liefen weiter, Gespenster, die in ein Gespenst eindrangen. Selbst die Schlachtfelder, an denen sie vorüberkamen, waren stumm und bis auf die Knochen abgenagt.

Sie konnte die Umrisse der ehemaligen Barrikaden erkennen und fragte sich, ob sie nun wohl die grimmigen Trophäen waren, mit denen sich die Monster schmückten, die sie eingerissen hatten. Sie kamen an beiseitegeworfenen Mosaikfliesen vorbei. Waren die Tenebrae zu übersättigt gewesen, um sie aufzuheben? Wie Millionäre, die Kleingeld auf der Straße liegen ließen?

Nur einmal sahen sie einen Tenebra – ein hochaufgeschossenes, beutelartiges Geschöpf, das so schnell an ihnen vorbeitappte, dass keiner von ihnen eine Chance hatte zu reagieren. Danach behielt Abigail ihr Schwert in der Hand.

Ihr Aufstieg schien ewig zu dauern. Geflüsterte Statusmeldungen mit Darcie, immer wieder ähnlich aussehende Treppenhäuser – Abigail wurde ganz schwindlig vor all dem Rückzug und Wegkreuzen. An manchen Stellen hatte sich der Boden geneigt. Brisen, deren Ursprung nicht auszumachen war, kühlten den klebrigen Schweiß auf ihren Gliedern. Abigail wusste, dass sie ganz in der Nähe von Draches Ausgangswunde waren.

Irgendwann stieß Matt eine Tür auf und da war sie – ein Loch von der Größe eines Basketballfeldes, dahinter die mehrstöckigen, zerschmetterten Innereien von Tagesanbruch. Matt schloss die Tür wieder.

»*Alles in Ordnung bei euch? Was ist los?*«

»Nichts«, antwortete Simon Darcie leise. »Es ist nur … wir haben hier ein Hindernis.«

»*Es tut mir leid, aber es wird bald einen weiteren Riss in eurer Nähe geben. Ihr müsst dort entlang – es ist der schnellste Weg. Was ist das Hindernis? Kann ich helfen?*«

»Ich glaube nicht«, sagte Simon. »Matt? Mach die Tür wieder auf.«

Matt lief zwei Schritte den Gang hinunter und öffnete mit spitzen Fingern die Tür. Er schien möglichst viel Abstand zur Kante halten zu wollen.

»Schon gut«, sagte Simon. »Das wird super. Die Ränder sind ein bisschen … scharfkantig, oder? Wir können einfach … drum herum klettern?« Seine Stimme hatte einen aufgesetzt optimistischen Singsangton angenommen. »O.k. Ich mache es jetzt einfach. Und ihr müsst hinterherkommen, denn wenn ich erstmal da draußen bin, drehe ich mich nicht mehr um. O.k.?«

Er war aus der Tür, bevor sie antworten konnten. Ed entfuhr ein Schrei, er schlug die Hände vor den Mund. Doch in Anbetracht des heulenden Windes und der Gewissheit, dass wahrscheinlich selbst Tenebrae nicht wahnsinnig genug waren, um zu tun, was Simon gerade getan hatte, hatte ihre Lärmdisziplin gerade nicht die höchste Priorität.

»O Gott. O Gott. O Gott.«

Die Worte entschlüpften Ed bei jedem Schritt, mit dem er der Türöffnung näher kam. Es wirkte, als würde er gegen seinen Willen hingezerrt. Er presste sich gegen den Türrahmen, ein Fuß balancierte auf der abrasierten Kante, hinter der es steil nach unten ging, dann folgte er Simon mit der methodischen Schiebebewegung eines Raupenfahrzeugs Zentimeter um Zentimeter.

»Ed, *warte* –«

Und dann waren es nur noch Matt und Abigail und die Bienenwabe entblößter Zimmer draußen. Vor ihren Augen gab der Boden in einem der Zimmer nach, ein Kleiderschrank rutschte den neuentstandenen Abhang hinunter und erbrach Kleider, bevor er sich überschlug.

Abigail zwang sich, nach oben zu schauen. *Höhen.* Sie hasste sie. Hatte sie immer schon gehasst. Der Flug war eine Qual gewesen – gefangen in einer winzigen Metallröhre, ihr Leben launischen Kräften ausgeliefert, über die sie keine Kontrolle hatte.

Glaubst du, dass du gut genug bist, Abigail Falx?

Es waren die Worte, die sie hinaustrieben. Sie drückte sich an den Türrahmen, wie Ed es getan hatte, die Schultern angespannt wie Kletterhaken, schob sie sich vorsichtig über den Spalt. Es war, wie Simon gesagt hatte: Draches brachialer Ausbruch hatte einen Steinkragen hinterlassen, die Überreste von Korridoren und Gängen und Zimmern und Leben, gerade breit genug, um darüber zu balancieren.

Was er zu erwähnen vergessen hatte, war die Tatsache, dass der Kragen an manchen Stellen breiter war als an anderen. Dass ganze Stücke fehlten. Dass Schutt und Besitztümer hin und wieder einfach in die Tiefe stürzten, und dass, egal, wohin Abigail auch blickte, das grausige Durcheinander des ausgeweideten Zuhauses ihrer Allianz herumlag.

Weitergehen. Weitergehen. Jeder Schritt bedeutete angeschlagene Ellbogen, zerkratzte Waden. Aber sie war eine Kriegerin, sie war eine *Schattenjägerin* – beinahe, irgendwann, wahrscheinlich – und sie würde sich nicht von schnöder Schwerkraft unterkriegen lassen. Hatte sie nicht die Brücke auf Os Reges überquert? Das war mindestens so beängstigend gewesen wie das hier.

Aber damals hast du versucht, eine tapfere Miene zu zeigen.

Ich versuche immer, eine –

Sie blickte nach unten. Abigail war noch nie mit einer Schusswaffe bedroht worden. Laut Denizen war es ausgesprochen unangenehm. Aber genau so fühlte sich der Blick nach unten an – als würde sie in den Lauf eines Gewehres starren, das so breit war wie eine Straße in der Stadt und zehn Stockwerke lang, und am Ende ... Schwärze. Schwärze, so dicht wie eine Kugel, allerdings *schäumend*, wallend und ein immer lauteres Geräusch von sich gebend. Als würden sämtliche Abflussrohre der Schöpfung auf einmal geöffnet.

Es trieb ihre Seele an ihre Schädeldecke, drehte ihre Augen nach hinten. Eine Sekunde lang war sie felsenfest überzeugt, dass sie in Ohnmacht gefallen war, andererseits war sie offenbar wach genug, um es ertragen zu müssen. Sie schwankte und kippte fast vorwärts –

»Zuhause haben wir ein Denkmal.« Matt stand dicht hinter ihr.

Abigail konnte nicht einmal daran denken, ihm zu antworten. Ihre Worte würden einfach *herunterfallen*, und sie nach draußen zerren und in die Tiefe –

»Meine Eltern haben mich jedes Jahr gezwungen hochzusteigen.«

Es war seltsam, welche Anker einen zurückzogen. Abigail hatte keine Ahnung, warum ihr das ausgerechnet in diesem Moment auffiel, aber es war das erste Mal, dass er seine Eltern erwähnte. Der Gedanke machte sie ruhiger, nur einen Moment, und die Worte sprudelten heraus.

»Ist es … Ist es hoch?«

»Gigantisch«, sagte Matt mit grimmigem Lächeln. »Und je höher man steigt, umso enger werden die Treppen, und wenn man oben ankommt … Kennst du das, wenn man so weit oben ist, dass man das Gefühl hat, bei einem Sturz eher nach oben als nach unten zu fallen?«

»Nein«, sagte Abigail. »Dieses Gefühl hatte ich noch nie.«

»Siehst du, ich schon«, sagte er. »Im Moment allerdings nicht. Es kann also nicht so schlimm sein.«

Und dann schubste er sie hinüber und sie landete auf festem Untergrund.

»O.k., wir müssen also –«

Abigail zweifelte nicht daran, dass, was immer Simon sagen wollte, ausschlaggebend für ihren Plan sein würde, für ihre Kriegsanstrengung, die Welt, aber in ihrem Leben gab es gerade nichts, was wichtiger war, als Matt Temberley in seine dämliche Fratze zu treten. Sie wechselte in derselben Zeit von Liegen zu Stehen, die er brauchte, um über die Kante zu treten, und nur das plötzliche Entsetzen auf seinem Gesicht ließ ihren in der Luft schwebenden Fuß innehalten.

»Abigail«, sagte Simon, in Anbetracht der Situation sehr ruhig. »Wenn du ihn trittst, wird er hinunterstürzen.«

Sie bräuchte nicht einmal zuzutreten. Auf seiner Wange liegend, wie er es gerade tat, brauchte ihr Fuß ihn nur anzutippen –

»*Alles in Ordnung? Abigail? Simon?*«

Es war Darcies Stimme, die sie innehalten ließ. Matt stolperte fast über sich selbst, als sie den Fuß zurückzog und sich wegdrehte. Der Rest des Aufstiegs erfolgte schweigend.

Simon machte sie unsichtbar, Darcie lotste sie, und Abigail hielt sich so weit von Matt entfernt, wie sie konnte, ohne den Schleier aus gebeugtem Licht zu gefährden.

Die Türen zu Greaves' Büro waren hoch und breit, in das Holz war die Hand mit den Hämmern geschnitzt, und es war durchaus verständlich, dass man vor lauter Faszination die schmale Treppe übersah, die hinter einer Säule im Raum verborgen war.

»Es ist dort oben«, murmelte Darcie durch das Funkgerät. *»Aber ich war nie wirklich … du wirst es beschreiben müssen, dann können wir uns etwas überlegen.«*

»Okay«, sagte Abigail und zog wieder das Steinmesser, das sie immer noch nicht als ihres betrachten konnte. Die anderen zogen ebenfalls die Waffen – Matt, der *immer noch* kein Hemd trug, und sie anstarrte, als könne sie sich erneut auf ihn stürzen, und Ed, der es geschafft hatte, sein Schwert für einen Moment still zu halten, und Simon, der nur die Achseln zuckte und ihr den Vortritt ließ.

Es war ein hoher Zylinder von Raum. In die Mauern ringsum waren Glasrauten in massiven Eisenrahmen eingelassen. Abigail wusste schon bevor sie das Zimmer betraten, dass es nichts Kompliziertes sein würde, kein Astrolabium und auch keine Leuchtkammer – das hier war die Allianz, und Kerzenfelder waren einfach Lichter, und warum herumprotzen, wenn Normalität das war, wofür man diesen ganzen Krieg führte?

Darum gab es nur Regal um Regal mit dickbauchigen Ölbehältern, und in der Mitte eine große Steinschale mit einem Haufen Anzündholz, der größer war als Abigail.

Der darauf thronende Tenebra lächelte.

Hallo Kinder, sagte er. **Ich heiße Vertreiber.**

30

WER SONST?

»Nein.«

Das Wort kam schnell und schrill und hysterisch.

»Das darf nicht sein ...«

Jeder Partikel in ein paar Zentimetern Umkreis von Grey blitzte und verdampfte.

»Du bist *tot*.«

Was bedeutet Tod schon, flüsterte der Phantomjunge durch sein ausdrucksloses schwarzes Gesicht, **als noch mehr Elend, das ich ertragen musste?**

Würde man das Universum zerknüllen und mit dem schärfsten Messer zerteilen und ein Loch in Form eines Kindes herausschneiden – dann hätte man den Phantomjungen. Ein frei stehender Abgrund, durch den schadenfroh alle Hitze, die je existiert hatte, zu entweichen schien. Sein Umriss bauschte sich flackernd, als wehre er sich gegen die Unmöglichkeit seiner Existenz und in dieser tiefen saugenden Leerstelle ...

Sterne, oder Gesichter, oder sich drehende Zahnrädchen. Winzige Lichter im Dunkeln.

Ich bin gestorben, flüsterte er. **Denke ich zumindest. Ich erinnere mich daran, dass ich sterben wollte. Wie weh er getan hat, dieser kleine Steinsplitter ...**

Denizen erinnerte sich an jedes einzelne Zustechen dieses

Splitters, lange bevor er zu einem Messer gemeißelt worden war. Er erinnerte sich an die ruhige und mechanische Art, mit der Vivian das Trio vernichtet hatte, wie sie Uhrwerk zertrümmert hatte, um das zähe Öl darin freizulegen.

Doch ein Teil von einem Ding ist nicht das Ding selbst.

Venia zischte, als er abwesend mit beiden Füßen auf dem Nacken des Königs balancierte, bloß ein spielender Junge, der über einen Ast läuft.

Das wissen wir schließlich besser als jeder andere, was, Venia? Der Mann in der Weste, die Frau in Weiß –

Er sprach die Namen mit größerer Gehässigkeit aus als die Hardwicks, die Luft wurde so eisig, dass Denizen der Atem stockte.

– liebten Elend. Die zwei haben sich gefunden, und ihr Appetit verwandelte sie … aber bei mir erreichten sie nichts, ganz gleich, was sie versuchten.

Greys Schrei war kaum noch menschlich zu nennen. Der Schwertkämpfer stürzte vor, die Klingen verschwammen – und der Junge bewegte die Hand. Greys Sprung wurde zu einem Taumeln, es sah aus, als sei jede Sehne durchtrennt worden. Er schrie nicht einmal mehr.

Unser Elend verlässt uns nie. Jene Türen schließen sich niemals. Ich habe mich lange Zeit in deinem Schatten versteckt, Grey … mich von deinem Elend genährt, wieder Gestalt angenommen, auf den Moment gewartet, in dem ich mich an denen rächen könnte, die mir Unrecht getan haben. So wie Drache gewartet hat. So wie der Gesandte gewartet hat.

Die goldenen Finger des gefallenen Monarchen zitterten, doch als sich die Füße des Jungen fester in seinen Nacken stemmten, erstarrte der König. Denizen hatte irgendeine Art

Gefängnis erwartet, irgendeinen grotesken Zauber oder ein Folterinstrument, nicht … das hier, etwas Uraltes und Zerbrochenes, mutterseelenallein inmitten des Ozeans, gefangen unter den Füßen eines Kindes.

Sie waren wohl überrascht, als ich mich zum Thronräuber erklärte, aber sie verfolgten ihre eigenen Ziele, und die Allianz, zu töten oder eine Tochter zu töten ist entschieden weniger ehrgeizig als mein Plan. Eine Weile habe ich euch sogar geholfen. Wie erschrocken manche Tenebrae waren, als sie durch Risse in die Stadt ihres verhassten Feindes eindrangen und dort meine eisige Berührung wahrnahmen.

Wie erfreut Drache war, als das Schluchzen seine Beute verriet.

Das Schluchzen, das Denizen kurz vor Draches Angriff die Treppe hatte hinaufgehen lassen. Es hatte vertraut geklungen, und er hatte recht gehabt. Er hatte es für menschlich gehalten und sich getäuscht.

Kleine Impulse. Mehr ist nie nötig. Leise Schuldgefühle, damit Grey mit dir gemeinsame Sache machte …

Grey wimmerte gegen die gefrorene Oberfläche der Felsspitze, langgezogen und verzweifelt.

Und Wut und Erinnerungen, um ihn von seiner Aufgabe abzulenken.

Dann gezwungene Fröhlichkeit in der Stimme des Jungen, dünn wie brechendes Eis.

Warum hast du nicht die Allianz gerufen, Grey? War das nicht dein Auftrag? Deine Pflicht? Die Allianz hätte vielleicht zugestimmt, aber wir kennen die Wahrheit …

Denizen hatte nicht gedacht, dass ihm noch kälter werden könnte. *Wir hätten Verstärkung rufen können.* Aber Drache und Crosscaper und der Verlust von Vivian und blanke Erschöpfung und diese Worte in den Boden gemeißelt zu sehen ...

Als habe die Vergangenheit ein Komplott geschmiedet, um sie aufzuhalten. Als habe das Gewicht der Erinnerung sie ausgebremst.

Wir sind niemals frei, Graham. Was uns angetan wurde, verfolgt uns.

Lass ihn los. Venias Stimme war ein Peitschenhieb. Der stärker werdende Blitzgeschmack sorgte dafür, dass sich die Härchen in Denizens Nacken aufstellten. *Lass meinen Vater los.*

Oh, aber es ist *faszinierend*, findest du nicht? Unser großer und schrecklicher Monarch, der Herr aller Tenebrae, *Der-Unendlich-Ist.*

Die Worte wurden zu einem Zischen, das dem des Mannes in der Weste so ähnlich war, dass sich beinahe Feuer durch Denizens Brustkorb geboxt hätte. Es zerrte ihn vorwärts, spannte die Sehnen an, bis sich seine Hände zu Klauen krümmten und hoben.

An dieser Stelle war der Schleier zwischen den Realitäten am dünnsten. Dieser vom Wind gescheuerte Gipfel war der Ort, wo die Linie zwischen hier und *dort* kaum existierte. Als Denizen das letzte Mal hier gewesen war, hatte das Feuer unter seiner Haut getrommelt wie ein Schwimmer, der unter Eis gefangen ist. Es hatte verzweifelt nach Freiheit gesucht und wollte nach Tenebris zurück, wo es herstammte.

Obwohl der Junge keine Augen besaß, war Denizen sicher, dass er ihn ansah.

All unsere kleinen Angebereien. Der *Unendliche* König, der *Ewige* Hof ... alles nur, um zu vertuschen, was wir in

Wirklichkeit sind. Unbeständig. Befristet. Wir sind so lange wir selbst, wie wir es ertragen können, und dann fallen wir auseinander. Nur Elend ist ewig. Nur Elend ist unveränderlich.

»Aber du hast uns *geholfen*.« Endlich hatte es Denizen geschafft, seine Stimme zum Sprechen zu bringen. »In Crosscaper. Du hast mir geholfen, Venia zu befreien.«

Ich konnte nicht einmal sterben. Ein Windstoß begleitete die Worte des Phantomjungen, ein Schneesturm von unerbittlichem Hass. Ich wollte nur, dass alles *aufhörte*.

»Warum?«, fragte Denizen. »Warum tust du es? Wenn du nur Frieden willst, warum zettelst du dann einen Krieg an?«

Weil er mein Ende sein wird, lautete die schlichte Antwort des Jungen. Der Gesandte, oder *du*, oder ein Herausforderer ... Oder ich werde König sein und Armeen haben, um diesen und jeden anderen Erdball zu säubern, bis mich irgendetwas, irgendwo töten wird.

Und ... Venias Stimme war leise vor Entsetzen. Und wenn es nichts gibt, das dazu in der Lage ist?

Dann vielleicht, wenn das ganze Omniversum tot ist, wenn alles Lebendige so kalt und poliert ist wie gefrorene Regentropfen an einer Schnur ... dann werde ich vielleicht Frieden finden.

Grey kämpfte, versuchte, seine Schwerter nach unten zu drücken, um sich darauf abzustützen, doch als der Junge abwinkte, gab er seine Bemühungen auf.

Lasst mich einfach, sagte der Junge, nicht unfreundlich. Lasst mich einfach mit dem König und seinem Kind allein. Die Dunkelheit seiner Finger wurde länger und zerteilte das Universum, bis lange Klingen aus Nacht und Frost mit einem sanften *Tink* auf den Boden sanken. Ich werde dich nicht einmal zwingen zuzusehen. Er hielt inne. **Warum kämpfst du noch immer?**

Grey ließ sich nun einfach fallen, jeder Muskel seines Körpers wehrte sich.

Hör auf.

Er gehorchte, doch dann fing er wieder an. Wäre es nicht so quälend gewesen, hätte es komisch sein können.

Ich habe dir befohlen aufzuhören. Du kannst nicht ändern, was passieren wird. Niemand kann das.

»Du könntest es.«

Denizen hatte es schon einmal versucht, mit der Erlöserin der Croits. Tenebrae waren Geschöpfe des Willens. Konnte man ihn brechen, konnte man auch sie ändern. Konnte man sie ändern, konnte man jeden ändern. Sogar sich selbst.

Hör auf, knurrte der Junge. **Ich will nicht –**

»Du willst *was* nicht?«, fragte Denizen, obwohl der Wunsch des Jungen angesichts des Infernos in seiner Brust zusehends zweitrangiger wurde. Je mehr seine Entschlossenheit, etwas zu unternehmen, stieg, desto mehr nahm das Verlangen zu, *dass dieses Etwas* Vergeltung für all ihr Leid enthielt.

Simon.

Abigail.

Vivian.

Alles nur, weil diese Kreatur sterben wollte.

Gib ihm, was er will.

Denizen rang mit sich. Er rang wegen Venia, und er rang wegen sich selbst, denn so sehr dieses Geschöpf auch nach dem Tod verlangte, so viel es auch verbrochen hatte … er wollte nicht derjenige sein, der es tat. Er wollte dieses jämmerliche Ding nicht ermorden. Es erinnerte ihn viel zu sehr an ihn selbst.

Tenebrae wurden zu dem, wovon sie besessen waren, und Denizen hatte diese Argumente, alle Hoffnung aufzugeben, schon früher gehört.

»Hör zu.« Er versuchte, einen Schritt vorwärtszugehen, doch jedes Molekül in ihm war damit beschäftigt, eine Flammenkaskade zurückzuhalten. Jeder gierige Atemzug eisiger Luft, den er nahm, wurde in der Hoffnung gehalten, er könne irgendwie die Explosion entschärfen, die sich in ihm zusammenbraute. »Du musst das nicht tun. Du kannst sein, was immer du willst. Du bist einfach ein *Junge*.«

Bin ich nicht, widersprach der Junge traurig. **Bin ich überhaupt nicht. Meine Kindheit wurde mir schon vor langer Zeit weggenommen. Ich erinnere mich an ihr Lachen. Ihre Schreie. Ich erinnere mich –**

O nein.

Ich erinnere mich daran, wie Soren Hardwick um sein Leben gebettelt hat.

»Nicht«, sagte Denizen. Licht brachte das Wort dazu, Frost aus der Luft zu sengen. »Bitte nicht.« Die Festung aus Konzentration und Kontrolle verschwand, wie der Winter vor dem Sommer verschwindet, sie löste sich auf wie die Frau, die ihm geholfen hatte, sie zu errichten.

Ich erinnere mich, wie der Mann in der Weste die Betonung geübt hat, damit er sie später korrekt nachäffen konnte, um Vivian Hardwick umso mehr Tränen zu entlocken.

»Halt den Mund«, fuhr Denizen ihn an.

Und wir haben Tränen gekriegt, weißt du? Die Vivian, die du kanntest, war das Endergebnis eines *langen* Prozesses, und sie durchlief alle möglichen Persönlichkeiten, bis sie bei der Kriegsmaschine anlangte, die du *Mutter* genannt

hast. Wir haben sie mit den letzten Augenblicken deines Vaters geschlagen, so wie wir geplant haben, sie mit deinen zu schlagen.

In der Stimme des Jungen hallte ein entsetzliches Lachen. Nicht das irre Gackern eines Monsters, sondern das leise Glucksen eines hoffnungslosen Kindes.

Denizen hielt sich mit beiden Händen den Kopf, als wolle er diese letzten Mauern aufrechterhalten. Er wusste ehrlich nicht, ob die nächsten Worte für den Jungen bestimmt waren ... oder ihn selbst.

»Du. Hast. Die. Wahl.«

Willst du es sehen? Willst du sehen, wie bedeutungslos du bist?

Frostige Augen klebten sich auf die Gestalt des Jungen. Denizen hatte Venia fast vergessen, doch da wogte sie vor. Licht schoss aus ihrem Körper. Einen Moment lang war sie der entsetzliche Avatar aus Sturm und Rauch, den er vor all den Monaten zum ersten Mal getroffen hatte.

Nicht!

Der Phantomjunge hob die Klauen, spreizte sie wie Uhrzeiger, wie die hautlosen Flügel einer Fledermaus.

Dieser Ort, dieses Os Reges ... wo die beiden Welten eine sind. Wo in die andere einzutreten so einfach ist, wie Luft zu holen. Die Finger des Jungen hakten sich in die leere Luft, doch Denizen spürte Tenebris zittern, als seien die Klauen des Jungen tiefer eingedrungen. Die Geste hatte etwas Vertrautes. Denizen konnte nicht benennen, was es war.

So einfach, wie einen Saum aufzutrennen.

Der Junge bohrte seine Finger noch tiefer hinein und *riss daran*, und Os Reges fiel aus dem Universum und nahm Denizen und die anderen mit.

Nicht ein Eiskristall wurde durcheinandergebracht, aber Denizens Magen sprang abrupt in seine Kehle – wie ein Flugzeug bei einem tödlichen Sturzflug. Die Sterne über ihnen kreisten und erloschen, und wurden ersetzt von …

DENIZEN! Venias Stimme war ein Knurren. *SCHLIESS DIE AUGEN!*

Es war die einzige geltende Regel, wenn man durch Tenebris reiste, und zwar gleichgültig, ob man die eigenen Finger eingehakt und ein Loch in eine andere Dimension gerissen hatte, oder ob ein vom Elend getriebenes Monster es einem abnahm. Denn noch wichtiger als alle Schwertkunst, als die Canti, sogar als der Tribut war die Fähigkeit der Schattenjäger der Allianz, im Dunkeln zu sehen, und genau das tat Denizen nun.

Er sah.

Os Reges blieb, wo es war, doch das Meer, auf das sie blickten, war verändert. Statt grau und weiß war der Ozean nun *schwarz* – brodelnd, eisig schwarz, von demselben Schwarz, durch das die Schattenjäger jedes Mal fielen, wenn sie die Kunst des Öffnens einsetzten. Und durch dieses Schwarz konnte Denizen nun hindurchsehen. Sein Blick fiel durch Tausende von Meilen arktischer Nacht zu der geheimen Geographie darunter – eine weite Ebene mit Spalten und Rissen, die wie eine zerknautschte Stahlplatte aussah, die sich von Horizont zu Horizont spannte, über und über mit schwankenden Haufen aus Schutt und Trümmern bedeckt.

Denizen sah Schiffe – Öltanker, Galeonen, sogar Flugzeuge – sie ragten wie Kinderspielzeug aus den Verwehungen heraus. Es gab Gebilde, die Schiffe hätten sein können, oder Statuen, oder Totenschädel, allerdings in einer Größenordnung und Form, die nie für das menschliche Auge gedacht gewesen war. Es gab *Skelette*, richtige Skelette, so groß, dass sie sich um den kläglichen Planeten hätten wickeln können, den Denizen sein Zuhause nannte, und Berge, die keine Berge waren, sondern Haufen von zusammengewachsenem Müll.

Sie müssen durch Risse herausgefallen sein, dachte Denizen. Es sieht aus wie … hinterm Sofa des Omniversums. Wie … der Meeresboden von Überall. Man hätte den ganzen Planeten Erde auf dieses Ödland auskippen können, und er hätte trotzdem nicht einmal einen Bruchteil davon bedeckt. Das bedeutete … Das bedeutete …

NICHT!

Denizen blickte auf. Es brachte ihn fast um.

Nimm einen Glasträger und kultiviere sorgfältig Bakterien darauf, so komplex und farbenfroh, wie du kannst.

Und nun lasse dieses Stück exponentiell wachsen, sich dehnen und dehnen, bis jeder Zentimeter davon mit kompliziertem *Leben* bedeckt ist, viral, sich ständig vermehrend, sich ständig entwickelnd, und trotzdem irgendwie jenes erste Detail beibehaltend, dieses Bewusstsein auf Mikrobenniveau von jedem sich bewegenden Teilchen …

… und dann platziere dahinter noch einen Träger mit denselben und trotzdem völlig verschiedenen Details, und dann noch einen und noch einen in einer irrsinnig großen Wirbelsäule, in der sich zerklüftete Formen aneinander reiben, als hätten Kontinente Götter …

Schau es dir an, flüsterte der Junge, so nah an Denizens Ohr, dass dieser, hätte nicht das ganze Omniversum vor ihm gelegen, bestimmt einen Satz gemacht hätte. **Was bist du schon dagegen?**

Venia hatte ihm erklärt, dass es andere Dimensionen gab. Sie hatte es mit einem Lächeln und einer witzigen Bemerkung geäußert, und er hatte gelacht. Nun war das Omniversum real, und waren ihre Leben nicht in der Tat lächerlich? Erst jetzt verstand er die Bedeutung: Seine Geschichte und die der Allianz und die des Planeten und die seiner ganzen Galaxie waren nur ein einziger Ort, und einen Schritt weiter links war schon der nächste. Und daneben noch einer.

Das war es also, was auf der anderen Seite des Einblicks lag. Das war es also, was Greaves sie hatte sehen lassen, bevor er Kinder fragte, ob sie bereit waren, einen Job zu übernehmen, bei dem kein Sieg in Sicht war.

Welche Bedeutung hat es schon im Vergleich hierzu? Gib einfach auf.

Die Stimme klang nun näher, aber Denizen war zu beschäftigt damit, einfach bloß zu starren. Kein Wunder, dass die Tenebrae verrückt wurden. Kein Wunder, dass nur die Entschlossensten unter ihnen fähig waren, dauerhaft irgendeine Gestalt anzunehmen. Denizen war überrascht, dass die schiere *Allheit* des Ganzen ihm nicht das Fleisch von den Knochen geschlagen hatte.

Entspann dich.

Denizen runzelte die Stirn.

»Was?«

Wäre Denizen nicht zurückgesprungen, hätte der Phantomjunge ihn in der Mitte durchgeschnitten. So packten die äußersten Spitzen seiner Klauen Denizen in einer Kreisbewegung am Bauch und hinterließen helle Blutstropfen, die augenblicklich in der Luft gefroren. Sie klirrten wie Perlen aufs Eis.

Und Denizen fiel wieder ein, wer er war, und wo.

»Ich bin nie entspannt!«, knurrte er, ein absolut haarsträubender Schlachtruf, aber er zeigte den gewünschten Effekt.

Der Phantomjunge heulte ihn an, kalt und hart wie der Winter, und Denizen wollte am liebsten zurückheulen Manchmal muss man einfach sein Bestes geben. Aber genauso gibt es auch Gründe, sein Schlechtestes auszuleben, und auf den Fingern eines sterbenden Gottes zu stehen und jemandem zuzuhören, der deine toten Eltern verhöhnte, war die beste Entschuldigung des Omniversums. Denizen wusste Bescheid. Er hatte es erlebt.

Aber ... so hatte ihn seine Mutter nicht erzogen.

In Denizens Kopf bauten sich Mauern auf, und ausnahmsweise hatte er in seiner seltsamen Beziehung zum Feuer das Gefühl, es völlig unter Kontrolle zu haben. Vielleicht wusste es, dass er dieses Mal nicht umgestimmt werden konnte. Vielleicht wusste es, dass es so oder so die Erlösung bekommen würde, nach der es sich sehnte.

Vielleicht waren sie auch eine Familie.

Es erschien in Denizens Hand und prasselte so rein und stark wie ein ordentliches Drachenfeuer, und mit einer Handbewegung war ein Gipfel von Schnee verschwunden. Der Junge rutschte rückwärts, kratzte mit seinen Klauen eine doppelte Handvoll Funken vom Boden und stürzte sich mit einem gellenden Lachen auf Denizen.

Helioslanze.

Ein Lichtpfeil, der den Jungen in Stücke zerschmetterte, bevor er –

Scintillasense.

– sich in der Luft drehte, um die Feuerklinge abzufangen, die aus Denizens Fingern peitschte. Der Aufprall bohrte ihn in die Erde, wo er auf eine Weise zappelte, wie es die Gelenke eines echten Kindes nicht zugelassen hätten, doch dann war er wieder auf Denizen, die Finger ausgefahren wie Speerspitzen. Denizen wälzte sich, in einem Moment durchnässt, im nächsten trocken, anschließend hob er den Jungen mit dem Knurren des Sonnenaufgangs hoch.

Lass ihn nicht aus den Augen.

Über ihnen kämpfte die rasende Trümmerlandschaft des Omniversums gegen den Nachthimmel von Os Reges, Venia stürzte zu ihrem Vater, und Grey hielt sich den Schädel, und Denizen stimmte Cantus um Cantus um Cantus an. Anathemabögen scharf wie Messer, der Knall eines Eulice-Rammbocks, eine Qaiyim-Myriade, die die Luft in Sterne verwandelte, und trotzdem stürzte sich der Junge immer wieder auf ihn, immer und immer wieder, ein Raubtier von einem schwarzen Loch.

LASS ES MICH EINFACH TUN.

Der Junge wuchs, das Universum beschnitt sich rings um seine Silhouette, um mehr Nacht, mehr Kälte hereinzulassen. Einst war eine überfüllte Galaxie in dem Jungen gewesen, doch nun war er ein Fenster in den tiefsten Raum, wo nichts lebte und jemals leben könnte.

Irgendwo in dem herabstürzenden Kaleidoskop aus Feuer und Aufprall und Dunkelheit wurde Denizen klar, dass er verlieren würde. Er war bis zu den Ellbogen schwarz.

Auf seinen Knien und seinem Rücken öffneten sich Knospen, Eisenpartikel, um die das Feuer *herum-* statt *hindurch-* fließen musste. Er würde verlieren, weil er nur eine begrenzte Menge an Dunkelheit besaß und der Junge schon aufgegeben hatte.

Ergib dich nicht.

Ebenholzschwarze Klauen prasselten herunter.

Ergib dich nicht.

Kein Atem in seiner Brust. Keine Canti, keine Hoffnung,

nur eine komplette Galaxie, die ihn niederdrückte, bis er darunter zerbrechen würde. Das konturlose Gesicht des Jungen öffnete sich mit einem Knurren –

Und Grey zerschlug ihn in zwei Teile.

Der bestärkte Stahl verschwand in der saugenden Leere, aber Grey hatte das Schwert schon losgelassen und stieß den Jungen mit einem Stiefeltritt gegen die Brust rückwärts. Der Schattenjäger stand in Flammen, so leuchtend, dass Denizen ihn kaum ansehen konnte – ein Stern in der Gestalt eines Mannes.

Der Junge war gewachsen – *wann war er so immens gewachsen?* – und überragte sie beide, ein aufgeblähter Schatten, der noch immer die Gestalt eines Kindes beibehielt, mit Klauen, so lang wie Schwerter. Bei Grey gab es kein Zögern – er taumelte und schlug zu und schnitt mit jedem Hieb Dunkelheit weg.

Es war die großartigste Demonstration an Schwertkunst, die Denizen je gesehen hatte. Der alte Grey hätte es vermutlich mit einer flapsigen Bemerkung abgetan oder kleinlaut gelächelt, vielleicht hätte er auch einen Teil von sich in diesem verschwommenen Fleck lodernden Stahls zurückgehalten. Der jetzige Grey kämpfte nur der Rache wegen.

Dem Phantomjungen blieb keine Zeit, zu taumeln, er wurde von dem glühend heißen Schwert hin und her geschlagen. Er hob eine Klaue und verlor sie, ließ sich die nächste wachsen und verlor auch diese, und eine Rückhand warf ihn auf ein Knie. Er wimmerte, schrill und ängstlich wie ein Kind, und Greys Licht flackerte, als er, nur für eine Sekunde, mit dem Schwert innehielt

– und die Klaue des Phantomjungen aus seinem Rücken barst.

Blut kam als ein Wasserfall von Funken, die zischend auf den Boden auftrafen. Der Atem in Denizens Brust verwandelte sich in einen schweren, schmerzhaften Klumpen. Aufgehängt wie ein Mantel am Haken stürzte Grey nicht einmal, seine Füße drehten sich unter ihm nach innen, sein Schwert klirrte dampfend zu Boden.

Selbst der Junge wirkte erschrocken, falls denn auf dem verschwommenen, kreischenden Kopf irgendein Ausdruck zu erkennen war. Die Sterne in seinen Tiefen drehten sich langsamer.

Ein Moment des Schweigens, von einem Rand der Schöpfung zum anderen.

Ich wollte nur ...

Die Stimme des Jungen war kläglich. Er fing an, die langen Klauen herauszuziehen.

Ich wollte nicht ...

Und Grey umfasste seine Handgelenke.

Was machst du –

Auf dem Gesicht von Graham McCarron lag ein angespanntes, irres Grinsen. Ein frohlockendes Grinsen. Ein triumphierendes Grinsen.

Er trat einen Schritt vor. Der Junge wich einen Schritt zurück.

Der Tenebra kämpfte und wollte die Gestalt wechseln, aber er war starr in seinem Elend, und der Schattenjäger packte ihn mit einem unnachgiebigen Griff. Sie machten einen Schritt und noch einen, und die Bestie stieß ein flehentliches Heulen aus, aber Grey wollte nicht stehen bleiben, und der Junge konnte nicht. Schließlich taumelten sie am Rand, Hunderte von Metern über dem Meer.

Nicht du, krächzte die Bestie. **Nicht ... Nicht du.**

»Wenn nicht ich …«, flüsterte Grey, »wer sonst?«

Sie fielen ohne jedes Geräusch. Stille legte sich über alles. Der Himmel zog sich an der Stelle, wo der Phantomjunge einen Saum aufgerissen hatte, wieder zu, doch Denizen konnte noch immer nicht richtig sehen, und es dauerte eine ganze Weile, bis er merkte, dass er weinte.

Steh auf. Er wusste nicht, wie lange er auf den Knien gelegen hatte. Der Wind war abgeflaut, und die unnatürliche Kälte, die der Phantomjunge mitgebracht hatte, ließ trotz der Novemberkühle nach. *Steh auf.*

Jetzt muss es vorbei sein, dachte Denizen, als er sich aufrappelte. Musste es nicht vorbei sein? Er hatte Venia mit dem König wiedervereint. Das war der Auftrag gewesen, oder? Es war das, was er hatte tun müssen. Er hatte nichts … Er hatte nichts mehr zu verlieren.

Venia kniete über dem König und wiegte dessen Kopf in ihrer unversehrten Hand. Die andere lag quer über ihrer Brust, als gäbe sie ein Versprechen. Als bäte sie um etwas.

Ihre Blicke trafen sich, und dann brach sie ihrem Vater das Genick.

31

Vertreiber

Menschen waren Raubtiere.

Abigail war sich dieser Tatsache zwar bewusst, hatte aber nie wirklich daran geglaubt. Wenn man an *Raubtiere* dachte, stellte man sich mörderische, blutige Zähne und Klauen vor. Nicht etwa weiche braune Haut oder ordentlich geschnittene Fingernägel; Man stellte sich nicht Gespräche vor und Brettspiele und Filmabende. Selbst Abigail, die über mehr natürliche Abwehrmechanismen verfügte als die meisten, betrachtete sich nicht als jemanden, der zum Jagen und Töten geschaffen war.

Vertreiber jedoch hatte alles genommen, was an der menschlichen Gestalt geschärft werden konnte, und hatte es geschärft – die Schultern waren nach hinten gebogene Widerhaken, die Hüftknochen ähnelten Angelhaken, die Bauchmuskeln einer geballten Faust, über die sich Haut spannte. Er lächelte mit einem Mund, der aussah wie eine Autopsienarbe. Das Einzige, was einem in den Sinn kam, war *Raubtier*.

Sag, murmelte er. **Weißt du überhaupt, wofür Vertreiber steht?**

Abigail wusste es zufälligerweise, sie kannte diese Bestie. Während des Sommers, als sich die Schattenjäger nur mit der frivolen Sorge konfrontiert gesehen hatten, dass ein apokalyptischer Krieg ausbrechen könnte, hatten sie herausgefunden, dass Tenebrae durch ihren Neid verändert wurden, und dass jeder König seinen Hof haben sollte.

Der Henker des Unendlichen Königs – obwohl es gut möglich war, dachte Abigail benommen, dass er sich nun nach einem anderen Job umsah – trat anmutig von dem Zunderstapel und ließ seine Umbra wie eine Axtklinge auf sie niedersausen.

Simon kippte um. Matt und Ed ließen ihre Schwerter fallen, dass der Stahl nur so klirrte. Abigail hatte dieses Gefühl schon einmal erlebt, vor einem Jahr, als das Trio ihnen im Hof von Crosscaper Elend entgegengeschleudert hatte, aber es war nicht so kraftvoll, nicht so … so hart gewesen.

Ich möchte hören, wie du es sagst, säuselte Vertreiber. **Sag, wofür mein Name steht.**

»Für Mord und Totschlag.«

Die Stimme klang forsch. Als der Tenebra blinzelte, zerrissen die Augenlider.

»Oder für die Auflösung einer geschlagenen Macht in völliges Chaos.«

Es war nicht Ed. Oder Matt, oder Simon. Abigail wusste das, ohne sich umzusehen; sie konnte den Blick nicht von dem halbmondförmigen Bogen des Monsters abwenden, das sich über sie beugte. Sie kannte diesen ruhigen und gesammelten Ton einfach.

Der Tenebra spähte zu ihr. Vielleicht wusste er nicht, was ein Funkgerät war. Vielleicht dachte er, sie würde sprechen. Jedenfalls schnurrte er entzückt.

Sehr gut, Mädchen. Sehr ordentlich. Jetzt –

»In etwa wie Euer erster Besuch hier.«

Eine einzige Sekunde ließ die lähmende Verzweiflung Abigail los, aber als sich die Bestie wieder konzentrierte, kam sie mit zehnfacher Stärke zurück. Sie sah sich selbst vor einem Kriegsgericht. Sie sah zwei Hardwicks auf einmal begraben und dann ihre Eltern, den Kampf gegen das Alter verlor jeder –

»1410 – der Hundertjährige Krieg. Ihr versuchtet, den Zweiten Frieden zu destabilisieren, indem Ihr euch als Grenzlord Henri Desson verkleidet habt. Das war natürlich vor Eurem Aufstieg an den Ewigen Hof –«

Was bist du …

»– Und dann wurdet Ihr von einem Kader Schattenjäger unter der Führung von Oliver Princeless in Stücke gehackt. Auf der Flucht, glaube ich.«

Als der Tenebra die Zähne fletschte, riss Haut. Das Ausmaß von zukünftigen Situationen, in denen sie versagen würde, ließ Abigail schaudern, aber mit jedem Mal, mit dem sich Vertreiber auf Darcie konzentrierte, war ein wenig mehr Platz zum Nachdenken.

Du –

»1545 seid Ihr erneut in Form von zwei ausgemergelten Kindern aufgetaucht, deren Hände mit Bändern umgewickelt waren –«

Aufhören –

Zögerer drehte sich mit der Langsamkeit einer Sonnenuhr in Abigails Händen, ohne dass Vertreiber es bemerkte. Unter seiner Haut kämpften Gesichter. Einen Augenblick lang waren es zwei – abscheulich jung, abscheulich dünn – dann kehrten Vertreibers Züge zurück, bei denen man an eine stümperhafte Operation denken musste. Darcie sprach weiter, und er konnte sich nicht wegdrehen.

»Zuvor wurden Eure Pläne von Malleus Caterina Segura-

na sowohl im übertragenen als auch wörtlichen Sinn in Brand gesetzt. Ihr seid wieder aufgetaucht, wesentlich kleiner –«

Aufhören –

»*Wir haben unsere Hausaufgaben gemacht, Vertreiber*«, erklärte das Funkgerät sanft. »*Wir haben Euch jedes Mal, wenn Ihr den Kopf gehoben habt, gefunden, und wir haben ihn jedes Mal abgeschnitten.*«

Das Messer war nun fast umgedreht, bereit, um senkrecht nach oben zuzustechen. Vertreiber blickte auf sie herunter, mit der Faszination einer Katze, die in einen Spiegel starrt.

»*Was sagt das über Euch, Vertreiber? Was sagt das?*«

Dass … Dass … Vertreibers Augen wurden schmal.

Dass eure *erbärmliche* Allianz mich niemals aufhalten wird.

»*Oh*«, sagte Darcie. »*Wenn Ihr meint –*«

Abigail stach genau in dem Moment zu, als Vertreiber zurückwich. Statt die Kehle der Kreatur aufzuspießen, rutschte Zögerer zwischen die Kieferknochen und die raffiniert nachgemachte Haut, die sich darüberspannte. Als sie riss, sprang ein Auge heraus wie eine Erbse aus der Schote, dann fiel das halbe Gesicht des Tenebra in Wachsklumpen herunter.

Vertreiber brüllte.

Das Messer polterte herunter. Es rutschte unter ein Regal mit Gefäßen, doch bevor Abigail es zu fassen bekam, schlug eine Klaue durch das Holz über ihrem Kopf, und plötzlich waren ihre Haare mit Scherben und Öl verfilzt.

Sie wehrte sich mit Händen und Füßen, doch der Tenebra zerrte sie über den Boden, als wöge sie nichts. Die Flammen ihres Erbes meldeten sich und wollten eingesetzt werden, doch zwischen ihren Fingerspitzen quoll Öl hervor. In einem Feuer zu sterben war definitiv kein Sieg.

362

Die Bestie hob die andere Klaue –

Und Matt zielte nach oben, Ed nach unten, und Simon warf sich einfach wie ein Rugbyspieler gegen den Bauch des Monsters. Wie ein *unglaublich schlechter* Rugbyspieler. Die drei Neulinge hingen wie Wimpel an Vertreibers Gestalt, es war nicht auszumachen, wer schrie, doch mit einem Zucken schüttelte er sie alle ab ... alle bis auf Ed, den er an der Gurgel packte.

Wo ist das Messer?

Vertreibers Muskeln kräuselten sich wie Wasser, das sich auf dem Rücken eines Hais bricht. Die Knochen wuchsen schneller, als Muskeln sie ummanteln konnten, die Haut platzte. Er trat zu dem Scheiterhaufen, duckte sich, als wolle er flüchten, sein Gesicht dampfte noch immer von der Berührung mit Denizens Messer.

Wo ist es?

Vertreiiiiiiiiiiiiiiiiiber, knurrte er, seine Stimme hallte in dem neuerschaffenen Fass von Brustkorb wider. *Vertreiiiiiiiiiiiiiiiiiber.*

Ed hob eine vom Tribut ungezeichnete Hand, um sich zu schützen, aber Vertreiber schob sie mit einer Kralle weg und zog die andere vorsichtig über die Stirn zum Kinn. Eds Schrei ließ die Fenster wackeln. Vertreiber beugte sich ihm entgegen, als suche er Musik in dem Schmerz.

Matt rappelte sich auf. Abigail hatte keine Ahnung, wo Simon steckte. Und –

Wo ist Zögerer, o Gott, wo ist er?

Du hast verloren, Kind. Die Allianz. Die Menschheit. Wir werden alles zerstören, was ihr aufgebaut habt ... und das hier ist der Anfang.

Ed hörte zu schreien auf. Abigail hätte den Neuling nie als

gefährlich beschrieben, aber plötzlich war dieser Unterton in seiner Stimme.

»Was?«

Von Tagesanbruch wird kein Stein übrig bleiben. Wir werden es niederreißen. Wir werden es beseitigen.

Der Tenebra hatte mittlerweile richtig Spaß an der Sache. Der Neuling in seiner Umklammerung rührte sich nicht mehr.

Wir werden es auslöschen –

Ed rammte Zögerer in Vertreibers Schläfe.

Der Tenebra kreischte und warf den Kopf zurück. Ed sprang beiseite ohne Zögerer loszulassen, Vertreiber fiel, sein Gesicht betatschend, auf ein Knie ... direkt auf den Scheiterhaufen.

Der erste Krug knallte in einer Explosion von goldenem Öl gegen seinen Schädel, verklebte seine ungesund weiße Haut mit Falten aus honigdicker Flüssigkeit. Er bellte schlapp und wusste nicht, wie ihm geschah. Abigail schon. Nachdem Matt und Simon die dritte Amphore über Vertreibers missgestalteten Schädel gekippt hatten, war kaum noch ein Raunen nötig, um ihn anzuzünden.

Metaphysisches gehörte bei der Allianz in Darcies Resort. Abigail hatte immer nur an der Front stehen wollen. Sie wusste, was Kerzenfelder waren, sie wusste, was deren Aufgabe war, wie die Felder die herunterhängende Tapete der Realität wieder festzurrten, damit die Feuchtigkeit nicht durchsickern konnte ... doch das *Wie* überstieg ihre Vorstellungskraft.

Sie war schließlich nur einen Tag zur Schule gegangen.

Um die heilige Hitze dieses plötzlichen Feuers zu spüren, um den Duft nach Honig und Holz einzuatmen, der über sie strich, um zu spüren, wie *falsch* zu *richtig* wurde, brauchte man allerdings keine *Lux* zu sein. Falls Vertreiber zu heulen oder zu betteln versuchte, hörte sie es im Knistern der Flamme nicht.

Als er wie ein ausgeräuchertes Wespennest in sich zusammenfiel, fingen über ihnen Schornsteine den Rauch ein und saugten ihn fort. Aus Abigails Sicht hätte er bleiben können, denn das Leuchten des gewaltigen Kerzenfeldes blendete sie.

»Komm!«

Es war Simon. Abigail stolperte hinter ihm die Treppe hinunter. Unten saßen Matt und Ed vor Greaves' Büro und pressten ein Stück Stoff auf Eds Gesicht, das die Blutung jedoch in keiner Weise stoppen konnte.

»Glaubst du …«, murmelte Ed. »Glaubst du, dass eine Narbe zurückbleiben wird?«

Matt grinste. »Oh, aber hallo! Und ich kann es kaum erwarten, jedem zu erzählen, wie du sie bekommen hast. Du Held. Du absoluter Held.«

Abigail ließ die beiden in ihrer Umarmung stehen und wandte sich an Simon.

»Es tut mir leid«, sagte der hochgewachsene Junge. »Ich wusste nicht, was ich –«

»Nein, nein, du warst genial«, sagte Abigail. »Ich kann es nur noch nicht fassen –«

Ihre Hand wanderte zu ihrer Hüfte. Der Clip des Funkgeräts hing noch an ihrem Gürtel, doch das Gerät war weg.

»Wenn Tenebrae auf Willenskraft beruhen, dann zehrt die Erinnerung an vergangene Niederlagen vielleicht an dem Selbstvertrauen, mit dem sie sich in der feindlichen Umgebung unseres Reiches aufrechterhalten.«

Abigail starrte ihn an.

»Würde Darcie vermutlich sagen«, beendete Simon seinen Satz. »Keine Ahnung. Können wir uns irgendwo hinsetzen?«

Sie hatten bereits so viele Regeln gebrochen, dass Abigail nicht das geringste Bedauern aufbringen konnte, als sie sich auf dem Stuhl des Palatins niederließ. Er war nicht von Tenebrae geplündert worden und für einen Moment saß sie einfach nur da und atmete die saubere unbelastete Luft ein.

Es wurde schon fast Morgen. Ed hatte sein halbes Gesicht mit Tuch umwickelt, was ihn nach irgendetwas zwischen Rotkäppchen und einem sehr kleingeratenen Piraten aussehen ließ. Matt presste sein Gesicht an eines der Fenster. Obwohl die Fenster von außen mit waberndem mattem Rauch beschlagen waren, konnte Abigail am Horizont die erste Röte der aufgehenden Sonne erkennen. Es sah beinahe aus, als ob …

»Huh«, sagte sie.

»Was«, fragte Simon und streckte sich stöhnend auf Greaves' Schreibtisch aus.

»Ich habe mich gerade gefragt, was wohl passiert, wenn man ein so großes Kerzenfeld so nah an Tenebrae anzündet, die nur in der Welt sind, weil sie ein Loch gefunden haben, durch das sie kriechen konnten?«

Simon setzte sich auf und starrte auf den Staub. »Meinst du …«

Abigail verrenkte sich den Hals. Mit einem Mal überkam sie das Gegenteil von Vertreibers Verzweiflungsanfall – *Hoffnung*. Die törichte-aber-trotzdem-nicht-völlig-abwegige Vorstellung, dass sie die eindringenden Tenebrae vielleicht mit einem einzigen Schlag besiegt hatten, dass Greaves sich getäuscht hatte und Kriege mit entschiedenen Maßnahmen beendet werden konnten.

Und dann zersplitterte das hinterste Fenster unter etwas, das weder ein Brüllen noch ein Heulen war. Es war zu laut, um eines von beiden zu sein. Eine einzige, schwankende Sekunde lang dachte Abigail, dass Tagesanbruch nun endgültig einstürzte, oder dass die Stadt sie jetzt höchstpersönlich dafür bestrafte, dass sie sie enttäuscht hatte. Aber dann wurde ihr schlagartig klar, dass es viel, viel schlimmer war.

Sie hatten kein Kerzenfeld angezündet. Sondern ein Signalfeuer. Eine Herausforderung.

Glaubst du, dass du gut genug bist, Abigail Falx?

32

DER UNENDLICHE KÖNIG

Mit sechs hatte Denizen eine Sternschnuppe gesehen.

Er hatte oberhalb von Crosscaper auf dem Aussichtspunkt der Klippen von Benmore gesessen. Simon war … irgendwo anders gewesen. Die anderen Kinder waren auch irgendwo anders. Denizen erinnerte sich nicht mehr. Abgesehen von dem Gras, das an seinen Fußsohlen kitzelte, und dem kleinen Lichtstrich am Himmel und der Angst erinnerte er sich an kaum etwas an diesem Tag.

Denizen war ein Dinosaurier-Fan gewesen. So wie die meisten Kinder in Crosscaper. Sie hatten seine Phantasie angestachelt – diese großen und schrecklichen Kreaturen, getrennt von Nebel und Zeit. Als Denizen an jenem Abend den Stern beobachtete, hatte er nicht etwa Aufregung oder Freude empfunden oder das Gefühl gehabt, das Universum sei voll erstaunlicher und wunderbarer Dinge. Er hatte ihn für einen Meteoriten gehalten, der sie alle töten würde.

Aber Denizen hatte ausnahmsweise mal keine Katastrophe an die Wand gemalt. Er war nicht zu Simon gerannt, hatte nicht nach Eltern geweint, die er nicht hatte. Er hatte einfach dagesessen und zugesehen, wie die Sternschnuppe sich langsam dem Horizont näherte, und auf das Ende der Welt gewartet.

»Venia«, sagte Denizen langsam. »Hast du dich um Hilfe an mich gewandt oder … oder hast du mich benutzt, um sämtliche potentiellen Rivalen aus dem Weg zu räumen?«

Die Tenebra rührte sich nicht. Es war keine menschliche Reglosigkeit, bei der man, wenn man wusste, worauf man achten musste, immer noch Bewegungen wahrnahm, sondern die Reglosigkeit einer Fotografie. Ihre Aura aus Blitzen hatte sich in tausend starre Dornen verwandelt.

Ihre Stimme war sanft. **Kann es nicht beides sein?**

Das Gesicht des Unendlichen Königs war nun zu Denizen gewandt. Die Maske stand einen Spaltbreit offen. Auf halber Strecke zwischen ihnen lag Greys Schwert auf dem Boden. Denizen sah es an. Venia auch.

Das brauchst du nicht, Denizen.

»Du hast nur … Du hast nur …« *Kann es nicht beides sein?* Er hatte diese Worte vor langer Zeit gesagt, als seine Mutter Venia und ihn ertappt hatte, als sie sich gerade küssen wollten.

Sie ist kein Mädchen. Sie ist ein Monster.

Kann sie nicht beides sein?

Ja.

Venia war sehr gut darin, Dinge zu erklären. Sie würde sich gleich rechtfertigen. Es gab eine Erklärung für das, was er gerade gesehen hatte, was er gerade gehört hatte, sie musste sie nur aussprechen.

Durch sein Eisenauge konnte Denizen die Dunkelheit ihrer wahren Gestalt erkennen, weiche und herumwirbelnde Tröpfchen, Planeten in der Galaxie, die sie war. War das Traurigkeit auf dem harten, überflüssigen Gesicht des Königs? Oder Anklage?

»Antworte mir«, sagte Denizen. »Bist du … *meinetwegen*

369

zu mir gekommen, oder hast du mich bloß benutzt, uns alle benutzt, um deine Feinde fertigzumachen?«

Sie starrte ihn lange an.

»Antworte mir!«

Der Gesandte hätte die Allianz angegriffen, erklärte sie, und eine Hand, ihre *verletzte* Hand, folgte anmutig dem herunterfallenden Eisstaub in der Luft. **Er verachtet euch, beinahe so sehr, wie er seinen König verachtet hat. Schließlich wart ihr Zeugen seiner Demütigung. Draches Schicksal war von Anfang an besiegelt. Und …**

»Wovon *redest* du? Hör auf, über Schicksal zu reden und *sage mir die Wahrheit.*«

ICH SAGE DIR DIE WAHRHEIT.

Denizen bekam nicht mit, wie seine Füße den Boden verließen, doch seine Schulterblätter informierten ihn liebenswürdigerweise über seine Landung. Atem dampfte einen Kondensstreifen in die Luft. Er rappelte sich auf. Jeder Instinkt, seine Ausbildung, die Stimme seiner Mutter, alle brüllten ihm zu, *anzugreifen* –

Aber Venia hatte sich nicht gerührt. Das schreckliche Sonnengeheul hallte über den Ozean wider, doch das Mädchen, das es ausgestoßen hatte, war bloß ein Bündel feiner Linien in der Luft.

So ist es, wenn man ein König ist, erklärte sie ruhig. **Jeder ist ein Feind, jeder eine Figur, die verschoben werden muss. Ein König muss skrupellos sein. Muss auf einem Dutzend Ebenen gleichzeitig denken, pausenlos arbeiten, pausenlos Intrigen schmieden, um seine Stellung zu halten. Seit Crosscaper …**

»Seit *Crosscaper*?« Denizen konnte nicht glauben, was er da hörte. »Soll das heißen, dass das *geplant* war?«

Geplant? Venias Kichern war bitter, aber es war trotzdem der menschlichste Laut, den er je von ihr gehört hatte. **Sieht das hier aus, als hätte es jemand *geplant*? Glaubst du, ich hätte das Uhrwerktrio geplant? Geplant, entführt zu werden, gefangen gehalten zu werden und meine Existenz gegen die Kreatur einzusetzen, die mir das Leben geschenkt hat?**

»*Aber du hast ihn gerade getötet!*«

Nein, sagte Venia. **Ich habe ihn ersetzt.** Ihr Gesicht war noch immer ausdruckslos, die beste Annäherung an die Maske zu ihren Füßen. **Wofür hältst ... Wofür hältst du mich?**

Einen Moment lang war Denizen wieder im Keller von Crosscaper, mit einer erschossenen Mutter und einer drohenden Apokalypse, und Venia stellte ihm Fragen, die theoretisch klangen, aber sie waren das Wichtigste auf der Welt.

»Ich ... Ich dachte, du seist die Tochter des Unendlichen Königs.«

Tenebrae haben keine Töchter, Denizen. Wir sind wandelbar. Immer wandelbar, nur unser Wille hält uns zusammen. Es ist unsere Schwäche und gleichzeitig unsere Stärke. Ein Tenebra stahl an einem weit entfernten Ort Feuer und benutzte dessen Macht, dessen *Zeichen*, um einer Welt zu demonstrieren, dass er König sein sollte.

Sie schüttelte den Kopf.

Und dann wurde das Feuer gestohlen, und statt sich anzupassen, sich zu entwickeln, wurde er *hart*, sein Stolz und sein Verlust setzten ihm zu. Er hatte so viel erreicht und konnte die Vorstellung, dass er die Kontrolle verlor, nicht akzeptieren.

»Aber er hat uns die Canti gegeben –«

Ihr hattet das Feuer. Was nützten ihm die Canti? Sie wa-

ren bloß eine weitere Erinnerung an das, was er verloren hatte. Er wandte sich von euch ab. *Sollen sie ihr Feuer behalten. Sollen sie ihre Welt haben.* Und als ihm eine Stimme erklärte, dies sei nicht genug, als sie ihm erklärte, er solle helfen, als sie ihm erklärte, es sei falsch, euch in einer Welt mit unablässigem Krieg leben und sterben zu lassen ... hat er es ignoriert.

Manche behaupten, er sei Tenebris, und alle Tenebrae seien seine verirrten und hungrigen Gedanken, die in unsere verängstigte Welt hineintropfen.

Mein Vater hat mich sehr lange verheimlicht.

Er hat mich Venia genannt, das bedeutet Gnade, flüsterte die Tenebra. **Er hätte mich Hoffnung nennen sollen.**

Denizen konnte es nicht. Er konnte einfach nicht. Es wollte ihm nicht in den Kopf. Alles, was sie miteinander geteilt hatten, alles, was er geglaubt hatte, war eine Lüge. Erfindung. Aber genau das waren Tenebrae, oder nicht? Gefälschte Körper und Verkehrtheit.

Du musst verstehen –

»Ach ja?«, brüllte Denizen sie an. »Tu ich aber nicht! Du ... du erzählst mir gerade, dass du eine Art ... eine Art *List* bist? Dass du all seine freundlichen Gefühle bist, zusammengeschaufelt und herausgerissen spazieren sie herum und deshalb ... und deshalb ...«

Du musst verstehen, dass es keinen Plan gab. Den hat es nie gegeben. Es gab keine Prophezeiungen, keine Garantien ... nur das, was man *aushält*. Und jeder Wechsel birgt Chancen.

»Erkläre.« Das Wort kam kalt und tonlos. »Erkläre genau, was du meinst.«

Der Gesandte und Drache hätten Jagd auf die Allianz

gemacht, egal, ob ich gelebt hätte oder gestorben wäre. *Drache wurde aus den schlimmsten Impulsen des Königs geformt, der Gesandte war ein Möchtegern-König aus einem früheren, brutaleren Zeitalter. Sie wären auf jeden Fall gekommen. Ich habe euch gewarnt.*

»Damit wir sie töten würden.« Die Kälte breitete sich in seiner Stimme aus, in seinem Kopf, in seinem Herzen. Sie kam ihm gelegen. Nur so konnte er seine Stimme überhaupt finden. »Damit wir deine Rivalen aus dem Weg räumen.«

Würdest du sie als König vorziehen? Kannst du sie dir als König vorstellen? Einen der beiden?

Denizen sah sie finster an, aber sie redete schon weiter.

Das Konsilium diente einem ähnlichen Zweck – den Hof aus dem Gleichgewicht zu bringen, während ich Gespräche mit der Allianz begann, mich als jemand einführte, dem sie vertrauen konnten … und gleichzeitig gab ich jedem Verräter am Hof die Chance, etwas zu unternehmen und sich zu zeigen.

»Hast du … Hast du von den Croits gewusst? Der Erlöserin?«

Erinnerst du dich noch, was ich dir im Garten erzählt habe? Über meine Mutter?

Meine Mutter war immer nur eine Geschichte für mich.

Wenn es ein Ereignis gab, das mir das Leben geschenkt hat … war es ihr Betrug. Aber ich kannte das Ausmaß dessen, was sie und der erste Croit erschaffen hatten, nicht. Glaub mir.

Glaub mir. Hätte sich Denizen vorstellen können, jemals wieder zu lachen, hätte er es nun getan.

»Noch etwas? Noch andere heimliche Gründe?«

Venias Augen glitzerten. *Ich wollte dich sehen.*

»Wie kannst ...« Der Himmel über ihnen wurde wieder zu dem Sternendom seiner Welt, aber Denizen taumelte, als befänden sie sich immer noch im freien Fall. Alles, was zwischen ihnen passiert war, alles was passiert war, seit er *Crosscaper* verlassen hatte ... und sie hatte es nur benutzt.

Jeden benutzt. Ihn benutzt.

Wie sie mit ihm durch die Straßen von Dublin gerannt war, ihr Lachen Musik, eisklar und warm zugleich.

Wie er ihr seine Stirnrunzeln Nr. 1–27 beigebracht hatte, ihre Finger auf seinem Gesicht, um seine Haut zu spüren.

Ich habe gehört, dass man sich küssen kann.

Die Dinge, die sie zusammen getan hatten. Die Dinge, die er für sie getan hatte.

»Was bin ich für dich?«

Die schwebenden Eisflocken schienen bei diesen Worten langsamer zu werden. Nur fünf einfache Worte, aber sie waren trotzdem die fünf wichtigsten Worte, die er je ausgesprochen hatte. Wichtiger als die Canti. Wichtiger als *Frieden*. Die einzigen Worte, die er noch hatte.

Du bist dieser Augenblick.

»*Hör auf damit!*« Er brauchte einen Moment, bis er merkte, dass er auf sie zustapfte. Keine Mauern mehr, keine Kontrolle – bloß noch ein tobendes, brüllendes Inferno, das auf seine Seele eindrosch. Canti umkreisten die Feuersbrunst, und Denizen konnte die Formen spüren, die sie annehmen würden, wenn er sie ließ, und er ging weiter auf Venia zu, als wolle er angreifen, als wolle er ...

Fairnesshalber muss man sagen, dass sie weder zurückwich noch die Augen niederschlug.

»Bin ich bloß ein Teil deines Plans? War ich nie mehr? Nur ein Werkzeug, etwas, das du *benutzen* konntest?«

Ja, flüsterte Venia. **Ich benutze dich. Ich benutze dich, und ich benutze die Allianz, und ich benutze mein Volk, und ich benutze mich selbst. Denn das ist die Aufgabe einer Herrscherin. Oder?**

Ihre Stimme zitterte, nicht mit dem schauerlichen Tremolo der Tenebrae, sondern vor Wut und Schmerz und … Triumph, einer entsetzlichen Art Stolz.

Drache war ein Monster. Der Gesandte war wahnsinnig. Der Phantomjunge hätte das gesamte Universum ausgelöscht, um das Elend in seinem Herzen zum Schweigen zu bringen. Ich mache das nicht der Macht wegen, Denizen. Ich tue es, weil Millionen sterben werden, wenn ich es nicht tue. Mein Volk. Dein Volk. Warum soll das falsch sein?

»Weil …« Die Canti drängten sich in Denizens Kopf, machten seine Gedanken zusammenhanglos, unlogisch. Sie waren der Grund, dass ihm keine Antwort einfallen wollte. *Oder?* »Weil …«

Du hast keine Vorstellung, wie es ist, Denizen. Nicht zu wissen, ob du real bist oder bloß irgendjemandes verirrter Gedanke, der selbständig zu denken begonnen hat. Tja, ich bin real, Denizen Hardwick. Ich werde meine Welt vor sich selbst retten, und niemand wird den Willen in Frage stellen, der mich zusammenhält.

Die Glut, mit der sie beim Sprechen leuchtete, war hell genug, um die zu schlagen, die die Horizontlinie verschwimmen ließ. Angesichts dieses aufsteigenden Lichts konnte Denizen nur erlöschen.

Er sagte es. Warum nicht? Selbst wenn er es nur einmal sagte, wäre es zumindest ausgesprochen.

»Ich dachte, du magst mich.«

Sie kräuselte sich wie ein Teich, in den Steine geworfen wurden.

Denizen ... Das tue ich auch. Nun war sie es, die vorwärtsschwebte, ihre Augen waren groß und hell und rund wie Monde. **Ich war in einem Reich gefangen, das nicht meines war, gefangen mit den Schlimmsten meiner Art und einem Krieger der Allianz, die uns hasst und fürchtet ... und du ...**

Ein Lächeln, schnell wie ein Meteor.

Du bist herumgestapft und hast dich beschwert und warst völlig überfordert, aber du hast *mir Hilfe angeboten*. Ein Mensch, der einem Monster hilft. Hast du irgendeine Vorstellung, wie *selten* das ist? Und je besser ich dich kennengelernt habe, umso klarer wurde mir, wie besonders diese Geste war.

Denizen drehte sich weg, aber plötzlich war sie *da*, direkt vor ihm, ihre Haare wehten als Rauch und Blitze um sie herum.

Du hast dein ganzes Leben lang versucht, Gefühle abzublocken, Abstand zu halten, dich gegen Enttäuschung und Schmerz zu wappnen ... und trotzdem bist du *da*, wenn jemand dich braucht, mit Haut und Haaren.

»Das ist nicht ...« Nachzudenken war *sehr* schwer, wenn sie so nah bei ihm stand, und nicht zum ersten Mal wünschte sich Denizen, nur eine Sache auf einmal fühlen zu können. »Ich habe bloß getan, was notwendig war. Es ist nichts.«

Nein, widersprach Venia. **Es ist *alles*.** Deshalb sind wir hier. Es gibt keine großen Pläne, sondern nur Gelegenheiten und diejenigen, die gewillt sind, sie wahrzunehmen. Ich habe nichts davon geplant, aber wenn ich eine Chance hatte, Leuten zu helfen, Dinge in Ordnung zu bringen, dann habe ich sie ergriffen.

Etwas wie Ordnung gibt es nicht, Denizen. Erst hinterher legen sich die Leute alles zurecht. Erst hinterher verwandeln sie uns in Geschichten.

Als das Lächeln zurückkehrte, konnte Denizen sehen, dass ihr Mund einfach so geschwungen war, einsam und traurig.

Und was für eine Geschichte werden wir sein … Der abtrünnige König und der Schattenjäger, die einander liebten …

»Keine Liebe«, widersprach Denizen, doch es lag keine Wut darin. »Es steht dir nicht zu, das zu sagen. Nicht wenn …«

Verstehe. Ihre Augen wurden schmal. **Und es tut mir leid. Aber diese Geschichte ist noch nicht vorbei.**

Die Luft über der Leiche des Königs beugte und verformte sich, als sich ein Loch in die Realität riss, ein Friedhof von Sternen in Gestalt eines Kindes.

Sie ist es erst, wenn er es will.

Der Phantomjunge.

Warum bleiben immer nur die Leute tot, die ich liebhabe? Die Sonne in Denizens Herzen mochte seine Gefühle für Venia durcheinandergebracht haben, aber was den Jungen anbelangte, war alles glasklar. Denizens Körper zitterte vor Erschöpfung, er wappnete sich, die Canti kämpften schon darum, erhört zu werden –

Der Junge hielt klauenlose Hände in die Höhe, machte aber keine Anstalten, anzugreifen. Vielmehr legte er den Kopf schief, um Venias kalten Blick zu erwidern. Die Luft um ihre Hände zischte, als erwarte sie ihre Schwerter.

Kein Kampf. Nicht mehr. Ich will es dich nur aussprechen hören. Ich möchte hören, wie du ihm die Wahrheit sagst.

Denizen wusste, ehrlich gesagt, nicht, ob er noch mehr Wahrheit vertrug. Statt einer Antwort hob Venia einfach nur eine Hand. Der Himmel verschob und änderte sich noch einmal, weniger gewaltsam als unter den brutalen Klauen des Jungen, aber trotzdem immer noch mit diesen schlingernden Gleichgewichtsstörungen.

Dieses Mal wusste er sich vor der beängstigenden Absolutheit von Tenebris zu wappnen und statt auf den Kosmos über ihm richtete er den Blick demonstrativ auf die zwei Tenebrae vor sich. Doch nichts konnte von der saugenden Unendlichkeit auf der anderen Seite ablenken. Früher hatte er auf Os Reges zu stehen für eine schwindelerregende Erfahrung gehalten, aber auf der Spitze einer gänzlich anderen Dimension zu schwanken …

»Was … Warum sind wir hier?«

Die Worte kamen gedämpft heraus, geschrumpft und verstreut vor diesem Anblick. Denizen rührte sich nicht. Es war ihm rätselhaft, wie er noch vor wenigen Minuten gegen den Jungen gekämpft, sich weggeduckt und auf ihn gestürzt hatte. Angesichts der schieren Unermesslichkeit, der Schwerkraft dessen, was er sah, wagte er nicht einmal für einen Augenblick, seine Füße zu heben, zu groß war die Angst, weggespült zu werden.

Wir haben die Chance, Dinge zu ändern. Dinge in Ordnung zu bringen. Ein für alle Mal. Ich habe dir diese Canti aus gutem Grund gegeben, Denizen. Nein … nicht aus einem Grund. Damals war es mir noch nicht bewusst. Ich konnte nicht wissen, dass uns die Flucht gelingen würde, dass wir Freunde werden und eines Tages hier stehen und die Chance haben würden, einen Krieg zu beenden. Es gab keinen Grund. Es war eine Hoffnung.

»Bitte«, sagte Denizen. »Sag es mir einfach. Ich kann … Ich kann einfach nicht mehr.«

Und so war es. Er war vierzehn. Er hätte sich eigentlich Sorgen um einen ersten Job oder Prüfungen oder reale menschliche Mädchen machen sollen, die keine interdimensionalen Kriege anfingen oder beendeten.

Er war so müde und wollte nur noch allein sein, um endlich um seine Mutter zu trauern, um seinen Mentor, und um alle anderen, die wegen der Ambitionen von Dingen gestorben waren, die größer waren als sie selbst.

Die Canti, Denizen. Sie sind eine Sprache der Kontrolle, der Gestaltung. Eine Sprache, die mein Vater entwickelt hat, aber selbst nicht erlernen konnte. Doch Menschen sind dazu in der Lage.

Die Sonne geht immer auf, Denizen. Das habe ich damals zu dir gesagt, als ich dir die Canti geschenkt habe, erinnerst du dich noch?

»Ja«, sagte Denizen. Und mit einem Mal verstand er es. Die Schattenjäger lernten nur deshalb so wenige Canti, weil sie das Feuer als Waffe betrachteten, und weil sie nicht wussten, dass die Canti früher etwas anderes gewesen waren. Tenebrae veränderten sich ständig, und was konnten sie in der Dunkelheit werden außer Monstern?

»Du ...« Die Unverfrorenheit verschlug ihm den Atem. »Du möchtest, dass ich sie zurückgebe. Du möchtest Tenebris wieder erleuchten.«

Und meinem Volk noch eine Chance geben, sich zu ändern.

Die Canti in Denizens Kopf zerrten und schlugen in rasendem Verlangen aufeinander ein. Er hatte ein ganzes Jahr mit dem Versuch zugebracht, sie voneinander zu trennen und unter Kontrolle zu halten, aber er hatte immer geahnt, dass sie eine *Form* hatten, eine Reihenfolge, ein Bedürfnis, einen auf den anderen aufbauen zu dürfen … Und nun wusste er, warum.

»Würde es funktionieren?«

Ich weiß es nicht. Du würdest sie sprechen, und ich würde ihnen eine Form geben.

»Deshalb bestehst du aus Licht«, flüsterte Denizen, und sie nickte.

Es könnte funktionieren. Vielleicht aber auch nicht. Ich habe mein ganzes Leben geübt, Licht zu weben, aber Feuer … ist meinesgleichen nicht wohlgesonnen. Und wenn du alle Canti sprichst, alle auf einmal …

»Oh«, sagte er. »Oh.«

Der Tribut. Er konnte ihn in sich spüren – das leichte Klacken in einem Knie, als sich Eisen über Haut schob, das Jucken des Metalls in seinem Auge. Alle achtundsiebzig Canti zu sprechen …

Was wird dann noch von dir übrig sein, Denizen? Wenn es vorbei ist?

Denizen drehte sich zu dem Jungen um, der mit von seinen Wunden zerfetztem Umriss dastand. Ein Arm endete in einem Stumpf – *Grey* – seine frühere Größe war nun nur noch eine ferne Erinnerung. Es traf Denizen wie ein Schlag, wie leicht dies sein eigener zerschlissener und müder und zitternder Schatten hätte sein können.

Blutige Schnitte quer über die Brust. Arme, die bis zu den Ellbogen und noch weiter aus Eisen bestanden. Eine Familie an einen Krieg verloren, um den die Schattenjäger nie gebeten hatten, und ein Mädchen, das ihn immer nur belogen hatte und ihn jetzt darum bat, sein Leben für Monster zu opfern, die ihm immer nur Leid hatten zufügen wollen.

Selbst wenn er überlebte – was dann? Sollte er einen Körper

aus kaltem Eisen in eine Welt zurückschleppen, die vielleicht im Sterben lag, zu einer dezimierten Allianz und Freunden, die womöglich tot waren? Wozu kämpfte er, wenn seine Belohnung nur darin bestehen würde, nach Hause zu gehen und um das zu trauern, was er verloren hatte?

Hast du nicht schon genug getan, Denizen? Du hast die Wahl. Aufzugeben ist eine Wahl. Die Belohnung für Kampf ist nur noch mehr Kampf, die Belohnung fürs Überleben nur noch mehr Überleben ...

Venia widersprach dem Jungen nicht. Wie auch. Er hatte ja recht. Denizen hatte vor langer Zeit in einem Garten die Entscheidung getroffen, sich zwischen ein Kind und ein Monster zu stellen, aber tapfer zu sein war nicht leichter geworden, sondern schwerer. Jeder Kampf ließ ihn zerrissener und leidender zurück als der vorherige, und selbst wenn Venias Plan irgendwie funktionieren sollte, bestand immer noch die Möglichkeit, dass Denizen es nicht mehr erleben würde.

Warum dann weitermachen? Warum weiterkämpfen?

Ich kann dir die Entscheidung abnehmen, Denizen. An den Fingerspitzen des Jungen trieben Krallen. **Ich kann all deine Leiden beenden.**

Die beiden starrten Denizen an, eine Kreatur aus Dunkelheit und eine Kreatur aus Licht, eine, die ihn angelogen hatte und einer, der bloß die Wahrheit aussprach. Denizen konnte aufgeben. Keiner von seinen Freunden, von seiner Allianz, niemand war da und würde es mitbekommen.

Er seufzte.

»Ich weiß, dass du das kannst.« Er blickte nach oben. Die niederschmetternde Grenzenlosigkeit des Omniversums trieb ihm Tränen in die Augen und jagte einen Schauder über seine Wirbelsäule, doch sie verlieh ihm auch Stärke.

»Aber hier geht es nicht um mich.«

Er wandte sich zu Venia. »Was soll ich tun?«

Der Phantomjunge stürzte mit einem welterschütternden Schrei auf ihn zu, seine Klauen schossen in schwarzer Gischt hervor, aber die Canti waren schneller. Als das Feuer höher stieg, schlugen sie zu; und zum ersten Mal seit jener Nacht in Crosscaper stellte sich Denizen nicht zwischen sie. Sondern wandte sich zu Venia, in deren Augen Silbertränen funkelten. Während der Junge vor Wut schrie, neigte Denizen den Kopf zu ihr.

Es tut mir leid.

»Schon okay.«

Als sich ihre Lippen trafen, stiegen Sonnen auf.

Feuer toste durch Denizen, und er ließ es zu, er stieß jede Tür in seinem extrem unterteilten Kopf auf. Er nährte es mit seiner Angst und seinem Zweifel, er nährte es mit der Vorstellung, dass ihm *alles* zustand, schließlich waren dort draußen echte Helden, und er war gerade ihre einzige Hoffnung.

Sein Herz schrie. Seine Adern brodelten. Seine Haut ächzte von der Anstrengung, mehr Flammen als je zuvor zu halten, und gerade, als er dachte, er würde vor Freude platzen, stießen die Canti nieder und tranken sie.

Sie hatten immer danach gehungert, sich ihm zu zeigen, und nun ließ Denizen sie einfach gewähren. Sie schlugen Bögen von seinen Füßen bis zu der Stelle, wo seine Lippen Blitze berührten. Nun, wo sie endlich tun konnten, was sie wollten, formierten sich die Canti in einer Reihe – und Denizen erkannte, dass sie keine Worte waren, sondern ein *Satz*, ein Befehl, eine Bestimmung.

Der Unendliche König hatte all seine Hoffnung und sein Verlangen nach Veränderung an eine Tochter gebunden, und dies war die andere Hälfte der Gleichung – die Werkzeuge, um jenes Feuer zu beherrschen und auszustoßen, damit Venia es benutzen konnte –

Doch vielleicht nicht unbedingt auf diese Art.

Zum Glück war sein Kopf eine veränderliche, zuckende Matrix von Sternbildern, sonst hätte er es sich womöglich noch einmal überlegt und alles verdorben. Seine Hände hatten irgendwie ihre gefunden, und Denizen hatte keine Ahnung, was mit dem Phantomjungen geschehen war, doch die Vorstellung, beim Küssen die Augen offen zu halten, war ihm *sehr* seltsam vorgekommen. Aber da Licht wie Fingerspitzen seine Lider herunterdrückte, schien es wohl zu funktionieren.

Und dann … konnte Denizen ihn spüren.

Den Tribut.

Das Feuer war aus ihm herausgezogen, mehr, als er je zuvor kanalisiert hatte, und mit völliger Klarheit spürte er das Stechen in seinen Beinknochen, als sie schwerer wurden; seine Sehnen spannten sich an, sein Magen wurde ein bleiernes Labyrinth aus Schwarz. Sein Atem wurde härter, selbst als Venias Mund sich fester auf seinen presste. Denizen spürte, wie das Innere seiner Lungen sich mit Raureif überzog, er spürte, wie sein Herz sich noch einen Schlag abrang, und noch einen, als sei er ein alter Mann, der eine Treppe hochstieg.

Mach dich los. Wehr dich. Es ist eine Lüge, der Trick einer Tenebra. Sie hat dich benutzt, und nun zehrt sie dich auf –

Nein. Das stimmt nicht. Ich vertraue ihr. Und ich möchte, dass dieser Krieg aufhört.

Und als sich ihre Lippen von seinen lösten – vielleicht trat auch nur das Gefühl den Rückzug an und ließ seine Lippen eisern und leblos zurück – schlug Denizens Herz noch ein Mal … Dann blieb es stehen.

33

FÄHIG

Der Abstieg der Neulinge von der Spitze von Tagesanbruch war in jeder Hinsicht das Gegenteil ihres Aufstiegs. Statt sie verbissen hochzusteigen, polterten sie nun die Treppen hinunter, die Luft war sauber statt vergoren und ranzig. Wo sie sich zuvor verängstigt angepirscht hatten, drängelten sie sich nun – ihre Schritte hallten ausgelassen wider, als sei ihnen eine ganze Armee auf den Fersen.

Das Kriegsgeheul, mit dem der Gesandte seine Rückkehr begleitete, ließ nicht nach. Warum auch? Es gab keine menschliche Kehle, die hätte ermüden können, keine menschlichen Lungen, denen irgendwann die Luft hätte ausgehen können – nur ein ununterbrochen heulendes Kreischen, eine in die Länge gezogene Explosion von Tönen. Zumindest mussten sie dieses Mal nicht um das Loch herumklettern, das Drache gerissen hatte, das war schon einmal gut, denn so, wie die Burg bebte, wären sie garantiert hineingefallen.

Seit er sich das erste schreckliche Mal gezeigt hatte, verbarg sich der Gesandte vor der Allianz. Abigail hatte bei Darcie nachgefragt und Funkmeldungen mitgehört – niemand hatte die geringste Spur von der Bestie gesehen, die nun ihre Anwesenheit ungeniert durch ein Geheul verkündete, das Abigails Hirn in ihrem Schädel durchrüttelte.

Vielleicht sollte es die anderen Tenebrae zu den Waffen rufen, oder ihre schwindende Moral stärken oder sie zu einem Kampf aufstacheln, den sie immer noch absolut problemlos gewinnen konnten. Vielleicht wollte der Gesandte der Allianz endlich seinen Aufenthaltsort mitteilen, damit sie jede Sekunde seines entsetzlichen Näherkommens spüren konnten. Vielleicht war ihm auch einfach alles egal geworden.

In Abigails Körper schmerzte jede Muskelfaser. Keiner von ihnen sprach. Sie waren außer Atem. Ihr einziger Trost war, dass jedes Mal, wenn sie keuchend nach Luft schnappte, diese rein und unverdorben war, doch sie wusste auch, wenn sie sich zu weit von dem Kerzenfeld oben entfernten, würde sich die Fäulnis wieder über alles legen.

Tat Dunkelheit nicht genau das? Sich an den Rand des Lichts zurückziehen, aber nicht weiter? Dunkelheit war der natürliche Zustand des Universums. Irgendwann erlosch jedes Licht.

Denizens Messer lag fest in Abigails Hand.

Doch die Energie der Angst hatte ihre Grenzen, und Ed verlor noch immer Blut. Der Sprint der Neulinge wurde zu einem Taumeln, und irgendwann liefen sie einfach nur noch weiter, bis sie das Treppenhaus in der Eingangshalle absetzte, vor dem Tor, das in ein längst vergangenes Adumbral hinausführte.

»Der Hof ist leer«, keuchte Matt über das immer noch widerhallende Gebrüll. »Wir könnten losrennen. Und uns in der Stadt verstecken –«

»Ich glaube nicht, dass das eine Option ist!«, rief Simon. »Schau mal.«

Auf der anderen Seite der platt getrampelten Erde, die einmal der Hof gewesen war, bewegten sich *Formen* – ein

Durcheinander aus Wirbelsäulen und Gerümpel und Reißzähnen und Lächeln. Die Welt fühlte sich immer noch sauber und stabil und sicher an, aber nun wusste Abigail, wo sich der Rand der Dunkelheit befand, und was deren scheuernder Berührung widerstehen konnte.

Es hätte sie nicht überraschen sollen. Das Uhrwerktrio hatte die bedeutungsloseren Kerzenfelder der Seraphim Row zertreten, als wären sie nichts weiter als Wachsstäbe, und dies hier waren Kreaturen, die nach deren Bild geformt waren – erstarrter Wahnsinn, verkalkter Hass. Alles Schwächere wäre zerschlagen worden.

»Sie warten«, keuchte Ed und hielt sich noch immer das Gesicht. »Sie warten darauf, dass wir weglaufen. Wie Jäger warten sie darauf, dass ein Hund uns aus unserem Versteck treibt.«

Ihre Verschlagenheit löste Brechreiz bei Abigail aus. Das war keine *Loyalität*. Das war keine Ehrengarde, die auf ihren möglichen König wartete. Wenn der Gesandte ihr Herrscher wurde, dann nicht, weil sie ihn liebten, oder ihn zumindest fürchteten. Sie folgten ihm, wie Schakale Wölfen folgten … und warteten auf die Reste der Beute.

Sie ließen ihm nur den Vortritt.

»Was machen wir jetzt?«

Erschrocken stellte Abigail fest, dass alle sie anschauten. »Ich … Ich …«

»Ich könnte uns unsichtbar machen!«, schlug Simon vor. »Wir könnten zu dem Tunnel gehen, oder …«

»Sobald wir die Aura des Kerzenfeldes verlassen, kriegen sie uns«, widersprach Abigail. »Egal, in welche Richtung wir gehen. Es gibt nichts, was wir –«

Sie hielt mitten im Satz inne, denn das Gebrüll hatte ebenfalls aufgehört. Die darauffolgende Stille war jedoch noch erwartungsvoller, noch entsetzlicher als jede Fanfare eines erobernden Königs.

Ein Gebäude auf der anderen Seite des Hofs erhob sich.

Der Gesandte des Unendlichen Königs war seit ihrem letzten Zusammentreffen gewachsen. Er richtete sich auf – zehn Meter, zwölf Meter, noch mehr – eine maschinenartige Wucherung aus Metall und Stein und Pumpen. Sein Atem war schwarz, er sah aus wie eine zum Leben erwachte viktorianische Fabrik.

Er war *riesenhaft* und erfüllte Abigails Sinne, bis sie nichts mehr anderes sehen konnte. Er war so massiv, dass er seine eigene Schwerkraft besaß, und sie selbst war nichts als ein Dreckspritzer, der ihn umkreiste.

Wie ein Albtraum. Genau wie ihr Albtraum.

Der Gesandte des Unendlichen Königs brüllte. Die in den Schatten herumlungernden Schatten stimmten in sein Gebrüll ein – ein abscheulicher, johlender Chor, der Galle in Abigails Kehle brennen ließ. Diese dreiste *Selbstgefälligkeit.* Als hätten sie bereits gewonnen. Als hätte die Allianz bereits verloren.

Einer der Neulinge gab ein leises Wimmern von sich. Es hätte Matt sein können. Vielleicht auch sie selbst.

Die Stimme des Gesandten war tief und kalt, eine Strömung, von der man wusste, dass man nicht gegen sie ankam.

Gute Arbeit, Kinder.

Wenn sie endlich aufhören würden, uns so zu nennen.

Ein Feuer, das in der Dunkelheit brennt. Das war die Allianz immer, oder?

Selbst seine Stimme hatte sich verändert. Gemästet von seinen Erfolgen, hatte er die gestelzte, monströse Art abgelegt, mit der er früher gesprochen hatte. Nur war sein Ton geschwollen von Maßlosigkeit und Belustigung. Ein Herrscher, der über einen Aufstand spottete, der nie richtig begonnen hatte.

Jeder seiner Schritte dauerte eine Ewigkeit, eine tektonische Prozession von Fuß und Knie und Hüfte, die den Boden unter Abigails Füßen beben ließ. Wie konnte er nur so *riesig* sein? Selbst der verschwommene Blick, den sie auf Drache geworfen hatte, konnte nicht mit ihm mithalten. Drache war nur ein langes, spindeldürres Ding gewesen, nichts als Sehnen und Flügel. Der Gesandte hingegen war massig und breit, dafür geboren, sich zu schlagen, Dinge einzureißen und dieses Monstrum von Schwert zu schwingen.

Aber irgendwann, Abigail Falx …

Vielleicht würde sie nie wieder ihren eigenen Namen hören können, nachdem er so herzlos aus dem Spalt unter dem Helm herausgesickert war. Der Gesandte legte den gewaltigen Kopf in den Nacken und starrte zur Spitze von Tagesanbruch, zum Kerzenfeld, oder dem Einblick, der tief in den Eingeweiden von Tagesanbruch begraben war.

… erlöschen Kerzen. Das weißt du ebenso gut wie ich.

Abigail veränderte den Griff um Denizens Steinmesser und warf einen Blick auf den zusammengewürfelten Kader hinter ihr.

Matt, der mit gespreizten Beinen und erhobenem Schwert dastand, bereit für sein vielbeschworenes Glanz und Glorie. Ed, der noch immer die Augen geschlossen hielt und stumm ein Mantra oder den Namen seiner Familie oder beides flüsterte. Und Simon, der Abigail schief anlächelte, als sie ihm das Steinmesser entgegenhielt.

»Er würde wollen, dass du es hast«, sagte sie.

»Nein«, erwiderte Simon. »Ganz sicher nicht.« Er ließ seinen Tränen freien Lauf, als er ihre Hände um das Messer drückte. »Aber danke, ich –«

Sie hielten es einen Moment lang gemeinsam.

»Ich wünschte, er wäre hier.«

»Das wünsche ich mir auch«, sagte Abigail und es war dieser Gedanke – der Gedanke an ihren Freund, und ihre Malleus, und die arme D'Aubigny, und … und Grey, die sie aus der Türöffnung und in die Kühle der Dämmerung hinaustreten ließ.

Kerzen erlöschen, Abigail Falx, wiederholte der Gesandte, und sie wusste, es war ihm egal, ob oder was sie antwortete. Er sprach nur für sich. Für sein eigenes Ego, und das billige Vergnügen der Menge.

Sie antwortete trotzdem. Nur für sich selbst.

»Dann erlöschen wir ebenfalls – aber nicht, ohne vorher zu kämpfen.«

Ein Armbrustbolzen knallte gegen den Helm des Gesandten. Er hinterließ nicht einmal einen Kratzer. Der Gesandte schüttelte den Kopf wie ein nasser Hund und wandte sich schwerfällig zur Südseite des Hofes. Sie sah, dass sich der Tenebraepöbel ebenfalls umwandte, Köpfe und So-was-Ähnliches-wie-Köpfe blickten sich verwirrt um. Vielleicht bildete sie es sich nur ein, aber die Nacht erschien ihr plötzlich nicht mehr ganz so dunkel.

Es ist Morgen, dachte sie, doch dann war eine einzelne Stimme zu hören, rein und klar und menschlich, und hundert scharfe Zischlaute verwiesen auf weitere hundert Pfeile und Abigail wurde klar, dass es nichts mit dem Morgengrauen zu tun hatte.

Es war die Kavallerie.

»Schattenjäger der Allianz!«
Greaves' Stimme schwankte zwischen Freude und Zorn.
»Attacke!«
Es war der erste Befehl, den Abigail an diesem Tag befolgte.

34

Geborgte Dunkelheit

Dunkelheit.

Völlige Dunkelheit, vollkommen und absolut und undurchdringlich auf eine Art, die sich mit menschlichen Worten nicht beschreiben ließ ... weil sie etwas war, das die Welt der Menschen nie erreichen konnte. Oh, mit dem *Wort* wurde viel um sich geworfen, doch es gab Tausende von Schattierungen zwischen dem schmuddeligen Schwarz von Kohlenstaub, dem glänzenden Pech einer Rabenfeder und dem Schlehenschimmer von dessen Onyxaugen.

Alle diese Nachahmer, Angeber borgten nur von einer größeren Dunkelheit.

Sei nicht tot.

Selbst im tiefsten Dunkel konnte man sich immer noch finden. So funktionierte der menschliche Körper nun mal. Jedes Gefühl, jedes Nervensignal formte eine Erwartung, eine Karte, und so wusste man selbst im Nichts, wo man sich befand.

Bitte sei nicht tot.

Die Worte schwebten herunter, und dann – als würden sie sich durch einen pechschwarzen Raum bewegen – folgten Glieder und Gestalt.

Die Stimme klang panisch. Warum waren sie panisch? Warum waren sie panisch?

Ich hoffe, nicht meinetwegen.

Das Gewicht dieses neuen Gedankens ließ die Dunkelheit zittern. Wenn es ein Ich gab, musste es jemanden geben, der dachte, und sobald sich dieser Gedanke etabliert hatte, explodierten noch tausend weitere daraus, sie schlugen wie Blitze ein. Es war wie das Synapsenflackern eines entstehenden Hirns.

Denizen konnte es ignorieren. Die einzig bedeutsame Dunkelheit war die Dunkelheit, die kapitulierte. Alles andere war lösbar. Alles andere war Licht.

Bitte sei nicht tot.

Jedes herabfallende Wort eine Rettungsleine, jeder Gedankenfunke eine Bitte.

Wach auf!

Denizen erwachte und bedauerte es ausnahmsweise einmal nicht sofort. Wenn er sonst nach etwas Unvernünftigem und / oder Heroischem erwachte – normalerweise war das deckungsgleich – wurde die Erleichterung, am Leben zu sein, immer von dem Schmerz umhüllt, der geduldig auf ihn wartete.

Aber seine Augen waren nun schon ganze drei Sekunden geöffnet, und nichts hatte gestöhnt oder geschmerzt oder *plong* in seinen Innereien gemacht. Es ergab absolut keinen Sinn, schließlich war er schon als eine Ansammlung von Schmerzen auf Os Reges angekommen, und der Phantomjunge hatte ihn gute fünf Minuten durchgedroschen, und das war noch, bevor –

Denizen setzte sich auf.

Mein Herz ist stehen geblieben.

Er hatte es gefühlt, diesen keuchenden, schwerfälligen Druck von Blut durch verknöcherte, knarzende Venen … und dann hatte sein Herz aufgehört zu schlagen.

Seine Hand wanderte zu seiner Kehle, tastete nach einem Puls, Finger trafen mit einem ganz leisen *Ping* auf Haut, zwei sanft aufeinandertreffende Glocken.

Denizen.

Im Dienst der Allianz lernte man sehr viel über sich selbst. Das Training zeigte einem ganz genau, wozu der Körper in der Lage war und wozu nicht, es schloss das klaglose Hochsteigen von Treppen und nicht von Schmerzensschreien begleitetes Hinlegen ein. Zu kämpfen ließ jede Ader im Körper wie Weihnachtsbaumlichter aufleuchten, doch die Nachwirkungen machten sie so tot und düster wie Dezemberbäume.

Man lernte. Man lernte, Tribut von Haut zu unterscheiden. Seine Arme waren härter als nach einem Jahr Training. Seine Schultern waren angespannt und voll mit schwarzen Dornen. Denizen rappelte sich auf die Füße, doch das neue Gewicht ließ ihn leicht schwanken. *Atmen.* Er zog – wie ein Bogenschütze, der einen Pfeil einspannte – die Luft langsam und bewusst ein und fühlte die neue Schwere in seiner Brust.

Sie war nicht *unangenehm.* Der Tribut war nie unangenehm gewesen. Er war einfach … da. Eine langsame und verwurzelte Dunkelheit, die sich im Gleichtakt mit ihm bewegte.

»Aber wie …«, fragte er. Selbst seine Stimme war anders, sie hatte eine Tiefe, als habe er das Stockwerk für Pubertät verpasst und sei im Keller gelandet. »Die Canti. Ich habe gespürt, wie mein Herz stehen geblieben ist. Ich habe gespürt, wie mich der Tribut verschluckt hat. Wie …«

Es hat funktioniert!

Als Denizen sich drehte, fühlte er wieder diese veränderte Schwerkraft. Der Unendliche König lächelte ein Lächeln aus goldenen Flammen und streckte ihm die eiserne Hand entgegen.

Das Mädchen aus Licht und Frost und Sturm war verschwunden. Ihre sich ständig ändernden Züge waren nun fest definiert, ihre Wangenknochen zerklüftete Klippen. Ihr Haar war ein Dornenbuschwirrwarr aus hartem Schwarz, das weiße Kratzer auf ihren bloßen Schultern hinterließ. Früher hatte sie in der gleichen Zeit, die Denizen zum Luftholen brauchte, sämtliche Farben des Regenbogens durchlaufen, nun war sie eine grob gemeißelte Statue, ihre Lippen unruhig und spitz.

Und ihre Augen … Ihre Augen waren weißglühendes Feuer, und wenn sich ihr Mund knarrend öffnete, ergoss sich Lachen und Licht daraus.

Es hat funktioniert!

Wenn Denizens Stimme eine Höhle war, dann war ihre eine Eisenader, die von einer knisternden Flamme erleuchtet wurde, und auf ganz andere Art schön als zuvor. Als Venia sich streckte, schabte Metall auf Metall, doch bevor er eine Million Fragen stellen konnte, deutete sie mit einer rauen Eisenhand nach oben.

Sie waren zwar in Tenebris, aber auf seinem Gesicht lag Sonnenlicht. Sie standen noch immer auf dem hochaufragenden Gipfel, und die Unwirklichkeit und Fremdheit ließ die Luft zittern. Und obwohl sie in Tenebris waren, verbarg nun eine Lichtkugel den Wahnsinn verursachenden Ausblick – so wie die Sonne die Sterne verdeckte.

Der Himmel war nun blau, vor seinen Augen gesellte sich zu der weißgoldenen Kugel noch eine, diese ein am Himmel hin und her jagender Streifen schimmernden Lichts.

Die Helioslanze.

Denizen kannte sie. Logisch – schließlich hatten sie über ein Jahr in seinem Kopf verbracht. Und da waren noch andere: eine gekrümmte Sense, eine Schlinge aus gewundenem

Gold, eine ganze Armee von Sonnen, die umeinanderkreisten und tanzten und sich ineinander verfingen, als freuten sie sich an ihrer Freiheit.

Nein. Keine Armee. Er hatte sie schließlich widerwillig beherbergt und wusste genau, wie viele es waren: siebenundsiebzig Sonnen, oder Canti, oder irgendwas dazwischen, das Denizen nicht zu erklären versuchen würde. Es war schließlich nicht sein Universum.

Er drehte sich wieder zu Venia, doch sie starrte auf den schwindelerregenden Anblick, und so tat er es auch. Die wirbelnden herumflitzenden Sonnen hatten die unermessliche Müllhalde in eine marmorierte wandelbare Landschaft aus Licht und Dunkel verwandelt. Eine scheckige Welt in ständiger Bewegung.

Ich glaube, es wird ihnen gefallen, sagte der Unendliche König. **Und wenn sie nicht mehr in Tausende andere Reiche schauen …**

»Werden sie sich auch nicht mehr ständig ändern«, sagte Denizen. »Der ganze … Druck ist weg.«

Ich denke, man wird die anderen Reiche trotzdem noch besuchen können. Sogar noch sehen. Mein Volk kann sich nach wie vor ändern … wenn es will.

Ihr Lächeln war so hell, dass es blendete.

»O. k.«, sagte Denizen ein wenig atemlos. Da war definitiv ein Stirnrunzeln im Anmarsch, doch er konnte sich nicht mehr erinnern welches. »War das dein Plan?«

Ich hatte Tausende von Plänen, sagte Venia. **Und viel Hoffnung. Das hier hat … ganz ordentlich funktioniert, finde ich. Was meinst du?**

»Wenn ich hier oben in Gedanken eine Checkliste durchgehe, falle ich in Ohnmacht«, erwiderte Denizen. »Ganz ehrlich.« Er blickte auf seine eisernen Hände und erstarrte. Es stand eine Menge Zeit und eine Menge Eisen zwischen seinem *jetzigen Ich* und seinem *damaligen Ich*, und trotzdem erinnerte er sich noch an den ersten Fleck Tribut auf seiner Handfläche – nichts weiter als ein dunkler kleiner Penny, der sich in seine Haut drückte.

Er war verschwunden. Das restliche Eisen war nach wie vor da, aber es gab einen winzigen Fleck rosiger Haut, als sei es dort sanft entfernt worden.

»Ich verstehe das nicht. Wie –«

Du hast achtundsiebzig Canti in einer Reihenfolge gesprochen, in der sie noch nie angestimmt wurden. Die Anstrengung hätte dich umbringen sollen, ganz gleich, wie fließend du sie sprichst. Der Tribut ist die Antwort deiner Welt auf das Feuer, richtig?

»Ja«, bestätigte Denizen. »Aber …«

Sie zuckte die Achseln, siebenundsiebzig übernatürliche Sonnen und ein Müllhaufen, so groß, dass Denizens Sonnensystem hineingepasst hätte, strahlten sie von hinten an.

Wir sind nicht in deiner Welt, Denizen. Der Tribut hat seinen Preis von dir eingefordert – immerhin bist du ein Produkt deiner eigenen Welt – aber es ist mir gelungen, einen Finger darunterzuschieben, wie wenn Kinder an Schorf herumpulen. Wir Tenebrae sind Former und Wandler und Erbauer …

Sie hob die gezackten Klauen ihrer Hände.

Selbst wenn es nicht das Mittel meiner Wahl ist.

»Du hast mir Tribut abgenommen«, sagte Denizen leise.

So viel ich konnte. Wenigstens so viel, dass du weiterlebst.

Sie runzelte die Stirn, was ihr etwas Schwierigkeiten bereitete.

Die Organe habe ich nicht angerührt. Das tut niemand. Du bist nun mehr Eisen als zuvor. Ich habe getan, was ich konnte, aber ich hatte … Ich hatte Angst, dich umzubringen.

Es war schwierig, bei einem Körper in Prozenten zu denken, schließlich gab es flabberige Teile und leichtere Teile, und Denizens Haare standen ihm meist um den Kopf, aber *geschätzt* und ohne Spiegel bestand er nun wohl zu sechzig Prozent aus Eisen. Das war mehr als bei den meisten Schattenjägern, die er kennengelernt hatte. Mehr als bei Vivian, und sie hatte ihr ganzes Leben lang gekämpft.

Denizen und seine Mutter hatten viel Zeit damit zugebracht, eine Festung in seinem Kopf zu errichten, doch nun, wo tatsächlich eine dort war, hätte er gedacht, dass Vivians Tod ihm weniger zusetzen würde. Aber vermutlich waren Stärke und Traurigkeit keine Gegensätze … und die Traurigkeit zu leugnen würde bedeuten, Vivian zu leugnen.

Dann doch lieber Schmerzen, dachte er, und gab einen rasselnden Seufzer von sich. Venia starrte ihn an. Er lächelte gezwungen.

»Danke, Venia«, sagte er. »Das meine ich ehrlich. Du hast mir erzählt, wie du die Vorstellung gehasst hast, nur ein Ding zu sein, und nun bist du …«

Sie schloss die Augen, die Klauen ballten sich zu Fäusten. Plötzlich *zitterte* ihr Profil, als würde es von innen vibrieren. Mit einem Knacken, das Denizen an Eisschollen und Schmiedehämmer erinnerte, rieselte ein dünner Staubschleier von ihrer Haut.

Nachdem er vom Wind davongeblasen worden war, wirkten ihre Züge ein wenig menschlicher. *Ein zweiter Entwurf.* Die Anstrengung zehrte offenbar an ihr, sie schwankte. Als

Denizen sie auffangen wollte, gingen sie beinahe beide zu Boden. Sie war sehr, sehr schwer.

Eisen ist schwierig, vor allem das Eisen der Schattenjäger ... Denizen fiel Drache ein, doch dann verdrängte er den Gedanken. Das hier war etwas anderes. Ein Opfer, keine Verhöhnung.

Aber es ist mir schon immer leichtgefallen, neue Dinge zu lernen.

»Ja«, sagte Denizen. »Wenn wir schon dabei sind. Am Himmel sind siebenundsiebzig Canti.«

Richtig.

So nah bei ihr spürte Denizen die Hitze, die von ihr abstrahlte, den Sonnenaufgang auf der anderen Seite ihrer Haut.

»Einen hast du behalten. Richtig? In dem einzigen Körper, der ihn halten kann.«

Bei uns gibt es so etwas wie Nachfolge nicht, Denizen. Um zu herrschen, muss ich eine Herrscherin sein. Muss ich kühn sein. Ich muss ihnen zeigen, dass niemand so mächtig, so mutig ist wie der König, der die Sonne wieder an den Himmel gesetzt und für sich selbst einen Sonnenaufgang zurückbehalten hat.

Denizen war sich seiner Pedanterie bewusst, aber es war eine lange Nacht gewesen, in der ihm merkwürdige Dinge erklärt worden waren, und ein kleinlicher, dummer Teil in ihm musste wieder ein bisschen Boden gewinnen.

»Ähm ... genau genommen Königin, würde ich sagen.«

Venia hatte keine Augenbrauen, aber er stellte sich vor, dass sie sie hochgezogen hätte, wenn sie welche gehabt hätte.

Menschliche Wörter. Bedeutungslos.

»Wenn du meinst«, sagte er. Dann kam ihm ein anderer Gedanke.

»Moment mal … Hast du den Tribut auf dich genommen, um mich zu retten, oder um damit bei deinem Volk zu prahlen?«

Kann es nicht –

»Also, echt jetzt, Venia.«

Sie starrten sich eine Weile an, doch dann brachen sie beide in Gelächter aus – schweres, eisenzerknittertes Glucksen. Venia, Die-entschlossen-war-unendlich-zu-sein, und Denizen Hardwick, vierzehn, ein Fast-rundum-Skeptiker, betrachteten lachend die Sonnen, die sie auf einen Himmel losgelassen hatten. Es war nicht das Schlechteste, was je passiert war, das musste er zugeben.

Du weißt, dass ich danach gehen muss.

Das Lachen erstarb in Denizens Kehle.

Wenn ich König sein will, muss ich gehen und König sein. Ich muss meinen Willen durchsetzen, über mein Volk wachen und ihm einen neuen Weg aufzeigen zu existieren. Wenn ich deinem Volk und meinem Volk Frieden schenken will, muss ich gehen.

Darauf hätte Denizen eine Menge antworten können. Er hätte sagen können, dass es unfair war. Er hätte sagen können, dass es nicht richtig war, dass sie so viel verlangen konnte und dann nichts zurückgab.

Er hätte fragen können, warum ihn immer alle verließen.

Aber er fragte nicht. Es gab keine Belohnung dafür, dass man *gut* war. So etwas geschah nur in Geschichten. Die Belohnung für Gutsein war dieselbe wie die Belohnung fürs Überleben – noch mehr Überleben. Er nickte bloß und wandte sich ab.

Venias Finger tauschten ein Universum gegen ein anderes. Der Himmel kräuselte sich wieder zu Schwarz und dichtgebündelten Sternen. Und zum ersten Mal seit einer gefühlten Ewigkeit empfand Denizen eine Woge von berauschender Nicht-Übelkeit. Er war tatsächlich wieder in seiner Welt und sauste nicht länger wie eine Flipperkugel durch eine andere.

Os Reges sah fast genauso aus, wie sie es verlassen hatten – überall waren Wasserpfützen, auf denen der Regen von Zeit zu Zeit Blasen und Dellen hinterließ. Das Loch in der Luft war zusammengesunken und klein, in dem verbliebenen Arm lag eine Gestalt …

»Grey!«

Denizen wollte losrennen, aber Venia hielt ihn mit harter Hand zurück. Sie stapfte vorwärts – noch eine Veränderung. Verschwunden war die Gestalt, die wie eine optische Täuschung von einem Punkt zum nächsten schweben und verschwinden konnte; nun war sie unbestreitbar, unaufhaltbar *präsent* – und starrte auf ihren widerspenstigen Untertan und den Mann darunter.

Ich musste mich von ihm losschneiden.

Wo der Phantomjunge gekniet hatte, war eine Eisblume erblüht. Doch sie zerschmolz gerade.

Sein Magen hat sich in Eisen verwandelt. Vermutlich, um mich … gefangen zu halten. Es war tapfer. Es war so tapfer.

Der Schattenjäger war sehr bleich. Seine Augen waren geschlossen, seine Haare klebten als dunkler Fleck auf seiner Stirn. Es war kein Blut zu sehen, vielleicht war es aber auch nur zu dunkel. Grey hatte beim gemeinsamen Training Kerzen angezündet. *Er sagte, dass er die Farben vermisse.*

Nun war er ein Porträt aus Schwarz und kreidebleichem Weiß.

Ich wollte nur, dass es ein Ende hat. Mehr nicht.

Venias Stimme war ein Plätschern aus Dampf. **Das weiß ich.**

Denizen hörte kaum zu. Er riss Greys Hemd auf. Der Tribut – wenn er recht hatte, wenn sie Glück hatten, wenn ihm an diesem einen Tag noch eine alberne Bitte gestattet war –

Es war eine Herausforderung, sanft zu sein und gleichzeitig die Finger fest genug auf die Ader an Greys Kehle zu drücken, um durch das Eisen den Puls zu fühlen, doch am Ende blieb ihm nichts anderes übrig, als die nackte Haut seiner Stirn gegen den Hals seines Mentors zu pressen und zu hoffen.

Und dann –

»Er lebt!«

Als der Phantomjunge einen langen, schmerzlichen Seufzer ausstieß, legte sich Eis über die Luft.

Gut. Gut.

Ohne den Kopf von Grey zu heben, hörte Denizen, wie der Unendliche König sich vor das verletzte Kind kniete, das um Haaresbreite das Omniversum zerstört hätte. Er hörte, wie der Phantomjunge sein leeres Gesicht schief legte und eine einfache Bitte aussprach, und er hörte, wie der Unendliche König ihre Feuerhände auf ein Herz von zerbrochener Kälte legte …

Und Gnade zeigte.

Sie brauchte lange, um sich wieder aufzurichten. Flammentränen hatten die starre Maske ihres Gesichts aufgebrochen. Denizen suchte in seinem Hinterkopf bereits nach dem Blasebalgsubventum. Er brauchte einen Moment, bis er es fand – ähnlich, wie wenn man in einem Regal nach einem Buch sucht. Dabei ging ihm durch den Kopf, dass er normalerweise dagegen hatte ankämpfen müssen.

Selbst das Feuer kam langsamer, als sei es erschöpft. Als sei es satt.

Er konnte schon den Tribut spüren, der darauf wartete, bezahlt zu werden, aber das war in Ordnung. Es war ja … für einen guten Zweck.

Grey gab ein kleines, leises Geräusch von sich.

»Nur noch ein bisschen«, flüsterte Denizen. »Nur noch ein bisschen.«

35

Bereit

Die erste Salve Canti, die die Schattenjäger losließen, war ein Hammerschlag, eine Faust von hundert herabfallenden Flammen, und als die erste Reihe von Tenebrae wankend zu Boden ging, stürmte Abigail durch ihre kollabierenden Körper, um sich gegen die zweite zu werfen.

Der Hof verschwand, Tagesanbruch verschwand. Es gab nichts mehr außer den erbärmlichen verzerrten Monstergestalten, und wie richtig sich Denizens Messer in ihrer Hand anfühlte.

Sie schlitzte sie auf. Sie schnitt und sie stach und sie sang mit jedem Atemzug, den sie erübrigen konnte, Canti. Ein Ding mit einem Maul aus Messern brüllte sie an, und sie brüllte zurück. Eine affenartige, tastende Hand packte sie an der Kehle und sie schnitt sich in ihre eigene Haut, als sie sich befreite.

Die Welt war ein chaotischer Wirbel – wie ein Tenebra, und sie versuchte in seinem Körper, ihn wie eine Krebszelle zu töten. Manchmal waren Schattenjäger neben ihr und manchmal nicht, und hätte man sie nach ihrem Namen gefragt, wäre sie nicht in der Lage gewesen, ihn zu nennen, nur der Kampf zählte noch.

»Abigail!«

Ein Gesicht hing rot und verschwommen in ihrem Blickfeld. Sie holte mit der klebrigen, verschmierten Länge ihres Messers aus, um den Tenebra zu halbieren, doch er packte sie an den Handgelenken und nuschelte in irgendeiner unverständlichen Sprache. *Hände fest. Andere Optionen.* Sie holte schwer Luft, ein Cantus wand sich nach unten, um Flammen aus ihrer Seele zu trinken und aus ihrem Mund zu springen und dann –

»Abigail!«

Matt. Es war Matt. Er war voller Blut, und in ihm pulste Licht. Die Schlacht hatte sie beide wie eine Traube auf der Zunge gerollt und anschließend auf einem Stück sauberer Pflastersteine ausgespuckt. Wenige Meter weiter bekriegten sich Eisen und Stahl mit Wahnsinn und Schwärze, doch niemand scherte sich darum.

Mit einem Mal wusste Abigail wieder, wer sie war und was sie gerade tat. Übelkeit schwappte ihre Kehle hoch und landete auf den Pflastersteinen zu ihren Füßen.

»Abigail! Wir müssen –«

Er versuchte, sie am Arm zu packen, doch sie riss sich los. Es war so *schwer* für sie, sich neu zu orientieren und wieder auf menschliche Sprache umzuschalten. Die letzten … Minuten? Stunden? … war ihre einzige Sprache …

»Wir müssen –«

Und dann kam der Kampf wie eine Flutwelle zurück, und sie wurden von einem Knäuel von Kämpfern aufs Neue darin verwickelt. Plötzlich stand Abigail vor einem jammernden Ding – etwas Geierähnlichem, etwas Wolfsähnlichem – und bohrte ihr Messer wieder und immer wieder in die stinkende Lücke seiner Achselhöhle –

Mit einem Mal war Matt wieder da, als hätte ihn jemand herbeigezaubert. Seine Augen waren weit aufgerissen, und voller Panik wiederholte er ununterbrochen dasselbe, aber die Schlacht war so laut – ein unaufhörlicher, klirrender Lärm mit vereinzelten Schreien, die sich an die Oberfläche kämpften wie Schwimmer, die versuchten, nicht unterzugehen.

»*Bitte steh auf. Bitte, bitte steh auf!*«

STIRB!

»Wir müssen weglaufen.« Matt. Matt war da. Und er sagte: »Wir müssen hier *weg*.«

»Hier weg?« Abigail begann zu lachen, ein schrilles, irres Lachen, geboren aus Adrenalin und Mordlust. »Genau hier sollen wir sein!«

Etwas stolperte ihnen in den Weg, und sie stachen so lange darauf ein, bis es zu Boden ging. Es schien ihre Anwesenheit überhaupt nicht wahrzunehmen.

»Du …«, keuchte Matt panisch. »Du solltest hier sein. Ich nicht. Ich … Ich bin kein Schattenjäger. Ich bin ein *Niemand*.«

»Was redest du da?«

Sie brüllten sich an, anders hörte man nichts.

»Sieh dich an!«, blaffte er. »Deine Familie blickt auf Jahrhunderte zurück. Wie alle eure Familien. Alle reichen Tausende von Jahren zurück, aber ich bin der … Ich bin der … Ich bin der *Erste*.«

Die zur Schau gestellte Tapferkeit. Seine Manie für Stammbäume, und Coolsein, und *Geschichten*, und dass er über ihre Familie Bescheid gewusst hatte, bevor sie ihm auch nur ihren Namen genannt hatte. Abigail war nicht sicher, ob es an der apokalyptischen Schlacht rings um sie lag, dass sie es nicht verstand, oder an seiner *verdammten Blödheit.*

»Das ist es also?«

Über ihre Schulter spuckte er Feuer auf eine spindeldürre Kreatur mit den irren, unverwandten Augen einer Garnele, sie zog ihn näher, um Zögerer in die vorstehende Kehle von etwas anderem zu rammen.

»Was meinst du mit ›Das ist es also‹?«, knurrte er, als er genug Luft in den Lungen hatte. »Ihr alle habt Vorfahren, die ihr Jahrhunderte zurückverfolgen könnt und –«

»Du doch auch, *du Idiot!*« Drehen und zutreten und das Messer in einen Kiefer bohren, und so brutal herausziehen, dass Zögerer sämtliche Zähne herausrüttelte. »Sie sind bloß keine *Schattenjäger!*«

Matt sah aus, als wäre er mit der Streitaxt umgenietet worden. »Na ja, das ist nicht … Das ist nicht …«

»*Hör zu*«, sie packte ihn am Hinterkopf und zog ihn näher. Einen Moment lang, nur einen Moment lang, schien die Schlacht die Bedeutung für sie zu verlieren. Schattenjäger und Monster schlidderten wie Kiesel in einem Flussbett herum. »Du bist der Erste. Verstehe. Das ist eine Menge Druck. Also erweise dich dessen *würdig.* Du willst einen Stammbaum, über den die Leute in hundert Jahren reden?«

Seine Augen waren sehr groß.

»Dann fange *jetzt* damit an.«

Sein Grinsen war unvermittelt und zögerlich, aber dann neigte er den Kopf nach unten –

»*Was tust du da?*«

Er zuckte zurück, unter all dem Schmutz und dem Blut lief sein Gesicht knallrot an. »Ich dachte –«

Und dann war er weg, und sie verlor ebenfalls den Halt und knallte auf zerborstene Pflastersteine, bevor sie auch nur einen Schrei ausstoßen konnte. Sie versuchte zu begreifen, was gerade passiert war, sah jedoch nur diesen gewaltigen Halbkreis Boden, der irgendwie gerade abgeräumt worden war.

Sehr langsam blickte Abigail auf. Der Gesandte schüttelte

Blut von seiner Klinge und bereitete sich auf den nächsten Hieb vor.

Matt.

Abigails Schrei wurde vom Sonnenaufgang verschluckt, ihrem allerersten höheren Cantus. Er ließ ihre Zähne wackeln und versengte auf dem Weg nach draußen ihre Zunge, doch dann traf er den Tenebra, und sie schrie schon den nächsten und den nächsten.

Der Gesandte schwankte auf den Absätzen und wich einen Schritt zurück. Die Schlacht um sie herum schien sich wie eine Blume im Schockzustand zu öffnen. Der Gesandte starrte sie an. Sie starrte ihn an.

Und dann stürzte er sich auf sie.

Sie konnte dem ersten Hieb ausweichen, indem sie sich auf den Boden warf, doch sein Sog sorgte dafür, dass sie einen Salto machte und sich blaue Flecken holte. Das Schwert tötete sowohl Tenebrae als Schattenjäger, doch der Gesandte, der sich nicht darum scherte, wie viele seinesgleichen er tötete, wuchtete das Schwert hoch und ließ es noch einmal niedersausen.

Todesangst. Todesangst verlieh ihr Beweglichkeit und Geschwindigkeit, und ein entfernter Teil von ihr wollte erklären, dass das Gewicht und die Länge des Schwerts es sperrig machten und man nur richtig kalkulieren musste, doch jeder andere Teil von ihr kreischte, dass es nicht einmal innegehalten hatte, als es Matt halbierte, und es würde dasselbe mit ihr tun, und dann würde die Welt –

Der Gesandte kam wieder auf sie zugestapft, tenebrische Störungen verzerrten die Luft in einer Vielzahl von Farben und sie sah nur noch Sterne und Höllenqualen.

Los.

Sie konnte nicht einmal aufstehen, so heftig ließen seine Schritte den Boden beben. Wie hatte sie je annehmen können, sie sei in der Lage, diesen Kampf zu fechten? Wie konnte irgendjemand auch nur hoffen, mehr als Schmutz an den Stiefeln des Gesandten zu sein?

Absurd. Idiotisch.

Sie krabbelte auf allen vieren, so schnell sie konnte, aber sie wusste, dass sie nie schnell genug sein würde, um dem langen schwarzen Schwert zu entgehen. Sie konnte dessen Eifer spüren, es zerrte an der Hand des Gesandten und drängte ihn zu einem Blutbad.

Canti knallten gegen die Schultern des Gesandten; sie beobachtete, wie ein Malleushammer eine komplette Panzerplatte wegschlug, doch sofort schossen schwarze Fäden heraus und zurrten sie einfach wieder fest. Abigail sah zu, wie sich ihr Leben mit jeder Sekunde dem Ende näherte, das Maß war der Bogen des sich hebenden Schwerts.

Und dann hielt der Gesandte inne. Er besaß weder einen Gesichtsausdruck noch ein Gesicht, mit dem man einen solchen hätte formen können, aber sie spürte, dass er sie nicht länger ansah. Ein wahnsinniger, hochmütiger Teil von ihr war beleidigt. Er legte eine *Pause* ein?

Sie schleuderte eine Helioslanze, aber der Gesandte kümmerte sich nicht darum, und so warf sie noch eine, und noch eine und dann noch einen Sonnenaufgang um Ziselierungen von seinen Flanken zu brennen. Das verärgerte ihn zumindest genug, dass er nach unten blickte. Ihre nächste Helioslanze fing er mit der Schwertklinge ab, die der Cantus für einen Moment in einen blendenden Spiegel verwandelte.

Abigail riss die Augen auf.

Die Schneide war voller Kerben. Als sie das Schwert das

erste Mal gesehen hatte, war es makellos gewesen. Sie erinnerte sich an jeden Zentimeter – seine entsetzliche, lebendige Erhabenheit – und obwohl sich die Schneide mit jedem Atemzug bewegt und verzerrt hatte, war sie unbeschädigt gewesen. Nun war sie mit Scharten und Kerben und Kratzer bedeckt.

Von den Hieben, die der Gesandte ausgeteilt hatte. Von den Leben, die er genommen hatte.

Sie hatten sich *eingekerbt.*

Als der Gesandte über sie stieg, starrte sie noch immer nach oben, und einen Moment zuvor wäre es ein Beweis mehr für ihre Nutzlosigkeit gewesen. Einen Moment zuvor hätte sie vielleicht die undefinierbare Veränderung in der Schlacht bemerkt – die Tenebrae ließen von ihrer Plünderei ab und hoben wie Tiere, die einen Sturm wittern, die Köpfe. Aber sie bemerkte es nicht. Sie war *beschäftigt.*

Abigail war damit beschäftigt zu begreifen, dass die Vorstellung, ein Mensch allein könne nichts erreichen, sie gebrochen hatte. Alles, was Grey gesagt hatte, die Hoffnungslosigkeit ihres Kreuzzugs, die Größe der Bestie, die den Himmel verdeckt hatte … all das hatte sie kleingemacht. Hatte sie bedeutungslos gemacht.

Und das war sie auch. Es gab Dinge auf der Welt, die zu groß waren, um sie im Alleingang aufzuhalten. Es gab Dinge, die zu groß waren, um sich ihnen allein entgegenzustellen.

Abigail umfasste Zögerer noch fester. *Aber ich bin nicht allein.*

Jeder Schattenjäger, der durch das Schwert des Gesandten gefallen war, hatte seinen Preis gefordert. Keinen großen. Ein kleines oder großes Stück Eisen, eine kleine Delle – jeder hatte eine Kerbe hinterlassen oder eine Scharte oder einen Riss.

Mehr jedoch nicht. Allein konnte eine Person kaum irgendetwas erreichen, und vielleicht war das der Grund, warum sich der Gesandte vor ihnen versteckt hatte. Er hatte abgewartet, bis genügend Kerzenfelder zerstört waren, damit er auch nicht allein sein würde.

Denn wenn genügend Leute beschlossen, etwas zu unternehmen, wenn genügend Leute beschlossen zu kämpfen …

»Hey!«

Sie hob ein Trümmerteil auf und schleuderte es gegen den Helm des Gesandten. Er bekam es nicht einmal mit.

»*Hey!*«

Das nächste traf tatsächlich in seinen Helm, wo es wie ein Stein in einer Konservendose klapperte. Der gigantische Tenebra bewegte allerdings nur die Panzerhandschuhe, als bereite er sich auf eine neue Schlacht vor.

»*Ich bin hier unten!*«

Er drehte sich um. Schneller, als Abigail es für möglich gehalten hatte, und mit einem dröhnenden Knurren, das definitiv mehr Verärgerung als sonst etwas war. Das Schwert surrte auf sie zu, eine donnernde Tag-Nacht-Grenze. Abigail konnte sich gerade noch in eine Ecke flüchten.

Das Messer in ihrer Hand war ein Splitter des Hammers, der den Gesandten in einem trostlosen Gefängnis an die Handfläche seines Feindes geheftet hatte. Ein Splitter, der klein genug war, um – wie ein Schlüssel in ein Schlüsselloch – in eine Kerbe zu passen.

Abigail trat zwei Schritte vor, und vielleicht war die Ritze, die sie wählte, diejenige, die Matt hinterlassen hatte. Die Vorstellung gefiel ihr. O ja.

Ihr Messer wehrte die Waffe des Gesandten ab, die zerbrach.

Das Knacken des Schwertes war so ohrenbetäubend, dass der Knochen ihres linken Arms dagegen geradezu leise brach. Der Aufprall schleuderte sie drei Meter weiter, zum Glück, denn so war sie sowohl außerhalb der Reichweite der nachtschwarzen Splitter, die links und rechts in die Tenebrae zischten, als auch in sicherer Entfernung zum Gesandten, als er das Gleichgewicht verlor und mit einem Donnern auf ein Knie knallte, das klang, als würde ein ganzer Wald auf einmal umfallen.

Das Schwert rollte sich wie eine geköpfte Schlange zusammen, und der es geschwungen hatte, stieß einen schwermütigen, schmerzerfüllten Schrei aus, und jeder Tenebra im Hof stimmte in den Schmerzensschrei ein. Einige flüchteten. Einige wurden an Ort und Stelle niedergemäht. Einige lösten sich einfach auf, sie warfen ihre Gestalt in Schaudern von Schwarz ab.

Und Licht leuchtete auf. Mehr Licht als von herumschwirrenden Canti, mehr Licht, als selbst die Sonne liefern konnte. Mit einem Mal war die Luft warm und goldglänzend, und der Gesandte stimmte ein ängstliches Klagegeheul an.

Nein. Nein nein nein nein nein nein nein nein …

In der Luft taten sich Risse auf: *Schattenjäger* sprangen heraus, stahlgepanzert und von Feuer umhüllt. Sie sah Ed, der Simon stützte, flüchtende Tenebrae … aber Abigail Falx war zur Gründlichkeit erzogen worden. Als sie das Steinmesser in ihrer unverletzten Hand drehte, war ihr klar, dass es nicht zum Werfen gedacht war. Doch ihr Ziel war sehr groß, und Abigail hatte seit allerfrühester Jugend geübt.

Es machte keinen großen Unterschied.

Aber doch genug.

Das Messer drehte sich von der Spitze zum Heft und verschwand in dem Loch in der Brust des Gesandten. Die Bestie kreischte und betatschte sich. Schwarzes Öl quoll heraus und dampfte wie Teer, von einem Moment auf den anderen schrumpfte er, die Rüstung schälte sich wie Schorf von ihm ab. Der Helm zuckte von einer Seite auf die andere und schüttelte Seepocken und Rost ab.

Hilfe ... Helft *miiiiiiiiiiiiiiiiir ...*

Nun schwappte Schwarz aus den Verbindungsstücken und trocknete im Licht. Abigail hob ihre unversehrte Hand, trotz aller Erschöpfung würde sie ihre Beute verteidigen ... Doch keiner der verbliebenen Tenebrae schien sonderlich interessiert an ihrem Möchtegern-König. Die meisten waren geflüchtet. Andere waren in Stücke gehackt, der Hof ein Ödland von zusammengeklaubtem Schutt. Die wenigen, die noch da waren, blickten auf ...

Abigail drehte sich langsam um.

Das Loch, das Drache in Tagesanbruch gerissen hatte, war immer noch da, eine dunklere Wunde im rußigen Stein, doch nun strömte Licht heraus, hell wie das Kerzenfeld, aber in Gestalt eines Mädchens.

Venia.

Es war Venia und ... auch wieder nicht. Nicht länger blau und weiß und sich ständig verändernd, sondern eine Statue aus Schwarz und Rot – als hätte jemand einen Hephaistos-Plattenpanzer genommen und ihn schön statt martialisch gestaltet, jede Linie und Wölbung verriet das Geschick eines Künstlers.

Die Rüstung eines Königs.

Als Venia über den Rand des Kraters trat, fiel sie wie ein Stein herunter und zermalmte die Kieselsteine unter ihren Füßen. Einen Moment lang verharrte sie auf einem Knie, als warte sie darauf, zur Schattenjägerin geschlagen zu werden, doch dann erhob sie sich mit dem Knurren von Eisen. Sämtliche Augen waren auf sie gerichtet – die Kräfte der Allianz erstarrt, als wollten sie den unheimlichen Frieden nicht zerstören, die Tenebrae in argwöhnischem Respekt zusammengekauert.

So wie früher beim Gesandten.

Hier stand etwas auf dem Spiel. Hier stand alles auf dem Spiel. Schweigen, als Venia über den Hof zur zusammengekrümmten Leiche des Gesandten stolzierte und vorsichtig den Helm zwischen den zusammengesackten Schultern herauszog. Er war noch immer gewaltig, doch sie stülpte ihn sich mit Leichtigkeit über den Kopf.

Und dann zerdrückte sie ihn zwischen den Fingern.

Staub rieselte herunter, und wie auf ein geheimes, stillschweigendes Zeichen hin lösten sich die versammelten Tenebrae auf. Einige sprangen in großen Sätzen Richtung Tagesanbruch und dem Riss dort und verloren unterwegs Material, andere verschwanden einfach, als das Nachtwabern aus ihnen herauskroch und ihre Körper in sich zusammenfielen.

Nach kurzer Zeit waren nur noch Berge von Schrott übrig, hundert verstreute Grabsteine aus Müll und Schmutz, dazwischen lagen die Leichen der Schattenjäger. Venia wartete, bis alle verschwunden waren, dann wandte sie sich schweigend zum Tor von Tagesanbruch und zu dem Jungen, der ins Licht hinausgetreten war.

Nun gaben Abigails Beine nach; sie fand sich auf dem Kopfsteinpflaster sitzend wieder, ohne den Raum dazwischen zurückgelegt zu haben.

Es war Denizen.

Sie starrten sich eine ganze Weile an …

Und dann war auch Venia verschwunden.

EPILOG

SONNENAUFGANG

Denizen,

ich muss es einfach tun. Wir lieben dich.
Wir werden dich immer lieben.

Vivian Hardwick

Denizen starrte auf das Blatt in seiner Hand. Auf den Fenstern in der Seraphim Row waren Sprenkel von Sonnenlicht, es verfing sich in Spinnweben und bemalte Greys Bettlaken dunkelgrau und bernsteinfarben.

Die Allianz besaß einige extrem teure Privatkliniken – staatliche Krankenhäuser hatten die unangenehme Tendenz, problematische Fragen zu stellen wie *Warum wurden Sie schon das dritte Mal dieses Jahr aufgeschlitzt?* Oder *Warum werden Sie zu Eisen?* –, aber sobald Grey transportfähig gewesen war, hatte er – trotz heftigen Protests von Greaves – darauf bestanden, verlegt zu werden. Seit er einen Ganzkörpergips hatte, war es entschieden einfacher, mit Greaves zu diskutieren.

Irgendwann würde es Fragen geben. Verhöre. Vielleicht ein Kriegsgericht. Aber diese Dinge brauchten ihre Zeit, vor allem in Anbetracht der Tatsache, dass viele der Leute, die diese normalerweise durchführten, ganz schön was abbekommen hatten. Dies war die Ruhe vor dem Sturm.

»Wann hat … Wann hat sie dir das gegeben?«

Denizen stellte die Frage, obwohl er die Antwort kannte, und der Schattenjäger, gezeichnet und abgezehrt in dem albernsten Pyjama, den Denizen und Simon hatten auftreiben können, zuckte als Antwort mit den Schultern.

»Kurz bevor sie … na ja. Sie hatte das Blatt offenbar schon eine Weile bei sich. Vielleicht hat sie es einfach mit sich herumgetragen, vielleicht hat sie auch immer gewusst, dass sie es dir geben musste. Ich weiß es nicht.«

Es gab eine einzige Straße in Adumbral, die nicht wiederaufgebaut wurde. Zuerst war es Denizen seltsam vorgekommen, dass sie eine verlassene Stadt renovierten, doch Adumbral war ein Symbol, und Symbole waren wichtig, und genau deshalb würde eine Straße immer mit der zerstückelten Leiche eines Drachen und der Frau aus schwarzem Eisen gekennzeichnet sein, die auf seiner Brust stand und ebenso erbittert die Zähne fletschte wie ihre Beute.

Es schien keine Methode zu geben, den Hammer aus ihren Händen zu lösen. Denizen überraschte das überhaupt nicht.

Am Ende des Blattes stand eine Nummer:

136

»Dies war ihre Seite in unserem Buch des Rostes. Ihr Nachruf. Sie hat ihn ausgefüllt, als sie dachte, sie würde beim Kampf gegen das Trio sterben. Sie hat die Seite herausgerissen.«

Grey nickte. »Wie geht es dir so?«

Denizen schluckte. »Es ist hart. Richtig hart. Ich denke immer noch … Ich denke immer noch über Dinge nach, die ich ihr sagen will? Einfach kleine Dinge. Aber ich bin froh, dass ich Gelegenheit hatte, sie kennenzulernen. Wenn auch nur kurz. Und ich bin … Ich bin froh, dass ich weiß, was passiert ist und wer sie war. Denn sie war genial.«

Grey lächelte. »Das war sie, oder?«

»Warum gibst du mir die Seite erst jetzt?« Denizen runzelte die Stirn. »Warte. Lass mich raten. Sie hat dir aufgetragen, sie mir erst zu geben, wenn alles vorbei ist. Damit ich nicht abgelenkt werde.«

Grey nickte. »So ist sie nun mal.«

»Ja«, sagte Denizen. »So war sie.«

Im ersten Jahr nach der Belagerung von Tagesanbruch gab es weltweit nur dreißig Risse, ein bis dahin unbekannter Tiefstand. Im Jahr darauf gab es zwölf. Die Allianz – ganz und gar nicht gewöhnt an Frieden und Untätigkeit – baute wieder auf, trainierte wieder und rekrutierte wieder Kämpfer und Kämpferinnen, um die erlittenen Verluste auszugleichen.

Die Jahre vergingen, und es gab immer weniger Risse, und einige Schattenjäger begannen zögernd, sich nach Teilzeitarbeit umzusehen. Natürlich nicht alle. Es war erstaunlich, wie untauglich Magie einen für andere Jobs machte. Einige Tenebrae hatten in dieser Welt Zuflucht gesucht, auch das musste geregelt werden. Allerdings konnte die Allianz trotz aller Anstrengungen von Palatin Greaves nie herausfinden, wovor diese eigentlich Zuflucht suchten.

Auch Denizen kämpfte eine Zeitlang. Hier und da tauchten Tenebrae auf. Vielleicht war er auf der Suche. Vielleicht hielt er es für seine Pflicht. Er war schließlich ein Hardwick.

Abigail ging zum Personenschutz.

Ed studierte Architektur, und heute ragt Tagesanbruch höher empor als je zuvor.

Simon und Uriel stellten irgendwann ihre E-Mails ein und fingen an, miteinander Zeit zu verbringen, und das wiederum entwickelte sich zu etwas anderem, und Denizen freute sich.

(Auch wenn es bedeutete, dass Simon in die Rückkehr von Ambrel Croit und den Krieg der Drahttochter hineingezogen wurde, aber alle kamen mit einem nur kleinen Trauma davon, und in diesem Beruf nahm man das Glück sowieso, wie es kam.)

Als Grey in die Seraphim Row zurückkehrte, unterhielten er und Jack sich bis spät in die Nacht. Worüber gesprochen wurde, blieb zwischen den beiden.

Darcie war zu kostbar, um aufzuhören, aber da sie nun mehr Zeit hatte, wurden die Themen ihrer Studien zunehmend komplexer. Sie saßen bis spätabends zusammen, und Denizen versuchte, ihr alles zu schildern, was er gesehen hatte, und sie machte sich Notizen. Er hatte keine Ahnung, was sie damit anfing, aber da es sich um *Darcie* handelte, machte er sich keinerlei Sorgen.

Und Denizen begann zu unterrichten. Er studierte und promovierte – Ed und Simon überredeten ihn, seinen Doktorhut zu werfen, was dazu führte, dass sie ihn suchen gehen mussten – und durch irgendeine Entscheidung oder keine Entscheidung landete er just in dem Moment vor den Toren von Crosscaper, als Mr. Colford in Rente ging.

Mittlerweile gab es einen neuen Satz Kinder dort, die sich nicht vor der Dunkelheit fürchteten, die sich vor gar nichts fürchteten, und Ackerby war entzückt, einen … Veteranen in der Schule zu haben und musste davon abgehalten werden, ein Budget für Schwerter zu veranschlagen.

Im zweiten Jahr, in dem er unterrichtete, elf Jahre nach der Belagerung von Tagesanbruch, scheuchte Mr. Hardwick seine

Schüler zum nächsten Kurs und starrte wie gewöhnlich durch das Fenster aufs Meer. Er hatte ein- oder zweimal in Erwägung gezogen, ein Boot zu mieten … oder gar eine bestimmte Kombination von Sätzen zu sprechen, einfach um zu sehen, was auf der anderen Seite war.

Nein. Palatin Greaves hatte die Kunst des Öffnens ausdrücklich untersagt – womöglich würde sie irgendetwas aufschrecken. Das wollte Denizen nicht auf seine Kappe nehmen. *Außerdem*, dachte er belustigt, *wäre bestimmt ich derjenige, der es wieder in Ordnung bringen müsste.*

Es klopfte an der Tür.

Sehr langsam wanderte Denizens Hand zu dem Steinmesser, das unter seinem Tisch festgeklebt war. Es war nicht das Geräusch, das ihn hatte zusammenzucken lassen. Es gab drei Dinge, die Schüler während ihrer ersten Kurse über Mr. Hardwick lernten: 1) dass er immer Schals und Handschuhe trug, ganz gleich, wie warm es war; 2) dass er für einen so dünnen und kleinen Mann einen unerwartet schweren Gang hatte; 3) dass er kein Mann war, den man leicht erschrecken konnte.

Doch im Nachhall der Echos trillerte etwas durch die Luft, das seine Synapsen streifte, bis sie knisterten und zischten.

»Hi«, grüßte die Frau in der Türöffnung. Ihre Haut hatte die Farbe von Honig unter Straßenlaternen, ihre langen Haare waren lockig und schwarz. Sie trug schwarzen Lippenstift und schwarzen Nagellack, auf ihren Fingern steckten schwarze, glanzlose Ringe.

Nur Augen, die so scharf waren wie Denizens – eines grau, eines schwarz – fiel auf, dass sich ihre Haare trotz der steifen, streitlustigen Brise des Atlantiks, die durch die Fenster hereinwehte, nicht bewegten. Und zwar keinen Millimeter. Kein Haarbreit.

»Hallo«, er nahm die Hand vom Messer. »Ganz schön …«

»… lange her.«

»Ja.«

»Ich hatte viel zu tun«, erklärte sie. Es war eine Feststellung, keine Entschuldigung. »Eine Weile musste ich überall sein. Nun habe ich Personal. Macht das Ganze einfacher.«

»Vertraust du ihnen?«, fragte er.

Sie lächelte. »Ich traue ihnen zu, eine bestimmte Gestalt zu bewahren.«

»Aha.«

Sie wurde ernst. »Tut mir leid, dass ich verschwunden bin.«

»Nein«, sagte Denizen. »Entschuldige dich nicht. Ich hatte viel Zeit, um darüber nachzudenken. Und es ist okay. Es … Es hat sich alles okay entwickelt.«

Sie nickte. »Freut mich.«

»Du kommst mittlerweile sehr gut mit dem Eisen zurecht.«

»Danke. Hat eine Weile gedauert.«

Das Licht an der Decke flackerte, nur ganz leicht. Ackerby evakuierte vermutlich schon die Schule.

»Was führt dich her?«

Sie seufzte. »Wie ich sagte, die richtigen Leute sind an den richtigen Stellen. Ich kann gehen. Eine Zeitlang. Deshalb …«

Er musterte sie eindringlich. »Deshalb?«

Sie streckte ihm die Hand entgegen.

Wie wäre es mit dem Omniversum?

Es gibt immer einen nächsten Sonnenaufgang.

ENDE

Ein letztes Geheimnis über Schriftsteller ...

... lautet, dass nie irgendetwas wirklich fertig ist, und das Ende der einen Geschichte ist immer der Anfang einer neuen. Ich schrieb meine allererste Story als Fanfiction für die netten Leute auf imperial-literature.net, und dort war jemand so freundlich, folgenden Kommentar zu schreiben:

»Das ist ziemlich gut. Was passiert als Nächstes?«

Es ist also alles ihre Schuld.

König der Finsternis ist das Ende einer Geschichte, die seit dem ersten Kapitel der *Shadow Knights* (das in einem windumtosten Hotel im Westen Irlands am 1. November 2012 geschrieben wurde) in Stein gemeißelt war. Sie enthält eine Reihe von Anfängen und Schlüssen, einige endgültiger als andere, und außerdem ein Ende, das bislang noch nicht begonnen hat.

(Die Croits haben ihr eigenes Schicksal und ihren eigenen Untergang. Vielleicht werden wir es eines Tages erleben.)

Und so gelten viele dieser Danksagungen vor allem für dieses Buch, andere gehen jedoch bis zum Anfang zurück, genau wie der *König der Finsternis*.

An erster Stelle geht mein Dank an die Ruddens nah *und* fern – danke, dass ihr mich unermüdlich unterstützt habt, beeindruckend erfindungsreich (Ich kann immer noch nicht glauben, dass wir diese Bücher nach Thurles gebracht haben) und was die Trilogie anbelangt oft beschämend lautstark wart. Nicht ohne Grund ist das zentrale Thema dieser Bücher Familie.

An die Rockstar-Zauberinnen-Ninja-Supernova-Diamond-Queens der Darley Andersons Children's Agency – Clare, Sheila, Mary, Emma, Rosanna und das ganze Team – danke für eure Geduld, Sorgfalt, Intensität und Weisheit. Ich könnte mir keinen besseren Kader an meiner Seite wünschen.

An meinen Lektor Ben und meine Lektorinnen Caroline, Wendy und Jane, die meine Fackeln durch Adumbral, Eloquenz und die Seraphim Row waren – vielen Dank für all die schrägen und wunderbaren Gliederungen, die wir zusammen entworfen haben. Vielen Dank auch an das unglaubliche Team bei PRH England und Penguin Irland für die wahnsinnig harte Arbeit, diese Trilogie in die Welt hinauszutragen. (Und dass ihr mich von Zeit zu Zeit daran erinnert habt, dass ich etwas essen sollte.)

Den Namen Denizen Hardwick hat mir Deirdre Sullivan geschenkt; Sarah Maria Griffin hat dafür gesorgt, dass ich Denizen als Ende ein Omniversum geschenkt habe (»Hat er nicht schon genug gelitten! Lass ihn doch mal Luft holen!«). Und Graham Tugwell hat mich mit Wörtern genährt. Dunkelfedern, für immer und ewig.

Meinen Riesendank an Alexandra und Beth von Inclusive Minds (ein geniales Team von Beratern, die Diversität und Inklusion in Büchern unterstützen) und noch ein besonderes Dankeschön an ihre zwei Young Ambassadors für Inklusion: Habeeba und Luca. Ich kann sie gar nicht genug empfehlen. Danke auch an CBI, Authors Aloud, Jackie Lynam und die buchstäblich Hunderte von Lehrerinnen und Lehrern, Bibliothekarinnen und Bibliothekaren und Organisatorinnen und Organisatoren, die mir erlaubt haben, mich vor den Leserinnen und Lesern zum Affen zu machen. Es gefällt mir wirklich am allerbesten an diesem Job.

Und schließlich und endlich (aber nicht wirklich endgültig, hoffentlich nie endgültig) vielen Dank an *euch* alle, dass ihr meine Bücher lest. Dass ich euch treffe, von euch höre, eure Bilder sehe, eure Fan-Fic lese – es ist so surreal und wundervoll, Leute zu treffen, die die Figuren, die ich mir ausgedacht habe, kennen und lieben.

Ich hoffe, die Reise und ihr Ende haben euch ebenso viel Spaß gemacht wie mir.

Es bleibt wirklich nur noch eine Frage.

»Was passiert als Nächstes?«

LEXIKON

EIN NAMENSGLOSSAR

Personen

Denizen Hardwick: Das englische Wort *denizen* bedeutet »Bewohner« und ist häufig im Sinne von »ungezähmt« oder »wild« negativ konnotiert. Das Motto der Hardwick-Familie lautet *Sicherheit durch Vorsicht.* Den Namen hat mir Deirdre Sullivan am 1. November 2012 wie ein Geschenk überreicht, wie eine Prophezeiung.

Simon Hayes: *Simon* bedeutet »guter Zuhörer«, wohingegen *Hayes* vom irischen *Ó hAodha* kommt und »Nachkomme des Aodh (Feuer)« bedeutet.

Abigail Falx: *Falx* ist ein Wort, das ursprünglich »Sichel« oder »Sense« bedeutete.

Darcie Wright: *Lux Precognitae* heißt übersetzt »vorwarnendes Licht«. In einer Allianz von Kriegern und Zerstörern ist Darcie ein *wright* (engl. Handwerker, Zimmerer), jemand, der etwas erschafft oder repariert.

Grey: Ein Mann zwischen Licht und Dunkel.

Amboss-Jack: Im Englischen »Fuller Jack«. *Fuller* steht für die »Hohlkehle« eines Schwertes oder Messers; da der Name im Deutschen so unhandlich war, ist Jack in der Übersetzung nach seinem Berufswerkzeug benannt.

Corinne D'Aubigny: Benannt nach Julie D'Aubigny, einer Opernsängerin und Duellantin im 17. Jahrhundert, die alle Abenteurer dieses Buchs wie Amateure aussehen lässt.

Edifice Greaves: Ein *edifice* ist im Englischen ein imposantes Gebäude oder ein Gedankengefüge.

Motti: Sowohl das Motto der Allianz (*Lingua centum sunt oraque centum ferrea vox*) als das der Hardwick-Schattenjäger (*Tu ne cede malis, sed contra audentior ito*) stammen aus Keats' Übersetzung der Aeneis, einer Geschichte, in der der Held mit der Hilfe einer mystischen Frau in die Dunkelheit hinabsteigt.

Adumbral: Vom lateinischen *umbra*, was »Schatten« heißt.

Die Familie Croit: Vom französischen Verb *croire* (glauben). Die Croits sind nach mittelalterlichen Heiligen benannt, Uriel ist einer der Erzengel.

Seraphim Row: Als *Seraphim* werden in der christlichen Hierarchie die höchststehenden Engel bezeichnet.

Vivian Hardwick: Vom lateinischen *vivus* (lebendig) abgeleitet.

BESTIARIUM

Tenebrae: Vom lateinischen Verb *tenebris* (dunkel).

Der Mann in der Weste & Die Frau in Weiß: Geschöpfe, die so schrecklich und auf den ersten Blick zu erkennen sind, dass sie keine Namen für ihre Identität brauchen, die Beschreibung genügt. Der Mann in der Weste benutzt »Ellicott« als Decknamen, das ist eine Referenz an die berühmte Familie von Uhrmachern.

Os Reges Point: Vom lateinischen *ossa regis*, was so viel wie »Knochen des Königs« bedeutet.

Die Erlöserin / Coronus: Gestaltet nach der Drahtmutter der Experimente von Harry Harlow, bei denen er die Mutter-Kind-Bindung bei Rhesusäffchen untersuchte. Benannt nach Coronis, der Geliebten des griechischen Sonnengottes Apollo. Sie wurde von einem weißen Raben bewacht, der nicht verhinderte, dass sie Apollo für einen anderen verließ. Als der Rabe die schlechte Nachricht überbrachte, war Apollo so wütend, dass er die Federn des Raben schwarz verbrannte.

Malebranche (Covet, Mabinogion, Von-Menschen-Muinnin-Genannt): Benannt nach einer Gruppe von Dämonen, die die Bestechlichen peinigen, und einer Sammlung alter keltischer Geschichten sowie nach einem der Raben in den nordischen Odin-Sagen. Odin wird häufig mit zwei Raben dargestellt, Huginn und Muninn, die ihm als Augen und Ohren dienen. Huginn steht außerdem für Gedanken, Munnin für Erinnerung.

Vertreiber: Im englischen Text »rout« (von *rout*, englisch für verheerende Niederlage), in der deutschen Übersetzung für einen besseren Textfluss mit »Vertreiber« übersetzt.

Vom-Ehemann-Verhöhnt (Das Fatale Monstrum, Kuchi-sake-onna): Benannt nach einer Zeile aus Shakespeares Komödie *Maß für Maß*: *I hope you will not mock me with a husband* (»Ich hoff', Ihr gabt zum Spott mir nicht den Gatten?«) und einer urbanen japanischen Legende über einen bösartigen weiblichen Geist mit aufgeschlitztem Lächelmund.

Aufräumer (Unterherold des Unendlichen Königs): Ein Unterherold ist ein Offizier, der einem Herold unterstellt ist. Die Unterherolde in Tenebris werden häufig von den Wanderfalken (umherziehenden Kadern von Schattenjägern, die Schwerter als Krawattennadeln tragen) bekämpft.

Der Unendliche König: Ein Versprechen. Eine Bedrohung.

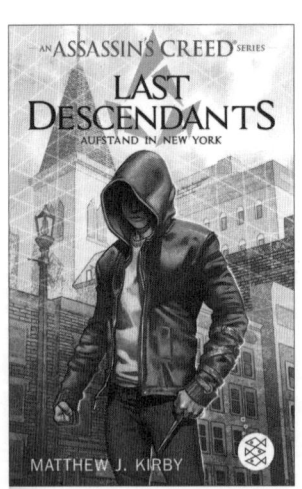

Band zwei der Jugendbuch-Trilogie zum Bestseller-Game ›Assassin's Creed‹

Owen ist auf der Suche nach Beweisen, dass sein Vater zu Unrecht zum Tode verurteilt wurde. Die Spur führt ihn ins alte China des Jahres 1259 – in die Zeit der Mongolenkriege! Auch hier gerät Owen in die Fehde zwischen der Bruderschaft der Assassinen und den Templern. Kann er Griffin, der ihm seine Hilfe anbietet, wirklich trauen? Muss Owen sich den Assassinen anschließen, um am Ende die Unschuld seines Vaters zu beweisen...?

Matthew J. Kirby
**An Assassin's Creed Series.
Last Descendants.
Das Grab des Khan**
Aus dem Amerikanischen
von Achim Stanislawski
Band 0331

Das gesamte Programm gibt es unter
www.fischerverlage.de

»Die Welt muss untergehen, um neu geboren zu werden.«

Der abtrünnige Templer Isaiah will die Welt ins Chaos stürzen. Er ist kurz davor in den Besitz der mächtigsten Waffe der Assassinen zu kommen: den Dreizack von Eden. Nur der fünfzehnjährige Owen kann den skrupellosen Isaiah jetzt noch aufhalten.

Der fulminante Showdown der Trilogie zu ›Assassin's Creed‹ – die letzte Schlacht um das Schicksal der Menschheit steht bevor.

Matthew J. Kirby
An Assassin's Creed Series.
Last Descendants. Das
Schicksal der Götter
416 Seiten,

Weitere Informationen zum Kinder- und Jugendbuchprogramm der S. Fischer Verlage finden sich auf *www.fischerverlage.de*

AZ 7335-0332/1